CW01081253

Ancien professe...
Cario est un auteur prolifique. Ses romans, campés en Bretagne (la trilogie du *Sonneur des halles*, *Le Brodeur de la nuit*), dans les Cévennes (*L'Or de la Séranne*) ou le Berry (*La Miaulemort*, 2010), sont publiés aux éditions Coop Breizh, aux Presses de la Cité dans la collection « Terres de France » et également aux Éditions du Rouergue. Après *Petite Korrig* (Presses de la Cité, 2015), *Les Chemins creux de Saint-Fiacre* (Presses de la Cité, 2016), *Trois femmes en noir* (Presses de la Cité, 2017), *La Légende du pilhauer* et *Les Bâtards du diable* (Presses de la Cité, 2018), son nouveau roman, *Les Brumes de décembre*, paraît en 2019 chez le même éditeur.

LA LÉGENDE
DU PILHAOUER

DANIEL CARIO

LA LÉGENDE
DU PILHAOUER

PRESSES
DE LA CITÉ

place
des
éditeurs

© Presses de la Cité, un département   , 2018
ISBN 978-2-266-25089-4
Dépôt légal : mars 2019

Avant-propos

Dans toute tradition populaire circulent des croyances qui dépassent l'entendement. En Bretagne sans doute plus qu'ailleurs. Les esprits rationnels se défendent d'y croire, sans y parvenir. En société, ces fanfarons s'esclaffent des cauchemars qui ont hanté les nuits de leur enfance ; dans leur solitude, au tréfonds de leur conscience, ils n'ont plus la témérité de blasphémer contre des forces obscures qui les dépassent. Croyants ou pas, les voilà logés à la même enseigne, celle de la peur indicible, d'autant plus angoissante de ne pas reposer sur de réels fondements.

Enfant, j'ai été bercé comme tous les autres gamins par des histoires de cette teneur. Elles m'effrayaient avant d'être finies, mais pour rien au monde je n'aurais osé en interrompre le récit. Les adultes en usaient pour nous flanquer une peur bleue. En rentrant dans la nuit, à l'issue de la veillée, le vent engouffré parmi les chemins creux portait le râle des agonisants, les vols des oiseaux migrateurs ronflaient au-dessus de nos têtes comme les roues de la charrette de l'Ankou, les chênes têtards cramponnés aux talus ne pouvaient être que les silhouettes torturées de je ne sais quels démons, mais bien réels pour les petiots de notre âge qui dans les ténèbres serraient farouchement la main de la mère. Car le diable était toujours de la partie.

Conditionnés par une religion manichéenne mettant en concurrence la béatitude d'un paradis et les affres de l'enfer, obligés à force de catéchisme à la compassion pour ce pauvre Jésus crucifié à n'en plus finir, nous croyions le démon accroché à nos basques, témoin sournois de chacun de nos manquements, dressant l'inventaire des fautes dont nous aurions à répondre le jour du jugement dernier. Ce démon nous paraissait d'autant plus effrayant que nous étions incapables de fixer de lui une image précise. Des cornes sans doute, une face grimaçante aussi, avec des yeux de feu, et pourquoi pas des sabots fourchus à la place des pieds, parfois même une queue incongrue qui lui sortait du derrière. Bref, protéiforme au possible, les curés lui accordaient de surcroît la faculté d'être omniprésent, en opposition pugnace avec notre père à tous, dont, soit dit en passant, la toute-puissance ne parvenait pourtant à terrasser le farouche ennemi. Acculés à la foi par cette fatalité originelle, combien de mes camarades ne se sont pas résignés à croire en un dieu invisible et souvent avare de charité, mais dont ils laissaient fondre l'hostie sous la langue de crainte de le mordre dans sa chair. Dieu merci (!), j'ai eu la chance de ne pas m'être laissé embrigader, non par force de caractère, mais sans doute parce qu'une propension naturelle à l'incrédulité et l'intelligence de parents pourtant parmi les plus humbles m'en ont préservé.

Il n'en reste pas moins que je n'ai jamais réussi à jeter aux orties les superstitions imprimées dans le subconscient de mes primes années, où les coïncidences, à force d'être justement des coïncidences, finissent par ne plus en être. Comment expliquer par exemple que de braves gens à moitié illettrés et vivant à cent lieues les uns des autres, et ne pouvant donc se les être échangées, racontent en frémissant les mêmes histoires, si extraordinaires qu'il leur est impossible de les avoir inventées ? Faiblesse d'un esprit enclin au fantasme fictionnel, ou ébranlement de ce même esprit par des faits inexplicables et qui de crainte de sombrer s'accroche à la bouée d'une rationalité aveugle ? Aujourd'hui encore, je serais bien incapable d'en fournir la réponse.

C'est dans cette hésitation fondamentale que se risque ce récit. Au moment de poser la plume, je ne sais moi-même quelle part de crédit apporter à ces événements : pur fruit de l'imagination ou intuition d'une vérité aussi indicible qu'indubitable ? Comme ses protagonistes, l'auteur se trouve au bout du compte relégué au rang de témoin, montreur de marionnettes qu'il ne contrôle plus, parce qu'il a commis l'imprudence de leur donner une vie de papier et qui peu à peu ont émergé de derrière les mots pour saper les fondements de sa logique.

Est-il besoin d'ajouter que toute ressemblance avec des personnes ayant réellement existé, toute similitude avec des faits véridiques ne pourraient être que l'ironie du hasard ? Sans doute que non. Quoique… Si certains esprits chagrins s'y reconnaissaient, on pourrait supposer que cette histoire à la limite du crédible ne relève pas de la pure affabulation.

Prologue

C'est par la rue Kéréon que Zacharie Le Kamm était arrivé un jour d'hiver 1950. Sous son bras, soigneusement emballé dans une toile de jute, était serré un paquet auquel il semblait tenir autant qu'à la prunelle de ses yeux. Une brise sournoise se faufilait entre les maisons à colombages, soufflée de l'est, frisquette, il rajusta son chapeau – il devait être l'un des derniers Bretons à arborer le couvre-chef traditionnel. Quatre-vingt-dix ans. Zacharie n'avait jamais mis les pieds dans cette ville, elle n'était pas la sienne. Une cité magnifique au demeurant, sauf que ce matin-là, il n'avait pas le cœur à jouer les touristes. Déléguer le terrible secret, la dernière mission qu'il s'était fixée, un devoir de mémoire de conjurer une fois pour toutes la prétendue malédiction attachée au travail admirable de son arrière-grand-père, tant qu'il en avait encore la force. Et surtout le courage.

Quimper, joyau de la Bretagne, blottie dans l'écrin de son passé.

La place Médard derrière soi, un édifice gothique impressionnant se dresse aussitôt, là-bas, tout au bout de la rue Kéréon. Gigantesque et d'une finesse pourtant étonnante, la cathédrale Saint-Corentin darde ses deux flèches de dure dentelle et impose sa silhouette élancée. Sur son cheval Morvarc'h, campé entre les deux tours, veille le roi Gradlon, majestueux et sévère, figé à jamais dans le granite avec sa monture. Après avoir traversé la place Maubert, dans des temps plus reculés les sabots des paysans ou les talons des bourgeoises faisaient résonner les pavés entre les maisons à pans de bois.

Quittant la pénombre rassurante, Zacharie Le Kamm déboucha en pleine lumière sur l'immense esplanade, face au parvis. Il se frotta les yeux. Remonta le paquet sous son aisselle. A la mairie de Loqueffret, on lui avait indiqué où se rendre, mais il ne savait plus très bien. Soudain, ça lui revint.

Sur la droite de la cathédrale, un passage s'ouvre dans le mur épais ; la porte au fond de la voûte donne sur la cour de l'ancien palais des évêques de Cornouaille, séparée des jardins par une claire-voie de colonnes et d'arches sculptées du plus bel effet. Une oasis de paix en plein cœur de la cité. En le laissant explorer l'espace, le regard repère l'entrée d'un paradis insoupçonné. Ce magnifique bâtiment héberge en effet depuis 1846 le Musée départemental breton. Y sont présentées une synthèse de l'archéologie vernaculaire et une compilation des arts populaires et décoratifs du Finistère. Le second niveau a conservé ses lambris et ses parquets d'origine, en accord pourrait-on penser avec les costumes « traditionnels » qui y sont exposés. D'emblée, certains de ceux-ci séduisent au plus haut point les néophytes. Ce sont les vêtures du pays bigouden, reconnaissables entre toutes les guises de Bretagne grâce à leurs broderies compliquées et colorées, savantes combinaisons jaunes, rouges et orangées de plumes de paon, de palmettes, de soleils, de cœurs, soulignés par de délicates chaînes de vie. Des ouvrages exceptionnels rivalisant d'ingéniosité et de savoir-faire. On ne sait plus où donner des yeux, mais pour peu que ceux-ci se posent sur la vitrine un peu plus loin, ils oublient très vite ce qu'ils ont déjà contemplé. Un costume féminin – gilet, manchoù – éclipse les autres pièces vestimentaires, que l'on croyait pourtant frappées au coin de la perfection.

Ce sont les deux merveilles apportées par Zacharie Le Kamm en ce matin de février. Traînant son corps courbaturé sur ses jambes incertaines, souffrant le martyre, il ne s'accordait pas la faiblesse de renoncer.

Un après-midi de juillet de cette même année, parmi de nombreux curieux discutaient deux fervents amateurs de broderies. Pour Alcide Bonnet et Georges Courrier, le musée était le lieu incontournable de leurs incursions à Quimper. Ils pensaient avoir effectué le tour de la question, mais eux aussi étaient fascinés par cette tenue inédite. Du bout de l'index, ils suivaient à travers la vitre le détail des ornementations, d'une régularité incroyable. La visite était commentée par un guide, une jeune femme en l'occurrence… Aussi lui demandèrent-ils d'où provenaient de pareils trésors. Un legs, leur fut-il répondu.

— Vous les avez depuis longtemps ?

— Non... Depuis cet hiver seulement, à ce qu'on m'a dit. Vous savez, je suis étudiante, je ne suis employée ici que pendant la saison.

— Remarquable !... s'exclama Alcide Bonnet. C'est un travail récent de toute évidence, tout laisse à penser que seule une machine permet d'atteindre une telle régularité.

— Ça m'étonnerait... fit Georges Courrier. A ma connaissance, aucune mécanique n'a jamais été capable de broder de cette façon à travers les épaisseurs de tissu doublant le drap de Montauban. Surtout des volutes aussi serrées. Il faudrait pouvoir examiner l'envers du travail. Vous savez de quelle époque il est daté ?

La jeune femme haussa les épaules, embarrassée devant les autres visiteurs qui tendaient l'oreille.

— Le mieux, ce serait de vous adresser au conservateur du musée, se déroba-t-elle. Ce sont des acquisitions récentes, je ne suis là que depuis hier, je ne connais pas encore le détail des différentes pièces arrivées pendant mon absence.

— Il est dans vos murs aujourd'hui ?

— Il me semble, oui. Il suffit de demander monsieur Le Libert à l'accueil. S'il n'est pas trop occupé, il acceptera certainement de vous recevoir.

Elle était touchante d'ingénuité. Comment lui en vouloir de cette légitime méconnaissance ?... Les deux amis redescendirent l'escalier de pierre, aux marches usées par le trottinement séculaire. L'homme en question se trouvait justement dans la salle où l'on délivrait les billets et qui faisait aussi office de boutique : ouvrages sur l'art populaire breton, catalogues des collections, guides et dépliants touristiques, cartes postales. Quand il entendit qu'on sollicitait ses services, il vint au-devant des deux visiteurs, le sourire avenant, la main tendue, enchanté de toute évidence que l'on s'intéressât à son musée. Ces deux-là, Ernest Le Libert les avait déjà vus. Connaissant leur érudition en la matière, il ne fut pas surpris de les savoir intrigués par ces nouveaux éléments de costume.

— Oui, oui… Bien sûr… Nous fermons dans une dizaine de minutes. Si vous voulez patienter jusque-là, je remonterai vous ouvrir la vitrine. Vous verrez, vous ne serez pas déçus.

Volontiers… Ils avaient tout leur temps pour contempler de plus près une vêture aussi exceptionnelle. Le flot des visiteurs s'écoula peu à peu.

— Je suis à vous. Suivez-moi.

Le conservateur enfila une paire de gants blancs. Il sortit le costume avec autant de précautions que s'il s'était agi du saint Suaire.

— Ce sont des pièces uniques, expliquait-il en même temps. Malgré ce qu'elles ont vécu, elles ont traversé le temps sans être altérées.

— Elles sont donc si anciennes ?

— 1860. C'est le tailleur lui-même qui a brodé la date sur le revers du plastron du gilet. Regardez, il a même signé son œuvre : LK. C'était plutôt rare, ce qui semble indiquer que le bonhomme avait une assez haute opinion de son savoir-faire, à juste titre d'ailleurs, vu sa maîtrise.

— Les broderies sont d'une audace surprenante pour l'époque.

— Et d'une beauté qui dépasse l'entendement. L'artiste – car à mon avis il ne peut s'agir que d'un artiste – se nommait Lazare Kerrec. De toute évidence, il avait anticipé l'efflorescence qu'allait connaître la broderie bigoudène en fin de siècle. Un précurseur en quelque sorte, mais il n'a jamais été égalé par la suite.

— Une telle perfection, un sens aussi affirmé des lignes et de la composition, un goût des nuances dans un camaïeu pourtant assez restreint, c'est en effet stupéfiant. Vu la régularité dans les chaînettes et dans la répétition des motifs, on en était à se demander si cela n'avait pas été réalisé à la machine.

— C'est la première idée qui m'est venue aussi à l'esprit quand l'arrière-petit-fils m'a apporté le travail de son ancêtre. Mais à ce jour, aucune machine n'a encore atteint la technicité suffisante pour suppléer la main de l'homme dans une ornementation aussi compliquée. Alors, en 1860...

— La datation a peut-être été falsifiée, rajoutée plus tard afin de laisser croire qu'il s'agirait d'une pièce plus ancienne.

— J'y ai pensé aussi bien entendu, mais sincèrement je ne vois pas à qui cela aurait pu profiter. Quant à ce brodeur prestigieux, il était bien de cette époque-là, il n'avait aucune raison de tricher. Son descendant m'a fourni une autre explication... Si vous n'êtes pas trop pressés, je veux bien vous raconter une histoire assez édifiante à propos de ce costume.

— Et comment... Nous pouvons vous offrir un verre ?

— Pourquoi pas... Il a fait chaud toute la journée, même si ces vieilles pierres ont l'avantage de conserver la fraîcheur. Le temps de remettre le costume sous sa vitrine, et je vous accompagne.

Les trois hommes s'attablèrent dans l'un des cafés de la place Saint-Corentin. Ils commandèrent de quoi se désaltérer.

— Ce costume aurait donc un secret… attaqua aussitôt Bonnet, excité comme un gamin.

— Pour le moins, oui… Il aurait même connu un parcours plutôt tumultueux.

— Diable…

— Vous ne croyez pas si bien dire. En fait, il correspondrait à une légende selon laquelle Satan lui-même aurait un jour guidé les mains d'un tailleur de façon à lui faire confectionner une parure d'une magnificence inégalable. Même par le plus adroit.

Les deux compagnons échangèrent un regard amusé, surpris d'entendre des propos aussi fantaisistes de la part d'un personnage dont la fonction aurait dû garantir le sérieux.

— Si j'en crois le fonds oral traditionnel collecté par des lettrés comme Anatole Le Braz et l'abbé Cadic, intervint Courrier, il circule des kyrielles de légendes de ce genre sur les tailleurs ?

— Oui, les pauvres tireurs de fil n'ont pas été épargnés par l'imaginaire populaire. Les spécialistes en littérature bretonne affirment cependant que toutes les légendes, même les plus folles, reposent sur un fond de vérité. Voulez-vous connaître la suite ?

— Evidemment…

Le conservateur avala une gorgée de sa bière ; d'un index élégant il essuya sa moustache avec un hochement de tête laissant augurer de la singularité du récit qu'il allait leur proposer.

— Toujours selon cette légende, la femme qui endosserait le costume issu de cette collaboration hors nature serait vouée à rejoindre Lucifer à court terme, puisque telle était son intention. Si la coquette s'efforçait quand même de lui échapper, elle sombrerait dans le malheur le plus noir, mais ne ferait que retarder l'échéance jusqu'à son dernier souffle. En contrepartie, le tailleur-brodeur qui acceptait le diabolique marché se voyait conférer le talent absolu. Je ne connais pas beaucoup d'entre eux qui auraient refusé.

Alcide Bonnet ricana, Courrier paraissait plus impressionné.

— Mon Dieu, tant de magnificence pour des desseins aussi morbides…

— Eh oui, la parure de la mort, l'ultime parade du cygne… Vous n'ignorez pas que beaucoup de Bretons se faisaient confectionner un costume de toute beauté quand ils se sentaient au bout du chemin, un vêtement souvent fort onéreux et qu'ils n'endossaient que sur leur couche funéraire.

— Dommage de gâcher de si belles pièces pour la coquetterie d'un cadavre…

— D'accord avec vous, mais il est des comportements qui dépassent l'entendement et qu'il ne faut pas essayer d'expliquer. Vous savez, si ces bouts de tissu pouvaient parler, chacun aurait une sacrée histoire à raconter. Je les contemple tous les jours sans me lasser. A chaque fois, j'ai l'impression qu'ils gardent l'empreinte et les gestes des gens qui les ont portés, comme si le corps invisible de leur propriétaire les habitait encore. C'est ce mystère qui constitue une grande partie de leur charme.

— Si nous vous suivons bien, le costume que vous nous avez montré serait celui que le diable a fait exécuter à Lazare Kerrec pendant qu'il tenait l'aiguille. D'où tenez-vous une histoire aussi incroyable ?

— De la bouche même de son arrière-petit-fils, celui comme je vous l'ai dit qui a légué ce costume au musée, un pilhaouer du nom de Zacharie Le Kamm. C'était un vieil homme presque impotent quand il nous a rendu visite cet hiver. C'est lui qui m'a raconté cette histoire…

— Et vous, vous y croyez ?

Le conservateur était un homme dont la physionomie respirait la franchise, un front large, le regard clair, et pourtant il mâchonnait sa moustache, hésitant à livrer le fond de sa pensée.

— Sincèrement, je ne sais pas. Comme je vous l'ai laissé entendre, a priori je ne suis pas enclin à prêter l'oreille à des superstitions d'un autre siècle, mais il y a des faits troublants. Le plus curieux, c'est que le pilhaouer nous a affirmé n'accorder lui-même qu'un crédit modéré à la véracité de ce qu'il nous a raconté.

— Pourquoi s'est-il alors égaré en des confidences aussi ésotériques ? demanda Bonnet avec le bon sens qui le caractérisait.

— Difficile à dire. Je le vois encore, il paraissait horriblement gêné, l'allure de quelqu'un qui se résigne à un aveu douloureux, comme s'il avait besoin de libérer sa conscience, de conjurer le sort attaché à ces broderies. J'ai compris après coup qu'il s'efforçait de rejeter cette interprétation ésotérique comme vous venez de le dire, du fait même qu'elle échappait à la raison, du moins à la sienne, mais sans y parvenir.

Le secret devait être trop lourd pour un vieillard rendu si proche de l'échéance finale. En tout cas, il a exigé que le costume soit exposé afin que tout le monde puisse admirer le travail exceptionnel de son aïeul.

— Comme on le comprend…

— Bien sûr… Vous voyez, à bien y réfléchir maintenant, ce pourrait être là la vraie raison : réhabiliter la mémoire du tailleur génial qu'était son arrière-grand-père… Curieuse coïncidence, notre pilhaouer est décédé quelques jours plus tard.

Le conservateur marqua une pause.

— Sa mission accomplie. Mais était-ce une coïncidence ?

S'ensuivit un long silence pendant lequel chacun fit un sort à son verre.

— Le mariage avec Belzébuth… marmonna Georges Courrier. Ce n'est pourtant pas une tenue d'épousailles…

— En effet. Du moins elle n'a pas été confectionnée dans cette perspective, mais à ce que m'a raconté le pilhaouer, elle a été endossée par trois jeunes femmes le jour de leurs noces, pour leur plus grand malheur.

La disparition

1

La petite fille l'observait en silence. De temps en temps, le vieil homme levait les yeux de son ouvrage et soupirait, un regard terrible, avec l'acuité perçante d'un oiseau de proie, mais rien dans l'attitude de l'enfant n'indiquait pourtant qu'elle avait peur de lui. Elle ne devait pas être bien vieille, huit dix ans, même s'il était difficile de lui donner un âge. En tout cas une frimousse terriblement éveillée, un petit nez recourbé vers le haut comme une virgule, des joues rebondies et mouchetées de taches de rousseur, à croire qu'elle avait plongé son visage humide dans une écuelle de son. Les yeux étaient clairs, verts ou bleus, difficile de bien voir : les prunelles étaient tout le temps en mouvement. La coiffe blanche dont le ruban était noué sous le menton tirait ses cheveux fauves et drus en arrière et mettait en valeur son teint mat – une vraie Bigoudène en miniature. Lazare Kerrec se racla la gorge, toussa, expectora et cracha sur le trottoir, presque entre les pieds de la péronnelle, espérant ainsi la décider à fiche le camp. Elle ne bougea pas d'un pouce, esquissa tout au plus une grimace vaguement dégoûtée.

— Emilie !

La voix provenait d'une rue adjacente. La gamine ne parut pas se sentir concernée.

— Emilie ! Où tu es, qu'est-ce tu fais ?

Le tailleur était sûr que la pisseuse campée en face de lui se prénommait ainsi et que c'était bien d'elle que la femme s'inquiétait. La petiote faisait la sourde oreille.

— T'as pas entendu que ta mère t'appelle ? maugréa Lazare.

Sa voix caverneuse n'eut pas davantage d'effet sur la gamine. Le prénom retentit à nouveau, plus proche, scandé avec une angoisse accrue.

— Ta mère te cherche, t'as pas entendu ?

— Si. Mais elle m'appelle tout le temps, ma mère. Dès qu'elle me voit plus, elle a peur que j'aie eu un accident, ou qu'un romanichel m'ait enlevée. Je me demande bien ce que les bohémiens feraient de moi !

Un timbre aigu qui écorchait l'oreille.

— Ce sont des choses qui arrivent.

— Pfft ! Si elle veut savoir où je suis, elle a qu'à me retrouver.

Le claquement rapide des sabots sur les pavés se rapprocha, la pauvre mère devait courir. Elle déboucha au coin de la rue, l'air affolée, ses jupes noires en mouvement, son cabas brinquebalant au bout de son bras, mais la coiffe toujours bien arrimée sur sa chevelure dont ne s'évadait la moindre mèche. A la vue de sa fillette, elle ralentit l'allure, rajusta sa tenue d'un geste preste, tapota d'un petit mouchoir brodé la sueur de son front.

— Ah ! tu es là… soupira-t-elle d'une voix essoufflée, soulagée en même temps. Tu peux pas répondre quand je t'appelle ?

— Je t'avais pas entendue.

Lazare Kerrec avait arrêté de broder.

— Elle est peut-être sourde… avança-t-il avec un sourire matois.

La gamine lui fit les yeux noirs, ayant sans doute espéré trouver en lui le complice de sa frivolité.

— Pourquoi tu embêtes le monsieur ? Tu vois bien qu'il travaille…

— Je l'embête pas, je regarde ce qu'il fait.

Elle parlait à sa mère sans daigner lever les yeux. Elle marqua une pause, s'essuya le nez au creux de sa paume et renifla, s'avança.

— T'as vu comme c'est joli ce qu'il est en train de broder ?

Lazare poussa un nouveau soupir excédé.

— Pourriez pas lui dire de me foutre la paix, à votre casse-pieds ?

La mère eut un haut-le-corps, mais elle se retint encore de prendre la défense de son enfant.

— Tu vois bien que tu l'embêtes… Viens donc maintenant, on a autre chose à faire. J'ai pas fini mes commissions.

Elle chercha la main juvénile qui se déroba aussitôt dans la manche, aussi rapide que la souris disparaît dans son trou. Alors la mère l'attrapa par l'avant-bras et essaya de l'entraîner. La petite morveuse parvint encore à se dégager.

— C'est depuis que t'es arrivée. Avant il disait rien.

— Il n'en pensait pas moins, fit Lazare en se levant de guerre lasse pour rentrer dans son échoppe.

La femme le regarda disparaître dans l'embrasure de la boutique, surprise par sa morphologie disproportionnée : les jambes grêles et torses, sans doute à force d'être repliées sous lui, mais une carrure impressionnante, des bras longs qui lui conféraient une silhouette simiesque, des mains larges, avec cependant des doigts très fins, l'impression de voir les segments d'une machine adaptée au fil du temps au travail du tailleur-brodeur.

— Vieux ronchon, va, marmonna-t-elle.

Déjà la gamine lui avait échappé et courait loin devant, en quête d'une nouvelle curiosité, de quelqu'un d'autre à taquiner.

Cette scène se déroulait en 1858, rue du Château à Pont-l'Abbé, devant l'échoppe de Lazare Kerrec, tailleur-brodeur de son état. Né en 1785, il avait soixante-treize ans. C'était un personnage singulier, qui entretenait à souhait une réputation d'irascibilité. De tempérament plutôt solitaire, il se protégeait ainsi des curieux à rôder autour de la mercerie de son épouse, où il avait installé son atelier quand il n'était pas en déplacement. Un moyen de s'isoler de ses confrères aussi, une corporation fermée comme un cénacle, dont les adeptes avaient poussé l'ostracisme jusqu'à s'inventer un jargon interne afin de se démarquer de leurs congénères et de pouvoir se gausser d'eux à leur insu. Ceux-là se réunissaient pour tirer l'aiguille dans le quartier de Lambour, de l'autre côté du pont, souvent devant l'église du même nom, Lazare ne s'était jamais résolu à les rejoindre.

Bien sûr comme tous les tailleurs-brodeurs, Kerrec avait été itinérant le plus clair de son existence. C'est d'ailleurs au cours de ses déplacements qu'il avait rencontré Marie-Josèphe Loussouarn, une jeune paysanne d'humeur délicieuse, aux yeux pétillants et aux joues si vermeilles qu'on avait envie de croquer dedans. Contredisant le proverbe « Qui se ressemble s'assemble », il l'avait épousée, et s'en était trouvé fort bien. En mûrissant, la jeune fille s'était épanouie, toujours de bonne humeur, capable d'être rouée et ne courbant pas l'échine devant son mari, ce dont celui-ci avait appris à s'accommoder, réservant son acrimonie à ses autres concitoyens.

Avec l'héritage de ses parents, Marie-Jo avait donc ouvert une mercerie à Pont-l'Abbé, la capitale de la « bigoudénie », rue du Château. Ils s'aimaient à leur façon, elle, avec un bonheur qui faisait plaisir à voir, lui, en rechignant à exposer ses sentiments, une pudeur que beaucoup d'autres épouses auraient taxée de muflerie. Elle lui avait donné deux garçons, Médard et Barnabé, une autre excentricité de Lazare d'affubler les nouveau-nés de ces prénoms annonciateurs du temps à venir à échéance de quarante jours. Seul Médard s'était marié en 1830, avec une nommée Angèle Le Coguic. Barnabé avait hérité du caractère ténébreux de son père et avait préféré rester célibataire plutôt que de s'encombrer d'une jeune écervelée qui lui aurait rebattu les oreilles à longueur de journée. Et peut-être même la nuit. Homme dur et courageux à la tâche, Barnabé Kerrec était employé au port comme manutentionnaire, chargeant les bateaux qui assuraient l'exportation des céréales et des pommes de terre, haleur aussi à l'occasion pour tracter au bout de longues cordes les bâtiments qui ne pouvaient remonter par leurs propres moyens jusqu'à la cale Férec. Médard travaillait, lui, dans la féculerie, le premier établissement industriel implanté dans la ville depuis 1831. Tout de suite, il s'était révélé un ouvrier courageux et avisé, à qui le patron confiait volontiers des responsabilités. De nature souffreteuse, Angèle ne donna naissance qu'à une seule fille : Bénédicte, qui vit le jour en 1835, inespérée après cinq ans de vie commune. Celle-ci hérita du tempérament de sa grand-mère, qui devint sa complice.

En prenant de l'âge, Lazare commença à rechigner à courir par monts et par vaux, arguant que ses jambes de gnome ne le portaient plus aussi sûrement que du temps où il était jeune homme. En ce milieu de siècle, il n'était pas le seul représentant de la profession à penser à se sédentariser. De plus en plus taciturne, Lazare souffrait de devoir s'installer plusieurs jours d'affilée dans la demeure de ses clients, contraint alors de s'adapter à leur rythme de vie, avec les gamins à lui tourner autour quand il brodait, à lui poser mille questions auxquelles il se sentait obligé de répondre, de faire bonne mine aux allusions jalouses et grivoises du mari quand celui-ci rentrait des champs alors que le tailleur s'était escrimé toute la journée à embellir son épouse. Il ne lui restait que la nuit pour pouvoir s'isoler, mais souvent sans d'autre choix que de dormir dans des conditions pour le moins spartiates, dans la grange quand ce n'était pas dans l'écurie, bercé alors par les flatuosités sourdes des vaches au gré de leur rumination. Et puis ces repas pris avec la famille pendant lesquels on l'observait comme une bête curieuse, au point qu'il n'osait mastiquer à sa guise ! En sa présence on baissait la voix de crainte qu'il n'emportât dans sa besace les secrets de la famille.

Peu à peu, à force d'accumuler ces griefs, Lazare Kerrec prit l'habitude de travailler dans la mercerie de sa femme, en arrière-boutique, ou devant la vitrine quand le temps le permettait. La cohabitation avec Marie-Josèphe se révélait parfois houleuse, mais celle-ci maîtrisait l'art d'éviter les conflits, et sa bonne humeur déboutait sans coup férir les ronchonnements de son bonhomme les soirs où son chapeau lui tombait sur les yeux. Quant aux clients, ils furent bien obligés de s'adapter. Lazare se rendait encore à domicile afin de prendre les mesures et de faire la coupe, mais il brodait les différentes pièces à la maison avant de les monter ; fort de son talent, il ne perdit aucune de ses pratiques.

Car il était doué, le Lazare Kerrec. Diablement doué serait-on tenté de dire quand on connaît la suite de l'histoire. Son talent provoquait la jalousie de ses pairs. Aussi évitait-il de broder en leur présence, suspendant son travail et dissimulant la pièce en cours quand ils flânaient mine de rien devant sa boutique et venaient tailler une bavette avec lui, un prétexte afin d'espionner ce qu'il fabriquait.

Bien sûr, à entretenir un tel mystère, on le soupçonnait de développer des accointances avec les forces occultes… Comment expliquer autrement une pareille dextérité et une telle perfection ? Ce que personne ne savait, c'est que le bougre travaillait fort tard à une tenue que même sa femme n'avait pas le droit de voir. Un secret de polichinelle pour Marie-Josèphe : celle-ci connaissait les cachettes de Lazare depuis belle lurette et suivait l'avancée de l'ouvrage quand il partait chez les paysans qui requéraient ses services.

2

En ce mois de mai 1900, Zacharie Le Kamm rentrait au gîte après avoir marché depuis le point du jour. Harassé, il avait bien travaillé et aurait été satisfait sans le foutu problème qui le tracassait. Il attacha les rênes de son cheval au tronc d'un jeune chêne et le détela de sa carriole. Il s'assit sur « sa » pierre. Un rituel de se poser là, à la croisée des chemins, au sortir de cette contrée imbibée de mystères. Le besoin de s'ébrouer des sortilèges avant d'affronter le monde rationnel des humains, une impression inexplicable, mais si prégnante à chaque fois qu'elle ne pouvait être le fruit de son imagination.

La ferme du pilhaouer se trouvait au nord de Loqueffret, en retrait de la route qui y descendait après le hameau de Couzanet. Une modeste exploitation héritée de ses grands-parents paternels, deux hectares, une agriculture essentiellement vivrière, hormis le seigle qu'il revendait à la minoterie, afin d'abonder ses revenus de chiffonnier. Zacharie possédait deux vaches et un cochon, d'une gourmandise omnivore celui-ci, compacteur ambulant qui finissait au charnier après quelques mois d'existence et laissait la place à un successeur que l'on engraissait en vue du même destin. Comme la plupart des chiffonniers, il avait un cheval, animal indispensable afin de tirer le char à bancs et la charrue pour le labour, mais plus qu'un outil vivant, c'était pour lui un compagnon lors de ses longues virées : Penn-Kalled, s'appelait-il, « tête dure » – poulain, c'était un vrai cabochard, depuis l'animal s'était calmé. De race bretonne, il était donc de petite taille – un mètre quarante au garrot –, mais d'une résistance remarquable, courageux avec ça et jamais malade. Intelligent, estimait son maître.

Le grand-père, Edern Le Kamm, était lui-même pilhaouer, autrement dit il ramassait les hardes mises au rebut chez les gens qu'il visitait. Son fils Bernez aurait pris le relais s'il n'était décédé dans des circonstances pour le moins dramatiques quelques semaines après son mariage. La transmission s'effectuait en effet de mâle à mâle, du père à son aîné, ou de l'oncle au neveu, parfois même d'un parrain à son filleul. Si aucun garçon n'était en mesure d'assumer la succession, celle-ci faisait l'objet d'un arrangement avec les autres pilhaouerien. Ce n'était pas le cas chez les Le Kamm : recueilli à deux ans par les grands-parents – sa mère emportée par la pleurésie –, Zacharie avait tenu le rôle de son défunt père, et donc hérité de son secteur de collectage. Une zone d'une trentaine de kilomètres de diamètre. Une coutume étrange que ces répartitions, dont on ne savait comment en avaient été fixées les limites, sans doute par usage tacite – il ne serait pas venu à l'esprit d'un pilhaouer d'écumer sur le territoire de ses confrères. Enfin… en principe… Il arrivait parfois que quelques butors dérogent à la règle, des manquements qui se terminaient par de sérieuses prises de bec, quand ce n'était pas en pugilat au détour d'un chemin.

Le secteur d'activité de Zacharie Le Kamm était délimité par les communes de Lampaul-Guimiliau et de Plouvorn à l'ouest, celles de Pleyber-Christ et de Taulé à l'est. Il devait donc traverser les monts d'Arrée à chaque fois qu'il partait travailler ou qu'il rentrait au logis.

Les monts d'Arrée... Une infinité de désolation où le créateur n'avait rien prévu pour les hommes. Ou avait oublié de le faire. Ou n'avait pas voulu... Certains alléguaient que là se trouvait le royaume du diable, et qu'impuissant à l'en déloger, le bon Dieu lui avait abandonné la place. Un décor lugubre en tout cas, le froid bien sûr, l'humidité, la brume dans laquelle il n'y avait pas besoin d'être distrait pour s'égarer, les sournoises fondrières argileuses qui happaient les égarés entre leurs lèvres barbues et les aspiraient dans les entrailles de la terre. Les plantes elles-mêmes n'étaient pas comme ailleurs, le droséra notamment, minuscule et qui pourtant se nourrissait des insectes pris dans le piège redoutable de ses feuilles poisseuses.

Pour Zacharie Le Kamm, cette rudesse construisait la magnificence des paysages, aussi bien dans la nébulosité crépusculaire où les silhouettes se nimbaient de mystère que dans le soleil matinal dont les rayons redessinaient les spectres de la nuit. Un milieu hostile, une solitude paisible pour Zacharie. Les forces sacrées ? Il n'en avait plus peur quand elles se prenaient à rôder autour de lui, il avait compris depuis son plus jeune âge qu'elles n'étaient malfaisantes que pour ceux qui les narguaient, ou qui avaient l'impudence de blasphémer à leur encontre.

Comme tout un chacun, notre pilhaouer percevait les autres paysages selon ses états d'âme : le cœur gai, ils lui paraissaient souriants, s'il était malheureux ou contrarié ils devenaient d'une tristesse affligeante. Pour ces landes et ces tourbières, il n'en était pas de même : leur majesté sévère restait immuable, quelles que soient les humeurs de Zacharie. Un décor grandiose et misérable, investi d'une âme qui lui était propre, différente en tout cas de celle que l'on prête à l'homme ou à l'animal.

Ce matin-là, Zacharie n'avait pas le cœur à communier. Il s'épongea le visage de son mouchoir à carreaux, aussi grand qu'une serviette de table. A l'entour s'éveillait une vie insouciante de sa masse immobile, hormis ce renard qui avait débouché face à lui alors qu'il venait de s'asseoir ; l'animal s'était immobilisé tel un maraudeur pris en faute, avait filé en ramassant son panache, honteux de s'être fait surprendre. Rusé, le goupil ? Pas celui-ci en tout cas, car Zacharie aurait pu jurer que c'était le même qu'il voyait à échéance régulière. Un moment mis en fuite, les lapins ressortirent des fourrés et se reprirent à batifoler en soulevant leur petit cul blanc, une sarabande d'honneur avant les premières lueurs de l'aube. Une belette ondula entre les herbes comme une sente d'eau... Plus rare de la surprendre celle-là, méfiante et silencieuse, rien de la paresseuse couleuvre au bord du ruisseau, ni de la sournoise vipère lovée au creux du talus dans une clairière de soleil, immobile de croire qu'on ne la voit pas, prête à détendre le ressort de ses anneaux pour planter ses crochets dans la cheville de l'imprudent. A plusieurs reprises, Zacharie avait failli en faire les frais…

Les derniers lambeaux d'obscurité se dilacérèrent dans la lumière qui rasait les diadèmes épineux des ajoncs, parés çà et là de toiles d'épeires où scintillaient des perles de rosée. Les trilles des oiseaux acidulèrent le silence. En contrebas, sur une parcelle d'eau pas assez vaste pour prétendre au titre d'étang, les échassiers majestueux oscillaient déjà du bec au bout de leurs lignes filiformes, hérons et aigrettes, grues cendrées.

Un décor aussi inhospitalier n'empêchait pas d'y faire de nombreuses rencontres. Des hommes et des femmes. Certains, Le Kamm ne les voyait qu'une seule fois, à se demander pour quelle raison leurs pas les avaient guidés dans cette contrée perdue – les spectres d'âmes en errance, auraient avancé ceux qui croyaient en ce genre de fantasmagories. Plutôt des vagabonds égarés en quête d'une ferme où l'on voudrait bien leur donner de quoi soulager leur misère. D'autres, qu'il reconnaissait, mais qui parfois l'ignoraient ou feignaient de ne pas l'entendre quand il les saluait. Il y avait aussi les illuminés habituels, qui mettaient en garde les promeneurs contre les êtres malfaisants qui rôdaient sur la lande. Sincère précaution ou désir de leur flanquer la frousse ? Zacharie les écoutait avec le plus grand sérieux. Ceux-là affirmaient dur comme fer avoir rencontré les lavandières de la nuit avant les chaos de Mardoul, acharnées à coups de battoir dans leurs caisses sous de ténébreuses frondaisons, l'Ankou sur sa charrette avec la lame de sa faux montée à l'envers, des hordes de korrigans facétieux à qui il valait mieux faire bonne figure et des farces desquels il était déconseillé de s'esclaffer. Hallucinations ou divagations nées au creux des cauchemars ? A l'abri de son toit, le visiteur égaré balayait d'un revers de bon sens ces superstitions d'un autre âge ; mais sous le vent de la lande, dans un chemin creux entre les trognes boursouflées des chênes têtards, ces élucubrations proférées par un vieillard aux doigts noueux, avec un ton doctoral, prenaient des allures de vérité. D'avoir entendu ces prophéties de l'enfer, le moindre bruit ensuite, un frôlement dans les feuilles sèches, la plainte d'une bestiole, le cri de l'effraie quand le ciel se gonflait de nuages, et même les plus téméraires frémissaient s'ils ne se fendaient pas d'un signe de croix. Pas Zacharie Le Kamm, il appartenait à ce monde parallèle.

Le pilhaouer avait ses points de halte obligatoires. Germaine, une vieille femme installée dans une chaumière aux confins de la lande, qui se targuait de sorcellerie. Chez elle, il trouvait toujours le temps de boire un bol de café. On ne lui connaissait pas de nom de famille, un secret qu'elle taisait farouchement, pour des raisons mystérieuses, ce qui ne manquait pas de titiller la curiosité de ses rencontres. Il était arrivé à Zacharie de dormir sous son toit, certaines nuits où il faisait un temps de chien et où son cheval épuisé refusait d'avancer. Un soir, il avait essayé de percer le mystère. Elle l'avait fixé dans les yeux avec un sourire rusé.

— Si l'on savait que je vis ici, je connais des malfaisants qui essaieraient de me régler mon compte.

— Mais pourquoi donc ?

— Je sais trop de choses sur eux, ils auraient peur que je les livre à la justice, ou que j'entreprenne de leur soutirer de l'argent.

De toute évidence, elle ne mentait pas, ou alors c'était une sacrée comédienne. Zacharie aurait bien aimé savoir de qui elle parlait, des gens de la haute cela va sans dire, puisqu'à l'entendre elle aurait pu monnayer son silence. Des milieux huppés que la vieille excentrique avait dû fréquenter étant jeune, servante ou femme de chambre chez les bourgeois pour avoir infiltré des affaires aussi compromettantes. Germaine ne devait pas être non plus son vrai prénom.

Il y avait aussi Léon Bourdiec, le vannier. Lui était installé sur les rives de l'Ellez, la rivière qui se perdait en cascade du côté de Saint-Herbot. Il fallait hausser le ton et tendre l'oreille pour pouvoir converser avec lui à cause du soliloque de l'eau vive entre les rochers. Là, proliféraient les saules dont il coupait les surgeons, mais il tressait aussi le jonc, les pousses d'orme et la dure bourdaine, la paille de seigle et la ronce, selon la forme et l'usage des ouvrages, paniers et corbeilles, ruches d'abeilles et nasses pour la pêche. Tous deux chemineaux, le pilhaouer et lui s'entendaient comme larrons en foire. Bourdiec pratiquait tous les marchés des environs avec une grande carriole hérissée de paniers au petit jour, dépouillée les soirs où il avait bien vendu. En guise de traction, deux chiens puissants, mais d'une douceur infinie, de respectables bâtards, Tribord et Bâbord parce que chacun occupait toujours la même place dans l'attelage.

Moins attrayante était la masure de Théophile Marrec'h, le marchand de cheveux. Beaucoup de pilhaouerien ajoutaient cette pratique au collectage des chiffons… Zacharie Le Kamm s'y était toujours refusé : il aurait eu le sentiment de dépouiller de leur fierté les malheureuses contraintes à ce sacrifice. Il avait assisté à la « tonte », avec le même écœurement que s'il s'était agi d'un viol, consenti, mais quand même, une forme de prostitution – il savait de quoi il parlait. Le sourire douloureux de la pauvresse, sa honte à mesure que se dénudait son crâne, ses mains plaquées sur ses genoux afin de les empêcher de trembler. Puis le coiffeur ramassait les mèches dans un grand sac, il les revendrait pour confectionner des perruques, dont se pareraient les riches bourgeoises. C'était cet usage qui révoltait Zacharie, usurper la beauté d'une nécessiteuse afin de se pavaner, les fesses dans la soie, coiffée du scalp d'une autre. Mais Théophile n'était pas l'inventeur de ce commerce lucratif ; à chaque fois, Zacharie avait même pu constater le tact avec lequel il officiait, la discrétion d'éviter les commentaires fallacieux, du genre qu'elle serait aussi belle qu'avant avec sa tête hérissée d'éteule comme un champ de blé mal taillé après la moisson.

Marrec'h possédait une collection impressionnante, dont quelques spécimens qu'il se refusait à vendre, des chevelures de femmes d'une beauté ineffable. Ces reliques, il les contemplait les soirs de mélancolie en y glissant les doigts et en les pressant contre son visage afin de humer leur parfum. Dans la bougie flageolante, il discernait le sourire des malheureuses, et même leur corps entre deux lampées de lambig, en quête d'une caresse et du peu de tendresse que le destin leur avait refusées.

Zacharie se leva de son rocher. Il était temps d'affronter la réalité, de ne pas laisser Clémence se dépatouiller toute seule. Dans une quinzaine de jours ils allaient marier Violaine. Un moment de bonheur pour la plupart des parents. Mais le cœur n'y était pas.

Misérable écervelée, elle méritait mieux…

3

Zacharie Le Kamm s'était marié avec Clémence Coubigou en 1881 ; vingt et un ans – un âge relativement jeune à l'époque pour convoler –, elle deux de plus. Voisins depuis la prime enfance, ils entretinrent une camaraderie asexuée jusqu'aux prémices de l'adolescence. Plus âgée, brillante sur le plan scolaire, elle dominait d'autant plus le pauvre Zacharie que celui-ci, courbé sur son pupitre, peinait à tracer les lettres d'une plume qui crachotait et se dérobait quand elle ne s'ouvrait pas par le milieu comme la cosse d'un haricot. De toute façon, il avait décrété qu'il serait pilhaouer, comme son grand-père, à la place de ce père qu'il n'avait pas connu, et dont ses grands-parents lui dressaient à tout bout de champ le portrait le plus élogieux. Loin d'être sot, Zacharie parvint à décrocher son certificat d'études à treize ans ; l'année suivante, il accompagnait Edern Le Kamm dans ses tournées de chiffonnier.

A Loqueffret, l'école n'était pas mixte, mais les deux gamins avaient pris l'habitude de se retrouver après la classe. Pressée de jouer avec lui, Clémence aidait son camarade à bâcler ses devoirs et à ânonner ses leçons. Les cheveux châtains et les yeux gris-bleu, la fillette était du tempérament que les tenaces clichés attachent volontiers aux petites demoiselles. Lui, était plutôt casse-cou, dur au mal, prisant le grand air et habile à exploiter les ressources inépuisables de la campagne environnante. Il construisait les cabanes dont elle régentait l'intérieur, y installant son « chez elle » avec un aplomb invulnérable, de façon à pouvoir le materner à sa guise. D'un bout de chiffon et d'une pomme de terre épluchée en guise de visage – deux pignons de pin pour les yeux et une noisette pour le nez –, elle inventait une poupée plus vraie que celles des magasins. Savaient-ils qu'ils préparaient leur existence future ?... De camarades, ils devinrent amis, puis un jour – elle avait quinze ans –, ses lèvres s'épanouirent sur sa joue. Quelque temps plus tard – sciemment puisqu'elle le savait dans son dos –, elle ne se dissimula pas pour se soulager. Souhaitait-elle lui dévoiler leur différence ? Elle lui sourit, prit tout son temps pour se réajuster et laisser retomber la corolle de sa jupe.

— On se connaît assez pour pas faire de manières... murmura-t-elle avec un air bizarre.

Entrevue quelques secondes, l'image des fesses rebondies séduisit Zacharie, la curieuse houppette à la croisée de son ventre l'intrigua quand elle se retourna. Il n'avait que treize ans, mais cette nuit-là, il se surprit à désirer Clémence, effrayé par cette excroissance qui lui poussait au bas du ventre, se croyant malade. Lors de leurs rencontres suivantes, il eut envie de contempler à nouveau cette anatomie dont la singularité lui inventait des cauchemars où un démon encorné le traquait de sa fourche. Les yeux baissés, le rouge aux joues, il balbutia de lui montrer encore. Elle se prêta au jeu avec complaisance, lui dévoilant cette fois le mitan de son intimité. C'en était fini de leur innocence.

La proximité physique entre les deux adolescents n'alla pas toutefois jusqu'à trahir la sacro-sainte morale. Autrement dit, ils se fiancèrent sans avoir fauté et ne consommèrent leur virginité que lors de leur nuit de noces. Le couple décida de s'installer dans la ferme des grands-parents Le Kamm. Pour Zacharie, devenir pilhaouer comme son grand-père avait été sa façon à lui de rester dans les chiffons, comme cet arrière-grand-père du côté maternel, tailleur prestigieux dont il possédait le chef-d'œuvre.

A si bien se connaître, comment ne pas être persuadés être faits l'un pour l'autre ? Les fibres maternelles de Clémence s'étaient ramifiées entre-temps : plusieurs petiots – deux filles et un garçon – auraient suffi à son bonheur de mère. Le métier de pilhaouer marchait bien, Zacharie n'était pas contre. Ils s'attelèrent à la tâche, bien agréable au demeurant, car ils se prodiguaient mutuellement beaucoup de plaisir, mais cela ne prenait pas. Ils consultèrent. Le vieux praticien de la famille n'était pas des plus férus en gynécologie – à l'époque, ces dames ne dévoilaient leur anatomie à leur médecin qu'en cas d'extrême nécessité, pas pour des petites misères de bonne femme, les hommes étaient souvent aussi coincés que leurs épouses sur ce plan-là. Le docteur Bobinet examina les deux partenaires avec délicatesse afin de ménager leur pudeur. Ils paraissaient tous deux de constitution normale. A son avis, Clémence présentait même la configuration idéale à la procréation. De là à conclure, sans certitude, que la semence de Zacharie pouvait être infertile... Atteint dans son orgueil de mâle, il en fut mortifié.

Encore plus angoissé aussi. Le pilhaouer connaissait la propension maternelle de son épouse. Pendant ses longues absences, se disait-il, elle aurait tout loisir de ressasser son infortune. Une aussi jolie poulette n'aurait aucun mal à se dénicher un « vrai » coq avec qui fonder une famille normale. Ses inquiétudes ne furent pas fondées : entre autres qualités, Clémence se découvrit celle d'être fidèle. Elle continua à l'aimer, malgré tout, son chiffonnier basané à force de courir par monts et par vaux, avec ses cheveux longs et ses airs de bohémien, ses mains calleuses qui agaçaient la peau plus sûrement que les doux doigts habiles d'un tailleur.

Le destin vint au secours des Le Kamm...

Dans le chemin partant sur la droite en direction du Menez Du habitait une « pauvre fille ». Pauvre sur le plan matériel, mais surtout en raison du destin qui lui avait été dévolu. Adeline Quiru était une jolie femme rousse dotée d'une crinière magnifique qui lui coulait au milieu du dos quand elle quittait la coiffe avant de se fourrer dans son lit-clos. Elle avait les pieds sur terre, elle se fit pourtant prendre au piège au sortir de l'adolescence par un gaillard de la campagne, à qui l'accouplement entre un garçon et une fille paraissait aussi naturel que la saillie entre sa vache et le taureau du voisin, un coup qu'elle n'avait pas vu venir, en rien prémédité d'ailleurs. Pas un méchant garçon au demeurant, ni trop vilain de sa personne. L'étreinte eut lieu au détour d'un bois, le soir d'un feu de la Saint-Jean dans un hameau des monts d'Arrée. Les garçons avaient sauté fort tard par-dessus les brandons en train de se consumer, sous les yeux admiratifs des jeunettes assez frivoles pour être restées traîner. Le Basile Comminet proposa à Adeline de la raccompagner pour lui éviter une mauvaise rencontre – ce n'était pas de l'ironie... Faisant rouler les cailloux sous ses brodequins du dimanche, il sifflotait, il avait un peu bu, assez en tout cas pour se sentir tout émoustillé en compagnie d'une si jolie mignonne en pleine campagne. Il lui offrit son bras, elle ne se méfia pas, ni lorsqu'il la serra en marchant contre sa hanche, justifiant son aide à cause du chemin accidenté.

Un contact troublant, Basile s'arrêta, retint Adeline, se planta face à elle. Le souffle court, sa voix rustaude lui murmura à l'oreille le compliment qui lui passa par la tête. Qu'il la trouvait à son goût, ou quelque banalité de ce genre. Le godelureau avait les cheveux en bataille, ses vêtements étaient imprégnés de la fumée entêtante des genêts qui avaient servi à allumer le brasier. La jeune fille lui refusa ses lèvres quand il entreprit de l'embrasser, en riant cependant au lieu de se fâcher, ce qui ne fit que l'encourager à pousser plus loin ses avances. C'était une des premières nuits d'été, la lune éclairait doucement, les grillons chantaient, une mélopée enivrante qui rendait le paysage irréel. Il insista, ses mains enserrèrent sa taille, elle sentit la pression de ses doigts à travers les épaisseurs d'étoffe, cherchant à s'immiscer entre le bas du gilet et le haut de la jupe. C'est à ce moment qu'elle aurait dû couper court, mais elle était frappée d'une langueur qui la rendait toute chose.

— Juste pour te faire un peu de bien, je m'arrêterai quand tu voudras, promit le jeune homme.

Elle se crut assez forte pour lui résister, se laissa coucher sur une litière de fougères rouillées de l'hiver précédent et dont les odeurs capiteuses finirent de la chavirer. Quand le désir du mâle se dressa contre son ventre, titillée elle-même par une drôle de sensation, elle n'eut pas la lucidité de le repousser. Jupes retroussées, culotte fendue, il n'était pas malaisé de la forcer. Lorsqu'elle s'en rendit compte, il était trop tard pour l'expulser de la place. Le voulait-elle d'ailleurs ?...

L'affaire dura à peine une minute, une pointe de souffrance le temps de la défloration, guère de plaisir, une dernière poussée brutale avant de se retirer. Quelques semaines plus tard, Adeline ne put ignorer qu'elle était enceinte. S'en voulant à mort de son inconséquence, elle n'avait pas revu l'amant de cette fâcheuse nuit. Pourquoi le mettre au pied du mur ? Elle ne l'aimait pas, en aucune façon elle n'aurait pu se marier avec lui.

Adeline présentait la morphologie pour être mère d'une nichée de gamins, la grossesse se déroula sans problème. A terme, elle donna le jour à une petite Violaine.

Les semaines suivantes, les choses se compliquèrent. Orpheline à seize ans, Adeline avait évité l'assistance publique en trouvant de l'embauche dans une maison du bourg, sur la route descendant vers Châteauneuf-du-Faou, bonne à tout faire, des gens bien sous tout rapport comme on dit un peu vite, sauf que les Rollier étaient très à cheval sur la morale. Elle avait gardé la chaumière de sa mère.

Déjà avant la naissance, la patronne tirait grise mine à son employée à mesure que son ventre s'arrondissait. Mais tant que la preuve de la faute n'avait pas vu le jour, il n'était pas interdit d'espérer une fausse couche – beaucoup d'enfants mouraient lors de la délivrance… Madame essaya quand même de lui faire avouer qui était le père, s'il était dans les intentions de celui-ci de régulariser la situation. Prise de court, la jeune femme ne put dissimuler son embarras. Elle balbutia qu'elle aviserait le moment venu.

— Ah bon ! lui fut-il répondu avec un air pincé.

Adeline n'eut pas le temps d'aviser. Au retour de couches, on lui signifia de faire son balluchon. La jeune maman ne fut pas surprise outre mesure, ni davantage tracassée non plus : son courage et sa probité étaient connus sur la place de Loqueffret, à Saint-Herbot, à Lannédern, et même jusqu'à Huelgoat ; elle trouverait de l'embauche dans une autre maison. C'était sans compter que les réputations couraient plus vite que ne ruisselait la pluie d'orage dans les chemins pentus, une fille-mère était considérée comme une femme légère, même celles troussées contre leur gré par un saligaud – elles n'avaient qu'à faire attention et ne pas se fourvoyer avec n'importe quel godelureau. Partout où elle proposa ses services, la porte lui fut fermée au nez.

Adeline Quiru dissimula son infortune le plus longtemps possible, puisant dans ses économies, car elle était prévoyante. Même en vivant le plus chichement du monde, le bas de laine finit par se vider. Elle se résolut à faire du porte-à-porte chez les amis d'avant. Elle ne reçut pas partout le meilleur accueil – l'amitié a tendance à se résorber quand on sollicite le porte-monnaie.

Les Le Kamm ne furent pas de ces pingres, ils vinrent en aide à la malheureuse plus souvent qu'à leur tour. Adeline n'était pas du genre à profiter toujours des mêmes : connaissant la générosité de Clémence, elle évita de venir se plaindre chez le pilhaouer. Sa petiote accrochée à elle dans une grande toile, elle prit l'habitude de partir à l'aube. Ce que les gens de Loqueffret ignoraient, c'est qu'elle allait mendier dans les villes voisines. Les passants avaient pitié d'elle avec sa petite fille, les hommes s'arrêtaient afin de la voir donner le sein, en lui assurant avec hypocrisie qu'elle avait un bien joli bébé.

A ce train-là, Adeline Quiru n'eut bientôt plus la force de parcourir tous les jours autant de route, elle resta faire la manche au bourg, exhibant sa misère à ceux qu'elle connaissait depuis son plus jeune âge. Elle était encore jolie, avait toujours cette chevelure de rêve dont on devinait les racines de feu sous la visagière de la coiffe. Ce fut à cette époque qu'elle se résigna à vendre sa fierté naturelle, l'apanage de sa naissance. Théophile Marrec'h n'abusa pas de sa détresse et la paya largement. Une fois, deux fois, mais les cheveux ne repoussaient pas assez vite pour constituer une véritable source de revenu. Quand elle quémandait l'aumône, les hommes à lui tourner autour ne manquaient pas. A défaut de pouvoir négocier son courage, elle en vint à vendre ses charmes, la nuit, dans sa chaumière. Le cercle vicieux, la spirale infernale, de fille facile la voilà devenue garce aux yeux de la communauté, mise à l'index par la vindicte populaire. Au bout de quelques mois apparurent les stigmates de la débauche, quelques rides au coin des paupières et aux commissures des lèvres, la peau qui perd de son éclat, qui se flétrit comme les pétales de la fleur en passe de se faner. Elle fut contrainte d'ouvrir ses jambes à des individus de moins en moins reluisants, pour une somme de plus en plus modique.

Violaine ne faisait pas les frais du naufrage – sa mère s'occupait d'elle de son mieux. La petiote avait hérité de sa beauté et de sa chevelure fournie et frisée, sauf qu'elle était blonde. Et surtout elle avait une gentille voisine.

Clémence Le Kamm s'installa chez son mari alors que la gamine n'avait que trois ans. Violaine ne mit pas longtemps à apprendre le chemin d'un refuge aussi providentiel. La jeune mariée se prit très tôt d'affection pour l'enfant que son époux était incapable de lui donner. Elle la pouponnait, la nourrissait, l'habillait, lui tricotait de petites choses avec un bonheur évident.

Comme si cela ne suffisait pas, la maladie s'invita au domicile de la malheureuse Adeline. Trop faible pour résister, sans le sou pour se soigner, quand elle se résolut à se rendre chez le médecin il était déjà trop tard. Le docteur Bobinet diagnostiqua une phtisie qui lui rongea les poumons et la décharna en quelques semaines. Il revint encore au pilhaouer et à son épouse de la veiller pour la fin du voyage. Avant de rendre son dernier souffle, Adeline leur fit promettre de s'occuper de Violaine : vœu inutile, ils la considéraient déjà comme leur fille.

La procédure d'adoption mit un certain temps à aboutir, sans doute parce qu'aux yeux de l'administration, un pilhaouer restait une sorte de vagabond. Clémence était lingère à Loqueffret, une profession qui en revanche avait bonne réputation, elle parvint à convaincre les instances habilitées de leur confier la fillette.

Le couple était encore jeune, les Le Kamm s'occupèrent bien de Violaine, peut-être même mieux que si elle avait été leur propre fille, sans doute en raison du serment fait à la mère agonisante. Comment imaginer que l'adolescente eût pu se fourvoyer dans une voie aussi fallacieuse ?

Zacharie était donc pilhaouer... Mais il récupérait quasiment tout ce dont ses pratiques voulaient se débarrasser : la ferraille, les queues de cheval, les peaux de lapin, séchées ou encore fraîches du dernier civet dominical, les précieuses soies de porc, soigneusement mises de côté quand on ébouillantait le cochon tué à la ferme, qui valaient une fortune, car elles servaient à confectionner les brosses et les pinceaux. La pesée des ballots préparés à l'avance s'effectuait à l'aide d'un peson à ressort. Zacharie était honnête. Pas comme certains petits malins qui, de la pointe de leur sabot, soulageaient le paquet de hardes qui pendait au crochet.

Zacharie livrait sa récolte dans un dépôt de Morlaix, ce qui l'obligeait à effectuer un détour d'une vingtaine de kilomètres quand sa charrette était pleine avant d'avoir terminé sa tournée. Une véritable usine avec sa quinzaine d'employés, hommes et femmes. Là était effectué le tri des matériaux déposés par les pilhaouerien, notamment celui des étoffes, dont l'usage était déterminé en fonction de leur qualité. Le surfin était expédié à Angoulême pour fabriquer les papiers dits royaux.

La monnaie d'échange était surtout de la porcelaine importée du nord et de l'est de la France, quelquefois des mouchoirs, et même des fruits selon la saison, des bigarreaux notamment. Zacharie s'approvisionnait au dépôt de Morlaix avant de commencer sa tournée ; faisant office de courtier, le grossiste lui avançait ce dont il avait besoin : assiettes ornées d'un coq, bols à fleurs, verres, une soupière parfois – une pièce rare, à laquelle le client n'avait droit qu'après trois ou quatre passages. Le règlement de la vaisselle s'effectuait au prix de gros, déduit ensuite de la marchandise livrée.

Un métier rude, qui imposait de longues errances, parfois même durant plusieurs semaines. Les campagnes se déroulaient en dehors des travaux agricoles, pendant lesquels il restait aider Clémence à la ferme, après la moisson de l'été, entre la Toussaint et la Noël, du premier de l'an aux semis de mars et d'avril, puis de mai jusqu'à la fenaison de la Saint-Jean. C'était surtout en hiver que lui et ses confrères chemineaux souffraient, dans le vent, sous la pluie, quand ce n'était pas giflés par la grêle ou transis par la neige. Ils logeaient au gré de la charité de leurs clients. Assimilés par les plus pingres à de vulgaires vagabonds, ils étaient soupçonnés de surcroît de conter fleurette aux épouses pendant que le mari trimait aux champs, méprisés de se nourrir de la misère de leurs semblables. Mais la plupart de leurs pratiques les aimaient bien, Zacharie dormait le plus souvent dans un bon lit, ou dans une grange de foin odorant ; il lui arrivait même de prendre une chambre dans un hôtel de Morlaix quand les affaires avaient bien marché – Penn-Kalled avait le droit alors de dormir dans les écuries qui servaient encore aux chevaux des diligences. Pour se nourrir, cela ne posait pas trop de problèmes : à l'époque, on respectait la coutume de garder une place à table pour celui qui viendrait frapper à la porte, promeneur égaré ou mendiant au ventre vide et n'ayant nulle part ailleurs où se réfugier. Au retour d'une pareille expédition, les poches pleines quand la vente avait été bonne, le pilhaouer devait encore se méfier des maraudeurs en revenant de Morlaix. Il arrivait à ceux-ci de se liguer afin de détrousser les colporteurs et autres marchands ambulants à la faveur de la forêt. Mais il fallait bien vivre, et le métier rapportait bien.

Zacharie arriva en vue du domicile. Il tira les brides de Penn-Kalled et descendit du char à bancs. Le cheval renâcla : si près de la fin de son calvaire, il était impatient de rentrer au gîte.

— Doucement, l'ami, fit son maître. A cette heure-ci, la patronne doit encore dormir.

Clémence était réveillée depuis longtemps, incapable de trouver le repos. Depuis plusieurs jours, elle savait que son bonhomme allait bientôt revenir, une forme de prémonition… Elle entendit le hennissement, s'avança sur le seuil, contente de retrouver son pilhaouer de retour après deux semaines de route.

— J'étais sûre que c'était toi.

— Qui veux-tu que ce soit d'autre ?

— Quelque galant qui me fait la cour quand tu t'en vas, essaya-t-elle de plaisanter, mais sans parvenir à le dérider.

— Violaine n'est pas là ?

— Elle vient juste de s'absenter. Elle avait des choses à régler avec son fiancé pour le mariage.

Clémence se rapprocha de son époux afin qu'il la serrât entre ses bras, leur habitude après plusieurs jours de séparation. Il se déroba.

— Je suis épuisé.

— La collecte a été bonne ?

— De ce côté-là, pas à se plaindre, soupira Zacharie.

— J'étais en train de vérifier une dernière fois la tenue de notre fille. C'est vrai que ton arrière-grand-père était quand même un sacré brodeur.

Elle marqua une pause, guettant sa réaction.

— Tu es sûr que c'est celle-là qu'elle doit porter pour se marier ? ajouta-t-elle.

Zacharie tressaillit.

— Pourquoi revenir là-dessus ? C'est Violaine qui a décidé de s'habiller ainsi, pour nous faire plaisir. Lazare Kerrec serait si fier de son travail s'il pouvait la voir.

— Sans doute oui… Mais tu sais bien ce qui est arrivé à sa petite-fille, ta mère…

— Fais pas l'idiote. C'est moi qui t'ai raconté cette misère. J'aurais mieux fait de me taire d'ailleurs…

Clémence était incapable de dissimuler son angoisse.

— Elle est morte quand même… proféra-t-elle du bout des lèvres au bout de quelques secondes.

— On meurt tous un jour, répliqua sèchement Zacharie.

— Pas si jeune, Dieu merci…

— C'est une histoire ancienne, reprit le pilhaouer. Des conneries de légendes que certains jaloux avaient alors intérêt à colporter et à exagérer…

— Espérons que tu aies raison…

— Arrête tes jérémiades. A force de te plaindre, c'est toi qui vas attirer le malheur sur notre fille.

Clémence lui tourna le dos et rentra dans la maison.

— De toute façon, le mariage est la semaine prochaine, lui lança le pilhaouer avant qu'elle n'eût disparu dans l'obscurité de la demeure. C'est trop tard pour prévoir une autre tenue. Tu verras, notre petite Violaine sera très belle, même si l'autre imbécile de Ligoury ne la mérite pas.

4

Le chef-d'œuvre de Lazare Kerrec fut sans conteste la parure de mariée que sa petite-fille Bénédicte porta le jour de son mariage : un gilet, un manchoù, une ample jupe qui lui descendait aux chevilles et laissait entrevoir les bottines qui lui cambraient le pied quand le tissu oscillait au gré de la marche. Une drôle d'histoire… C'était au mois d'octobre 1860, après les grands travaux communautaires, comme il se doit.

Avant ce jour, ce brodeur d'exception s'était escrimé à ce que personne ne vît son ouvrage, pas même son épouse. Il se faisait de douces illusions. Sa Marie-Josèphe n'avait pas été sans se douter qu'il travaillait en cachette dès qu'il était seul, et la nuit quand elle dormait. Elle avait hésité à jouer la fouineuse, mais un jour sa curiosité fut plus forte que sa probité. Elle dénicha le costume, faillit tomber à la renverse tant entre ses mains tremblantes étaient belles les arabesques du gilet et du manchoù et les points d'une régularité parfaite. Certes, son bonhomme passait pour être le meilleur tailleur-brodeur de Pont-l'Abbé, mais de là à réaliser un tel chef-d'œuvre… Un instant, elle en vint à douter qu'il en fût l'auteur, tant il paraissait incroyable qu'un misérable être humain déployât pareille maîtrise. Pourtant qui d'autre que lui aurait poussé l'aiguille et tiré le fil avec autant de dextérité ? A moins que le diable... se dit-elle en souriant.

Cette découverte intrigua Marie-Josèphe Kerrec au plus haut point. C'était une vêture de femme. Pour quelle mystérieuse cliente travaillait son époux ? Un sentiment étrange s'insinua dans son esprit : et si c'était un cadeau qu'il préparait pour une maîtresse ? Malgré la fâcheuse réputation que véhiculaient les tailleurs, l'angoisse d'être trompée ne l'avait jamais effleurée. Sans être un don juan, Lazare était plutôt bel homme. Il émanait de sa personne une impression de force tranquille, avec sa voix grave, ses yeux intenses, mais il avait soixante-quinze ans !

A plusieurs reprises, Marie-Josèphe se retint de demander à son mari ce qu'il en était. Elle ne le craignait pas, mais le savait susceptible. Et puis elle avait confiance en lui : le moment venu, il lui en parlerait. Lui passa par l'esprit que c'était peut-être pour elle que son mari travaillait, afin de lui faire une surprise, mais elle n'était plus en âge d'arborer une tenue aussi colorée. Ou alors, c'était pour le vendre aux touristes : dans le pays il courait le bruit que certains tailleurs œuvraient dans cette intention, que les Parisiens s'intéressaient aux costumes provinciaux, notamment ceux des « indigènes » bretons. Une trahison sans doute aux yeux de Lazare, mais pourquoi ne pas avoir mis son épouse dans la confidence s'il s'était abaissé à pareille compromission ? Elle lui aurait été de bon conseil, comme d'habitude... Soudain se produisit le déclic. Bénédicte, sa petite-fille ! Elle fréquentait un certain Bernez Le Kamm, fils d'un pilhaouer de Loqueffret, et destiné à le devenir lui-même, puisqu'il travaillait déjà avec son père. Un garçon courageux que Bénédicte avait rencontré par hasard à la foire de Quimper. La jeune fille avait raconté à sa grand-mère qu'il lui était venu en aide alors qu'elle s'était tordu la cheville entre deux pavés. Ils avaient sympathisé aussitôt, ils s'étaient revus malgré la distance qui les séparait. Le jeune homme paraissait sincère et honnête, même si son métier ne jouissait pas d'une très bonne réputation. Bien sûr que c'était en vue d'un éventuel mariage que son Lazare s'était attelé à un ouvrage aussi prestigieux ! Il entendait lui faire la surprise. Quelle bécasse elle avait été de ne pas y avoir pensé plus tôt...

Quelques semaines plus tard, Médard annonça à ses parents que sa fille allait en effet se fiancer. Il avait un service à demander à son père.

— Je te vois venir, glissa Lazare avec un sourire malicieux. Tu veux que je confectionne la toilette de mariée de Bénédicte...

— Tout juste.

— J'y ai déjà pensé, figure-toi.

Marie-Josèphe sentit son cœur s'emballer : elle avait deviné juste. Elle faillit trahir son indiscrétion, et annoncer à son fils que le travail de son bonhomme était tout simplement magnifique.

— Tu lui diras de passer me voir au plus vite pour que l'on choisisse ensemble le tissu et les broderies dont elle a envie, fit Lazare Kerrec à son fils.

Marie-Josèphe sentit tout vaciller autour d'elle. En une seconde, sa mine se renfrogna. Médard eut conscience de son malaise.

— T'as pas l'air contente, mamm. C'est à cause du métier de Bernez ?

— Non, non… Pas du tout, bafouilla-t-elle. Mais…

Lazare la regardait, surpris lui aussi.

— Mais quoi alors ? Tu veux pas que j'habille notre petite-fille pour le jour de ses noces ?

Marie-Josèphe parvint à recouvrer son sang-froid.

— Si, bien sûr… mais j'ai dû mal à l'imaginer avec un homme. Je la trouve encore si jeune.

— Elle a vingt-quatre ans. A cet âge-là, tu m'avais déjà épousé. Je t'ai quand même pas rendue malheureuse au point que tu veuilles empêcher ta chère Bénédicte de faire pareil !

— Arrête de débiter des âneries. Vous avez raison. Je ne suis qu'une idiote. C'est une très bonne nouvelle. Ça mérite bien qu'on boive un doigt de porto.

Le mystère s'épaississait. Perplexe, Marie-Josèphe vécut des jours difficiles. Loin d'imaginer qu'elle avait découvert son secret, Lazare se rendait compte de l'humeur maussade de sa compagne, mais il n'était pas du genre à traquer son entourage. Le plus pénible pour la pauvre grand-mère fut d'assister aux essayages du costume de sa petite-fille, un travail remarquable lui aussi, mais qui n'égalait en rien celui que son époux effectuait en cachette. Lazare et Bénédicte lui demandaient son avis, elle répondait du bout des lèvres, sans l'enthousiasme qu'elle aurait dû manifester en pareille circonstance. Si Lazare s'absentait, elle allait vérifier où il en était de l'autre vêture : elle était quasiment terminée. Quand elle fut achevée, l'épouse du tailleur se dit que celui-ci allait enfin la mettre dans la confidence – il n'en fut rien.

Le mariage approchait. La grand-mère de la fiancée estimait que Bénédicte aurait été beaucoup plus jolie dans la tenue confectionnée en cachette. C'était la même taille, elle ne pouvait admettre qu'une autre que sa petite-fille endossât le chef-d'œuvre réalisé par son mari. C'est alors qu'une idée folle lui passa par la tête.

La mère de Bénédicte, Angèle, ne s'était pas occupée de la tenue de mariage de sa fille, sachant qu'elle pouvait compter sur ses beaux-parents. Le matin des noces, elle laissa à la femme du tailleur le soin d'habiller la future mariée. Bien entendu, les hommes n'étaient pas conviés, le père et le grand-père attendaient en bas, dans la mercerie. Marie-Josèphe avait sorti de sa cachette la vêture « clandestine ». Bénédicte arriva dans la chambre, les deux costumes étaient étalés sur le lit. La grand-mère ménageait ses effets.

— Quelle tenue tu trouves la plus jolie ?

Il n'était nul besoin d'être spécialiste pour effectuer un pareil choix. La fiancée désigna celle qu'elle n'avait pas vue auparavant.

— C'est comme ça que tu vas t'habiller ? demanda-t-elle à sa grand-mère.

— Non, non, répondit celle-ci avec un sourire énigmatique.

— C'est pour qui alors ?

— Figure-toi que je me le demande. C'est de la belle ouvrage réalisée en cachette par ton grand-père.

Je suis persuadée qu'il a coupé et brodé ces habits pour toi, mais qu'il a pas osé te le dire…

— Je ne comprends pas.

— Moi non plus, mais c'est comme ça. Tu sais ce qu'on va faire ?

Bénédicte regarda la vieille femme d'un air intrigué.

— On va lui faire la surprise. C'est cette tenue-là que tu vas enfiler.

— Il va pas être content…

— Penses-tu ! Il sera tellement fier qu'il osera rien dire. Rassure-toi, je le connais mieux que toi.

Bénédicte n'avait aucune raison de refuser de se prêter à un jeu si séduisant. Quand elle fut parée du fameux costume, elle s'y sentit un peu engoncée, mais si belle qu'elle embrassa sa grand-mère en lui disant qu'elle avait eu une sacrée bonne idée.

Le temps de poser la coiffe et de s'habiller, une bonne heure s'était écoulée. Entre-temps, accompagné de ses parents, le fiancé était arrivé dans leur char à bancs de pilhaouer, briqué de façon si soigneuse qu'on aurait cru qu'il était neuf. Il rangea son attelage devant la boutique. Sauta sur le trottoir d'un pas alerte.

Lazare Kerrec trouvait que là-haut, on mettait beaucoup de temps à se préparer. Passant la tête dans l'escalier, il intima aux deux femmes de se presser un peu, sinon, on allait être en retard à l'église. Marie-Josèphe jubilait à l'idée du bon tour qu'elles étaient en train de lui jouer.

— Voilà, voilà, on arrive.

Elle se tourna vers sa petite-fille, resplendissante.

— Tu vas voir sa tête…

La grand-mère descendit la première. Il faisait soleil ce matin-là. Elle pria les quelques membres de la famille de sortir du magasin afin d'accueillir comme il se doit la future mariée qui, affirma-t-elle, était belle comme une princesse. Lazare fut le dernier à s'exécuter.

— Tu as bien fait tout comme il faut ? demanda-t-il en franchissant le seuil.

— Mais oui. T'inquiète pas. Ta Bénédicte n'a jamais été aussi belle. Va donc rejoindre les autres pendant que je vais la chercher.

L'apparition de la jeune femme en pleine lumière leva des cris d'admiration. A juste titre : sans doute jamais future épousée n'avait été aussi jolie. Fière de son succès, Bénédicte se tenait sur le seuil de l'échoppe, droite. Bernez n'en croyait pas ses yeux, ne parvenait à mesurer l'immensité du bonheur qui l'attendait. Edern et Marie Le Kamm n'en revenaient pas que leur fiston eût déniché une si jolie tourterelle.

Bref, tout le monde était aux anges.

Sauf un homme.

Lazare Kerrec avait blêmi, il s'était mis à trembler, à le croire horrifié par l'œuvre dont il aurait dû être si fier. Sa femme gardait un œil sur lui, elle commençait à regretter son initiative. La voix du tailleur n'arrivait pas à percer dans le brouhaha de l'assistance.

— C'est pas ce qui était prévu. Vous aviez pas le droit, marmonnait-il.

Il s'approcha de Marie-Josèphe.

— Ce costume n'était pas pour elle…

— Pour qui alors ?

— T'as pas besoin de le savoir. Dis-lui d'aller se changer.

Il était trop tard, la noce était sur le point de partir. Déjà les invités se dirigeaient vers le tailleur afin de le féliciter. Alors il recula, puis soudain tourna le dos et disparut à grandes enjambées dans les rues avoisinantes.

Cette brève altercation et la défection du tailleur assombrirent quelque peu ces trois jours de liesse. La jeune épouse ne pouvait se départir du chagrin insidieux d'avoir manqué de respect au patriarche de la famille. La grand-mère avait elle aussi perdu de son entrain habituel, se reprochant d'avoir trahi par pure frivolité l'homme qu'elle aimait.

Mais pour la jeune mariée, ce ne fut pas seulement dans la tête...

Au moment de prononcer son consentement, Bénédicte ressentit une douleur atroce dans la poitrine, comme si le gilet et le corsage se rétrécissaient en un corset dont une main de fer aurait souqué les lacets dans son dos. Le curé eut conscience du malaise de la jeune femme, son futur époux aussi. Elle avait du mal à respirer, ses lèvres tremblotaient, elle était incapable de prononcer le « oui » que tout le monde attendait. Le prêtre avait déjà été confronté à ce genre de situation, une réticence imprévue au moment de franchir le pas, alors qu'un quart d'heure auparavant, les jeunes gens, pressés de s'unir, riaient d'un amour infaillible. Bien qu'homme de Dieu, lui aussi soupçonnait le démon de s'immiscer dans son église en certaines circonstances afin d'y flanquer le bazar. Il esquissa un vague signe de croix, fixa Bénédicte dans les yeux. Elle se sentit aussitôt libérée d'une force incrustée en elle.

Elle recouvra l'usage de la parole. Oui, répéta-t-elle à deux reprises d'une voix claire comme si elle entendait se faire pardonner ses hésitations. Un murmure de soulagement parcourut l'assistance.

Le mariage avait débuté sous de sinistres augures avec la disparition du grand-père. Cette nuit-là, le pauvre Bernez eut toutes les peines du monde à honorer sa jeune épouse pourtant si jolie. Quand il trouva enfin la vaillance nécessaire pour se glisser dans son giron, elle ressentit une brûlure terrible, qu'elle mit par la suite sur le compte de la défloration et dont elle n'eut pas la sensiblerie de se plaindre. Qui la dissuada aussi de l'envie de recommencer. De toute façon, Bernez lui-même ne semblait plus tenté par l'expérience.

Le grand-père ne réapparut que quelques jours plus tard. Il n'éprouva pas le besoin de s'excuser. Bien sûr, Marie-Josèphe le somma de s'expliquer, il mit un certain temps à trouver les mots pour répondre. Il paraissait avoir encore vieilli. Pas physiquement – il était déjà buriné par les ans –, mais sa flamme intérieure semblait cette fois éteinte pour de bon. Une résignation que sa femme ne lui avait jamais connue.

— Tu peux comprendre que j'aie besoin de savoir, insista-t-elle.

Il la fixa de ses yeux vides.

— Pourquoi tu as donné ce costume à notre petite Bénédicte ? marmonna-t-il d'une voix rauque.

— Mais qu'est-ce qu'il a, ce fichu costume à la fin ?

Lazare secoua la tête d'un air désespéré.

— A qui il était destiné, puisque ce n'était pas à ta petite-fille ? insista Marie-Josèphe.

— A personne justement. Ma pauvre Marie-Jo, comment t'as pas compris que cette fois-ci je ne brodais pas pour quelqu'un, mais pour le simple plaisir de confectionner une tenue qu'aucun corps n'aurait été digne d'endosser ? Toute ma vie, j'ai travaillé pour parer des gens qui m'ont oublié une fois que je leur avais livré ce qu'ils m'avaient commandé. Ils étaient fiers de l'image que je leur avais transmise, sans la moindre reconnaissance pour celui qui avait travaillé dans l'ombre. Ce costume-là, j'avais l'intention de l'exposer dans la vitrine de ton magasin afin que tout le monde le voie et que chacun sache que c'était moi qui l'avais confectionné.

Il reprit son souffle.

— Je n'ai été qu'un pauvre idiot bouffi d'orgueil...

Marie-Josèphe commençait à deviner, c'était bien là l'homme qu'elle aimait.

— Tu vas me croire devenu fou, mais ce costume-là, tout le temps que j'ai mis à le broder, j'ai invoqué le diable de me venir en aide et de guider mon aiguille. Combien de nuits ne l'ai-je pas senti dans l'ombre derrière moi ! Malgré la fatigue qui alourdissait mes paupières, mes doigts continuaient à pousser et à tirer l'aiguille en dehors de ma volonté... Je sais que c'est complètement insensé, mais je t'assure que c'est vrai, que je ne rêvais pas.

— Pourquoi tu m'en as pas parlé ?

— Je viens de te le dire. Tu aurais pensé que j'avais perdu la tête. Et puis, je voulais te faire la surprise le moment venu. Mais c'est pas ça le plus ennuyeux...

Il soupira. Elle attendait, bouleversée par une telle confession, s'en voulant de n'avoir rien compris.

— Ce costume, j'y ai mis toute mon âme. J'étais persuadé que sans l'aide du diable, je ne l'aurais pas terminé. J'admirais mon propre travail comme si c'était quelqu'un d'autre qui l'avait fait à ma place. Le jour où j'ai tiré la dernière aiguillée, j'ai entendu une voix dans mon dos. Je me suis retourné. Bien sûr, il n'y avait personne, mais je savais qui me parlait. Le diable me dictait le pacte que me valait l'inconscience d'avoir sollicité sa collaboration.

— Un pacte…

— Oui, il m'a annoncé que celle qui aurait l'audace de revêtir cette parure le rejoindrait en enfer, que c'est pour cette raison qu'il m'avait aidé. Je lui ai tenu tête : jamais aucune femme n'endosserait cette tenue, je la garderai dans un endroit connu de moi seul et où personne ne la verrait.

Marie-Josèphe dévisageait son mari d'un air horrifié.

— Tu vas quand même pas me dire que tu crois à ce genre de fantasmagories ?

Lazare Kerrec haussa les épaules.

— Avant de commencer ce costume, je t'aurais dit que non. Mais jamais je n'étais parvenu à broder aussi bien, avec une telle perfection. Les dessins, les volutes que tu as vus, je n'ai pas souvenir de les avoir inventés.

Il lâcha un nouveau soupir.

— Je n'arrive pas à croire que ce sont mes doigts qui ont tenu l'aiguille…

— Mais si, tu sais bien que c'est toi ! Tu as été victime d'une hallucination, cela arrive à tout le monde quand on est trop fatigué. Tu connais un tailleur capable de réaliser une tenue aussi belle ?

— Non. Même pas Lazare Kerrec, et c'est bien là ce qui m'angoisse. J'espère que tu n'auras pas attiré le malheur sur notre petite Bénédicte et sur son mari.

Bernez Le Kamm décéda quelques semaines plus tard. Une tumeur maligne lui rongea les parties à une vitesse incroyable, comme si le diable lui ôtait les outils avec lesquels il avait honoré son épouse, et sa vie par la même occasion. Trop tard sans doute, puisqu'une seule étreinte avait suffi, Bénédicte se retrouva enceinte. Elle donna naissance à un beau bébé joufflu. Zacharie. Goulu, costaud, comme si celui-là aussi pressentait le besoin viscéral de s'armer contre une quelconque menace du destin.

Bénédicte avait pris son costume d'épousailles en horreur. De le savoir dans son armoire lui créait un malaise permanent, une angoisse indicible qui l'empêchait de trouver le repos, mais elle n'osait le détruire, le jeter dans le feu de la cheminée par exemple. Elle proposa à son grand-père de le lui restituer. Il la regarda d'un air navré…

— Maintenant que le mal est fait…

Lazare Kerrec refusa de récupérer son chef-d'œuvre. Bénédicte demanda à sa mère de l'en débarrasser, celle-ci éprouva les mêmes scrupules. La tenue fut remisée dans une vieille armoire au grenier.

Chaque semaine Bénédicte se rendait sur la tombe de Bernez. Un an jour pour jour après le décès de celui-ci, elle ressentit au cimetière une impression bizarre, puis la même douleur que lors de la messe de mariage lui oppressa la poitrine. Soudain elle fut pénétrée d'un froid glacial alors qu'il faisait soleil et qu'il n'y avait pas le moindre souffle de vent. Le soir même la terrassa une fièvre de cheval. Appelé en urgence, le médecin diagnostiqua une pleurésie d'une gravité extrême, il ne cacha pas son pessimisme à Médard et Angèle qui se morfondaient au chevet de leur fille. Avant que l'aube n'eût chassé les ombres de la nuit, la malheureuse rendit son dernier souffle, en ayant demandé à ses parents de s'occuper de son petit Zacharie. Ceux-ci promirent bien entendu.

Toute leur vie, les Kerrec se souviendraient du dernier regard de leur chère Bénédicte, la sensation singulière que ce n'était plus elle, comme si une entité mystérieuse venait de prendre possession de son âme. Ils recueillirent donc le petit orphelin, mais le destin ne les tint pas quittes du pacte passé avec le diable. Alors que Zacharie avait deux ans, le grand-père Médard eut un grave accident dans sa féculerie de pommes de terre ; une vilaine chute qui le laissa infirme. A cinquante-quatre ans, ne pouvant plus travailler, il se retrouva sans ressources. Les ménages que faisait Angèle ne suffisaient pas à élever leur petit-fils, ce furent les parents de Bernez qui acceptèrent de le prendre avec eux, à Loqueffret.

Déjà marqué par la mort de Bernez Le Kamm, Lazare Kerrec sombra alors dans une prostration dont il fut impossible de le tirer. Depuis le mariage de Bénédicte, il avait remisé son outillage de tailleur-brodeur. A dater du décès de celle-ci, il partit à l'aube pour de longues randonnées, ne rentrait qu'à la nuit tombée, harassé, hirsute. Il ne s'alimentait presque plus, ne se rasait plus. Ne se lavait plus. Faisait peine à voir.

Se croyant responsable de toute cette misère, Marie-Josèphe était devenue « bizarre » elle aussi. Elle parlait toute seule, n'arrivait plus à poser correctement sa coiffe. A l'église, elle interrompait le prêtre pendant la messe afin de lui demander pourquoi il avait laissé agir le démon. Puis un matin elle se réveilla frappée d'une démence irréversible. Les yeux hagards, elle déambula pendant deux jours cheveux au vent le long de la rivière en appelant sa petite-fille, s'approchant au plus près de l'eau, faisant craindre aux promeneurs qu'elle ne s'y jetât. Le médecin comprit qu'il était dans l'intérêt de tous de l'interner à Quimper avant qu'elle n'attentât à ses jours.

Ce soir-là, son malheur consommé, Lazare Kerrec ne revint pas à Pont-l'Abbé. On le découvrit quelques jours plus tard, pendu à la haute branche d'un chêne, face à un calvaire perdu en pleine campagne, à plusieurs kilomètres de la capitale bigoudène. Il avait le visage tordu d'une affreuse grimace. Une enveloppe dépassait de sa poche. Le garde champêtre qui le décrocha crut que c'étaient ses dernières volontés. En fait, Lazare expliquait qu'il partait délivrer sa chère petite-fille des griffes du démon dans lesquelles l'avait jetée son orgueil, qu'il allait offrir son âme au diable en place de celle de la jeune femme. Il est vrai que le malheureux tailleur n'avait plus toute sa raison…

5

Violaine se retrouva orpheline à cinq ans. A cet âge-là, les souvenirs deviennent très vite nébuleux, elle oublia sa mère en quelques mois, et ce d'autant plus facilement que Clémence Le Kamm redoubla de tendresse à son égard. Zacharie était aux anges bien entendu ; d'une part il adorait la gamine dont il avait désormais la responsabilité, d'autre part il n'avait jamais vu sa chère épouse aussi heureuse.

Malgré les vicissitudes accumulées en si peu d'années, la petiote se révéla une enfant sans problème, élevée à la dure, jamais à pleurnicher, ayant très tôt désappris les caprices que de toute façon lui interdisait la misère maternelle. Elle se contentait de ce qu'on lui donnait, aussi bien pour se vêtir que pour se nourrir. Elle souffrait en silence, taisait ses bobos de crainte de déranger. Bref, se comportait en véritable caméléon de son entourage. N'ayant jamais connu d'homme à la maison, elle ne s'étonnait pas des absences de son « père ». Quand Clémence lui annonçait qu'il allait bientôt revenir, elle le guettait, courait au-devant de la carriole dès que celle-ci bringuebalait dans le chemin, se jetait dans les bras du pilhaouer avant même qu'il n'eût posé le pied au sol. Penn-Kalled hennissait de bonheur, Zacharie reniflait, se mouchait afin de masquer son émotion, mettait plusieurs secondes pour placer sa voix embrumée de sanglots.

— Là, disait-il en la reposant. Doucement... Si tu arrêtes de gigoter, j'aurai peut-être quelque chose pour toi.

Elle frappait la poitrine de ses petits poings.

— Dis-moi ce que c'est.

— Rien... C'était pour te faire marcher.

Elle se calmait en un instant.

— C'est pas grave, puisque tu es revenu.

Il sortait alors de sa poche quelque babiole achetée en route. Une friandise, un petit moulin qui tournait dans le vent, un peigne en écaille. C'était parfois aussi un jouet plus conséquent, déniché dans un grenier, dont plus personne n'avait l'usage et qu'on lui cédait bien volontiers en plus des hardes échangées contre de la porcelaine. Il lui arrivait aussi de prélever dans le ballot acheté une petite robe en lin, ou une coiffe en miniature, encore en bon état et qu'il eût été dommage de revendre à la papeterie.

En grandissant, Violaine devenait de plus en plus jolie. Avec son épaisse chevelure blonde et ses grands yeux clairs, elle ressemblait à Adeline. Les miséreux apprennent très vite à rester en retrait pour espérer glaner quelques piécettes en guise d'aumône : l'humilité, pour ne pas dire la soumission, est le minimum qu'exigent des pauvres gens ceux qui en ont plein les poches. Elle avait oublié sa vraie mère, mais à vivre du matin au soir avec la mendigote, à la regarder tendre la main en baissant les yeux, à l'entendre balbutier un merci pour une parcimonie qui ne méritait que mépris, la petiote avait hérité de cette discrétion. Elle observait son entourage sans un mot, évitait de croiser les regards, s'éclipsait dès qu'elle avait la crainte de déranger. Elle était pourtant d'une vivacité extrême, mais totalement intérieure. A l'école de Loqueffret où la conduisit Clémence, cela ne fut pas sans poser de problèmes. Elle maîtrisait l'art de se faire oublier, trouva refuge au fond de la classe de la même façon qu'elle se recroquevillait naguère dans une encoignure, derrière sa mère assise sur le trottoir, du moins quand celle-ci ne l'obligeait pas à se poser à côté d'elle afin d'éveiller les compassions. Mme Lignières gardait un œil sur elle, constatait au frémissement de son visage qu'elle savait la bonne réponse, mais que pour rien au monde, elle n'aurait l'audace de lever le bras. La maîtresse s'approchait de son pupitre, lui posait une main sur l'épaule. Quand personne n'avait trouvé, elle se penchait vers elle :

— Et toi, Violaine, lui glissait-elle à l'oreille, est-ce que tu sais ?

Les premières fois, la gamine écarquillait des yeux inquiets vers cette femme qui la sollicitait. Puis, un jour, elle s'enhardit à lui murmurer la réponse. Mme Lignières n'avait pas eu besoin des traités en vigueur pour apprendre la psychologie infantile, elle connaissait ses ouailles, savait impulser leurs élans, mais aussi ménager les plus susceptibles, respecter la pudeur des timides.

— C'est bien, fit-elle à voix basse. C'est ça. Tu ne veux pas le dire à tout le monde ?

Violaine secouait la tête avec véhémence, comme si elle avait peur d'une menace épouvantable. Bien sûr qu'en même temps elle mourait d'envie de prouver à ces gamines qui l'impressionnaient qu'elle n'était pas plus sotte qu'elles. Un matin où le mutisme de la classe durait depuis quelques secondes, la petite orpheline se décida. Sa main se décolla à peine du pupitre de bois, la maîtresse sentit une bouffée de bonheur lui envahir le cœur. Elle eut cependant la délicatesse de ne pas se précipiter.

— Alors personne ne sait combien ça fait ?

La main de la fillette se leva d'un cran.

— Violaine ?

Surpris que la sauvageonne pût parler en classe, les camarades tournèrent leurs têtes comme des girouettes prises dans une soudaine bourrasque. Aussitôt, elle regretta son impudence. Mme Lignières était sur des charbons ardents : si cette fois, la petiote ne franchissait pas le cap, plus jamais elle n'en aurait le courage.

Violaine était assez intelligente pour savoir qu'il était trop tard pour faire machine arrière. Elle déglutit sa salive et proféra la solution d'une voix qu'elle s'efforça d'affirmer, levant des exclamations étonnées, des murmures admiratifs.

De ce jour, Violaine se hasarda à sortir de sa chrysalide à échéance plus ou moins régulière. Les papillons les plus tardifs à déployer leurs ailes ne sont ni les moins jolis ni ceux qui volent le moins loin – elle prit goût à participer à la vie de la classe, avec beaucoup de réserve toutefois. Quand une famille déménagea, elle accepta de prendre au premier rang la place de celle qui était partie. Bonne élève, intégrée peu à peu à la communauté, elle s'efforça aussi de se sociabiliser. Elle devint une camarade exemplaire, malgré toutes les concessions que cela représentait, mais la misère lui avait forgé le tempérament nécessaire. Elle en vint même à partager les friandises rapportées par le pilhaouer ou achetées par la mère. Elle consolait celles qui avaient une trop lourde misère à porter. S'enhardissait jusqu'à prendre la défense des plus faibles au risque de se faire bousculer par plus fortes qu'elle. Jamais cependant ne lui vint l'idée de débiner les coupables auprès de la maîtresse, ayant appris avec sa malheureuse mère à régler ses affaires toute seule. Jamais non plus elle ne se réfugia dans le giron de Mme Lignières pour se plaindre des invectives dont elle était l'objet.

Cette métamorphose éveilla en effet les jalousies des péronnelles de service qui n'appréciaient pas que la fille du pilhaouer se mît soudain à leur damer le pion. Difficile d'être la fille d'un chiffonnier, même si ceux-ci ne manquaient pas à Loqueffret. Ramasser les haillons en faisant du porte-à-porte serait toujours synonyme de traîne-savates dans l'esprit des gens bienpensants. Pas tous, mais la plupart. Les mères de ces familles-là conseillaient à leur progéniture de ne pas trop s'approcher de la pouilleuse, de bien vite se laver les mains si par mégarde leurs chérubins en étaient venus à toucher la misérable. On leur demandait aussi à la maison si celle-ci ne sentait pas trop mauvais. Et des commentaires oiseux avec des soupirs éloquents : des gamins comme ça, on devrait pas les mettre à l'école avec les autres… D'ailleurs à quoi ça servait de les instruire, puisqu'ils passeraient leur vie sur les chemins ? Tout ça à voix basse et en hochant la tête d'un air entendu… Autant d'amabilités que les morveuses de service balançaient à Violaine en pleine figure lors des récréations ou à la sortie de l'école. Un jour, l'une des petites harpies découvrit que la fille du pilhaouer portait un gilet qui lui avait appartenu. Le vêtement était encore en bon état, Clémence l'avait reprisé, il gardait fière allure. L'ancienne propriétaire n'y trouva pas son compte, traita Violaine de voleuse, entreprit de récupérer son bien. De caractère accommodant, l'orpheline eut cependant le réflexe de se défendre, puisqu'elle était sûre de son bon droit. Elle résista. L'autre braillait que le gilet était le sien, le pilhaouer avait dû le voler lors de son passage à la maison, ses parents disaient bien qu'il fallait jamais faire confiance à ces gens-là ! Ameutée par les cris, la maîtresse fit irruption de la salle de classe, écarta les rangs de l'attroupement, demanda la raison de tout ce tintouin.

— Rien, fit Violaine. On s'amuse.

— C'est ça, oui, fit l'autre qui n'en démordait pas. C'est une voleuse.

L'orpheline hésita.

— Je me suis peut-être trompée. Ce ne doit pas être à moi…

Mme Lignières connaissait ses élèves, la Caroline tout particulièrement, une langue de vipère, toujours à l'affût d'un coup en douce.

— C'est bien vrai ? lui demanda-t-elle.

— Ben oui, puisqu'elle vous le dit.

Déjà en chemise, Violaine tendait l'objet du conflit à la petite pimbêche. Celle-ci le lui arracha des mains sans le moindre signe de remerciement et s'en alla avec son trophée. L'incident en resta là, l'orpheline ne faisait jamais état de ses soucis à la maison, estimant que ses parents avaient des affaires bien plus importantes à régler.

Cette inclination à la charité et cette droiture d'esprit se confirmèrent au fil des années. A huit ans, elle annonça un soir pendant le dîner qu'elle serait institutrice.

— Pourquoi donc, Violaine ? s'étonna Zacharie en souriant, ému qu'elle développât pareille ambition.

— Parce qu'il y en a qui ont du mal à apprendre à l'école et que j'aimerais bien les aider.

Tout cela débité avec le naturel de la plus simple évidence.

— Tu as raison, c'est un beau métier, approuva Clémence en se tamponnant la paupière du coin de sa serviette. Mais tu sais qu'il te faudra faire des études.

— Ça me fait pas peur. J'aime bien travailler à l'école. J'en ai parlé à Mme Lignières. Elle m'a dit que ça poserait aucun problème.

Zacharie fit mine de se fâcher.

— Tu aurais pu nous en toucher deux mots avant de t'adresser à la maîtresse !

— Je voulais savoir avant si c'était une bonne idée. Il n'y avait que Mme Lignières à pouvoir me le dire, puisqu'elle fait l'école.

Un bon sens à toute épreuve.

— De toute façon, si j'arrive pas à être institutrice, je ferai infirmière.

— Décidément, tu t'inquiètes de ton avenir.

— C'est normal, maman. Il faut savoir ce qu'on veut pour réussir dans la vie.

A dix ans, la situation se compliqua. Clémence et Zacharie n'avaient pas prévenu Violaine de ses origines. Les adultes de Loqueffret avaient fini par oublier la pauvre Adeline Quiru. Les camarades de la gamine ne savaient donc pas qu'elle était une orpheline adoptée. Ni qui était sa vraie mère. Le secret fut dévoilé suite à une prise de bec entre le pilhaouer et une fermière chez qui il frappa afin de demander si elle n'avait pas des vieilleries dont elle souhaitait se débarrasser.

La mère Lannuzel toisa Zacharie d'un air méprisant. Ce n'était pas une nécessiteuse, loin s'en faut, la ferme marchait bien, ils avaient deux chevaux, six vaches et plusieurs arpents de bonne terre. Et pourtant...

— Qu'est-ce tu crois, marchand de pilhoù ? Qu'on est riche au point de pas user nos affaires ?

— C'est pas la peine de te fâcher, Sidonie. Je t'ai parlé sans vouloir te faire offense.

— C'est qu'on n'aime pas trop les rôdeurs par ici. Ils jettent un coup d'œil mine de rien dans la journée, puis ils reviennent la nuit pour faire main basse sur ce qu'ils ont repéré.

Etre traité de mendiant, passe encore, mais de voleur... Zacharie Le Kamm avait sa fierté, il n'était pas du genre à se laisser traîner dans la boue.

— Qu'est-ce t'as aujourd'hui, Sidonie ? Ton bonhomme t'a prise à l'envers ?

— A l'envers ou à l'endroit, ça te regarde pas ce que je fais au lit avec mon Eugène. C'est un homme courageux, lui, pas un vagabond, il a le droit de m'honorer comme il veut.

Le pilhaouer réussit à recouvrer son sang-froid, il préféra éclater de rire.

— En voilà une femme comblée ! T'as de la chance d'avoir épousé un étalon aussi vaillant !

— Ta Clémence pourrait pas en dire autant. Elle avait tout ce qu'il fallait elle aussi, mais t'as même pas été foutu de lui faire un gosse.

Zacharie mesura son imprudence de s'être aventuré sur un terrain aussi glissant, la perfidie l'atteignit en plein cœur. La femme Lannuzel sentit que le coup avait porté, elle décida de pousser son avantage.

— Pour qu'elle ait quand même une petiote à élever, t'as été obligé de récupérer la bâtarde de la mendiante.

Cette fois, le chiffonnier vit rouge.

— Laisse ma fille tranquille, elle a rien à voir avec toi.

— Parce que c'est ta fille, maintenant ? Remarque, ça expliquerait beaucoup de choses, notamment qu'Adeline Quiru a jamais voulu dire qui était le père de sa petiote. Le ramasseur de pilhoù qui se tape la mendigote, on aura tout vu ! Mais ça n'a rien d'étonnant.

C'eût été un homme, avec quelle joie Zacharie lui aurait collé son poing dans la figure… Mais il n'allait quand même pas se colleter avec une femme ! Il remonta sur sa carriole, tira les rênes pour amener Penn-Kalled à faire demi-tour et rebroussa chemin.

— C'est ça, fous le camp ! Et qu'on te revoie plus à rôder dans le secteur.

Dans ce genre d'altercation, le ton monte assez vite. Une paire d'oreilles n'avait rien perdu de ce qui avait été dit, Geneviève Lannuzel, une camarade de classe du même acabit que la Caroline, pas la plus indulgente et encore moins la plus futée. Elle réclama des explications à sa mère.

— C'est vrai que l'autre sainte-nitouche est la fille d'une mendiante ?

Encore en furie, la fermière confirma les vacheries qu'elle avait adressées au chiffonnier. Pensez bien que le lendemain, toute l'école était au courant que la fille du pilhaouer était celle d'une mendiante. Elle fut entourée, bousculée, pressée de dire la vérité. Violaine n'était pas au courant, elle ne comprenait rien, sinon qu'il s'agissait d'un terrible secret. La fin de la récréation arriva. Ayant réussi à masquer son désarroi le restant de la journée, elle rentra en larmes le soir, tomba dans les bras de sa « mère ». Elle demanda si les horreurs qu'on lui avait proférées étaient vraies. Si elle n'était pas leur fille…

Par chance, Zacharie était au gîte. Il comprit tout de suite qui avait vendu la mèche. Il adressa une moue gênée et significative à Clémence. Alors, ils lui expliquèrent calmement, avec tact, que sa vraie mère était morte quand elle avait cinq ans, que c'était la plus brave des femmes, mais qu'elle n'avait pas eu beaucoup de chance dans la vie. Violaine voulut savoir qui était son père. Nouveau moment de flottement. Clémence hésita à inventer quelque mensonge, mais ce serait encore pire si par malheur la petite fille apprenait la vérité.

— Ta mère n'a jamais voulu le dire à personne, pas même à nous qui la connaissions pourtant mieux que tout le monde. Ce ne devait pas être quelqu'un de très recommandable.

Reniflant toujours, Violaine s'efforçait de comprendre, mais tant de révélations peinaient à trouver place dans son cerveau d'enfant. Elle réussit à dominer son désarroi, mais que son sourire fut douloureux sur son visage maculé !

6

Violaine connut une nouvelle métamorphose du jour au lendemain. En sens inverse. Déjà taciturne de nature, elle cessa de gazouiller. Elle s'enferma dans des mélancolies interminables. Navrés, Zacharie et Clémence lui expliquaient encore que la situation n'avait rien de dramatique : ses parents, c'étaient eux à présent, ils la considéraient comme leur fille, ils l'aimaient. Bref, rien n'avait changé. Elle les regardait sans répondre, le visage figé dans une impassibilité douloureuse, les yeux noyés dans le vague.

A l'école, ce fut pareil. Au grand désespoir de la maîtresse si fière d'avoir forcé le verrou du mutisme. Tant d'efforts inutiles… En bonne pédagogue, Mme Lignières se demandait quel incident avait rompu le contact, une maladresse de sa part – elle n'avait pas la prétention d'être infaillible –, une dispute avec les camarades, du harcèlement de la part de certains tyrans en herbe. Comment reconnaître la rescapée dans cette boudeuse exilée à nouveau au fond de la classe, qui ne levait plus la main ? Violaine soupirait ostensiblement si on l'interrogeait. Fermait ses lèvres à la réponse qu'elle avait sur le bout de la langue. La maîtresse la retint à la fin de la journée afin de s'inquiéter de ce qui n'allait pas, si elle était malade, si ses camarades lui faisaient des misères, sans plus de succès. Ayant épluché toutes les hypothèses, Mme Lignières augura quelque drame extérieur à l'école. Elle se déplaça jusque chez le pilhaouer.

Zacharie était en déplacement. Seule au logis, Clémence ne fut pas surprise outre mesure de voir débarquer l'institutrice – elle attendait sa visite d'un jour à l'autre, ou d'être convoquée à l'école. Soucieuse de ménager les susceptibilités, la maîtresse prétexta s'être égarée en se promenant. Le hasard faisait bien les choses : si elle avait pu deviner que les Le Kamm habitaient là… Loin d'être dupe, la mère adoptive entra dans le jeu.

— Puisque vos pas vous ont guidée jusque chez nous, entrez donc cinq minutes, vous prendrez bien un peu de café.

Mme Lignières n'était pas venue pour refuser. Emigrée de Normandie pour son premier poste, elle avait eu l'intelligence d'apprendre les protocoles en vigueur dans les conversations bretonnes. On bavarda du temps : le soleil était bien timide ces dernières semaines, par contre la pluie, y avait pas besoin de l'inviter… C'était comme ça, on n'avait pas le choix, fallait faire avec. Et d'autres ingéniosités oratoires du même acabit.

— Comment ça va avec Violaine à l'école ? demanda négligemment Clémence afin d'éviter à son invitée de devoir aborder le problème.

— Puisque vous m'en parlez, je ne la trouve pas au mieux depuis quelque temps…

— Ah !…

— Pour être franche, je me suis même demandé si elle n'avait pas des ennuis de santé.

— Non… De ce côté-là, tout va bien.

— Elle qui était devenue si vive, elle s'est recroquevillée dans la coquille dont je la croyais sortie pour de bon.

Clémence approuva d'un hochement de tête.

— Elle est pas insolente au moins ?

— Bien sûr que non, mais elle me paraît malheureuse. J'ai essayé de savoir, elle ne m'a pas répondu. Il s'est passé quelque chose pour qu'elle ait changé à ce point ?

Clémence resservit un peu de café à sa visiteuse alors que celle-ci n'avait pas fini sa tasse.

— Elle a appris une nouvelle qui lui a pas fait plaisir.

— Je m'en doutais.

Nouveau silence.

— Sans vouloir être indiscrète…

— Violaine n'est pas notre fille.

Mme Lignières faillit laisser échapper sa tasse.

— Pas votre fille ?

— Zacharie et moi, nous l'avons adoptée alors qu'elle avait cinq ans.

— Mon Dieu…

— Oui… Depuis, elle n'avait jamais été malheureuse. Vous savez, on a fait de notre mieux. Et cela aurait continué si une camarade d'école n'avait pas trahi le secret.

— Je crois savoir de qui il s'agit, fit la maîtresse.

— Moi aussi. Celle qui s'est permis une telle méchanceté n'a fait que répéter ce qu'elle avait entendu à la maison. Il y a des gens comme ça qui prennent plaisir à faire le mal.

— Violaine, elle sait qui étaient ses parents ?

— Sa mère, oui, on lui a expliqué… Une femme qui n'avait pas eu de chance avec la vie. Elle s'était fait avoir par un homme, comme on dit. Est-ce qu'il l'avait laissée tomber ou qu'elle ne voulait plus de lui ? Elle nous l'a jamais dit. Toujours est-il que la pauvre avait perdu son travail et qu'elle n'a eu comme solution que de se mettre à mendier.

L'institutrice hochait la tête avec compassion.

— Attendez… Faut pas juger. C'était pourtant une mère admirable.

S'ensuivit un silence épais, éraillé par le raclement des cuillers au fond des bols.

— Vous la connaissiez ?

— Bien sûr. Sinon, on n'aurait pas adopté sa gamine. Elle s'appelait Adeline Quiru. C'était d'ailleurs une très jolie femme, mais que voulez-vous, le destin… La fin de sa vie a encore été plus affreuse.

— Est-ce Dieu possible ?

— Pour élever sa petiote, elle a été contrainte de vendre ses charmes.

Mme Lignières ferma les yeux, serra les mains sur sa poitrine.

— C'est la pire des choses, en effet, fit-elle en opinant du chef. Et Violaine dans tout cela ?

— Sa mère habitait à quelques pas d'ici. Quand elle recevait des hommes à la maison, sa gamine avait pris l'habitude de se réfugier chez nous. Au décès d'Adeline, il était dans l'ordre des choses que nous adoptions sa petite Violaine, même si cela n'a pas été sans mal. Il y a des procéduriers qui auraient sans doute préféré la voir dans un orphelinat...

— Elle a eu de la chance de vous trouver.

— Elle le méritait bien. On n'a jamais regretté.

— Elle était devenue une bonne élève, ce serait dommage de gâcher ses chances à cause d'une petite vipère.

— Zacharie et moi, nous avons déjà essayé de la raisonner... On va encore lui parler, maintenant qu'on vous a vue.

Rien n'y fit, Violaine s'obstina dans l'isolement où elle s'était réfugiée. Une perturbation psychologique difficile à comprendre pour qui ne connaîtrait pas son fonctionnement mental. En fait, elle n'avait pas vraiment changé, du moins au niveau de ses valeurs fondamentales. La droiture et la charité, l'humilité de ceux qui n'ont pas le droit à la parole. Elle était consciente du chagrin que son repli infligeait à ses parents adoptifs, mais encore plus de tout ce que ceux-ci lui avaient prodigué. De la dette dont elle se croyait redevable. Difficile à concevoir, et pourtant elle avait le souci d'alléger la charge, de faire cesser les sacrifices consentis : elle quitterait l'école dès qu'elle serait en âge de travailler, affirma-t-elle quelques semaines après la révélation, une décision mûrement réfléchie, irrévocable. La fille d'une mendiante ne pouvait abuser de la charité des honnêtes gens, avait-elle expliqué à ses parents adoptifs.

Ils s'escrimèrent à la raisonner, la conjurèrent de changer d'avis :

— Tu es folle ! Tu sais bien que nous ferons tout pour que tu sois heureuse.

— Je veux travailler comme toi.

— Tu étais une bonne élève, tu voulais être institutrice, infirmière…

— Je rêvais…

— Nous étions fiers de toi, intervenait Zacharie.

— Toi, maman, tu fais pas un beau métier ?

— J'ai pas à me plaindre, mais il y a beaucoup mieux.

— Ma mère était une mendiante. On m'a même dit d'autres vilaines choses sur son compte.

— Crois-moi, tu n'as pas à avoir honte d'elle, c'était une femme admirable.

— Alors, si j'étais une mendiante ou une lingère comme toi, je pourrais aussi être quelqu'un de très bien.

Elle marqua un silence.

— Comme toi…

Rien à faire, sur ce plan-là, la porte resta close. L'adolescente dut encore patienter quatre longues années avant de pouvoir déserter les bancs de l'école. Elle interrompit ses études à contrecœur, mais avec la conscience du devoir accompli, de s'être mise en règle avec la vie que le sort lui avait dévolue.

Eux si fiers de faire de leur protégée une institutrice, les Le Kamm se résignèrent à l'accompagner dans son projet revu à la baisse. Clémence l'initia au métier de lingère et de dame de compagnie par la même occasion. A seize ans, par l'intermédiaire de sa mère, Violaine trouva une place dans une riche famille du bourg.

7

Les Costevec passaient pour être parmi les propriétaires les plus aisés de la contrée. Leurs concitoyens
se demandaient avec jalousie qui étaient vraiment ces
gens bien habillés, qu'on ne voyait qu'en de rares
circonstances, celles où justement il convenait de se
montrer. Il ne faisait aucun doute que ceux-là avaient
des sous. Beaucoup de sous. Il n'y avait qu'à voir leur
demeure... Seigneuriale, elle se situait à la sortie de
Loqueffret, en retrait de la route qui descendait vers
Lannédern. Juchée sur un promontoire, elle dominait
le cœur du bourg et la place devant l'église. La façade
austère lui conférait une prestance indéniable, l'architecture typique des maisons de maîtres. Les pierres
taillées aux joints rectilignes étaient criblées de fenêtres
à petits carreaux, autant d'yeux secrets dont les visiteurs se croyaient surveillés avant qu'on ne leur ouvrît,
une fois la grille franchie. Vaguement mal à l'aise, les
promeneurs n'osaient lever le regard, mais s'ils s'y
risquaient, jamais derrière les vitres ne se profilaient
de vrais visages. Tout juste y apercevait-on quelque
silhouette évasive, parfois l'ombre blanche de la coiffe

d'une servante empressée. Les pratiques du lieu soup-
çonnaient tapis derrière un masque aussi imposant de
terribles secrets de famille. Il devait s'y tramer des
affaires louches et mystérieuses. Ils n'avaient pas tort...
Une fortune aussi colossale ne se construit pas sous les
sabots d'un cheval à musarder au soleil.

Les ancêtres Costevec avaient pratiqué le commerce
sous de multiples formes, pas toutes des plus avouables.
Un nommé Ludovic avait même fait profession de
l'usure. Un roué celui-là, qui prêtait sans état d'âme
aux naufragés de la fortune, leur imposant des taux
exorbitants, cela va de soi. Il savait pertinemment que
les malheureux ne seraient jamais en mesure de le rem-
bourser : là était le point fort de sa stratégie. Il exigeait
le retour des fonds, intérêts compris, au moment précis
où ses proies se débattaient au plus creux de la vague.
Acculées par un contrat en bonne et due forme, celles-ci
n'avaient d'autre solution que de lui céder leur bien
moyennant une somme dérisoire, très en dessous de
la dette consentie, autrement dit qui rapportait gros au
madré qui avait avancé les fonds. On alléguait que le
notaire d'Huelgoat était de cheville avec lui – ce n'était
pas impossible –, les deux compères s'invitaient l'un
chez l'autre les longues soirées d'hiver pour jouer au
bridge, devant la grande cheminée, en lampant des ballons du meilleur cognac, la mine réjouie et les bajoues
cramoisies.

Les Costevec n'étaient pas une famille sans histoire :
le fils aîné, Gontran, s'était suicidé, sans doute trop
honnête pour accepter de dépendre de telles mani-
gances. Ce n'avait pas été un drame pour le père :
pour devenir majestueux, les grands arbres doivent être

débarrassés de leur bois mort. La mère se complut à se morfondre quelques jours pour sauver la face, le mouchoir à la main pour tamponner des yeux dont elle ne parvenait à faire couler de larmes sincères. Et puis, il restait Hyacinthe... Le cadet. Lui, avait hérité de la mesquinerie géniale de la branche ancestrale en matière financière, autrement dit en escroquerie de bon voisinage. Il avait même appris le breton afin de mieux tromper les paysans dont il voulait sucer la moelle.

Ce fut dans cette famille que Violaine fut embauchée sous le statut singulier de demoiselle de compagnie...

A l'époque, la doyenne des Costevec avait quatre-vingt-deux ans. Annabelle ne s'était jamais mariée, laissant le soin à ses deux frères, Jérôme et Joseph, de perpétuer la lignée. Sèche comme un fagot, craquant de partout de la même façon, des problèmes articulaires la contraignaient à se déplacer le plus souvent en fauteuil roulant, mais elle avait conservé toute sa tête. Elle était la fille du dénommé Hyacinthe, qui reposait dans le jardin des bienheureux depuis belle lurette. L'âme en paix et la conscience tranquille ? Ce n'est pas certain... Il était mort d'un coup de sang, retrouvé par sa fille au petit jour, le visage violacé, dans son fauteuil de velours de la même teinte, déjà roide.

La famille possédait assez de terres et d'autres biens pour ne pas connaître de soucis financiers, le Hyacinthe avait abondé le patrimoine, il laissait une fortune plutôt coquette. Par tradition, il revenait à l'aîné de tenir les cordons de la bourse, mais de mémoire familiale, il ne s'était jamais trouvé que ce fût une fille. Quelques jours après la disparition du paternel, les deux frères essayèrent de faire comprendre à Annabelle qu'un homme s'avérerait plus apte à gérer le budget des Costevec, ne serait-ce que pour faire entendre raison aux métayers habiles à jouer les miséreux quand il s'agissait de régler les fermages.

Annabelle n'avait alors que quarante-cinq ans. Elle regarda ses frangins avec cet air mystérieux propre à déstabiliser ses interlocuteurs, une sorte de sourire narquois qui devenait démoniaque sur son visage émacié.

— Pourquoi croyez-vous que je sois restée célibataire ? demanda-t-elle du bout des lèvres.

La question eut au moins le mérite de les surprendre. Ils échangèrent un regard embarrassé.

— Je sais pas, moi, fit Jérôme. Peut-être que t'avais pas envie de t'encombrer avec un bonhomme.

— Il y a de ça, répondit Annabelle. Mais si je l'avais voulu, j'en aurais bien déniché un que j'aurais réussi à faire marcher à la baguette. Non, il y a une autre raison.

— Peut-être que t'aimes pas les hommes… avança l'autre frère, Joseph.

Elle haussa les épaules en ricanant.

— C'est tout ce que tu as trouvé comme ânerie ? Vous m'imaginez dans les bras d'une autre fille en train de lui lécher le croupion ?

Une telle verdeur de langage pourrait paraître surprenante dans la bouche d'une femme de son âge et de cette classe. Elle cultivait son franc-parler à dessein, Annabelle : un moyen infaillible d'imposer son autorité. Elle attendit quelques secondes, contemplant au-delà de ses deux vis-à-vis le portrait d'Anselme Costevec, vénérable dans son cadre doré au-dessus du clavecin sur lequel il adorait pianoter et qu'on avait conservé en guise d'hommage : c'était lui l'initiateur de la fortune familiale.

— Alors ?

— On ne voit pas...

Elle les avait laissés assez mariner.

— Si je m'étais mariée, j'aurais eu un époux. J'espère que jusque-là, vous me comprenez ?

— On n'est quand même pas idiots à ce point-là.

La moue de la sœur trahit le peu de crédit qu'elle accordait à cette dernière affirmation.

— Si j'avais eu un époux, il se serait senti le droit de fourrer le nez dans mes affaires.

Elle marqua une pause.

— Dans nos affaires... Dès que j'ai été en âge de comprendre les arcanes de la finance, j'ai su qu'un jour je serais amenée à prendre la succession de notre père. Alors j'ai décidé d'avoir les coudées franches. N'allez pas croire que d'avoir fait abstinence du côté jambes en l'air m'ait été un très grand sacrifice, j'ai quand même eu quelques aventures si vous voulez le savoir, et je sais de quoi il en retourne, beaucoup de foin pour pas grand-chose...

Jérôme et Joseph ne purent s'empêcher de sourire, ils avaient du mal à imaginer leur sœur dans les bras d'un homme...

— Vous ne voudriez quand même pas qu'après avoir attendu si longtemps, je vous cède maintenant la place ?

Ce serait peine perdue d'insister, la discussion en resta là. Les frères Costevec n'eurent d'ailleurs pas à se plaindre d'abandonner les rênes à Annabelle ; elle se révéla une ministre du budget de haute volée, intransigeante en affaires sans avoir besoin de recourir aux magouilles ancestrales, ménageant leur susceptibilité, sincère sur l'état des comptes et d'une honnêteté sans faille à leur égard.

Le moment venu, Annabelle demanda qu'on lui trouvât une jeune personne pour s'occuper d'elle, afin notamment de la véhiculer, puisque, malgré son état physique, elle adorait toujours se promener.

— Et pas trop idiote, tant qu'à faire… Une qui a appris le français à l'école, il faut vivre avec son temps.

Ayant eu vent de la requête, les patrons de Clémence Le Kamm pensèrent à Violaine avec qui ils avaient eu l'occasion d'échanger quelques mots. Une bien jolie jeune fille, qui avait l'air de savoir ce qu'elle voulait sans être effrontée, toujours propre sur elle, et qui savait tenir sa langue. Ce fut dans ces termes qu'ils la recommandèrent à Annabelle Costevec. Restait à passer l'examen d'embauche.

— Je ne vais pas te raconter d'histoires, lui fit Annabelle lors de leur première rencontre. Je suis une vieille rombière pas toujours des plus commodes. Crois-moi, ce serait bien volontiers que je me passerais de tes services si je pouvais encore me déplacer toute seule. Mais ce n'est plus le cas. Si tu acceptes de t'occuper de moi, tu seras correctement payée. Attention quand même ! Tu devras m'aider à ma toilette, matin et soir, sinon les vieux ça sent mauvais. Il te reviendra aussi de me faire la lecture.

Elle marqua une pause, comme si elle attendait une question de la part de la jeune fille. Violaine gardait les yeux baissés.

— Tu sais lire correctement au moins ?

— Oh oui, madame !

— C'est que je me demandais pourquoi tu avais quitté l'école…

Violaine sentit le sang lui monter aux joues. Elle devait s'expliquer, ne pas passer pour une ignorante, le succès de l'entrevue en dépendait.

— Mes parents sont pas très riches, ils travaillent dur tous les deux, je suis en âge de gagner ma vie…

La vieille femme la dévisageait, essayant de deviner si elle était sincère. La tête haute maintenant, Violaine s'efforçait de ne pas ciller. Annabelle approuva du chef, visiblement convaincue.

— C'est une grande qualité d'être courageuse. C'en est une autre d'avoir la modestie et la sagesse d'accepter sa condition. Je ne te l'ai pas dit, mais il est bien entendu que tu logeras ici, dans une petite chambre près de la mienne, afin que tu puisses m'entendre quand j'aurai besoin de tes services. Ça te convient ?

Quitter ses chers parents… Ce serait un crève-cœur, mais Violaine parvint à dissimuler sa contrariété.

— Oui, madame.

— Puisque tu es d'accord, tu commences demain, le temps d'aller chercher tes affaires. Va maintenant, j'ai plusieurs choses de la plus haute importance à régler.

La jeune orpheline ne savait que penser. Elle avait conscience du bouleversement qu'elle allait vivre, mais c'est elle qui l'avait voulu. Mme Costevec était une femme très impressionnante, glaçante même, mais Violaine avait cru sentir que ce n'était qu'une carapace.

Le lendemain, elle emménageait dans la grande maison qui l'avait si fort intriguée durant toute son enfance.

8

Violaine ne s'était pas trompée sur la véritable personnalité de sa nouvelle patronne. Sous ses aspects revêches se cachait un cœur charitable. Elle ne se montrait sévère que pour se protéger des gougnafiers qu'elle côtoyait dans la gestion de son patrimoine. Si elle avait souhaité s'attacher les services d'une demoiselle de compagnie, c'était certes afin de l'aider dans ses activités quotidiennes, mais la jeune fille comprit très vite qu'elle allait surtout lui servir de confidente.

Ce qui ne manqua pas de se produire, mais toujours quand elles étaient seules. La vieille femme demandait à l'adolescente son avis sur la tenue qu'elle devait choisir, car elle était restée coquette. Elle laissait sa jeune soubrette la coiffer à sa guise, de longs cheveux blancs et soyeux naguère admirables de toute évidence. C'était à Violaine aussi qu'il revenait d'arranger les fleurs dans le vase d'opaline.

— Fais attention à ne pas le casser, celui-là. C'est un cadeau, j'y tiens beaucoup.

En fait, malgré la rudesse du monde financier où elle évoluait, Annabelle Costevec s'était préservé une âme juvénile. Elle n'avait quasiment jamais eu l'occasion d'exprimer son caractère primesautier, pas même pendant son enfance, dans un monde guindé qui l'étouffait. Pas avec ses frères en tout cas qui avaient hérité, eux, des gènes vénaux de la lignée masculine. Terriblement terre à terre, ces deux-là ne portaient d'intérêt qu'aux chiffres, rêvaient la nuit de profits, se réveillaient en sursaut, trempés de sueur, torturés par des cauchemars de banqueroute après avoir trop mangé et forcé sur le vin. Ni l'un ni l'autre n'avaient d'enfants.

Le désespoir de leur vie fut l'obligation de se soumettre à cette sœur qui les méprisait, qui jubilait de les dominer et qui ne manquait jamais une occasion de les rabaisser. Ils la haïssaient sans avoir jamais eu le courage de se rebiffer, la voyaient vieillir avec l'espoir de la trouver morte dans son lit un beau matin – pour eux il ne pouvait y avoir de plus beau matin. Mais comme ces arbres secs dont les troncs continuent à remonter la sève, Annabelle avait l'âme chevillée au corps. Elle se méfiait d'eux, consciente que les sentiments familiaux ne pesaient pas lourd dans leur conception financière. Une vie entière de relation sournoise et hypocrite, dans une ambiance feutrée et une lumière tamisée.

La chambre attribuée à Violaine était coquette, un lit douillet, une commode, un fauteuil crapaud tendu de velours, un bureau avec un tiroir qui fermait à clef, des rideaux et même un recoin qui faisait cabinet de toilette avec une cuvette, une grande glace et un pichet pour ses ablutions : la jeune orpheline n'avait jamais connu pareil confort. Les premiers jours, elle n'osait s'y mouvoir, craignant sans cesse d'être épiée. Au bout d'une semaine, elle se décida enfin à se dévêtir afin de se laver du haut en bas. C'était la première fois qu'elle se trouvait devant un miroir assez grand pour lui renvoyer l'image entière de son corps. Une sensation étrange – non de se trouver belle ou laide –, mais de ne pas se reconnaître, de se sentir dépouillée de sa personnalité sans ses habits. Des réflexions étranges lui traversèrent l'esprit. Embauchée dans une maison de riches, la paysanne naïve, n'allait-elle pas se transformer en une péronnelle infatuée, et pourquoi pas en gourgandine attifée afin de séduire le mâle ? Comme sa mère, trembla-t-elle à cette sordide pensée.

Le pilhaouer était bien placé pour savoir que le corps n'était que le mannequin des vêtures dont chacun choisissait de se parer. Ou de s'affubler. L'âme se réfugiait sous les épaisseurs de tissu de crainte de se dévoiler. En contrepartie, ce n'étaient plus des oripeaux anonymes qu'il récupérait, mais une seconde peau encore imprégnée non seulement des odeurs, parfums rajoutés ou senteurs intimes, mais aussi de la présence et des souvenirs de ceux qui les avaient portés.

Ses appréhensions évacuées, Violaine mesura au bout de quelques jours l'ampleur de son bonheur. Elle s'en voulut alors de vivre comme une princesse alors que ses parents trimaient dur. Elle imaginait son père adoptif sur les grands chemins les jours où il pleuvait et ventait très fort. Elle en vint à regretter de les avoir reniés, elle voyait encore leurs yeux chargés de larmes au moment de les quitter. Zacharie avait retenu les siennes, celles de Clémence perlaient sur ses joues, mais elle s'efforçait de sourire, une image déchirante, avec sa voix enrouée de sanglots qui lui souhaitait d'être heureuse, quand même.

Annabelle Costevec accapara d'emblée sa nouvelle domestique, lui interdisant toute autre tâche ménagère que celles inhérentes à son service. Elle lui recommanda de se méfier de ses collègues. La cuisinière, passe encore, elle était bourrue, mais plus sotte que véritablement méchante. En revanche, la servante, avec ses minauderies mielleuses, n'était qu'une vipère perfide à qui il ne fallait surtout rien confier. Quant à ses deux belles-sœurs, à fuir comme la peste.

— Elles vont essayer de te commander, mais tu te laisses pas faire.

Violaine se mordit les lèvres.

— Mais comment ? demanda-t-elle.

— Tu fais la sourde oreille, ou tu dis que je t'ai demandé de faire quelque chose et que j'attends.

— Si elles insistent…

— Tu leur tournes le dos et tu viens m'en parler. C'est moi la patronne. Crois-moi, je saurai les remettre à leur place.

La vieille femme hésita.

— J'ai encore une autre mise en garde à te faire…

Apparemment, elle était très gênée.

— Mon frère Jérôme va certainement te tourner autour.

Violaine leva de grands yeux étonnés.

— Mon Dieu, c'est vrai que tu n'as que seize ans… Comment te dire ?… Tu es jolie, très jolie même, le Jérôme aime bien les jolies filles, surtout quand elles sont jeunes et fraîches comme toi. Il va certainement te faire des compliments, te manifester de la tendresse, beaucoup de tendresse. Tu comprends mieux ?

En ce domaine, Violaine n'avait aucune expérience, mais elle n'était pas niaise. Elle baissa les yeux en rougissant.

— Je vois que tu as compris. Il s'est déjà occupé de la servante, Eugénie, dont je t'ai dit de te méfier, mais celle-là s'est laissé faire, elle ne demandait pas mieux. La femme de mon frère est au courant, mais comme elle est plutôt coincée du côté galipettes, elle ferme les yeux. C'est à peu près certain qu'il essaiera aussi avec toi.

— Qu'est-ce que je dois faire si cela se produit ?

— Tu mets le holà tout de suite. S'il pousse quand même ses avances, tu n'hésites pas à te défendre et même à lui flanquer une bonne gifle s'il laisse ses mains se promener.

— Je n'oserais jamais, il va me renvoyer...

— Il ferait beau voir, c'est pas lui qui commande ici. Tu n'auras qu'à lui dire que s'il recommence, tu m'en parleras. Tu verras, il se tiendra tranquille.

Annabelle connaissait bien son frère, il se comporta exactement comme annoncé, développant à l'égard de l'adolescente une attitude paternaliste propre à l'abuser sans la mise en garde de sa patronne. Jérôme Costevec était un malin ; en guise d'entrée en matière, il se posa en défenseur, dressant de sa sœur un portrait pas très reluisant : une vieille fille acariâtre qui n'en avait jamais fait qu'à sa tête, exigeante et capricieuse, qui allait tourner en bourrique la jeune fille qu'elle était. Violaine le laissait parler sans rien dire, évitant de croiser son regard. Il lui posa une main sur l'épaule, elle s'ébroua comme si le contact la brûlait.

— Tu es jeune. Tu as besoin d'être protégée. Si elle te mène la vie trop dure, sache que tu pourras toujours compter sur moi pour lui faire entendre raison.

— Pour l'instant, je n'ai pas à me plaindre. Mme Costevec est très gentille avec moi...

Il ricana.

— Bien sûr, puisque tu viens d'arriver... Enfin... Je t'aurai prévenue...

Quelques jours plus tard, Jérôme Costevec revint à la charge. Violaine ne l'avait pas entendu dans son dos, elle poussa un cri quand ses mains se posèrent sur ses épaules, les deux cette fois.

— N'aie pas peur, ce n'est que moi... fit-il en accentuant la pression.

A nouveau, elle se déroba vivement.

— Qu'est-ce que tu as ? On dirait que tu as peur de moi...

— Non, monsieur, mais j'ai à faire...

— Le travail peut attendre. Il faut prendre le temps de vivre à ton âge. Que dirais-tu si je te proposais une tasse de thé ?

— Qu'il n'est pas dans mes attributions de boire du thé pendant mon service.

Elle avait durci le ton.

— Bien répondu... C'est ma sœur qui t'a interdit de faire une petite pause de temps en temps ?

— Pas du tout.

— Alors, qu'est-ce qui t'empêche de répondre à mon invitation ? Peut-être que tu n'aimes pas le thé ?

— Je n'en ai jamais goûté. Mais je crois bien en effet que je n'aimerais pas...

— J'en connais beaucoup qui ont dit ça, et qui maintenant ne peuvent plus s'en passer.

Il insistait lourdement, elle se sentait prise au piège. Elle soupira, hésita, il la crut sur le point de céder.

— Viens donc... Ma sœur doit faire la sieste à cette heure-ci. Elle n'en saura rien.

— Elle va se réveiller dans quelques minutes. L'après-midi, Madame ne dort jamais bien longtemps.

— Je la connais mieux que toi, ma sœur. Quand elle est partie à dormir, c'est une vraie marmotte, il est impossible de la réveiller.

A ce moment, la voix d'Annabelle retentit de la chambre du fond. Elle appelait sa demoiselle de compagnie.

— Je suis avec monsieur Jérôme. Il voulait à tout prix m'offrir une tasse de thé ! claironna Violaine à son tour, les yeux fixés sur son chevalier servant.

Celui-ci baissa les siens en lui faisant signe de se taire.

— Tu as refusé au moins, j'espère ?

— C'est qu'il insiste. Je sais pas pourquoi, puisque je lui ai dit que je n'aimais pas le thé.

La patronne continuait comme si son frère ne pouvait l'entendre.

— Il ne t'a rien proposé d'autre ?

Violaine avait compris, elle entra dans le jeu.

— Pas pour l'instant...

— Qu'est-ce qu'elle va imaginer... marmonna Jérôme, rouge de confusion. Quand je te disais qu'elle était toujours à chercher des histoires...

— Viens maintenant, reprit Annabelle. J'ai besoin que tu m'aides à mettre un peu d'ordre dans mon armoire. Après, comme il fait beau, j'aimerais bien prendre l'air.

— J'arrive, Madame, lança Violaine en décochant un regard malicieux à Jérôme Costevec.

Celui-ci retint la leçon. Pour l'instant, il cessa d'importuner la jeune fille.

9

Deux années s'écoulèrent dans la vaste demeure des Costevec sans véritables problèmes. Bien sûr, le lot quotidien de Violaine était d'endurer la jalousie de l'autre servante, et celle plus acerbe encore des belles-sœurs. Celles-ci profitaient de l'absence de la patronne pour attaquer, mais leur proie n'avait pas oublié comment esquiver la tempête et se faufiler à travers les bourrasques.

Les ans semblaient ne plus avoir de prise sur Annabelle, ni physiquement ni sur le plan du caractère. Sa demoiselle et elle étaient devenues de vraies complices. En pleine confiance, la jeune fille lui racontait ses tracasseries, les mesquineries dont elle était victime. Toutes les deux en riaient de bon cœur. C'est ainsi que Violaine lui avoua ses origines. La vieille femme prit ses mains tendres entre ses doigts noueux.

— J'avais entendu parler de cette histoire, mais jamais je n'aurais imaginé qu'il s'agissait de toi.

— Vous n'êtes pas obligée de me garder maintenant que vous êtes au courant que je suis la fille d'une mendiante, d'une...

— Ne dis pas de bêtises. Ta mère a assez souffert pour toutes les deux, elle serait fière de toi si elle voyait la belle jeune fille que tu es devenue. C'est pour cela qu'elle a payé de sa personne.

— Avec ma mère, je me souviens pas d'avoir été malheureuse. Après non plus, les gens qui m'ont adoptée m'ont toujours donné ce dont j'avais besoin.

— Oui, je connais Clémence Le Kamm. C'est une femme droite, bien comme il faut. Son mari est chiffonnier, n'est-ce pas ?

— C'est ça, pilhaouer comme on dit en breton. Il est pas le seul à Loqueffret.

— Je sais. Ces hommes qui courent par monts et par vaux m'ont toujours impressionnée. Ce n'est pas un métier facile.

— Zacharie Le Kamm ne se plaint jamais. Jamais je l'ai entendu dire qu'il était fatigué. Il gagne bien sa vie.

Elle marqua un moment de silence.

— Enfin, à peu près…

La vieille femme se tortilla dans son fauteuil.

— Tu sais ce qu'on va faire ?

— Non… fit Violaine, amusée par les idées subites de sa patronne, capable d'enthousiasmes imprévisibles, telle une enfant sans cesse en quête d'un nouveau jeu.

— Le grenier est encombré de vieilles vieilleries comme le disait si bien le petit Rimbaud. Il est temps de mettre un peu d'ordre dans tout ça. Je vais ordonner à Eugénie de t'aider à descendre ces frusques qui ne serviront plus à personne, tu diras à ton père de prendre ce qui l'intéresse.

Zacharie vint donc chercher les affaires des Costevec entreposées dans le vestibule. Ces chiffons-là n'avaient rien à voir avec les hardes des miséreux, des tissus de qualité, des vêtements loin d'être usés et qui auraient pu encore servir au pilhaouer et à son épouse s'ils avaient appartenu à ce monde-là. Il emporta tout et vendit à un bon prix les plus belles pièces à un fripier de Morlaix à qui il rendait visite quand la récolte méritait mieux que de finir en pâte à papier.

Violaine n'oubliait pas ses parents adoptifs, elle passait leur faire un petit coucou chaque semaine, sa patronne glissait toujours dans son cabas quelque gourmandise à leur intention, avec délicatesse, afin d'éviter que ce ne fût pris pour de l'aumône. Elle restait une heure ou deux en leur compagnie, étreignait longuement sa mère, séchait ses larmes en lui caressant les joues, elle se laissait aller entre les bras vigoureux de son père quand par chance il était au logis. Des moments de bonheur limpide.

Mme Costevec rémunérait convenablement sa demoiselle de compagnie, plus qu'une domestique en tout cas. Du jour où elle apprit les origines de la jeune fille, elle augmenta ses gages. Violaine avait compris, elle protesta.

— Tutt, tutt, la reprit Annabelle. Sans toi, je ne sais pas ce que je deviendrais. Aucun salaire ne pourrait payer à leur juste valeur la tendresse que tu me donnes et la joie que tu me procures.

Annabelle était très fière de sa protégée, au point de lui demander de faire un brin de promenade même les jours maussades. On n'avait jamais tant vu la riche bourgeoise dans les rues de Loqueffret, elle se prenait à saluer des gens de condition inférieure qui, étonnés, lui répondaient. L'expédition n'était pourtant pas de tout repos pour la jeune fille : aux confins des monts d'Arrée, les routes étaient malaisées, tout en côtes et en descentes, mais, arc-boutée en avant ou cambrée en arrière, Violaine serrait les dents sans se plaindre ; par chance, le bourg n'était pas très étendu. La vieille femme prisait par-dessus tout la vue que l'on avait de l'allée menant au parvis de la modeste église. De là, l'on dominait la vallée de l'Aulne, un panorama majestueux, surtout quand la brume montant du cours d'eau voilait d'argent les rondeurs paisibles du vallonnement.

Il est vrai que Violaine était devenue une jeune fille magnifique de dix-huit ans. Sa chevelure blonde était son principal atout, et sa patronne réussissait à lui faire quitter la coiffe afin que l'on pût l'admirer. Ce dont ne se privaient pas les jeunes gens croisés en chemin, paysans du coin ou apprentis venus d'Huelgoat. Ceux-ci ne s'arrêtaient plus devant la grande demeure pour les mêmes raisons. Feignant de discuter entre eux, ils lorgnaient les fenêtres, espérant y voir ondoyer la crinière de la demoiselle. Sa patronne et elle s'amusaient de leurs maladresses de jeunes coqs, de leurs œillades décochées avec un sourire emprunté. Plus d'un s'arrangeait pour passer à proximité du fauteuil roulant, certains s'enhardissaient même à saluer la jeune beauté avec une niaiserie consommée. Morte de confusion, Violaine accélérait alors.

— Ne va pas trop vite, s'alarma un jour Annabelle Costevec en riant. Tu vas me renverser dans le fossé.

Rendue un peu plus loin, Violaine s'arrêta pour souffler.

— Dis donc, ma belle, tu en as du succès ! lui lança la patronne par-dessus son épaule.

Elle rougit.

— Tu sais, ce n'est pas parce que tu es avec moi, tu as le droit de leur répondre.

— Ce sont que des idiots...

— On dit ça, mais un jour il y en aura bien un qui t'intéressera.

— Vous, vous vous êtes jamais mariée, se permit la jeune fille.

— Je t'ai expliqué pour quelles raisons je suis restée célibataire. Pour être tout à fait honnête, il y a des soirs où j'aurais bien aimé avoir un homme pour me réchauffer dans mon lit.

— Ce n'est peut-être pas trop tard, plaisanta Violaine.

— Ecoutez-la, celle-ci ! Je serais tout juste bonne à les éborgner avec mes os qui dépassent de partout.

Il n'y avait pas que les roturiers à poser les yeux sur les formes prometteuses de Violaine. Des gens de la condition des Costevec se devaient d'entretenir des relations avec les autres fortunes de la région. L'été, cela se traduisait par des réceptions dans le jardin à l'arrière de la propriété. L'hiver, ou lorsqu'il faisait trop froid pour rester dehors, un dîner réunissait à l'intérieur la fine fleur du voisinage. A cet effet était aménagée une grande salle au rez-de-chaussée, lambrissée à mi-hauteur et tendue de reps en chevron dans la partie supérieure, ornée dans l'encoignure du plafond de moulures compliquées, avec des feuilles d'acanthe dignes de temples antiques. Quelques toiles de maîtres, de fort belle facture, mais de second rang toutefois, un lustre de cristal de toute beauté. Les invités retrouvaient chez les Costevec le cadre idéal des raouts du siècle précédent, dans ces salons parisiens à la Zola où de beaux messieurs en lavallière et queue-de-pie refaisaient le monde en fumant le cigare, tandis que leurs épouses jacassaient devant les baies entrouvertes.

Ne s'y étant jamais sentie à l'aise, Annabelle laissait le soin à ses deux frères et à leurs épouses de s'occuper de ces soirées mondaines. Quand ce n'était pas à elle de recevoir, elle s'arrangeait pour décliner l'invitation. Des convenances obligées, lors desquelles sa demoiselle obtenait à chaque fois un franc succès.

— Jolie comme tu es, il y en aura bien un qui finira par te faire la cour.

Ce n'était pas seulement pour la taquiner. Elle souhaitait sincèrement que l'un de ces jeunes messieurs remarquât la beauté de Violaine, et pourquoi pas, en vînt à la demander en mariage.

— La fille d'une mendiante… protestait l'intéressée. Vous n'y pensez pas…

— Le prince charmant des contes de fées, tu sais, moi j'y ai toujours cru. Ces godelureaux sont bourrés de fric, j'en connais plus d'un qui serait content de te promener à son bras.

— Je lui ferais honte…

— Tu as tout ce qu'il faut pour t'imposer parmi eux, la beauté, la grâce, l'intelligence…

Violaine haussait les épaules.

— Mais si, je t'assure. Tu m'as dit que tu ne savais pas qui était ton vrai père. Peut-être que c'était quelqu'un qui avait du sang noble dans les veines pour t'avoir transmis tant de qualités.

— Ça m'étonnerait.

— Pourquoi ?

— Si c'était quelqu'un de bien, il aurait épousé ma mère, et elle n'aurait pas été obligée de tendre la main pour me donner à manger.

Annabelle convenait du bien-fondé de la remarque.

10

Juché sur son char à bancs, Zacharie Le Kamm s'en était allé au point du jour. En ce mois de mai 1900, le printemps se montrait charitable. Dans le soleil rasant, les fleurs en cosses des ajoncs lui rappelaient les paupières mi-closes de mystérieuses créatures, épuisées par la sarabande nocturne des korrigans. Ce matin-là, il n'était pas d'humeur bucolique, elles lui semblaient les quinquets de braise de l'enfer. Le chiffonnier n'avait pas besoin de travailler précisément ce jour-là, il avait même les meilleures raisons de rester au logis avec sa chère Clémence : leur fille se mariait la semaine suivante, mais il étouffait entre les quatre murs, et d'aller chercher de la tourbe n'était que le prétexte pour s'éclipser. A mesure que se dessinait l'échéance, l'évidence de la mésalliance lui devenait de plus en plus insupportable. Mais de quel droit Clémence et lui se seraient-ils opposés à cette union ? Violaine n'était pas leur fille légitime, elle était majeure. Mendiante, la mère n'avait eu d'autre choix que de se prostituer. Pourquoi priver la fille de la gueuse d'une légitime revanche ?

Zacharie tira Penn-Kalled dans le droit chemin. Si lui aussi se mettait à n'en faire qu'à sa tête... Le cheval renâcla, secoua l'encolure en tentant d'avancer entre ses dents le mors qui lui meurtrissait la bouche. Son maître clappa de la langue et lui effleura le dos de la lanière de son fouet, un attribut de cocher uniquement dissuasif – il n'avait jamais eu à en cingler la croupe de son brave compagnon. L'animal n'obtempéra quand même qu'après avoir chipé une touffe d'herbe sur le bas-côté du chemin.

— Tu as faim, l'ami ?

L'attelage brinquebala quelques mètres, puis reprit son train nonchalant.

Non... Zacharie Le Kamm avait beau tourner le problème en tous sens, il n'entrevoyait pas de solution, sinon de s'opposer avec fermeté à une union dont il redoutait le pire. Mais Violaine, comment réagirait-elle à un abus de pouvoir aussi manifeste ? Déjà que lui et Clémence ne la voyaient plus beaucoup depuis qu'elle travaillait en ville... Et puis le fils Ligoury n'était peut-être pas aussi mauvais que son père...

Zacharie tira sur les rênes afin de convaincre sa monture de prendre sur la droite, vers le site mégalithique Eured Veign, la noce de pierres, de drôles de silhouettes rocheuses rassemblées sur l'une des deux crêtes transversales des monts d'Arrée. Il est vrai que de loin, du mont Saint-Michel de Brasparts par exemple, on aurait dit une procession pétrifiée par quelque mystérieuse gorgone. Ensuite, le pilhaouer descendrait dans la brume de l'autre côté vers la tourbière où lui était attribué un lopin pour son usage personnel, comme les autres habitants du secteur.

Décidément, Penn-Kalled devait avoir le diable à lui souffler dans le derrière, il persista à rester sur la route, plus commode il est vrai.

— Ho ! cria cette fois le pilhaouer. Tu vas faire ce qu'on te dit, à la fin !

Nouveau hochement de tête comme si le cheval refusait de gravir le sentier à travers la lande.

Plus sensé que beaucoup d'hommes, le quadrupède avait raison de rechigner : en écartant les hautes herbes, le passage resterait à peine assez large pour les deux roues, entre les grelots de bruyère et les crosses des fougères. Il savait, Penn-Kalled, qu'il lui faudrait haler dur, que le patron devrait descendre afin de soulager la charge et de l'aider à la hisser dans les raidillons. Que si les nuages se mettaient à brumasser comme ils en étaient coutumiers même au printemps, ses sabots glisseraient d'autant plus sur les cailloux mis à vif.

Mais il n'avait pas le choix. Penn-Kalled porta sa masse musculeuse sur la droite et s'engagea dans la sente indiquée.

Zacharie regrettait déjà son escapade, il n'aurait pas fallu grand-chose pour le décider à faire demi-tour. Un de ces mauvais présages par exemple, intersignes ou prémonitions, qui lui serraient parfois le cœur et dont machinalement il se signait sans être sûr de croire en un quelconque dieu. Le ciel était d'une sérénité absolue, bleu pâle, avec quelques linceuls de nuages étirés, qui ne pouvaient être porteurs de pluie. Avec un peu de chance, son char à bancs chargé de la précieuse tourbe qui servait à se chauffer, il rentrerait dans la soirée, au plus tard le lendemain matin.

Violaine mit longtemps à se remettre du décès d'Annabelle, dont elle se sentait orpheline, avec qui elle avait passé plus de cinq ans. Evitant de montrer son chagrin aux frères Costevec, elle resta cependant à leur service, pas sous le même statut, cela va sans dire… Pour la jeune fille, la doyenne était une personne exemplaire, intransigeante avec ceux qui l'attaquaient à rebrousse-poil, mais d'une intelligence affûtée et d'une charité sans limites. Elle adorait sa « petite demoiselle », bien plus qu'une simple domestique à ses yeux. Quand elle avait senti ses forces s'amenuiser, elle avait fait promettre à ses deux frères de garder l'orpheline. Avec un sourire narquois, ceux-ci avaient promis, se jurant bien de rabaisser le caquet à cette péronnelle et de lui en faire baver le moment venu. C'était vrai à la fin, pour qui se prenait-elle, celle-là ? Forte de l'appui de sa patronne, elle se croyait tout permis d'avoir trois poils au derrière ! La bâtarde d'une mendiante, d'une putain même, avaient-ils appris d'un ancien voisin d'Adeline Quiru, à qui celle-ci avait dû refuser ses charmes. Ou rechigner sur le service demandé.

Sa patronne au cimetière, Violaine crut avoir rêvé ces années de bonheur. Les Le Kamm la voyaient de moins en moins, elle les oubliait de plus en plus. Les nuits d'insomnie elle se mortifiait de son ingratitude. Le lendemain, elle demandait à sa protectrice l'autorisation de leur rendre visite. Jamais Annabelle ne s'y était opposée. Maintenant, elle était assujettie au bourg par ses nouveaux patrons, exposée à la jubilation de leurs mégères d'épouses. Des harpies fielleuses :

— On va pas te payer à te promener, quand même !

— De toute façon, il y va de ton intérêt d'oublier ton vagabond de chiffonnier.

Loin de renier ses origines misérables, Violaine ne pipait mot. Ne voyant plus celle qui habitait toujours son cœur, Clémence s'enhardit à venir rôder à Loqueffret. La première fois, sa fille adoptive l'aperçut plantée de l'autre côté de la route par l'une des fenêtres des étages, elle s'empressa de descendre, la tira un peu plus bas à l'écart des yeux de la grande maison. Elles tombèrent dans les bras l'une de l'autre, leurs épaules secouées de sanglots.

— Là… Calme-toi… fit la lingère en reniflant ses larmes. Y a longtemps qu'on t'a pas vue.

Elle avait essayé de gommer le ton de reproche – Violaine comprit le bien-fondé de la remarque.

— J'ai beaucoup de travail, je peux plus me déplacer à ma guise depuis que Mme Costevec est décédée.

— C'est ton père surtout qui trouve ça dur.

Elle se rattrapa :

— Moi aussi, mais lui, il comprend pas…

— Je n'ai pas oublié ce que je vous dois…

— C'est pas ce que je voulais dire. Tu sais bien que nous t'avons toujours considérée comme notre propre fille, mais ça nous faisait tellement plaisir quand tu prenais la peine de nous rendre visite. Pas tous les jours bien sûr, même pas toutes les semaines, mais une fois de temps en temps.

— Je vais essayer. Je te promets de faire tout mon possible…

Zacharie se souvenait de la détresse de sa femme au retour de cette expédition.

111

— Elle est malheureuse, notre Violaine, si tu veux le savoir, avait fait Clémence, les yeux rougis.

— Je le sais depuis longtemps, figure-toi. Les frères Costevec sont des salauds et des profiteurs, tout le monde le sait.

Le pilhaouer incita son cheval à accélérer l'allure. Sur leur passage oscillaient les toiles d'araignées encore perlées de rosée. Les lambeaux d'une robe de mariée déchirée aux épines acérées en s'enfuyant. L'idée saugrenue s'installa en une seconde dans son esprit – décidément ce matin-là il voyait tout en noir… Bien sûr qu'elle était malheureuse, leur petite Violaine, c'était même pour ça qu'elle allait se marier avec l'autre endimanché.

Soudain, Zacharie souqua les rênes, Penn-Kalled obtempéra tout de suite. Il avait cru apercevoir une silhouette recroquevillée entre les fougères du bas-côté. Le pilhaouer resta un long moment immobile. A travers le rideau de verdure, il discernait une masse sombre, sans doute un rocher. Pourtant on aurait bien dit une guenille de chapeau, et dessous une tête posée sur une paire d'épaules. Autant en avoir le cœur net, il descendit sans bruit de sa charrette, investi malgré lui d'une crainte injustifiée. Une pierre roula sous son sabot, la silhouette ne bougea toujours pas ; il avança encore dans le froissement des herbes. Un homme se leva, se tourna vers lui. Pourtant pas du genre froussard, Zacharie ne put retenir un haut-le-corps à la vue du visage hagard sous les cheveux emmêlés devant ses yeux. Le bougre n'était pas bien grand, ni très vieux autant que le permettait d'en juger la crasse qui lui marbrait la peau. Celui-là, Zacharie ne l'avait jamais vu.

Le malheureux fixait le pilhaouer d'une drôle de façon, le regardant, mais scrutant aussi l'espace qui entourait sa silhouette, comme s'il voyait un halo mystérieux. Il écarquilla les yeux, ses traits se révulsèrent en une grimace épouvantée.

— Le diable, bredouilla-t-il en levant les doigts écartés devant lui et en reculant.

Zacharie s'efforça de sourire.

— Doucement, camarade. Tu vas quand même pas me dire que je ressemble à Belzébuth !

L'autre secoua la tête en signe de dénégation.

— Il te suit. Tu le sens pas autour de toi ?

— Si l'encorné vient me chatouiller les oreilles, tu sais ce que je vais faire. Je vais te lui flanquer mon sabot au cul et l'expédier d'un seul coup d'un seul jusqu'à Quimper, et peut-être même plus loin.

— Faut pas plaisanter avec ces choses-là. Tu sais pas qu'ici c'est la contrée du diable ?

— Je connais ces landes sans doute aussi bien que toi. Le démon s'y promène certaines nuits, et il est pas le seul, mais je lui ai jamais fait de mal et je le crains pas.

— Y a pas besoin de lui faire du mal pour qu'il s'occupe de nous. Il te suit déjà depuis quelque temps. Tu le vois pas, mais il est là.

Zacharie en avait assez de ces élucubrations propres à attirer la malédiction.

— Et toi, tu le vois ?

— Le diable, il est installé ici depuis la nuit des temps. Il livre tous les jours une lutte farouche contre les forces célestes, Dieu et sa sainte famille.

— Le diable dont tu causes si bien, il est partout, pas seulement dans la lande où nous nous trouvons maintenant.

Le misérable hochait la tête d'un air entendu.

— Tu ferais mieux de réfléchir avant de débiter des bêtises dont tu pourrais avoir à te repentir, toi ou quelqu'un de ta famille.

Zacharie pensa aussitôt à Violaine, au mariage qu'elle était sur le point de consentir. Au costume de Lazare Kerrec.

— Il est accroché à tes basques, reprit l'homme. Il te lâchera pas tant qu'il aura pas eu sa ration de malheur.

— Qu'est-ce tu sais du diable, toi, oiseau de mauvais augure ?

— T'as pas entendu parler de la nuit de Noël de 1848 ?

Le pilhaouer comprit qu'il avait affaire à un pauvre cinglé, sans doute confit dans l'alcool. Il haussa les épaules.

— Cette nuit-là, reprit l'autre, il y a eu une tempête terrible sur Loqueffret, un véritable ouragan…

Zacharie commençait à deviner à quel événement faisait allusion l'inconnu. Celui-ci gesticulait, le regard toujours aussi illuminé.

— Des éclairs, le tonnerre. Tu sais pas que la foudre est tombée sur l'église ?

Si… Cette fois Zacharie se souvenait de cette histoire incroyable. L'autre continuait, comme s'il interprétait une mauvaise farce du temps où les bateleurs flanquaient ainsi la trouille à une poignée de villageois crédules.

— La foudre est tombée sur le clocher pendant la messe de minuit. Le bedeau qui sonnait les cloches a été réduit en poussière. Les fidèles en train de prier ont été blessés, certains grièvement. Les vitraux étaient brisés, les dalles descellées et fendues, le toit s'était envolé.

Le malheureux était essoufflé, parcouru de frémissements épileptiques. Un moment recroquevillé, il se redressa d'un coup.

— Tu te souviens maintenant, hein ? Tu t'es jamais demandé qui avait intérêt à foutre le bordel dans la maison du bon Dieu, et cette nuit-là comme par hasard ?

Zacharie comprenait où il voulait en venir.

— Ce devait être un orage, hasarda-t-il. Il y en a parfois d'une violence extrême.

Le vieil homme ricana.

— Un orage en décembre ? Trop facile. L'orage, faut encore qu'il y ait quelqu'un pour le déclencher.

Le pilhaouer avait maintes fois entendu cette histoire, il s'était renseigné, elle était véridique. Comment admettre que le Tout-Puissant rappelât à lui ses ouailles alors qu'elles étaient en train de célébrer la naissance de son fils Jésus ? Une cruauté inconcevable, ou bien il s'était trompé de cible...

— Alors ? fit le vagabond qui guettait l'approbation.

Zacharie poussa un long soupir, impressionné par la version de ce pauvre hère perdu dans les landes d'Arrée. Peut-être avait-il raison d'affirmer que ce foutoir une nuit de Noël n'était rien d'autre qu'une attaque en règle de Satan...

— J'ai encore beaucoup de route à faire, se déroba-t-il.

Zacharie remonta sur sa charrette, tira les rênes de Penn-Kalled occupé à happer du bout des lèvres les chatons d'un saule au-dessus de sa tête. Tenace, l'inconnu le suivit jusqu'au milieu du chemin.

— Il faut toujours se méfier du diable. Il a le malin plaisir de s'attaquer à ses victimes au moment où elles sont le plus proches du bon Dieu. Je serais de toi, je me méfierais si j'avais à fréquenter une église dans les jours qui viennent.

Violaine, encore Violaine… Surtout ne plus entendre les prophéties de l'autre halluciné. Zacharie tapota la croupe de son cheval du scion de son fouet.

11

Violaine atteignait ses vingt et un ans quand sa patronne avait commencé à décliner. Des détails imperceptibles au début, de plus en plus de mal à mouvoir son fauteuil au rez-de-chaussée de la grande maison, d'une pièce à l'autre, en se cognant contre les meubles, des gémissements trop tard réprimés quand elle s'y risquait quand même.

— Qu'est-ce qui vous arrive ? s'alarmait aussitôt Violaine.

— Rien, rien. Je me suis coincé la main entre la roue de mon carrosse et le mur. Ça m'apprendra à faire attention.

— Laissez-moi vous aider, je suis payée pour ça.

— Je ne te rémunère pas pour être attachée à mes basques du matin au soir.

Des silences interminables où la vieille dame paraissait noyée dans ses pensées, dont elle s'ébrouait subitement en reprenant contact avec la réalité.

Un jour, sa demoiselle de compagnie la retrouva assise, adossée au lambris, incapable de se relever et de remonter dans son fauteuil qu'il lui arrivait encore de quitter.

— C'est ce fichu plancher aussi, j'ai toujours dit qu'il était inutile de tant le cirer. Un jour quelqu'un se rompra le cou. C'est ce que j'ai failli faire d'ailleurs...

Elle s'efforçait de rire, en devenait pathétique.

Puis apparurent de nouveaux stigmates du vieillissement. Sa peau ridée prit une vilaine teinte cireuse, ses cheveux perdirent de leur soyeux, elle se voûta un peu plus. Elle avait, il est vrai, quatre-vingt-sept ans.

Inquiète de la dégradation, Violaine hésitait à en parler aux frères d'Annabelle – ce ne serait que leur apporter une bonne nouvelle. Ces deux-là et leurs dragons n'avaient pas été sans remarquer l'affaiblissement de leur sœur aînée, ils guettaient l'échéance finale avec une impatience accrue, une jubilation intérieure qu'ils avaient du mal à masquer. En revanche, Violaine conseilla à sa protectrice de faire venir le médecin. La vieille femme joua la naïve.

— Pourquoi donc ? Tu as des ennuis de santé ?

— Non, mais vous ne l'avez pas vu depuis plusieurs mois.

— Eh bien, cela attendra encore. Tu connais le docteur Fichant, il ne serait pas content si on le dérangeait pour rien. Huelgoat, c'est quand même pas la porte à côté.

Violaine revint plusieurs fois à la charge. Annabelle soupirait.

— J'ai donc l'air si mal en point ?

— Je vous trouve fatiguée...

— Tu as raison. Il y a des fois où j'oublie que je n'ai plus vingt ans. Je te promets de me reposer.

118

Elle qui adorait se promener poussée par la jeune fille s'inventait dorénavant un nouveau prétexte pour ne plus sortir. Elle avait à faire, le temps n'était pas sûr, ce serait ballot de recevoir une averse sur le coin du nez. Ou tout simplement, elle n'avait pas envie, quand la météo ne lui fournissait aucune excuse...

Terriblement angoissée à l'idée de se retrouver à nouveau « orpheline », Violaine se résignait. Elle ne quittait pas cette femme devenue pour elle plus qu'une amie. Elle lui faisait la conversation, prenait ses longues mains décharnées entre les siennes, en massait une à une les phalanges ankylosées. Annabelle fermait les paupières, un maigre sourire adoucissait la sévérité de ses traits. Parfois lui échappait un soupir de satisfaction.

— Comme tu as la peau douce. Un jour, tu feras le bonheur d'un jeune et beau garçon.

Elle ne manquait jamais d'ajouter :

— Qui aura un peu de fortune et qui te rendra heureuse.

— J'ai encore le temps, protestait la jeune fille en rougissant.

— C'est pourtant ce qui pourra t'arriver de mieux quand je ne serai plus là.

— Ne dites pas de bêtises, Madame. Vous serez centenaire.

— Dieu m'en préserve. Un siècle à traîner ma vieille carcasse et à l'imposer à mon entourage ? Ce serait de l'indécence.

Elle ouvrait alors les yeux, captait le regard de sa jeune compagne.

— Pourquoi jouer aux hypocrites toutes les deux ? Tu crois que je ne sais pas que c'est pour bientôt ?

Le jour où la vieille femme lui débita cette vérité, Violaine ne put retenir une larme.

— Je veux pas que vous partiez.

— Je sais, mais personne ne peut arrêter le temps. Quand la machine est usée, il est inutile de s'acharner à la faire continuer à fonctionner. Je suis de moins en moins sûre que nous ayons une âme, mais si c'est le cas, je ne suis pas à me torturer à essayer de savoir ce qu'elle devient après la mort. Une chose est certaine : il arrive un moment où elle est obligée de s'en aller, puisque la matière n'est pas éternelle et que le corps n'a plus la force de l'héberger.

Un matin de mai 1899, Violaine trouva son amie adossée à ses oreillers. Sa respiration était sifflante, son regard d'une fixité étrange. La jeune fille s'approcha à la hâte, saisit sa main, elle était froide. Sa maîtresse ne réagit pas tout de suite.

— Je vais chercher quelqu'un, on va prévenir le médecin.

Annabelle la retint.

— Certainement pas.

— On peut pas vous laisser comme cela, il faut faire quelque chose.

La vieille femme déglutit avec difficulté.

— Tout a déjà été fait. Je te l'ai dit, ma pauvre petite, le cœur est usé, il est temps de le laisser s'arrêter… Pourquoi s'acharner à me faire souffrir ?

— Mais si je ne préviens pas vos frères, ils vont m'en vouloir.

— Il manquerait plus que cela. Tu leur diras que tu m'as trouvée morte dans mon lit.

Violaine lâcha un petit cri.

— De toute façon, je ne supporterais pas leur présence à mon chevet. Ils seraient incapables de dissimuler leur joie de me voir crever. Je n'ai besoin que de toi.

Elle marqua une pause, aspira une grande bouffée.

— Je t'en prie, cesse de pleurnicher…

— Mais qu'est-ce que je vais devenir ?

— J'ai fait jurer à ces deux idiots de te garder à leur service.

La jeune fille ne put masquer sa surprise.

— Je suis d'accord avec toi. Je n'ai aucune confiance en eux, mais j'ai pris mes précautions chez le notaire. J'ai ajouté une clause à mon testament : s'ils te flanquent à la porte, ils devront te dédommager. Crois-moi, je n'ai pas lésiné sur la somme. Ils sont au courant de cette disposition. Pingres comme je les connais, je pense qu'ils vont réfléchir à deux fois avant de se débarrasser de toi.

— Ils n'ont rien dit ?

— Si, bien sûr, mais ils savent que je les surveillerai de l'autre côté du miroir et que je les tiens.

D'avoir tant parlé, elle peinait à respirer. Ses mains, posées à plat sur le drap, tressaillaient par intermittence, ses lèvres s'entrouvraient et se fermaient sans cesse, en quête d'air et de salive. Paralysée par la gravité de l'instant, Violaine était effrayée bien sûr, mais fière aussi de la confiance que lui accordait cette femme admirable. Elle scrutait le visage émacié, les traits se figeaient un à un en un masque funéraire, hormis les yeux où la vie semblait s'être réfugiée.

Encore lucide, Annabelle s'obligeait à laisser une image digne à l'enfant qu'elle n'avait jamais eue, qui avait réussi à éveiller si tard ses fibres maternelles. Ses pupilles voilées cherchaient dans la pénombre de l'agonie la silhouette évanescente, dont n'apparaissaient déjà plus que des contours nébuleux.

— Approche-toi, balbutia-t-elle d'une voix rauque.

Tétanisée, Violaine s'assit sur le bord du lit. Le corps desséché tremblait contre le sien, feuille morte dans le vent sur le point de se détacher de la branche. La vieille femme tenta encore de parler, de dire une dernière fois à sa protégée combien elle l'aimait, le chagrin de l'abandonner, mais de sa gorge ne sortirent que des borborygmes inintelligibles. Soudain, Annabelle se raidit, ses ongles s'enfoncèrent dans ses paumes, sa tête se renversa en arrière sur l'oreiller, un râle atroce sourdit de ses lèvres.

— Mon Dieu, fit Violaine en lui serrant le poignet comme pour l'empêcher de dégringoler dans l'abîme.

Le corps se détendit sur sa couche, la bouche entrouverte. C'était fini. D'une main maladroite, Violaine trouva la force de rabaisser les paupières sur les yeux déjà sans regard.

12

En cette fin de siècle, les obsèques d'Annabelle Costevec furent grandioses. Hypocrites aussi – peut-être même plus hypocrites que grandioses. N'éprouva en effet de sincère affliction que celle qui avait accompagné la vieille femme au bout du voyage. Personne ne sut que la jeune domestique avait eu l'honneur de recueillir ses dernières paroles, de lui tenir la main afin de l'aider à s'en aller. Pas même Clémence Le Kamm sur l'épaule de laquelle l'orpheline réfugia pourtant son chagrin dès qu'elle la vit après le décès. La compassion affectée de la société financière n'avait rien de surprenant, la riche propriétaire n'avait connu aucun véritable ami dans un milieu aux fourberies duquel elle ne s'était jamais habituée. Ils étaient pourtant tous au rendez-vous, ceux qui avaient bourse bien garnie, ne manquant surtout pas une pareille opportunité de se manifester aux deux frères, désormais à la tête de l'une des fortunes les plus conséquentes de la contrée, des relations à renouer au plus vite. Eux, adoptèrent une attitude de circonstance, sans avoir tout de même le toupet de se morfondre : aucun de leurs pairs n'aurait été dupe

– chacun savait leur mortification d'être commandés par une femme, fût-elle leur sœur.

Zacharie était de la cérémonie lui aussi. Dans son plus beau costume, il avait fière allure avec ses cheveux de chouan. Clémence ne déparait pas le couple, elle avait épinglé sa coiffe avec le plus grand soin. Dans cette assemblée de bourgeois, ils étaient bien les seuls à être vêtus en Bretons, on les regardait d'un air amusé. L'église de Loqueffret n'était pas bien vaste, ils se positionnèrent sur les bancs du fond, avec Violaine. Elle, avait opté pour sa tenue moderne afin de faire plaisir à sa défunte patronne ; elle aurait voulu être au plus près d'elle, mais elle n'eut pas l'audace de se glisser au premier rang. Lui aurait-on d'ailleurs ménagé une place ? La messe fut solennelle au possible sans que le prêtre en omît la moindre ligne. Le cercueil d'Annabelle rejoignit ceux des ancêtres dans le caveau, le plus beau de l'enclos paroissial qui jouxtait au sud le saint édifice, sous sa magnifique stèle de marbre.

A l'issue des funérailles, Violaine hésita. Amputée de sa propriétaire, privée de son âme, la maison des Costevec lui paraissait désormais hostile. Elle aurait préféré rejoindre la modeste chaumière de ses parents adoptifs, retrouver dans leur tendresse sa frivolité d'adolescente, mais c'eût été devancer le souhait de ses nouveaux patrons qui brûlaient de se débarrasser d'elle à la première occasion.

Jérôme et Joseph Costevec pensaient avoir enfin les coudées franches. Ils passèrent une semaine à fouiner dans les registres, mis à leur disposition par le comptable d'Annabelle. Un petit bonhomme souffreteux, d'apparence anodine, pourtant chargé des écritures et d'une intégrité sans faille. Adrien Limont ne se connaissait qu'une seule patronne, celle qui l'avait recruté juste après le décès du patriarche. Autant dire que la disparition d'Annabelle le marquait aussi bien dans son cœur que dans ses habitudes. Parler d'affection entre eux serait cependant exagéré. Ils s'étaient voué une considération mutuelle, partageant la même vision de la gestion financière, estimant qu'il n'était nul besoin de tricher pour parvenir à leurs fins, mais rien de plus : l'amitié entre le chef et ses subalternes est toujours le meilleur moyen de s'égarer.

En affaires, Limont était littéralement désarmant. Combien de fois les deux frères n'avaient-ils pas essayé de le corrompre ! Adrien se montrait toujours intraitable, sans jamais hausser le ton, son regard fuyant derrière ses lunettes à double foyer. Il répondait de façon évasive, passé maître dans l'art de jouer les ahuris en clignant des yeux comme s'il tombait des nues. Ou alors, il égrenait d'un ton monocorde des chapelets de chiffres dans le labyrinthe desquels se perdaient les deux autres. Quant aux menaces, elles devaient être formulées sans ambages pour qu'il feignît d'en tenir compte, après s'être contenté d'en sourire.

A bien y réfléchir, désarmant est bien le qualificatif approprié pour dresser le portrait d'un personnage aussi pittoresque.

Adrien Limont officiait au rez-de-chaussée. La fenêtre de son bureau donnait sur le jardin, mais les épais carreaux dépolis ne laissaient guère filtrer de lumière. C'était son repaire, seule Mme Costevec avait le droit d'en franchir le seuil. Pourtant, alors que jamais on ne le vit un chiffon ni un balai à la main, on aurait été bien en peine de trouver trace de poussière dans son étude, ni le plus petit mouton à voleter dans le courant d'air. Sur le bureau n'avaient droit de cité que les documents des affaires en cours, rangés en une pile impeccable, sans la moindre feuille à en dépasser. Les murs étaient tapissés de casiers du plancher au plafond, soigneusement étiquetés, selon les années et les chapitres budgétaires. C'était Limont qui percevait les fermages et les autres loyers, Limont qui relançait les mauvais payeurs, encore Limont qui rendait visite aux derniers récalcitrants après les injonctions d'usage. Et alors, loin d'être insignifiant, le nabot développait la férocité d'un huissier…

Les nouveaux propriétaires avaient le sentiment que le comptable connaissait un peu trop bien les secrets de la famille ; autrement dit, ils se seraient volontiers passés de ses services. D'où leur empressement à se plonger dans les grands cahiers. Malgré l'exemplarité avec laquelle ils avaient été tenus, ce ne fut pour des novices comme eux qu'une succession d'arcanes impénétrables. Plus fâcheux, le trésorier en titre tenait les rênes des transactions en cours : s'il avait fallu le remplacer, les finances auraient certainement connu quelques turbulences le temps de la passation. Adrien Limont conserva donc son poste, une issue qui lui paraissait relever de l'évidence, et pour laquelle il ne se sentit pas obligé de se confondre en remerciements.

Malgré des années de pratiques avec Annabelle, le comptable changea de patron comme de chemise, sûr de son fait sans devoir faire montre d'obséquiosité. Il augurait que les rapports seraient moins limpides, que la droiture n'était pas la première vertu des deux frères, que leurs compères seraient justement ceux que la défunte avait réussi à écarter pendant toute son existence. Mais il savait aussi qu'il devrait taire ses scrupules et s'adapter à la nouvelle conjoncture.

Le petit bonhomme ne se trompait pas : les Ligoury ne mirent que quelques jours à soulever le heurtoir de la porte d'entrée.

Difficile de se libérer du joug d'une telle femme. Son fantôme rôderait longtemps dans la grande maison ; la nuit, son pur esprit investirait les étages dans lesquels elle ne pouvait plus grimper à la fin de son vivant. Avec le temps, le spectre se fatiguerait, certes, puis peu à peu s'estomperait son souvenir, mais de crainte qu'on ne l'oubliât un peu trop vite, le dictateur déchu leur avait imposé la « petite punaise ». Celle-là, les deux frangins ne savaient comment s'en défaire ; le notaire d'Huelgoat – pourtant un de leurs amis – avait bien spécifié qu'au cas où ils congédieraient leur domestique, il serait obligé de faire respecter à la lettre les dernières volontés de la défunte, question de déontologie...

Qu'à cela ne tienne... Puisqu'il était impossible de la flanquer à la porte, il n'y avait qu'à décider la petite sainte-nitouche à lever le camp de son propre chef. C'est ainsi que Violaine se retrouva sous les ordres jubilatoires des belles-sœurs. De demoiselle de compagnie, elle devint simple domestique, passant de surcroît sous l'emprise de l'autre buse d'Eugénie dont le rêve secret était de jouer à la contremaîtresse. La fille d'une mendiante et d'une putain, il était temps de remettre un peu d'ordre dans la hiérarchie !

Chez les Le Kamm, Violaine n'avait pas été élevée dans un cocon de soie. Les tâches ménagères, elle y était habituée… Elle ne rechigna pas à effectuer ce qu'on exigeait d'elle, même les plus viles corvées. Le problème, c'est que les ordres pleuvaient de tous les étages et que la malheureuse n'avait que deux jambes pour arpenter les escaliers et qu'une paire de bras pour nettoyer les meubles et les cirer, faire la vaisselle et récurer les toilettes, porter les paniers, remonter des rondins de tourbe de la cave. Ses bourrelles prenaient un malin plaisir à la voir s'activer, regrettant toutefois qu'elle ne se plaignît pas, qu'elle ne tentât pas de se rebiffer. Violaine s'appliquait en effet à masquer sa peine quand elle était épuisée, à ne soupirer ou gémir que lorsqu'elle était bien sûre d'être seule. Le soir, dans sa chambre – dont on lui avait quand même laissé la jouissance –, il lui arrivait de sangloter entre ses mains, de se coucher en se disant que le lendemain matin elle ferait son balluchon et retournerait chez le pilhaouer. A l'aube, elle recouvrait courage. Capable d'humilité, sa fierté lui interdisait farouchement d'accorder à ses tourmenteurs le plaisir de la voir capituler. Elle avait lu Hugo, Cosette l'avait émue aux larmes, elle avait admiré le courage de la fillette, sa capacité à pardonner aux Thénardier, non par charité chrétienne, mais parce que ces deux-là ne méritaient que le mépris.

13

Les Ligoury étaient de riches fermiers. Leur propriété principale n'était pas très éloignée de la ferme de
Zacharie Le Kamm encore moins de la chaumière de
la pauvre Adeline Quiru, au nord-est du Menez Du en
fait. Un vaste domaine, et pourtant là ne s'étendait pas
la totalité de leurs biens. Ils avaient d'autres champs
disséminés à l'entour, rachetés pour une bouchée de
pain à des paysans en perte de vitesse et qu'ils louaient
au prix fort, souvent d'ailleurs à ceux-là mêmes qui les
leur avaient vendus. Inutile de préciser que de pareils
rapaces ne jouissaient pas d'une très bonne réputation.
Le patriarche, Jean-Marie, cinquante ans bien tassés,
passait pour être le plus dur de la lignée. C'était
une force de la nature, des épaules larges, une face
simiesque avec des arcades sourcilières en corniche,
des mâchoires carrées dont saillaient les tendons à la
moindre contrariété – il était souvent contrarié. Pas
une once de graisse, un corps sec et musculeux, de
grands pieds, de longs bras et des battoirs en guise de
mains qu'il ne risquait pourtant pas d'avoir calleuses :

il avait toujours eu des ouvriers agricoles pour trimer à sa place.

Jeune homme, le Jean-Marie était la coqueluche des demoiselles du secteur, et on lui attribuait un tableau de chasse des plus éloquents. Ce n'était pas usurpé. Redoutable en amour, sans doute bien outillé de ce côté-là, beaucoup de ses conquêtes disaient de lui qu'il était un parfait goujat, les abandonnant après avoir abusé de leurs charmes, déflorées au creux d'un taillis, le ventre à l'air et souillé de foutre et de sang. Les plus jolies, les mieux fichues et les plus ardentes avaient parfois droit à une seconde chevauchée, tout cela bien entendu avec des promesses de sincérité dont il riait quand ses victimes les lui rappelaient.

Les jeunes filles de l'époque n'étaient pas au fait de la contraception, ni des précautions élémentaires quand les prenait l'inconscience de se laisser lutiner. La rumeur populaire prêtait à Jean-Marie Ligoury plusieurs rejetons que les malheureuses avaient été obligées d'élever seules. Là encore, ce devait être vrai – certains gamins du secteur avaient hérité du faciès si singulier de leur père. Quand ses amis se permettaient quelque allusion, il se dérobait d'une pirouette :

— Au moins, s'ils sont de moi et s'ils me ressemblent, ils n'auront pas tout perdu.

En l'occurrence, il faisait preuve d'une lucidité frisant le cynisme.

— Mais cela reste à démontrer. Les gourgandines qui m'attribuent la paternité de leur bâtard n'étaient pas des plus farouches. Je n'en ai violé aucune, croyez-moi, et je n'étais pas le seul à profiter de leurs faveurs.

Avec un tel succès, on pourrait penser que le don juan avait convolé avec la plus gironde des beautés locales. Il n'en était rien. Au contraire même... Il avait choisi pour épouse une demoiselle plutôt banale de Saint-Herbot, ni belle ni laide, aux appas tout à fait ordinaires. Amélie Kerly n'était pas non plus d'une intelligence exceptionnelle, ni sotte au demeurant. Une telle alliance aurait donc paru surprenante si les parents de la jeune femme n'avaient eu du bien, beaucoup de biens, dont des terrains mitoyens de ceux des Ligoury qui constituèrent la dot de la mariée. En arasant les talus, le père de Jean-Marie s'était dit qu'il obtiendrait des parcelles plus étendues et ainsi plus faciles à exploiter. En quelque sorte, Jules-Edouard se posait en précurseur de la mécanisation agricole et du remembrement, devançant de quelques décennies l'apparition des premiers tracteurs et des moissonneuses-batteuses, qui nécessiteraient l'élargissement des espaces pour une culture plus intensive.

Le couple n'avait eu qu'un garçon, à qui ils avaient donné aussi un prénom composé, une habitude familiale depuis plusieurs générations. Avec une mère aussi transparente, Charles-Damien avait hérité de tous les gènes paternels. A cinq ans, il en paraissait huit, à douze sa voix commençait déjà à muer, ce qui faisait rire ses camarades, à distance toutefois, car le salopiot était sacrément costaud.

De s'être marié, le Jean-Marie Ligoury ne s'était pas pour autant acheté une conduite exemplaire. Il n'avait même sacrifié aux contraintes du couple que pour les raisons financières que nous venons d'énoncer. Sans continuer à chasser en jeune célibataire, il ne dédaignait pas les beautés croisées en chemin. Assez infatué de sa personne, il parvenait à séduire certaines gourmandes, notamment les frustrées de l'alcôve, flanquées d'un mari qui les négligeait ou qui n'avait ni le tempérament ni la patience pour les monter au zénith de l'extase. Ecrasée depuis la première rencontre, aussi bien physiquement que moralement, Amélie se taisait, fermait les yeux et le reste, sans en être privée outre mesure – elle n'était pas d'une sensualité débordante.

Annabelle Costevec n'avait jamais fréquenté ces gens-là. Des parvenus dénués de scrupules, d'un matérialisme consternant, nantis pourtant d'un orgueil démesuré, tonitruant en compagnie, s'insinuant dans des conversations qui ne les concernaient pas, coupant la parole pour débiter avec un aplomb redoutable quelque lieu commun, prenant alors à témoin de leur vivacité d'esprit ceux à qui ils imposaient leurs fadaises. Jules-Edouard était ainsi, son fils Jean-Maric avait entretenu cette fâcheuse disposition, Charles-Damien empruntait le même chemin.

Le Ligoury de cette troisième génération était toutefois un peu plus finaud, une propension qu'il n'utilisait pas à bon escient. A l'abri des soucis financiers, Charles-Damien développait la même suffisance que son père. Il le respectait sans l'admirer, de la même façon que l'impressionnaient la force d'un chêne ou celle d'une pierre dressée, contre lesquels il se soulageait pourtant sans le moindre scrupule. Gamin, il avait été de son intérêt de lui obéir, au risque de se faire chauffer les oreilles : le Jean-Marie avait la taloche facile et la main lourde. Devenu adolescent, il observa son géniteur avec un regard froidement critique, il prit conscience du comportement rustaud du riche propriétaire, écouta ce que disaient de lui ceux qui le côtoyaient. Il ne mit pas longtemps à comprendre l'hypocrisie qui l'entourait : on ne lui faisait bonne figure que pour ses sous, on ne riait de ses grasses plaisanteries que pour lui lécher les bottes. Le fiston commença à avoir honte, à entretenir des velléités d'émancipation. Mais il était justement assez intelligent pour ne pas scier l'arbre qui lui prodiguait des fruits sans le moindre effort. C'est à cette époque-là qu'il apprit à tirer profit d'une situation qui l'horripilait, à taire ses réticences afin de jouir de la bêtise de son entourage et encore plus de ses faiblesses.

Charles-Damien avait hérité de l'appétit de son père pour les femmes, du peu de considération aussi que celui-ci accordait à ses conquêtes. Les rapports avec sa mère étaient à l'image de la pauvre Amélie : insignifiants, évasifs. Elle se résignait face à son fils comme elle l'avait toujours fait avec son mari. Le laissait faire ce qu'il voulait, aller où bon lui semblait. A vagabonder à sa guise, l'adolescent perdit son pucelage de bonne heure, à quatorze ans pour être précis, une expérience initiatique qui lui laissa un souvenir plutôt cocasse. L'aventure se passa avec la fille d'un des fermiers de son père, une nommée Solange Quinquois. Il la surprit en tenue d'Eve à se baigner dans la rivière.

L'Ellez présentait en son cours une curiosité plutôt remarquable : les chaos de Mardoul. Sur une courte portion, le lit se trouvait soudain encombré d'énormes rochers appuyés les uns contre les autres, si serrés qu'on aurait pu croire en la conséquence d'un éboulis, du moins quand on ne connaît pas la propriété de certains granites de se désagréger sous l'action érosive des eaux d'infiltration, puis des eaux de pluie et de ruissellement qui dégagent au fil des siècles les blocs les plus résistants. Moins impressionnants que les chaos, gigantesques, d'Huelgoat, ces vénérables pierres avaient cependant de quoi surprendre. Elles offraient de plus l'avantage de pouvoir se baigner à l'abri des regards indiscrets dans l'onde fraîche et claire qui s'y faufilait, ce dont profitait la dénommée Solange Quinquois.

Charles-Damien descendait le long de la rive quand il crut apercevoir une forme blanche entre lesdits rochers. Intrigué, il s'approcha sans faire de bruit, découvrit la belle naïade dans son plus simple appareil. Hormis quelques images chapardées çà et là, l'adolescent n'avait pas eu l'occasion de contempler à son aise un corps de femme. Sa curiosité en éveil, il se dissimula afin de l'observer à ses ablutions. Il écarquillait les yeux afin de scruter les singularités de l'anatomie féminine, quand il avisa sur la berge les vêtements de la belle, empilés sous une pierre de crainte que le vent ne les fît s'envoler. Sans bruit, il se glissa entre les saules et les roseaux, subtilisa les atours et se cacha à nouveau. L'adolescente avait deux ans de plus que lui, elle était bien fichue, pas encore plantureuse comme beaucoup de filles de ferme, soumises comme les hommes au travail au grand air et contraintes d'engloutir une nourriture roborative afin de tenir le coup. Autrement dit, la Solange avait des rondeurs appétissantes, dont l'œil du jeune garçon put se repaître quand son corps ruisselant émergea de l'onde et s'avança vers lui sur la berge.

La jeune paysanne se mit à chercher ses habits – elle était pourtant certaine de les avoir laissés là. Perplexe, elle regardait autour d'elle, oubliant de masquer sa nudité. Elle fouina à droite à gauche, tressautant et poussant de petits cris amusants quand elle se griffait aux épines ou se brûlait aux orties. Bien entendu, Charles-Damien la laissait s'activer, grappillait au passage l'image de ses seins lourds qui oscillaient, s'étonnait de l'abondante pilosité de son ventre dont la pointe gouttait encore, riait en silence de ses fesses rebondies quand elle lui tournait le dos, encore plus quand elle se penchait en avant. Il l'entendait respirer avec peine, angoissée à l'idée de ce qui allait se passer.

Sans être pudibonde, Solange ne pouvait se résoudre à rentrer ainsi à la ferme, distante d'un bon kilomètre ! Si encore on avait été en fin d'après-midi, elle aurait attendu l'obscurité, mais deux heures venaient à peine de sonner au clocher de Loqueffret. Elle se laissa tomber assise sur un rocher, se pelotonna les jambes pliées en équerre, la tête posée sur ses avant-bras. Au comble du désespoir, elle se mit à sangloter. Loin d'avoir pitié d'elle, jubilant même de la tournure des événements, le petit voyeur choisit ce moment-là pour dévoiler sa présence.

— Vous vous êtes blessée ?

Solange sursauta, poussa un cri, se releva d'un bond, tentant tant bien que mal de dissimuler et son ventre et sa poitrine.

— Vous allez prendre froid à vous balader ainsi. C'est dans vos habitudes de vous promener toute nue ?

— Non bien sûr, mais je sais plus ce que j'ai fait de mes vêtements, bredouilla-t-elle, horriblement gênée. J'étais pourtant sûre de les avoir posés là, et ils n'y sont plus.

En désignant la pierre censée protéger ses habits, elle dévoila sa poitrine, prit conscience de son impudeur et du regard du jeune garçon, essaya de se dissimuler à nouveau, mais son bras était trop étroit pour contenir sa gorge généreuse.

— Ne me regardez pas, vous me gênez.

Pensez s'il baissa les yeux…

— Je ne regarde que ce que vous me montrez. Vous êtes plutôt jolie, je serais bien sot de ne pas en profiter.

— Vous avez l'air gentil. Vous voulez pas me rendre un petit service ?

— Dites toujours.

— J'habite à la ferme de Kergaradec. Ce serait chic à vous d'aller me chercher d'autres affaires.

Charles-Damien hocha la tête comme s'il réfléchissait.

— C'est pas la porte à côté.

— C'est pas bien loin pour un gaillard comme vous.

— Il fait chaud, je suis fatigué…

Pas une seule seconde ne vint à l'esprit de la petite ingénue que l'auteur du larcin était ce garçon en train de la faire marcher.

— Qu'est-ce que vous me donnerez en échange ?

— Je sais pas moi. J'ai quelques économies, je vous dédommagerai pour le dérangement.

— Et si je vous aidais à retrouver ce que vous cherchez plutôt que d'aller courir jusque chez vous ?

Elle poussa un nouveau cri, de joie cette fois.

— Vous savez où sont passés mes habits ?

— Un animal a dû jouer avec. Les renards sont de sacrés farceurs. J'en ai vu un tout à l'heure avant d'arriver.

— Par où il allait ?

Charles-Damien esquissa un geste évasif.

— J'ai pas eu le temps de bien voir, mais je crois bien qu'il portait quelque chose dans sa gueule, sans doute vos vêtements.

— Il faut aller à sa recherche.

— Moi, je veux bien, mais vous, vous allez vous écorcher les pieds, vous égratigner avec les ronces. Le mieux, ce serait de m'attendre là. Je vais voir si je retrouve notre goupil.

— D'accord, mais faites vite, j'ai peur que quelqu'un d'autre arrive. J'aurais l'air maligne.

— Mais non, je vous l'ai dit, vous êtes très jolie, vous n'avez pas à rougir de votre corps.

— Faites vite quand même.

Plutôt fier de sa performance oratoire, le jeune garçon regagna sa cachette, récupéra le précieux ballot, attendit quelques instants avant de réapparaître.

— Voilà ! Vous avez de la chance, le renard les avait éparpillés, mais je crois bien que tout y est.

— Donnez-les-moi vite que je me rhabille.

— C'est que… Nous avions parlé de récompense… Sans mon aide, vous seriez dans un sacré pétrin.

— Qu'est-ce que vous voulez ?

— Un peu de gentillesse. Un baiser. Oui, c'est ça, un baiser.

Elle s'approcha, tendit les lèvres et en effleura à peine la joue du jeune garçon.

— Ah non ! Ça, c'est un bisou de petite fille, pas un vrai baiser. Avec tout le mal que je me suis donné, je mérite mieux.

Elle soupira, mortifiée de devoir s'abaisser – elle était encore pucelle… Mais elle n'avait pas le choix et le jeune homme n'était pas vilain… De se trouver de surcroît dans cette tenue, sous le regard qui la détaillait sans vergogne, lui créait un émoi jusqu'alors inconnu.

— Après vous me laisserez tranquille ?

— Ça dépend. Si c'est un vrai baiser comme les adultes, je dis pas…

Le dénouement de ce jeu de dupes n'est pas difficile à imaginer. Elle offrit ses lèvres au jeune garçon qui s'empressa de les prendre à pleine bouche et de la serrer contre lui. Ses mains parcoururent son dos, ses doigts s'enhardirent au creux de ses reins. Quand il l'allongea sur l'herbe fraîche, elle ne protesta pas et ouvrit son giron à la caresse qui finit de la faire chavirer. Quelques minutes plus tard, Charles-Damien se trouvait dans la même tenue que la jeune paysanne, et d'instinct ils ne tardaient pas à réinventer l'emboîtement originel de l'humanité.

Une expérience cocasse en effet, dont Charles-Damien tira deux enseignements fondamentaux : sa facilité à manier la parole en situation de séduction, la faiblesse des femmes quand le désir commençait à les envahir.

14

Enfin libres de profiter à leur guise de la fortune familiale, les deux frères Costevec eurent cependant la décence de patienter quelques semaines avant de faire la fête. La maison leur paraissait métamorphosée, plus grande, vidée d'une présence qui jusque-là les jugulait. Constat terrible, puisque la responsable de leurs angoisses était de leur sang. En descendant les escaliers, ils ne craignaient plus de se trouver nez à nez avec Annabelle, momie droite et sévère calée au milieu du vestibule dans son fauteuil. C'était surtout à son regard glacial et inquisiteur qu'ils n'étaient jamais parvenus à s'habituer, signe d'une autorité que jamais non plus ils n'avaient eu le courage de défier. Avec l'aide du comptable, ils réussirent à se dresser un tableau approximatif de leur situation financière – ils ne se croyaient pas si riches. La période de deuil écoulée vint le moment d'organiser une réception, à laquelle furent conviés bien entendu ceux qui jusque-là étaient *persona non grata*. Parmi ceux-là sévissaient quelques individus dont l'honnêteté n'était pas la première qualité. Des péquins du genre des Ligoury.

Du vivant d'Annabelle, les belles-filles avaient déjà la charge de gérer ce genre de cérémonie, hormis les invitations bien entendu qui restaient du ressort de la doyenne. Aucune raison que cela changeât, sauf qu'elles n'avaient plus désormais à rogner sur la dépense pour dresser le menu. Des hôtes du rang des Costevec devaient savoir recevoir, autrement dit offrir à leurs invités l'occasion de se bâfrer sans retenue – c'était le prix du respect réciproque.

Les nouveaux patrons ne tardèrent pas à moduler leur position à l'égard de la domestique. Dure à la tâche, soigneuse, toujours levée de bonne heure et assidue au service, jamais Violaine ne rechignait. Même si cela les démangeait, ni Jérôme ni Joseph ne trouvaient de reproches à lui adresser. A trop la martyriser, ils risquaient en revanche de la voir leur rendre son tablier. Auquel cas, ils seraient certes libérés de la clause testamentaire à son égard, mais il leur serait impossible aussi de dénicher une servante de sa qualité. Peu à peu se calma leur animosité, ils renoncèrent à la convaincre de démissionner, revirent leurs exigences à la baisse et se contentèrent de lui imposer un service normal.

Jérôme avait recommencé à tourner autour de Violaine. Il estimait possible à présent de l'amadouer, puisque sa protectrice n'était plus là pour la défendre. Au pire, s'il poussait trop loin ses avances, que ferait-elle ? Elle se fâcherait et donnerait son congé ? C'était une issue fort peu probable, la jolie blonde était trop fine mouche pour se priver sur un coup de tête de la somme rondelette prévue par Annabelle.

De son côté, la jeune femme se doutait qu'elle devrait à nouveau affronter les assiduités de son séducteur.

Elle s'y était préparée. Ayant analysé la situation avec autant de lucidité que Jérôme Costevec, elle était parvenue aux mêmes conclusions, à un détail près, qui changeait toute la donne. Pas question de lui céder. Lui signifier verbalement son refus n'était pas de nature à le calmer pour de bon, il reviendrait à la charge. S'il essayait alors de la violenter, elle ne se laisserait pas faire, mais jusqu'où pourrait-elle résister dans l'affrontement physique ? Sans être d'une force exceptionnelle, la jeune orpheline n'était pas fluette. Habituée aux corvées, elle avait des bras vigoureux et était en mesure de se défendre et de se dérober. Une bonne paire de gifles, un coup de genou bien placé, elle pourrait même lui lacérer le visage si cela ne suffisait pas. C'est là que son appréciation différait de celle de son patron : que ferait alors celui-ci ? Sans doute jugerait-il la réaction disproportionnée comme tous les salauds de son espèce, mais serait-il pour autant en mesure de la congédier ? En premier lieu, il y avait l'épouse de Jérôme. Qu'elle fermât les yeux sur les turpitudes de son mari, passe encore, mais elle n'avait certainement pas envie que tout le monde fût au courant de son infortune. Or, si les Costevec en arrivaient à se séparer de leur domestique, quel intérêt aurait celle-ci de préserver la réputation d'un homme qui avait voulu abuser d'elle ? La jeune femme ne manquerait pas de divulguer les raisons de son licenciement, le notaire mettrait son nez dans l'affaire. Ensuite, il y avait le frangin… Du côté galipettes, le Joseph paraissait plutôt sage, il se montrait même courtois à l'occasion avec son employée, il était peu probable qu'il tolérât les frasques ancillaires de son frère, surtout si elles devaient occasionner une ponction aussi conséquente dans le budget.

Voilà où en était Violaine de sa réflexion. Avant d'en arriver à de telles extrémités, la meilleure défense était d'éviter de se trouver seule avec le sieur Jérôme. Elle était assez vive pour échapper à ce pataud ventripotent.

Les choses se déroulèrent comme elle l'avait prévu. Des sourires mielleux accompagnés de soupirs éloquents, des regards si insistants que seul un aveugle n'en aurait pas compris la signification. Puis Jérôme se mit à la suivre, se glissant comme par hasard dans les pièces où elle avait à faire et dont elle s'éclipsait à la hâte.

Ou alors il développait une obligeance affligeante...

— Il n'est pas trop lourd, votre panier, ma pauvre fille ?

— Non, non.

— Faut faire attention, vous savez, vous allez vous défoncer le dos.

Elle filait sans répondre.

Jérôme Costevec n'était pas complètement idiot. A ce petit jeu-là, il passerait bien vite pour un benêt. Valait mieux attendre l'occasion propice, le moment où la petite péronnelle relâcherait sa vigilance : elle avait beau être rouée, cela finirait bien par se produire.

S'ensuivit une période d'accalmie.

Au bout du compte, les Costevec étaient fiers d'avoir à leur service une jeune femme aussi avenante. La réception à venir serait l'occasion de présenter Violaine à leurs convives. Les agapes étaient prévues dans le jardin, dont les bosquets et les massifs avaient été soigneusement taillés par Martin, responsable en chef du parc entourant la demeure. Plus une mauvaise herbe dans les parterres, les allées étaient ratissées, les feuilles mortes ramassées et portées dans l'excavation au fond du terrain pour en faire du compost.

La semaine précédant la réception, les préparatifs en cuisine allèrent bon train. Pour une première fois, une trentaine de convives étaient invités. Par la suite, le cercle des relations serait élargi en fonction des alliances financières, autrement dit des intérêts de la famille Costevec.

De longues tables recouvertes de nappes blanches en lin avaient été alignées tout autour de la tonnelle sous laquelle seraient dressées les dessertes. Il était prévu de ne pas lésiner sur le buffet : champagne à volonté comme il se doit, amuse-gueule et petits fours, salades variées et charcuteries fines, viandes et poulet froids, alcools, vins blanc et rouge des meilleurs crus, jus de fruits et tisanes pour ces dames, des cigares pour ces messieurs, et mille autres choses.

— Faudra faire attention aux mouches, avait recommandé Marcelle, la femme de Joseph. On n'en a jamais autant vu que cette année.

— Aux guêpes aussi, avait rajouté Bernadette, l'épouse de Jérôme, soucieuse de ne pas être en reste. Ces fichues bestioles sont toujours à fouiner autour de la nourriture. Si on se méfie pas, on peut en avaler une qui vous pique dans la gorge et on meurt étouffé.

Violaine avait souri : le mari de cette dernière, lui, n'était ni une mouche ni une guêpe, et ce n'était pas autour des tables qu'il tournait. Ne ratant jamais une occasion d'afficher une autorité illusoire, Eugénie avait rassuré ses deux patronnes, elle veillerait tout particulièrement à ce que la nouvelle servante fût vigilante.

Les belles-sœurs faisaient office de majordomes, Eugénie s'occupait du vestiaire. Les premiers invités pointèrent le nez en fin d'après-midi. Ils durent patienter en se promenant dans le jardin, en compagnie des frères Costevec, qui paradaient dans les habits confectionnés sur mesure chez un tailleur de Morlaix, dont la réputation n'était plus à établir. Au détour des allées, deux sculptures exposaient leurs formes marmoréennes dans une clairière ménagée à cet effet, façon Versailles, quoi... Les hommes les contemplaient avec un air de connaisseurs avertis, en s'extasiant de leurs qualités plastiques alors que des pensées beaucoup moins avouables guidaient la direction de leurs regards. Une naïade captait surtout leur attention, penchée en avant au sortir de l'onde et délicieusement callipyge.

— Elles étaient quand même grosses et grasses à l'époque, glissa l'une des épouses avec un air pincé, soutenue aussitôt par ses consœurs, aux hanches replètes.

Il est vrai que ces coincées du popotin n'exhibaient leur anatomie qu'en de rares occasions. Pas même devant leur miroir, ou alors juste le temps de constater les dégâts en lâchant un soupir désespéré.

— C'est notre sœur, expliquait Jérôme. C'était une artiste, elle avait beaucoup de goût. Si on l'avait laissée faire, elle aurait dépensé une fortune pour assouvir ses fantasmes...

Il avisa Violaine, l'appela, lui demanda de se placer entre les deux statues.

— Vous ne trouvez pas qu'il y a un air de ressemblance ? demanda-t-il à ses convives d'un ton malicieux.

— Vous voulez parler du visage ? répondit l'un d'entre eux.

— Bien sûr, pour le reste nous ne sommes pas en mesure de juger. Mais je suis convaincu que sur le plan anatomie, notre chère petite Violaine n'a rien à envier à ces femmes de marbre. Si sa pudeur le lui permettait, elle pourrait nous charmer de bien plus agréable façon.

Difficile d'être plus explicite...

Horriblement gênée d'être ainsi détaillée, la jeune femme fila vers l'office.

— Elle est timide, expliqua Jérôme. Ce n'est qu'une jeune paysanne. A ce que nous avons appris, elle aurait eu une enfance compliquée. Elle est orpheline en fait, et sa mère était... Enfin, vous comprenez...

— Pas vraiment, non... Vous nous en avez trop dit pour nous laisser sur notre faim.

— Puisque vous y tenez... Figurez-vous que la misérable était mendiante. Elle tendait la main... mais le reste aussi, des fois. Annabelle avait un grand cœur, elle avait embauché la gamine par pitié.

— Elle était dans un orphelinat ?

— Non, même pas... Vous n'allez pas me croire... C'est un pilhaouer du coin qui l'avait adoptée. Mon frère et moi, nous l'avons gardée à notre service pour lui éviter de replonger dans la misère. Pauvre gosse...

— C'est tout à votre honneur.

— Sorti de là, nous n'avons pas à le regretter. Elle est courageuse comme pas deux et quand même bien élevée. Vous me croirez pas, elle ne se plaint jamais.

— Il manquerait plus que cela, fit un marchand de chevaux, qui avait des femmes la même opinion que de ses juments.

Fortune oblige, les Ligoury arrivèrent parmi les derniers. Le père, la mère. Le fils.

Charles-Damien n'avait jamais vu Violaine. Depuis son dépucelage champêtre, il avait connu bien d'autres aventures. Des filles de ferme, solides et hâlées. Pas farouches pour la plupart, pour qui l'étreinte faisait partie des fonctions naturelles, alors, avec ce jeune monsieur de la haute qui fleurait bon des parfums inconnus... Quelques jeunes demoiselles de la bourgeoisie aussi, d'une timidité qu'il était plaisant de forcer, au visage diaphane comme les plantes atteintes de chlorose dans l'ombre d'une arrière-cour. Chez certaines, la banalité de la vitrine cachait cependant un tempérament surprenant, sans doute éveillé par la lecture des ouvrages licencieux dénichés dans le rayon secret de la bibliothèque paternelle, là où les adolescentes ont un malin plaisir à fouiner le soir, elles peinent ensuite à trouver le sommeil, tournant dans leur lit sous le matelas duquel couve un feu secret, osant des caresses interdites. Au matin, les voilà pâles, les yeux cernés. La migraine des premières langueurs. Avec celles-là, le jeu était risqué : au cas où elles tomberaient enceintes, les parents étaient capables de confondre le séducteur, et même de l'obliger à se marier afin de profiter de la fortune paternelle.

Jusque-là, que ce fût dans les bras d'ardentes pouliches ou d'adolescentes inconsistantes, la relation était restée physique, souvent dictée par la curiosité. Peu ou prou de tendresse, le fils Ligoury n'avait jamais connu l'amour sentimental. Aussi fut-il troublé par un émoi inhabituel face à la fille du pilhaouer.

Violaine ne connaissait les riches fermiers ni de visu ni de réputation. Elle n'avait donc aucune raison de se méfier d'un jeune homme excellant à dissimuler son jeu. Elle se souvenait des paroles de son ancienne patronne qui lui prédisait un mariage avec le descendant d'une famille aisée. Elle trouva Charles-Damien plutôt bel homme, détourna bien vite les yeux. Un regard pas assez furtif pour masquer un trouble que Ligoury ne fut pas sans remarquer. Il en fut flatté, mais pas seulement. En lui naissait un sentiment singulier. Il la regarda s'éloigner. Son corsage ajusté ne la moulait qu'avec beaucoup de décence, mais elle était bien fichue. Le ballottement de ses hanches sous son ample jupe n'éveilla cependant pas chez le jeune homme le désir habituel. C'était une attirance plus sensible que lui dictaient d'autres images plus subtiles que celles de la chair. La certitude que la tenir entre ses bras lui prodiguerait un plaisir plus raffiné.

Vingt et une heures. La cérémonie battait son plein. Les groupes se constituaient au gré des affinités. Les frères Costevec et leurs épouses allaient de l'un à l'autre, exprimaient leur contentement de recevoir de si agréables invités, trinquaient volontiers. Eugénie surveillait la manœuvre, recommandait à Violaine de s'occuper de l'approvisionnement ; celle-ci passait les plateaux de table en table, en faisant attention à ne pas trébucher et surtout à ne pas tacher les beaux habits de ces messieurs-dames. Charles-Damien la regardait faire, se tournant sur sa chaise afin de la suivre des yeux. Elle était vraiment très belle. Il n'était pas le seul à l'observer.

Jérôme Costevec aimait la bonne chère, mais une fois le verre aux lèvres, il ne savait plus s'arrêter, et l'alcool lui montait très vite à la tête. Ce soir-là, son ébriété naissante ne faisait qu'aggraver son désir. La petite garce l'émoustillait en diable à mesure qu'avançait la soirée. Elle lui paraissait de plus en plus accessible… Après tout, n'était-il pas le patron ? Son frère et lui la payaient bien. C'était pure ingratitude de faire la mijaurée.

Violaine n'en finissait pas d'aller et venir, elle commençait à être fatiguée. Il faisait nuit à présent, les lanternes rendaient l'obscurité à peine moins oppressante. L'ambiance avait gravi un cran, les bouteilles défilaient à un rythme infernal. Les cols desserrés, les hommes parlaient fort, avec de grands gestes d'épouvantails tourmentés par le vent. La jeune femme avait les oreilles qui bourdonnaient. On l'appelait de droite et de gauche en même temps, elle ne savait plus où donner de la tête.

— Vous devez être épuisée ?

Elle sursauta, faillit laisser échapper sa carafe. C'était ce jeune homme qu'elle avait remarqué à son arrivée, une allure d'athlète avec ses épaules carrées, l'air dur d'un bûcheron.

— Non, non… s'empressa-t-elle de répondre. Vous désirez quelque chose ?

— Mon Dieu… Pourquoi pas une coupe de champagne ?… Mais je peux aller me servir tout seul.

— Je suis là pour ça. Ne bougez pas, je vais vous chercher ce que vous désirez.

— En ce cas... Pendant que vous y êtes, nous sommes trois...

Charles-Damien Ligoury avait vingt-trois ans. Il occupait une table ronde un peu à l'écart avec deux autres petits-bourgeois de même calibre, de joyeux lurons troublés, eux aussi, par la jolie serveuse.

— Tu la connaissais avant de venir ? lui demanda Tristan Lebasson.

— Pas du tout. Pourquoi ?

— Elle a l'air d'en pincer pour toi.

— Une domestique ? Non merci...

— Tu as tort. Nous, on la trouve plutôt gironde. N'est-ce pas, Victor ?

Celui-ci renchérit que si Charles-Damien ne voulait pas de la jeune femme, pour sa part il était prêt à lui conter fleurette.

— Je n'ai pas dit que je ne la trouvais pas à mon goût, mais fricoter avec ce genre de fille, c'est aller au-devant d'ennuis. Et puis, elle doit être sérieuse.

— Gentleman ? se moqua Tristan.

Ligoury ricana, c'était la première fois qu'on lui attribuait ce qualificatif, que jamais d'ailleurs il n'aurait osé revendiquer. Il eut un moment de flottement, se dit qu'à déployer tant de courtoisie il allait sombrer dans le ridicule.

— Faut pas vous bercer de douces illusions, les amis. J'ai pas l'intention de vous la laisser. Mais c'est la première fois que je suis invité ici. Les frères Costevec ne verraient pas d'un bon œil que j'essaie de séduire leur servante dès le premier jour. Vous n'avez pas remarqué comme le Jérôme passe son temps à la reluquer ?

Les deux autres s'esclaffèrent.

— On avait entendu parler de toi, ça nous étonnait aussi que tu fasses tant de manières avec une simple domestique...

Charles-Damien ne releva pas l'allusion.

— Chaque chose en son temps. La demoiselle a l'air farouche, il faut d'abord la mettre en confiance avant de l'attaquer de front. Comptez sur moi.

Le clocher égrena les vingt-trois heures. A l'excitation des premières vapeurs succédait la douce euphorie d'une ivresse heureuse. Malgré l'heure avancée, il faisait bon en ce début juin, pas un souffle de vent dans cet espace ceint de hauts murs. Les hommes s'étaient complètement dégrafés, la bedaine à l'air entre les pans de leur gilet, le pantalon qui tire-bouchonnait sur leurs bottines, parce qu'ils ne pouvaient plus le remonter assez haut. Bien que de la fine société, de temps à autre leur échappait un rot, quand ce n'était pas une flatuosité de plus bas étage, trop tard contenue par des fessiers moites de sueur, et dont les sournois effluves se mêlaient au parfum des cigares. Bref, on était bien, et personne n'avait encore envie de lever le camp.

Les femmes n'étaient guère plus brillantes, le chignon chaviré, le rose aux pommettes, agitant avec ostentation pour certaines un éventail défraîchi. Oubliée la retenue du début de la réception, elles parlaient fort elles aussi, ne serait-ce que pour dominer le brouhaha ronflant de leurs conjoints. De temps à autre, du gynécée improvisé sourdaient de petits glapissements cocasses, signes de leur hilarité, ou de leur étonnement, ou encore quand elles s'offusquaient du propos de leurs voisines, car bien entendu, ces braves femmes brocardaient volontiers celles qui n'avaient pas la chance d'être de la fête.

Pensez si Marcelle et Bernadette paradaient dans un parterre de pareilles commères ! Faisant fi de tout respect pour la défunte, elles racontaient ce qu'elles avaient pu souffrir du vivant d'Annabelle. La main en conque, elles baissaient la voix pour déplorer la pusillanimité de leurs bonshommes devant leur sœur aînée.

— Et radine comme c'est pas Dieu possible... précisait Bernadette.

— J'en connais beaucoup qui auraient fait leurs valises, ajoutait Marcelle.

Parmi ces dames sévissaient quelques langues de vipère, affûtées ce soir-là par les petits verres de cherry que Violaine leur avait servis.

— Personne n'est éternel, fit l'une d'entre elles. Votre Annabelle n'était pas de première jeunesse si nos souvenirs sont bons...

— A qui le dites-vous, on a bien cru qu'elle finirait centenaire...

— Vous avez eu raison de vous incruster afin de profiter de la fortune de vos benêts de maris. Chacun à son tour !

Joseph Costevec avait longuement discuté avec Jean-Marie Ligoury en début de soirée. Jérôme avait estimé avoir mieux à faire. Il frisait la béatitude. Le visage rubicond, il affichait un sourire épanoui, ses lèvres entrouvertes laissaient deviner ses chicots brunis par le tabac. L'alcool ne faisait qu'exacerber ses pulsions à chaque fois que la belle domestique passait à proximité et que son esprit embrumé tentait d'évoquer ses formes généreuses.

Violaine tenait bon. Elle avait même récupéré, les convives n'avaient pas la capacité de s'abreuver davantage. A l'écart du vacarme, elle soufflait un peu. Jérôme la repéra à travers les touffes d'hortensias derrière lesquelles elle avait trouvé refuge. Titubant, il entreprit de la rejoindre, mine de rien, en faisant un détour. L'ayant vu venir, la jeune femme s'empressa de gagner les cuisines.

— Je te cherchais justement, l'interpella Eugénie. Au lieu de rêvasser au clair de lune, tu ferais mieux de commencer la vaisselle. Sinon tu vas devoir y passer la nuit.

Violaine se contenta de hausser les épaules. L'autre mégère s'en alla en marmonnant que c'était pas Dieu possible, une paillasse pareille.

Campé sur ses pieds, s'efforçant de ne pas trop tanguer, Jérôme se demandait où était passée la petite chipie. S'était-elle enfoncée plus avant dans l'obscurité ? Ce n'étaient pas les taillis qui manquaient dans les ténèbres du jardin. Il n'allait quand même pas jouer à cache-cache avec elle toute la nuit. A moins qu'elle ne fût partie se planquer dans la maison… Il s'approcha, vit Eugénie sortir des cuisines. Celle-ci savait après qui son ancien amant en avait, elle lui décocha au passage un regard méprisant que, trop gris, il ne remarqua pas.

Jérôme entendit alors un bruit de plats qui s'entrechoquaient. Ce ne pouvait être qu'elle. Il se rajusta, lissa ses cheveux, cracha dans l'herbe afin de s'éclaircir l'haleine. Puis il se décida, certain ou presque d'aboutir cette fois.

Violaine s'activait devant le grand évier dont le bac était empli d'eau tirée au puits et mise à chauffer sur la cuisinière. Elle n'avait pas entendu que l'on venait dans son dos.

— Je peux t'aider ?

Elle sursauta, évita de se retourner. Quelle gourde de s'être laissé surprendre ! La seule issue était de se faufiler entre les buffets et l'immense table, mais Jérôme bloquait le passage.

— Je n'en ai pas pour longtemps. Vous êtes gentil, mais ce n'est pas la peine.

— Vous êtes gentil, vous êtes gentil. Je ne dois pas l'être tant que ça, puisque tu ne veux jamais que je t'aide.

— Ce n'est pas votre rôle, monsieur. C'est à moi de faire la vaisselle. A moi et à Eugénie, quand elle veut bien m'aider.

— Celle-là… Tu as bien raison de te plaindre d'elle. Elle n'est pas trop dure avec toi ?

— Je sais me défendre.

— Ça, je n'en doute pas. Si tu as le moindre problème avec elle, tu n'hésites pas à m'en parler.

Redoutant l'attaque, Violaine ne répondit pas.

— Parce que tu sais, moi, je t'aime beaucoup.

Il attendait, comme un adolescent qui vient de débiter sa première déclaration d'amour. La jeune femme garda toujours le silence. Elle entendit dans son dos le froissement des habits de son prétendant qui s'approchait. Il n'était plus qu'à un mètre d'elle.

— Oui, beaucoup. Et s'il ne tenait qu'à moi, j'augmenterais tes gages en fonction du travail que tu accomplis dans cette maison, parce que, on te l'a pas dit, mais on est très content de toi.

Violaine était tétanisée. D'une seconde à l'autre, les mains de son patron allaient se poser sur ses épaules, lui enserrer la taille, elle ne savait que faire. Elle se retourna afin de chercher une échappatoire, il avança encore, elle se trouva coincée entre ses bras contre l'évier.

— Arrêtez, monsieur Jérôme. Vous n'êtes pas raisonnable, laissez-moi.

— Pourquoi ? Nous ne faisons rien de mal, continuait-il de sa voix chargée d'alcool, tandis que ses mains descendaient le long de ses hanches.

— Quelqu'un va venir et voir ce que vous êtes en train de me faire.

— Si c'est cela qui te dérange, on peut trouver un endroit plus tranquille.

Il essayait de pétrir sa gorge sous la bavette du tablier, à travers le chemisier.

— Laissez-moi, monsieur, vous me faites mal.

Elle le repoussa, il revint à la charge, l'écrasa un peu plus.

Charles-Damien avait observé les manœuvres du sieur Costevec avec amusement. Tout d'abord sa façon de tourner autour de la servante. Puis celle-ci qui essayait de se dissimuler dans l'obscurité, l'autre qui la cherchait, qui se demandait où elle était passée. Il avait vu Violaine se réfugier dans les cuisines, suivie quelques minutes plus tard par son patron qui l'avait enfin repérée. Il hésita sur la conduite à tenir. Après tout, ce n'étaient pas ses oignons, la petite soubrette lui plaisait certes, mais ce n'était pas une raison pour se fâcher avec l'un des frères Costevec. Quoique... L'occasion était trop belle de marquer des points près de la jeune femme...

Charles-Damien s'avança négligemment.

— Vous cherchez peut-être les commodités ?

C'était l'autre Costevec, le dénommé Joseph.

— Non, non, je vous remercie. Il fait plus frais, vous ne trouvez pas ? Je vais me mettre un peu à l'abri.

— Par là, c'est les cuisines. Vous voulez peut-être que je vous conduise au salon ?

— Ne vous donnez pas cette peine. Il m'arrive de me rendre à Paris. J'ai toujours adoré les coulisses des théâtres. Je ne doute pas que vos cuisines doivent être magnifiques pour recevoir vos invités de si royale façon.

— En ce cas... Flânez donc à votre guise.

Ligoury pénétra dans le couloir. Il entendait parler, sans encore distinguer ce qui se disait. Il reconnaissait la voix de son hôte et celle de sa servante. Il s'avança un peu, elle suppliait de la laisser, il insistait.

— Cette fois, ça suffit, monsieur Jérôme. Je ne suis pas une petite traînée que vous pouvez peloter comme bon vous semble.

— C'est pourtant ce qu'était ta mère. Ça te va bien de faire ta difficile maintenant avec tes simagrées. Laisse-toi faire, je te dis, tu n'auras pas à le regretter.

Elle poussa un cri, Charles-Damien entra dans la pièce. Costevec essayait d'une main de contraindre la jeune femme, tandis que l'autre agrippait le bas de sa jupe afin de la relever. Il n'avait pas entendu venir son invité. En revanche, Violaine l'avait aperçu par-dessus l'épaule de celui qui voulait la forcer.

— Ah ! c'est vous, dit-elle avec soulagement.

Cette fois, Jérôme prit conscience qu'ils n'étaient plus seuls, qu'il venait de se faire bêtement surprendre dans ses basses œuvres.

— J'ai entendu crier. Je me demandais ce qui se passait. Tout va bien, mademoiselle ? s'enquit Charles-Damien.

— Mais oui, tout va bien, répondit Costevec à sa place. Nous nous amusions un peu. Cela nous arrive de temps à autre. C'est normal quand un patron aime bien ses employées. Hein, Violaine, qu'on s'amusait ?

Celle-ci ne savait que répondre. Le jeune homme avait-il bien compris qu'elle n'avait nullement l'intention de se prêter au soi-disant jeu ? Surtout ne pas passer pour une Marie-couche-toi-là…

— Il y a des jeux qui ne sont pas très drôles et qui pourraient laisser croire je ne sais quoi, répliqua-t-elle sèchement, en se rajustant.

Puis écartant son patron du bras, elle quitta la pièce d'un pas décidé.

Les deux hommes se retrouvèrent face à face. Sous le coup de l'émotion, Jérôme avait un peu dégrisé. Il n'osait croiser le regard amusé de Ligoury.

— Bien entendu, cela reste entre nous.

— Cela quoi ? demanda Charles-Damien.

— Ce que vous venez de voir. Il ne faudrait pas croire…

— Mais je n'ai rien vu, le coupa Ligoury. Je ne suis pas ici pour épier les gens qui ont la bonté de m'inviter, moi et mes parents.

— Je vois que j'ai affaire à un gentleman.

C'était la seconde fois dans la même soirée qu'on lui adressait le compliment. Charles-Damien ne put s'empêcher de sourire.

— Entre nous soit dit, j'ai cru constater que cette jeune beauté ne vous laissait pas indifférent, reprit Costevec.

— C'est une très belle personne, mais rien d'autre, du moins en ce qui me concerne.

Jérôme comprit l'allusion.

— Il en est de même pour moi, vous pensez bien. Il ne faut pas s'imaginer n'importe quoi parce que nous chahutions un peu ensemble. Permettez-moi de vous affirmer que je me connais un peu en femmes. La petite, elle vous trouve joli garçon.

Charles-Damien haussa les épaules.

— Si, si, je vous assure. Après ce qui vient de se passer, elle va vous considérer comme son chevalier servant.

— Vous exagérez, monsieur Costevec.

— Appelez-moi donc Jérôme. Cela me ferait plaisir.

Il s'enlisait, le pauvre, acharné à vouloir sauver la face.

— A cet âge-là, elles ont besoin de rêver, d'être protégées. Vous êtes fort comme un Turc, bel homme. Je suis certain qu'elle a du sentiment pour vous. Pour tout vous dire, je vous la laisse bien volontiers, et vous auriez tort de ne pas en profiter.

15

En début de soirée, le père Ligoury et les frères Costevec avaient dégusté ensemble une coupe de champagne en guise d'apéritif. Jérôme n'avait pas tardé à se désintéresser de la conversation. Jean-Marie avait deviné assez vite quel était son autre sujet de préoccupation. Lui-même avait remarqué la petite bonne des Costevec. Les regards farouches de la jeune femme trahissaient son inexpérience dans le domaine amoureux – avec une ou deux décennies de moins, il l'aurait volontiers déniaisée. Dès qu'elle se trouvait dans les parages, Jérôme Costevec se tortillait sur sa chaise, et son regard se posait sur ses hanches quand elle s'éloignait. Au bout d'un moment, trop distrait pour soutenir l'échange, il s'était levé, prétextant qu'il était de son devoir d'aller bavarder avec les autres invités.

— Je reviens dans cinq minutes…

Ligoury eut alors tout loisir de discuter avec Joseph, plus posé que son cadet, et sans doute aussi plus retors en affaires. Ces deux-là avaient compris d'emblée qu'ils étaient faits pour s'entendre. Il est ainsi des affinités évidentes qui se dispensent de discours. Une complicité immédiate, des sourires éloquents à écouter les conversations voisines où l'on pérorait sur des futilités avec de grands gestes et des certitudes outrecuidantes.

Jean-Marie Ligoury possédait donc beaucoup de terrains, dont un, immense, autour de sa ferme. Les contours en dessinaient une courbe régulière, sauf au nord-ouest, où une enclave y découpait une échancrure. La parcelle n'était pas bien grande, mais pour lui, c'était un chancre insupportable. Ces quelques acres appartenaient à un vieux paysan. Plus têtu que lui, c'eût été difficile à trouver parmi les Bretons, pourtant réputés pour avoir la tête dure. A plusieurs reprises, Jean-Marie lui avait proposé un bon prix, le bougre avait toujours refusé de s'en séparer. Robert Lostig était un homme intègre, loin d'avoir la bourse bien garnie. Un maquignon de la trempe de Jean-Marie ne pouvait donc admettre qu'il fît la fine bouche. En fait, Lostig détestait les Ligoury à cause de leurs magouilles. Il s'obstinait par principe, rien que pour emmerder ces parvenus qu'il considérait comme des escrocs. Or, l'unique chemin pour accéder à ce lopin de terre traversait une lande appartenant aux Costevec.

Cette lande aride et pierreuse, hérissée d'ajoncs, n'était d'aucun profit. Mais elle présentait une particularité. Au milieu se cachait un dolmen dont la présence n'était indiquée sur aucune carte. Oh ! Pas grand-chose, pas de quoi être inscrit en tout cas au registre du patrimoine archéologique : quatre pierres latérales dressées en guise de soutènement, une plate-forme large et biscornue posée sur le dessus avec seulement quelques points d'appui, un miracle d'équilibre qui avait pourtant défié les coups de boutoir du temps.

Avant qu'Annabelle ne prît les rênes de la fortune familiale, il avait été fortement question de se séparer de cette friche inutile. Or, ce mégalithe perdu dans la végétation, érigé par de mystérieux ancêtres pour des raisons tout aussi obscures, était le lieu de prédilection de la vieille fille depuis son enfance. La fillette y jouait, se réfugiait à l'intérieur, l'adolescente frémissait à l'idée qu'un jour l'édifice de guingois s'effondrerait et l'écraserait comme un misérable insecte, la jeune femme invoquait des forces occultes qu'elle sentait rôder autour d'elle avec une certitude indubitable. Du temps où elle était encore ingambe, chaque semaine elle faisait le détour par la lande – elle était bien la seule –, un pèlerinage obligé en quelque sorte. A échéance régulière, son jardinier venait débroussailler les alentours, avant que les forces végétales ne contraignent le dolmen de leurs serres redoutables. Au fil des années, pour Annabelle Costevec sauvegarder ce tas de cailloux était devenu un devoir de mémoire. En grande partie par esprit de contradiction avec les deux frères qui, eux, ne raisonnaient qu'en termes de profit.

Depuis qu'il avait reçu l'invitation, Jean-Marie Ligoury avait sa petite idée derrière la tête.

— Vous allez continuer à entretenir le dolmen de la lande ?

Joseph le dévisagea d'un regard surpris.

— Pourquoi diable me demandez-vous cela ?

— Je ne sais pas, je suis passé par là l'autre jour. Par pure curiosité, j'y ai jeté un coup d'œil. Ils avaient de drôles de manies, les anciens.

— C'est vrai. On se demande à quoi cela pouvait leur servir de dresser des pierres un peu partout.

— A rien, si vous voulez mon avis. En tout cas, aujourd'hui cela n'a plus aucune utilité.

— Tout à fait d'accord avec vous, mais Annabelle y tenait beaucoup.

— Maintenant qu'elle n'est plus là, qu'allez-vous en faire ?

— Je vous avoue qu'on ne s'est pas encore posé la question, mon frère et moi.

— Vous allez vendre ?

— Qui voudrait acheter un terrain aussi ingrat ?

— Moi.

Costevec faillit laisser échapper son verre.

— Vous ? Mais qu'en feriez-vous ?

— Votre lande jouxte ma propriété. Si elle m'appartenait, je la clôturerais afin de dissuader les malandrins d'emprunter le chemin qui leur permet de venir rôder sur mes terres.

Joseph commençait à comprendre. Il finit le fond de son verre et le reposa sur la table. Le visage impassible en négociation, il prenait le temps de réfléchir. Surtout quand il flairait l'aubaine.

— Il faut que j'en parle à Jérôme.

— Bien entendu. Je vous demanderai quand même de ne pas vous montrer trop gourmands. Il n'y a rien à tirer d'une terre aussi inculte.

— Entre gens de bonne compagnie, il est toujours possible de trouver un terrain d'entente, même s'il ne s'agit que d'un misérable bout de lande.

Autant dire que ce soir-là l'affaire était pratiquement conclue.

Quelques entrevues furent quand même nécessaires afin de parvenir à un accord financier. Charles-Damien

accompagna son père. Ce n'était pas le genre de trac-
tations qui l'intéressait a priori, mais c'était l'occasion
de revoir la jolie servante qui lui avait tapé dans l'œil.

Quand Violaine aperçut par la fenêtre des cuisines
Charles-Damien lors de sa première visite, elle ne put
réprimer un cri de joie. Le jeune homme assista au
début de l'entretien auquel participait le comptable.
Puis il bâilla, décrocha. Jean-Marie savait pertinemment pourquoi son fils avait insisté pour l'accompagner, ce n'était pas pour lui déplaire qu'il fricotât avec
la petite domestique, à défaut de pouvoir lui-même
s'occuper d'elle.

— Si tu t'ennuies, va donc faire un tour.

— C'est pas que je m'ennuie, mais j'ai l'impression
de ne vous être d'aucune utilité.

A vrai dire, Jérôme n'avait pas été enchanté, lui, de
voir débarquer le témoin de ses turpitudes. Il craignait
même que celui-ci n'eût mis son paternel au courant
et que tous deux ne profitent de la situation pour faire
baisser le prix dont ils allaient débattre. Aussi fut-il
soulagé que le jeune homme quittât la table de la négociation.

— Vous connaissez la maison, lui lança-t-il avec un
clin d'œil. Faites donc comme chez vous.

Charles-Damien lui répondit avec un sourire
entendu :

— J'ai déjà eu en effet l'occasion de visiter les cuisines, mais aujourd'hui, je préfère prendre l'air dans
le jardin.

Violaine guettait Charles-Damien, se doutant qu'il
n'était pas là par hasard, espérant qu'il fût venu pour
la rencontrer. Quand elle le vit sortir du bureau et

162

prendre la direction du parc, elle décida de le rejoindre. Trouvant sa conduite éhontée, elle s'obligea à patienter quelques minutes, mais elle n'avait pas envie de faire attendre ce beau monsieur qui l'avait tirée d'une situation si embarrassante. Elle ôta son tablier, épousseta sa jupe et son chemisier, jeta un coup d'œil dans le miroir accroché au mur de l'office, puis rajusta une mèche et se mordilla les lèvres afin de leur donner un peu d'éclat.

Charles-Damien se tenait près des deux statues, ne pouvant se douter des plaisanteries douteuses de Jérôme Costevec à l'égard de Violaine. Celle-ci ne l'aperçut pas tout de suite. Lui, l'entendit trottiner sur le gravier de l'allée. Il se dissimula afin de pouvoir la contempler à son aise. Elle paraissait essoufflée, elle n'en était que plus charmante, fragile et pourtant pleine de sève. Comme il aurait voulu la serrer entre ses bras…

Charles-Damien se secoua, indisposé par cet émoi de novice qui l'abêtissait. Violaine s'était arrêtée, son regard fouillait les profondeurs des massifs. Il ne bougeait pas. Décontenancée, elle s'apprêtait à faire demi-tour. Le moment était venu de dévoiler sa présence.

Le visage de Violaine s'illumina.

— Je vous cherchais ! s'exclama-t-elle, regrettant aussitôt son enthousiasme.

— Je suis là. Si j'avais pu deviner… Vous avez quelque chose à me dire ?

Elle avait baissé les yeux, ses doigts se tortillaient. C'était la première fois qu'un garçon lui créait une telle émotion.

— Je voulais…

Elle dut faire un effort pour déglutir sa salive.

— Je vous écoute.

— Je voulais vous remercier pour l'autre soir.

— Mon Dieu, je n'ai pas fait grand-chose, sinon arriver au bon moment si j'ai bien compris.

— Oui, c'est de cela que je voulais vous remercier.

Charles-Damien se souvenait des paroles du sinistre personnage : « Je vous la laisse… »

— Il ne vous a plus importunée ?

— Pas depuis, non…

— Ce n'était pas la première fois ?

Elle soupira, s'estimant ridicule de raconter ses misères à ce garçon qu'elle ne connaissait pas.

— Monsieur Jérôme n'est pas un méchant homme. Il est parfois un peu… entreprenant.

— Vous ne lui avez jamais cédé quand même ?

Il plissait les paupières d'un air malicieux, conscient de la mettre mal à l'aise.

— Oh ! s'offusqua-t-elle, en portant les doigts à ses lèvres. Non bien sûr.

— J'en étais certain. On voit bien que vous êtes une fille sérieuse… En tout cas, il ne faut pas le laisser se permettre de telles privautés. Il n'a pas le droit d'essayer d'abuser de vous.

— Je sais, mais c'est mon patron.

Elle renifla, de plus en plus gênée.

— Mais sotte que je suis… Vous désirez peut-être boire quelque chose ?

— En votre compagnie, bien volontiers.

Elle rougit.

— Qu'est-ce qui vous ferait plaisir ? Une liqueur ? Un alcool ?

— Pas à cette heure-ci… répondit-il avec le souci d'entretenir son image. Un rafraîchissement, si c'est possible.

Déjà elle était partie, portée par une exaltation qui lui faisait perdre la tête. Elle revint avec un plateau sur lequel étaient posés deux verres et une carafe de jus de fruits pressés. Eugénie l'observait d'une fenêtre à l'étage. Elle, avait une solide expérience des hommes. Les Ligoury, elle avait entendu parler d'eux, notamment du fils et de sa réputation de séducteur. Elle jubilait : « Pauvre pomme, tu vas te faire sauter comme les autres, et il te laissera tomber comme une vulgaire chaussette… »

Charles-Damien déployait des efforts de courtoisie dont il était le premier surpris. Il observait Violaine, la trouvait vraiment à son goût. Elle babillait comme une enfant, elle avait la grâce d'une oiselle, de ces mésanges par exemple qui accomplissent des prouesses d'acrobatie en s'accrochant de leurs pattes graciles à l'extrémité des plus fines ramures ; celle-ci, il avait envie de la mettre en cage. Il en vint à souhaiter que son père et les deux autres pingouins ne concluent trop vite. Au fil des minutes, il prenait de l'ascendant sur la jeune femme, elle ne serait pas une proie trop rétive, mais celle-là, il voulait se la faire façon romantique, lui effeuiller lentement le corps et le cœur. Lui enseigner pas à pas tout ce que lui avaient appris ses précédentes étreintes. Etait-il possible d'imaginer élève plus adorable ?

Un bruit de porte dont couinent les gonds, des voix. Ils en avaient fini.

— J'aimerais vous revoir.

Il s'était penché vers elle, ses yeux plantés au fond des siens, en s'efforçant d'y instiller toute la sincérité requise.

Sous le charme, prise au piège, Violaine se sentait bien maladroite en présence de ce garçon plus âgé qu'elle. Que lui répondre ? Moi aussi ? Elle allait passer pour une dévergondée.

— Oui, balbutia-t-elle.

— Vous voulez bien ? insista-t-il.

Cette fois, elle n'eut la force que d'acquiescer d'un hochement de tête.

Les voix étaient à présent dans le jardin.

— Vos patrons vous accordent quand même quelques heures de congé.

— Pas beaucoup. Il y a tant de choses à faire dans une si grande maison. J'ai mon dimanche après-midi pour rendre visite à mes parents, à condition que tout soit bien rangé.

— Dimanche prochain ?

Elle était sur des charbons ardents. Refuser, c'était courir le risque de ne plus le revoir, mais elle avait peur de se jeter à l'aveuglette dans la gueule du loup.

— Oui, je veux bien.

— Tenez-vous à deux heures au bout de l'allée qui mène à l'église. Ça vous convient ?

Elle se leva.

— Plutôt trois heures, le temps de finir la vaisselle, mais je ferai tout mon possible pour être là.

Aussi preste avait-elle été, Jérôme Costevec avait eu le temps de voir son ancienne dulcinée en compagnie du fils Ligoury, dont lui aussi connaissait la réputation.

166

Mais de s'être fait surprendre, il était contraint à l'acceptation silencieuse.

— Le petit salaud, marmonna-t-il. Il profite de la crédulité de la jolie donzelle pour essayer de me la piquer.

— Vous disiez quelque chose ? demanda Jean-Marie.

— Oui… Non… Qu'avec ce vent, le temps allait certainement changer.

— Un peu de pluie, ça fera du bien. Les champs sont secs comme en plein désert. Si ça continue, la moisson ne donnera pas grand-chose.

— Alors les prix des céréales vont grimper, déclara son frère. Ce qu'on perd d'un côté, monsieur Ligoury, vous savez bien qu'on le rattrape de l'autre. C'est la loi du marché. Pour la lande, il ne faut pas aller trop vite. Réfléchissez à la dernière proposition que notre comptable vient de vous formuler. Baisser encore le montant équivaudrait à vous la donner pour rien. Vous n'allez quand même pas nous demander de vous faire l'aumône ?…

16

Ce fut un drôle de dimanche matin. Après avoir peiné à s'endormir, Violaine se réveilla aussitôt angoissée. Son premier rendez-vous d'amour… De ne pas avoir été tentée plus tôt par l'aventure, elle en arrivait à se croire anormale, et voilà qu'en quelques regards s'étaient resserrés sur elle les mors du piège dans lesquels toutes les jeunes filles rêvaient de se laisser prendre. Elle s'appliquait à effectuer consciencieusement son service, mais la tête ailleurs, soudain elle s'interrompait : quelle tenue mettre afin de ne pas être trop godiche ? S'obligeant à rester lucide, elle se trouvait folle de croire qu'un monsieur de la condition de Charles-Damien Ligoury, un homme aussi fort et aussi beau, et surtout aussi riche, pût s'intéresser à une simple domestique, fille de mendiante, élevée de surcroît chez un pilhaouer. Ou alors, il jouait avec elle. Les appréhensions légitimes de chaque adolescente à l'orée de l'amour, puériles et délicieuses. Mais elle, elle n'était plus une adolescente, elle était bientôt majeure ! Il était temps de penser à construire sa vie, elle désirait un mari, voulait des enfants… Annabelle lui avait prédit le plus bel avenir… Le vertige lui faisait tourner la tête.

Violaine avait aussi une autre raison d'être tracassée. Le dimanche était son jour de visite à ses parents, une obligation, ne serait-ce que pour les remercier de l'avoir adoptée quand elle était orpheline. Avant d'aller retrouver Charles-Damien, elle n'aurait pas le temps de les prévenir de sa défection. Zacharie et Clémence, elle les aimait toujours, même si leur tendresse lui pesait. Eux étaient désemparés de ne plus voir leur petite orpheline autant qu'ils l'auraient souhaité. Ils allaient s'inquiéter, se morfondre un peu plus. S'ils apprenaient qu'elle fréquentait, ils s'alarmeraient, ils feraient tout pour savoir qui était l'heureux élu ; à coup sûr ils lui diraient aussi qu'elle était folle de s'enticher d'un jeune homme à cent lieues au-dessus de sa condition. Elle essayait de se rassurer. Pour une première fois, elle ne passerait pas l'après-midi entier avec Charles-Damien. Que lui dirait-elle pendant tout ce temps ? Elle l'ennuierait, il avait de toute évidence autre chose à faire. Ses patrons lui laissaient quartier libre jusqu'à dix-neuf heures, elle irait saluer ses parents avant de réintégrer la demeure des Costevec. Oui, c'est ainsi que les choses devaient se dérouler…

Depuis qu'elle avait surpris les deux tourtereaux en tête à tête dans le jardin, Eugénie surveillait sa collègue d'un œil sournois. Bien qu'envieuse, elle en était amusée, persuadée à l'avance du dénouement. Ce matin-là, elle remarqua tout de suite que Violaine n'était pas dans son état normal : elle déployait une activité inhabituelle, puis, tout à coup rêveuse, elle suspendait son geste ou laissait échapper l'objet entre ses mains. Fouine et fine mouche, elle augurait que celle-ci avait profité de son jour de congé pour accepter un rendez-vous avec le fils Ligoury. Elle s'arrangea pour coincer la jeune fille dans une chambre où elle faisait le lit.

— Tu vas voir tes parents cet après-midi ? demanda-t-elle de façon innocente.

Violaine sursauta, se méfiant de sa collègue comme de la peste. Que cachait cette soudaine sollicitude ?

— Je sais pas encore... se déroba-t-elle.

— C'est ce que tu fais d'habitude le dimanche, si mes souvenirs sont bons... Pourquoi ? Tu as prévu autre chose ?

— Non, non... Mais je me sens un peu fatiguée, je vais peut-être rester me reposer. Ou aller me promener.

Une telle volubilité trahissait son embarras, Eugénie était certaine d'avoir deviné juste.

— Seule ?

Violaine la regarda d'un air intrigué.

— Je ne comprends pas...

— Je te demandais si tu allais te promener toute seule.

— Ben oui... Avec qui veux-tu autrement ?

— Je sais pas, moi. Tu n'es pas si moche, tu pourrais avoir un amoureux.

Méfie-toi, se dit Violaine, elle a remarqué quelque chose...

— J'ai bien le temps de m'embarrasser avec un garçon.

— On dit ça, mais on est bien contentes quand ça vous tombe dessus.

Violaine décida de contre-attaquer.

— Tu as un amoureux, toi ?

Déstabilisée, Eugénie mit quelques secondes à trouver la repartie.

— Ça ne te regarde pas…

— En ce cas, tu n'as pas à me poser trente-six questions toi non plus.

La commère atteignait la quarantaine, elle n'apprécia pas de se faire moucher par une petite péronnelle.

— Je suis assez idiote pour m'occuper de toi, et voilà comment tu me réponds.

— Je t'ai jamais demandé de t'occuper de moi. Je suis assez grande pour me débrouiller toute seule.

Le ton montait. Eugénie perdait pied ; comme tous ceux en position de faiblesse, elle éprouva l'envie de faire mal.

— A t'approcher trop près d'une bougie qui n'est pas faite pour toi, prends garde à ne pas te brûler les ailes.

Une formule aussi absconse était surprenante dans la bouche d'une servante. Violaine lui adressa un regard intrigué en lissant le drap de dessus.

— Je vois pas ce que tu veux dire…

— Fais pas l'innocente, tu as très bien compris. De plus malignes que toi ont voulu péter plus haut que leur derrière et en ont attrapé la colique. Le garçon pour lequel tu es en train de te pâmer comme une gamine de quinze ans n'est pas fait pour toi.

Cette fois, l'attaque avait le mérite d'être directe, même si le nom de l'intéressé n'avait pas été prononcé.

— Ce sera à moi d'en juger, si ça te dérange pas.

Les lèvres serrées et la mine revêche, Eugénie haussa les épaules, mais ne trouva rien à répliquer. Elle se drapa dans une dignité offensée et quitta la pièce. Rendue dans le couloir, elle marmonna assez fort pour être entendue :

— Encore heureux si elle se fait pas mettre un polichinelle dans le tiroir.

Puis elle ajouta à voix haute :

— Comme sa mère.

De son côté, Charles-Damien Ligoury attendait ce rendez-vous avec une certaine exaltation. Sa situation sociale le plaçait en position de force par rapport à la jeune femme, la conjoncture lui avait ouvert la voie en lui offrant l'opportunité de l'extirper des bras de l'autre barbon, un avantage dont il comptait bien user. Jolie comme un cœur, l'ingénue n'était pas comme ses autres conquêtes, elle méritait mieux qu'une simple partie de jambes en l'air... Assis devant un bol de café à la grande table de la salle à manger, un sentiment étrange l'amollissait. Il se secoua, il n'allait quand même pas lui apporter des fleurs et les lui offrir en mettant un genou à terre ! Non, l'aventure devait être un modèle de stratégie en matière de séduction. Afin de disposer d'elle à sa convenance, il devait en faire la marionnette dont il tirerait les fils à sa guise. Il ne tolérerait aucun caprice, fixerait les moments et les lieux où lui, aurait décidé de la rencontrer. En cachette, cela va sans dire – il n'avait pas l'intention de devenir la risée générale si on apprenait que le fils Ligoury, le ravageur des cœurs, fréquentait une domestique, fût-elle celle des Costevec, fût-elle aussi jolie.

En premier lieu, la faire poireauter. Ne pas lui laisser croire surtout qu'il s'était entiché d'elle en arrivant en avance. Pour ce faire, lui manifester d'emblée une certaine froideur, l'amener à s'abaisser afin d'obtenir qu'elle s'intéressât à lui. Il avait prévu de faire atteler le cabriolet. Si elle avait le courage de venir au rendez-vous, il l'emmènerait en dehors du bourg, dissimulée sous la capote.

Trois heures sonnaient quand Charles-Damien cingla la croupe de son cheval.

L'altercation avec Eugénie lui avait servi de leçon, Violaine s'efforçait de se calmer. Si le Jérôme prenait lui aussi conscience de son émoi, il était capable de lui imaginer quelque corvée de dernière minute. Depuis la visite de Charles-Damien, il la surveillait d'un œil bizarre ; ce n'était plus la même concupiscence, mais une forme de jalousie haineuse qui la mettait encore plus mal à l'aise. Il ne s'était cependant permis aucune allusion, mais elle le sentait sur le point de lui faire du chantage pour renouer et la contraindre de céder.

A deux heures, Violaine avait achevé son service. Une demi-heure plus tard, elle sortait de sa chambre, légèrement fardée comme le lui avait appris Annabelle, vêtue d'une robe légère, mais des plus décentes. Elle devrait toutefois se méfier en se penchant en avant : malgré la broche dont elle l'avait fermée, l'encolure avait tendance à bâiller, dévoilant la naissance de sa gorge. Elle avait apporté un soin tout particulier à se coiffer, remontant les frisettes sur ses tempes à l'aide de deux peignes d'écaille offerts par sa mère pour ses quinze ans. Sa mère, adorable Clémence, elle devait l'attendre, peut-être aurait-il été plus sage de renoncer à ce rendez-vous galant et d'aller la retrouver…

Violaine descendit en évitant de faire craquer le grand escalier de chêne. La guettait-elle ou se trouvait-elle là par hasard ? Eugénie se tenait dans le vestibule, droite au bas des marches. Elle détailla la jeune femme de la tête aux pieds avec un aplomb d'une insolence extrême. Son animosité n'avait pas baissé d'un cran.

— Finalement, t'es pas restée te reposer.

— Comme tu vois.

— Tu salueras tes parents de ma part... si tu vas les voir...

— Je n'y manquerai pas.

Une fois dans la rue, Violaine poussa un soupir de soulagement. Pourvu qu'Eugénie ne la suivît pas, elle en était bien capable. Elle pressa le pas. Au bout de l'allée menant à l'église, avait dit Charles-Damien, mais il n'était pas là. Elle tenta de se rassurer, il n'était pas encore trois heures, elle était en avance. Elle se posta sagement à l'endroit indiqué, se trouva très vite gênée en terrain découvert. Elle se réfugia sous le porche. La cloche au-dessus de sa tête la fit sursauter, trois coups, toujours rien.

La jeune femme ne s'était jamais sentie aussi mal à l'aise. Des Loqueffretais sortaient de leurs maisons ; on était dimanche, il faisait doux, ils se promenaient. Elle avait beau se rencogner dans sa cachette, la tache claire de sa silhouette dans l'ombre ne passait pas inaperçue. Sur la route au-dessus, on ralentissait le pas afin de deviner qui se dissimulait à l'abri du saint édifice. Une femme ! Tiens donc... On devisait à voix basse avec des regards en coin. Certains s'esclaffaient :

— Une fille qui attend son amoureux... On aura tout vu...

Rendus un peu plus loin, ceux-là se retournaient afin de vérifier si elle était toujours là. S'il y avait eu un banc public à proximité, il est à parier qu'ils s'y seraient posés pour découvrir qui était l'heureux élu.

Plus de dix minutes s'étaient écoulées. Le beau monsieur s'était fichu d'elle. Violaine soupira, changea de place, parce qu'une fillette, campée face à elle, l'observait avec une insistance gênante. Tant pis, se dit la jeune femme, il ne me reste plus qu'à filer chez les Le Kamm. Au moins, à eux, ça leur fera plaisir. Le bruit de roues cerclées sur la route, le cliquetis des sabots d'un cheval, elle se reprit à espérer. Quand elle reconnut la carrure de Charles-Damien Ligoury à la place du cocher, son cœur lui battit la chamade. Il était venu, elle était tellement bouleversée qu'elle se prit à regretter qu'il eût tenu parole.

Le jeune homme tira sans ménagement sur les rênes. Le cheval, la bouche meurtrie par le mors, poussa un léger hennissement, s'arrêta en quelques mètres au bout de l'allée. Charles-Damien ne l'avait pas vue dissimulée dans la pénombre, il ne descendait pas de son attelage, scrutant les alentours de l'église, visiblement impatient. Alors Violaine sortit de son renfoncement, s'avança avec la gaucherie d'une jeune vestale en passe de rompre son vœu de chasteté.

— Ah ! Vous êtes là ?

Le ton agressif finit de déstabiliser Violaine.

— Montez donc avant qu'on nous voie, ce n'est pas la peine de se donner en spectacle.

Il lui tendit quand même la main, l'aida à grimper dans le cabriolet. Elle était tout juste assise qu'il avait déjà intimé à son cheval de reprendre la route.

17

La voiture était à peine assez spacieuse pour héberger deux passagers. La carrure de Charles-Damien occupait une bonne partie de la place, coinçant Violaine contre le bord de la capote. Les muscles de l'homme se contractaient contre son bras et son épaule à chaque fois qu'il levait le fouet afin de presser le cheval. Son odeur émanait alors par bouffées, des effluves que la jeune fille avait déjà perçus entre les bras du pilhaouer, un mélange de sueur mâle et d'eau de Cologne. Lui, se taisait, appliqué à sortir de la ville au plus vite : quel idiot d'avoir donné rendez-vous à une domestique dans un endroit où tout le monde pouvait les voir ! Une erreur inhabituelle… Elle n'osait rompre le silence, ne reconnaissant pas l'homme si courtois des précédentes rencontres. Près d'un pareil colosse, comment ne pas se sentir toute menue, d'une fragilité extrême ?… Où l'emmenait-il ? Qu'allait-il faire d'elle ?

Le cabriolet s'enfuit entre les dernières maisons sur la route de Châteauneuf, Ligoury ralentit le train.

— Vous étiez là depuis longtemps ?

Perdue dans ses pensées, elle sursauta.

— Oui... Non... Depuis quelques minutes, pas davantage. Mais ce n'est pas grave.

— Les Costevec vous ont laissée partir ?

— Ils ne savaient pas que je venais vous retrouver.

— Autrement, vous pensez qu'ils auraient essayé de vous retenir ?

— Ce n'est pas impossible. Ou ils m'auraient donné quelque chose à faire au dernier moment...

— Je vous l'ai déjà dit. Ce n'est pas parce que vous êtes leur employée qu'ils ont tous les droits sur vous.

Violaine hésita à lui faire part de la disposition testamentaire d'Annabelle Costevec, mais c'était encore prématuré.

— J'ai besoin de travailler pour gagner ma vie. Je peux pas rester indéfiniment aux crochets de mes parents. Vous savez que...

Les mots ne sortaient pas. Il vint à son secours :

— Que vous êtes une orpheline adoptée par un pilhaouer ?

— Oui, je vois que vous êtes au courant. Cela ne vous dérange pas ?

— Mais non, pourquoi ?

— Je sais pas. Vous êtes un monsieur qui a de l'argent. Alors... si on vous voit en compagnie d'une miséreuse comme moi...

— Personne ne nous a vus. Pour notre prochain rendez-vous, je vous indiquerai un endroit plus discret.

Elle avait une voix délicieuse, vive et fraîche comme le friselis d'un ruisseau. Sous le charme malgré lui, il décida de changer de ton. De ne pas tout gâcher en se complaisant dans le rôle du mufle. Il se rattrapa aussitôt.

— De toute façon, je ne vois pas pourquoi j'aurais honte de me promener avec vous.

Il parlait de se revoir, elle était aux anges.

— Il faudra quand même que j'aille rendre visite à mes parents de temps en temps. Je n'ai que le dimanche après-midi…

— Mon père est en affaires avec les Costevec. Je vais leur demander de vous accorder un peu plus de liberté.

Soudain, il tira sur les rênes, le cheval bifurqua sur la droite, le cabriolet cahota dans un chemin de traverse. Surprise, Violaine poussa un cri.

— Où m'emmenez-vous ?

— Ne vous inquiétez pas, vous n'avez rien à craindre. Je ne suis pas un coureur de jupons comme Jérôme Costevec.

— C'est pas ce que je voulais dire, mais j'ai eu peur qu'on verse dans le fossé.

— Ces petites voitures sautent beaucoup sur la route, comme les cabris qui leur ont donné leur nom, mais elles sont plus stables qu'il n'y paraît. Vous savez, Violaine, il ne faut pas toujours avoir peur. Je suis là pour vous protéger, pas pour vous faire du mal.

Elle retrouvait le compagnon du tête-à-tête dans le jardin, elle en fut soulagée.

— Je n'ai pas peur. Je me sens bien avec vous.

— A la bonne heure. Avant d'aller plus loin, il est important de se connaître.

Aller plus loin… Que voulait-il dire ? Plus loin dans le chemin ? Ou plus loin dans leur idylle ? Elle préféra garder le silence.

La voie se rétrécissait, à peine assez large maintenant pour que s'y faufilât le cabriolet. Des branches giflaient les montants de la capote. Elle sursautait à chaque fois.

— On est bientôt arrivés. Vous allez voir, l'endroit est charmant.

Un décrochement, une clairière, un lieu très agréable en effet, mais bien isolé au goût de la jeune femme. Serait-elle assez forte pour se défendre s'il voulait abuser d'elle ? Elle ne serait qu'un fétu de paille entre ses bras puissants, mais elle était trop éloignée de Loqueffret pour prendre la fuite et rebrousser chemin. Déjà il sautait à terre, lui tendait la main.

— Attention de ne pas vous tordre une cheville, ce serait vraiment idiot, et pour le coup tout le monde saurait que nous étions ensemble.

Une liaison secrète, voilà deux fois que Charles-Damien souhaitait qu'il en fût ainsi. Le bonheur de Violaine se voilait d'inquiétude.

— Cela vous dirait de marcher un peu ?

— Oui... Bien sûr...

— Détendez-vous, que diable ! On dirait que je vous mène au supplice.

— Quand même pas... Du moins, je l'espère...

Elle avait l'impression de se comporter comme la plus parfaite des cruches.

— Vous savez, je vais vous faire sourire...

— Dites-moi.

— C'est la première fois que je sors avec un garçon.

Il faillit lui répondre qu'il y avait un début à tout.

— Vous avez quel âge ?

— Bientôt vingt et un ans.

— Vous allez être en âge de vous marier, et c'est la première fois que vous avez un amoureux ?

— Parce que vous êtes amoureux de moi ?

Elle avait parlé sans réfléchir, elle regretta aussitôt sa question pour le moins incongrue.

Charles-Damien la trouvait exquise dans sa naïveté, le rose aux joues de n'avoir su tenir sa langue. Il s'arrêta, se campa face à elle, elle fut obligée de renverser la tête en arrière pour voir son visage.

— Cela n'aurait rien d'étonnant, jolie comme vous êtes.

— Vous vous moquez. Il n'y a pas plus ordinaire que moi. Vous avez certainement connu des filles beaucoup plus belles et bien mieux habillées qu'une petite paysanne de mon genre.

De toute évidence elle attendait un compliment afin d'être rassurée. Il l'observait entre ses paupières mi-closes, il hésitait à lui faire plaisir, mais elle était bien plus touchante dans son inquiétude.

— La beauté est une notion très subjective, vous savez. Une femme n'est belle que pour l'homme qui sait la regarder. Et vous, vous vous trouvez belle ou laide ?

Quelle drôle de question… Violaine perdait pied. Pourquoi ne lui disait-il pas tout simplement qu'elle était jolie ?

— Je sais pas… Plutôt laide, puisque je ne suis qu'une pauvre fille…

— La beauté n'est pas l'apanage des femmes qui possèdent de la fortune. En vous arrangeant un peu, je suis persuadé pour ma part que vous seriez très belle…

Elle en était sûre, il la trouvait fagotée comme une servante. Il avait honte en sa compagnie, voilà pourquoi il ne voulait pas qu'on les vît ensemble...

— Avançons un peu si vous voulez bien. Il y a un ruisseau un peu plus loin dans lequel vous pourrez vous rafraîchir.

Il prit la main de Violaine et la plaça au creux de son coude. Déconcertée, elle ne la retira pas. Ils cheminèrent ainsi en silence. La jeune femme ne savait plus que penser, elle se sentait bien en compagnie de cet homme, même s'il parlait de façon un peu compliquée, mais elle avait aussi l'impression qu'il s'amusait avec elle. Du coup, elle n'osait plus rien dire de peur d'être prise pour une gourde.

Charles-Damien jubilait de la sentir sur la défensive. De temps à autre, la hanche de la jeune femme frôlait la sienne, il lorgnait sur sa poitrine dont il devinait les mamelons sous le tissu et la naissance du sillon dans l'échancrure de sa robe... Elle devait avoir la peau douce et délicate. S'il avait tenté de la culbuter en cet instant précis, sans doute aurait-elle protesté, peut-être même se serait-elle débattue, mais en insistant un peu, elle se serait laissé faire. En d'autres circonstances, il n'aurait pas tergiversé plus longtemps, mais quelque chose le retenait, une forme de tendresse qu'il refusait de s'avouer.

Le ruisseau chantonnait dans une clairière en retrait du sentier, ayant creusé son lit au milieu de l'espace.

— Venez, vous devez être fatiguée. Il est temps de nous reposer un peu.

Par intermittence, Violaine songeait à ses parents en train de l'attendre, une pensée coupable alors qu'elle se compromettait avec un homme qu'elle connaissait à peine. Il la guida dans l'herbe haute, dont les tiges graciles s'enroulaient autour de ses chevilles. Une drôle de sensation qui, associée au parfum capiteux de menthe sauvage, finit de lui égarer l'esprit. Des rochers épars leur servirent de sièges ; il s'installa face à elle, se contenta de la regarder. Troublée, elle gardait les yeux baissés. Elle se souvenait des mises en garde de Clémence à l'adolescence.

« Méfie-toi des beaux parleurs. Ils te noieront de belles paroles et te tiendront des promesses afin de te séduire. Les plus gentils sont les pires, ils te mettent en confiance pour mieux t'endormir, et quand tu te réveilles, il est trop tard pour leur résister. »

Charles-Damien Ligoury était de ceux-là : le verbe facile et élégant, par moments il faisait preuve de gentillesse. Etait-il sincère ? Comment en être certaine ? Un détail la contrariait, une lueur dans la prunelle de ses yeux, l'impression qu'il l'observait comme un chat en train de jauger sa proie. Ses yeux furtifs parcouraient alors l'anatomie de la jeune femme, sa poitrine, ses hanches, le creux de son ventre. Un trouble étrange l'angoissait, mêlé de peur et de désir.

— Vous êtes bien ?

Nouveau tressaillement.

— Oui, pourquoi ?

Sur la défensive, elle avait répondu sèchement.

— Parce que j'ai envie que vous vous sentiez bien en ma compagnie.

Les conseils de Clémence Le Kamm résonnaient toujours dans la tête de Violaine. Un écho désagréable qu'elle voulait taire.

— Il fait chaud, vous ne trouvez pas ? demanda-t-il.

— Si, un peu, mais c'est tout à fait supportable.

— A avoir tant marché avec ces misérables bottines, vous devez avoir les pieds en compote. Vous ne voulez pas les tremper dans l'eau ?

La simple idée de se déchausser la fit paniquer, comme si cela relevait de l'impudeur la plus insigne. Ça se bousculait dans sa tête, prendre le risque d'entrer dans son jeu ou passer pour une petite sotte qui s'offusquait pour des bagatelles ?

— Je vous assure que cela vous ferait du bien.

— Et s'il arrive quelque promeneur ? Qu'est-ce qu'il va penser ?

— Je ne vous demande pas de vous mettre nue, juste vos pieds. Tout à l'heure j'ai cru comprendre que vous aviez du mal à marcher, je me trompe ?

Elle secoua la tête en signe de dénégation : il était vrai que ses bottines la gênaient et qu'elle avait dû faire des efforts pour ne pas tituber. Vaincue, elle dénoua les lacets et les ôta l'une après l'autre, rouge de confusion.

— Venez, et faites attention où vous posez les pieds. Il ne serait pas impossible qu'il y ait quelques épines.

Il lui prit la main et l'accompagna au bord du ruisseau. L'eau était fraîche, presque froide, elle frissonna, étouffa un petit cri. Il éclata de rire.

— Cela surprend, n'est-ce pas ?

— Oui... soupira-t-elle. Ça fait drôle au début.

Toujours soutenue par son chevalier servant, elle avança de quelques pas. Les cailloux au fond de l'eau lui agaçaient la plante des pieds. Bientôt, elle se mit à grelotter.

— Aidez-moi à sortir, je vais attraper du mal.

— Un rhume des pieds, ce serait amusant.

Il eut pitié d'elle, la tira pour remonter sur la berge, la raccompagna jusqu'à leurs sièges improvisés. Elle s'assit, il sortit un grand mouchoir de la poche de sa redingote. Tel Abraham avec les anges déguisés en voyageurs, il s'agenouilla face à elle, certain de la surprendre une fois de plus.

— Vous n'y pensez pas !

— Pourquoi donc ? Cessez de gigoter et laissez-vous faire.

D'autorité, il saisit son pied gauche et l'essuya, l'obligeant sciemment à lever la jambe ; elle tenait le bas de sa robe serré sur ses genoux.

— Voilà. L'autre maintenant.

Une fois de plus, il faisait preuve de douceur, la caresse ne la laissait pas indifférente.

— Là, vous voyez, c'est fini. Par contre, je vous laisse remettre vos bottines toute seule.

Violaine s'était alarmée à tort. Qu'elle était ridicule d'avoir peur de cet homme dont l'éducation ne faisait aucun doute ! Pour preuve, voilà plus de deux heures maintenant qu'ils avaient quitté Loqueffret, et il ne s'était encore permis aucun geste qui pût prêter à confusion. Dans cette prairie, elle se sentait coupée du monde, évadée dans un rêve qui lui faisait oublier la réalité. Il était temps de revenir sur terre.

— Je vais devoir rentrer.

Il sourit.

— Vous vous ennuyez avec moi ?

Elle hésita.

— Non… C'est pas ça… Mais si j'arrive en retard chez les Costevec, ils vont se demander où je suis passée.

— Oubliez-les donc un peu, ces sacrés Costevec. Ce sont quand même pas des monstres ! Je vais vous dire une chose : s'ils vous flanquaient à la porte, je demanderais à mon père de vous embaucher. Nous avons une grande propriété où l'on vous donnerait de l'ouvrage.

Violaine le dévisagea pour voir s'il plaisantait. Son sourire paraissait d'une franchise absolue.

— Ils se garderont bien de me congédier.

— Diable… Vous leur êtes donc si précieuse ?

— Non, mais leur sœur a prévu le coup avant de mourir. S'ils me renvoient, ils devront me verser une somme assez importante à ce qu'elle m'a dit. Ils ont beau avoir des sous, ils réfléchiront à deux fois avant de prendre une telle décision.

De toute façon, elle aurait refusé. Etre la servante de cet homme dont les attentions la troublaient ? C'en serait fini de leur liaison.

— Vous voyez, il est préférable de rentrer maintenant, insista-t-elle. Ils ne guettent qu'une occasion pour me rendre la vie impossible et me décider à partir sans avoir à me congédier.

— Je comprends. Avant de vous raccompagner, je voudrais vous demander une faveur.

Soulagée, elle lui répondit qu'elle lui rendrait service bien volontiers.

— Il ne s'agit pas vraiment d'un service. Moi aussi, j'ai eu beaucoup de plaisir à partager ces quelques moments avec vous. Comment vous dire ?… Je désire vous revoir, et avant de vous quitter, j'aimerais vous embrasser.

Cette fois, ça y était, elle ne put retenir un petit cri, à nouveau sur le qui-vive.

— Juste un baiser, pour patienter et penser à vous jusqu'à notre prochaine rencontre.

Il s'était dressé face à elle, impressionnant. Il était trop tard pour se dérober. Quand il posa les mains sur ses épaules, elle tressaillit, mais n'eut pas la présence d'esprit de le repousser, ni quand ses lèvres se posèrent sur les siennes. C'était son premier baiser, les yeux ouverts, refusant de s'abandonner, elle voyait les paupières fermées de Charles-Damien, son visage collé contre le sien lui paraissait immense, avec quelque chose de bestial. Elle écarta la bouche.

— J'ai du mal à respirer, vous m'étouffez.

— Dieu m'en garde.

Il la serra à nouveau contre lui. Elevée à la campagne, Violaine savait comment se traduisait le désir du mâle. Elle recula le bassin.

— Je vous assure qu'il est temps de rentrer.

Bien que l'envie ne lui en manquât pas, Charles-Damien préféra ne pas insister. Elle était troublée, tôt ou tard, elle s'offrirait d'elle-même, ce serait alors à son tour de la faire languir.

18

Au retour, Charles-Damien Ligoury ne commit pas une seconde fois l'imprudence de s'afficher en compagnie de la jeune femme. Il la déposa au bas de la ville, après lui avoir recommandé de s'assurer que la rue était déserte. Il ne l'aida pas non plus à descendre du cabriolet. En revanche, il fouetta son cheval alors qu'elle lui adressait un signe de la main.

Les bras ballants sur le bas-côté, Violaine vit le cabriolet s'éloigner. Elle était trop décontenancée pour rassembler ses idées. Un autre homme que Zacharie l'avait serrée entre ses bras. Elle gardait le contact brutal de ses lèvres sur les siennes, la sensation de sa langue qui en forçait l'ouverture, le goût de sa salive mêlée à la sienne. Contre son corps massif, elle s'était sentie perdue, la forme dure contre son ventre la déchirerait à coup sûr s'il essayait de la pénétrer pour lui faire des enfants. Puis il l'avait plantée là au bord du chemin, objet dérisoire avec lequel il était lassé de jouer, qui lui faisait honte.

Sept heures sonnèrent au clocher. Cette fois, Violaine cria pour de bon. Quelle folle elle était !

Elle remonta la rue à la hâte, manqua cent fois de se tordre les chevilles avec ses bottines qui la faisaient souffrir. Face à la grande bâtisse, elle marqua une pause, respira à pleins poumons afin de reprendre son souffle, se rajusta et remonta les peignes d'écaille sur ses tempes. L'observait-on de l'une ou l'autre des innombrables fenêtres ? Elle n'osait avancer, persuadée que ça se voyait comme un nez au milieu du visage qu'elle sortait des bras d'un homme. Mais traîner davantage, c'était à coup sûr se faire réprimander. Elle franchit la grille, traversa le parc, monta les marches du perron et ouvrit sans bruit la lourde porte de chêne.

Eugénie se tenait au milieu du couloir, à la même place, à croire qu'elle était restée là depuis le départ de Violaine. Elle lui barra ostensiblement le passage.

— Tes parents vont bien ?

Le ton était insidieux. Encore sous le coup de l'émotion, Violaine se prit à bafouiller.

— Oui… Je sais pas. Finalement je suis pas allée les voir.

— Ah bon ? Et qu'est-ce t'as fabriqué alors pendant tout ce temps ? Tu sais quelle heure il est ?

Violaine hésita à l'envoyer paître, mais si elle la braquait, elle était capable d'aller tout rapporter aux patrons.

— Je me suis promenée.

— Dis donc, tu dois être sacrément fatiguée… D'ailleurs tu es tout en nage. Tu n'as pas peur de faire une mauvaise rencontre au détour d'un chemin ?

— Je sais me défendre.

— Je connais à Loqueffret des hommes si costauds qu'ils te feraient ton affaire avant que tu puisses dire ouf !

Toujours ces allusions fielleuses. Violaine eut le tort de baisser la tête, comme si elle avouait sa faute.

— C'est pas le tout de courir le guilledou, en profita l'autre, mais il y a le service à assurer au cas où tu l'aurais oublié. Je suis pas sûre que nos messieurs-dames apprécieraient de manger en retard parce que mademoiselle est allée se promener et n'a pas pensé à l'heure. File donc te changer, ta robe est toute froissée.

Eugénie abusait de l'avantage d'avoir deviné le secret de Violaine. Celle-ci monta l'escalier sans rechigner.

Violaine mit plusieurs jours à recouvrer un semblant de lucidité. Elle essayait en vain d'analyser ses sentiments pour Charles-Damien Ligoury. En elle s'opposaient deux pulsions contradictoires : courir se jeter dans ses bras à la première occasion, le fuir comme un serpent venimeux avant qu'il ne plantât ses crochets dans son cœur. Et pourtant elle savait que s'il manifestait l'intention de la revoir comme il le lui avait laissé entendre, elle n'aurait pas la force de refuser.

Le mercredi suivant, la jeune bonne travaillait dans les étages quand elle entendit le heurtoir de l'entrée. C'était assez fréquent pour ne pas s'en alarmer.

Quelques secondes de silence.

— Violaine ! l'appela Eugénie. Tu peux descendre ? On te demande.

En revanche, c'était la première fois que quelqu'un venait lui rendre visite dans la demeure de ses patrons. Aussitôt le cœur lui battit : Charles-Damien, ce ne pouvait être que lui pour se permettre une telle audace. Elle jeta un coup d'œil dans le miroir de la chambre où elle s'activait, rajusta ses cheveux et s'empressa de dévaler les marches. Sur le seuil de l'entrée se tenait Zacharie Le Kamm. Interdite, elle s'arrêta au milieu de l'escalier.

— Qu'est-ce tu fais ici ?

— J'avais besoin de te parler.

Qu'allaient penser ses patrons s'ils découvraient qu'un pilhaouer avait l'impudence de franchir la grille pour venir frapper à leur porte ?

— Ça peut pas attendre ? Dimanche j'essaierai de passer vous voir.

— Je préférerais te parler maintenant.

Violaine hésita.

— Viens alors, nous serons mieux dehors pour discuter.

— C'est ce que je pense aussi.

Le père et la fille sortirent sous les yeux de l'autre servante. Décidément, la petite sainte-nitouche en prenait bien à son aise…

Zacharie n'avait jamais été du genre épanoui, ce jour-là, il paraissait le plus malheureux des hommes.

— Suis-moi, fit Violaine. Autrement, l'autre commère va rester à nous épier.

Elle l'entraîna en dehors du parc, jusque dans une rue un peu plus bas.

— Il y a quelque chose qui va pas ? lui demanda-t-elle dès qu'elle s'estima à l'abri des regards indiscrets.

Le pilhaouer hocha la tête sans répondre.

— Parle enfin, qu'est-ce qui se passe ? C'est maman qui va pas bien ?

— C'est vrai qu'elle est un peu malade. Elle a dû prendre froid l'autre jour en se rendant au lavoir.

— C'est si grave que ça ?

— Faut croire que non, puisqu'elle a refusé qu'on appelle le médecin.

— Tu as eu des ennuis avec quelqu'un ?

— Ça se pourrait.

— Avec qui ? Décide-toi.

— Avec une jeune personne qui a dû oublier deux pauvres vieux qui aimeraient bien la voir de temps en temps. Mais elle doit être trop occupée...

Violaine commençait à comprendre.

— Ah ! Ce n'est que ça, lâcha-t-elle inconsidérément d'un air soulagé.

— Il est vrai que c'est pas grand-chose.

— C'est pas ce que je voulais dire. Dimanche, j'avais prévu de passer vous voir, mais j'ai été retenue par mes patrons.

Zacharie connaissait sa fille adoptive comme sa poche, il sut tout de suite qu'elle mentait.

— Tout bourgeois qu'ils sont, je vais aller leur dire qu'ils n'ont pas le droit de te séquestrer.

Il fit mine de retourner chez les Costevec.

— Attends, je leur dirai moi-même. C'est pas à toi de te mêler de ça.

— Comment ça ? Je suis quand même ton père. Il est pas dit qu'un patron pourra empêcher une fille de venir voir ses parents quand c'est son jour de congé.

Elle l'en savait capable.

— Il y a autre chose...

— Je sais… Autre chose d'assez important pour que tu te sentes obligée de me mentir. Je t'écoute.

— J'ai rencontré quelqu'un.

— Quelqu'un ? Un garçon, c'est ça que tu veux dire ?

— Ben… oui.

— Mais c'est plutôt une bonne nouvelle. Tu vas être bientôt en âge de te marier. J'en connais une qui serait enchantée si tu la faisais grand-mère. On le connaît ?

— Je sais pas, je crois pas.

— C'est peut-être trop tôt pour nous dire qui c'est ?

— On n'en est encore qu'au tout début.

— C'est quelqu'un de bien au moins, un brave et bon garçon, courageux, et qui pourra me donner la main à la maison ? Qu'est-ce qu'il fait comme métier ?

— Il a pas besoin de travailler.

La mine de Zacharie se renfrogna.

— Pas besoin de travailler ? Je connais personne qui a pas besoin de travailler.

— Si, les gens qui ont beaucoup d'argent.

— Tu fréquentes un garçon de riches !

De plus en plus intrigué, inquiet aussi, le pilhaouer brûlait de savoir qui était l'heureux élu.

— Loqueffret n'est pas bien grand. Tu sais aussi bien que moi qu'il est impossible de garder un secret. Tu préfères que ce soit quelqu'un d'autre qui vienne nous dire à Clémence et à moi avec qui notre fille est en train de roucouler ?

— Tu as raison, ce serait idiot.

Elle hésita encore.

— C'est Charles-Damien Ligoury.

Zacharie devint tout pâle et dut s'appuyer contre le mur pour ne pas chanceler.

— Le fils des Ligoury qui ont une propriété un peu plus haut que chez nous ? Le fils de Jean-Marie Ligoury ?

— Je crois bien que c'est en effet comme cela que s'appelle son père.

— Petite idiote…

19

Bien sûr que Zacharie Le Kamm connaissait les Ligoury, il avait déjà eu maille à partir avec eux.

Un jour de décembre, une quinzaine d'années auparavant. Un froid acerbe s'était installé depuis le début de l'hiver, une bise glaciale mordait les joues et les mains des malheureux contraints de mettre le nez dehors, plusieurs épisodes de neige se succédèrent, dont les fondrières gardaient les nervures blanchâtres d'une fois sur l'autre. Les chemins ne dégelaient pas eux non plus, boursouflés de rides dures comme de la pierre sur lesquelles il ne faisait pas bon s'écorcher les genoux. Une chierie où il valait mieux se calfeutrer chez soi, se réchauffer près de l'âtre en vaquant aux activités de saison. Les hommes tressaient des paniers de saule et de bourdaine, selon l'usage qu'ils comptaient en faire, l'osier pour les paniers de ménage, la bourdaine moins souple, mais plus résistante, pour les grandes corbeilles qui serviraient à ramasser les pommes de terre. Les femmes raccommodaient au mieux les habits des maris et des enfants, en se convainquant que cela pourrait tenir encore un peu, rajoutant une pièce aux genoux des pantalons les plus abîmés, remaillant les poignets des pulls. D'autres plus adroites brodaient ou faisaient de la dentelle au filet. On dégustait un bol de café bien chaud, un grog si c'était le soir, avec ce qu'il fallait de lambig avant d'aller se fourrer sous l'édredon. Oui, un temps à ne pas mettre le nez dehors à moins d'y être obligé par une raison impérieuse. D'aller par exemple se geler les fesses dans les cabinets dans le jardin. Ou pour travailler.

Le pilhaouer était de ces derniers, il n'avait pas le choix, c'était son métier d'affronter l'hiver. Ce fut la seule année où Zacharie dut se résoudre à clouter les sabots de son cheval pour pouvoir cheminer sur le verglas.

Les Le Kamm venaient d'adopter Violaine Quiru. Un bonheur immense que de l'entendre babiller dans le logis, mais aussi une bouche supplémentaire à nourrir, même si la petiote, habituée à la dure, avait un appétit de moineau. Le commerce de chiffonnier marchait moins bien depuis la reprise. Du côté agriculture, cela n'avait été guère plus brillant, un été de merde avec un vent dont les bourrasques tournantes couchaient les épis pendant la nuit, une pluie quotidienne qui pourrissait le grain, une moisson malaisée par la suite pour une maigre récolte. Dans cette moiteur fétide, les pommes de terre furent touchées par le mildiou, il fallut en jeter la moitié, même pas bonnes à cuire pour les cochons, un automne à l'avenant, puis cet hiver qui s'acharnait avec une cruauté qui frisait le sadisme. Un coup à renier le bon Dieu pour ceux dont la foi hésitait, ou à prier à n'en plus finir pour les plus pieux, à implorer le ciel de leur pardonner des fautes qu'ils n'avaient pas commises. Rien d'étonnant donc que dans un pareil contexte, les paysans se montrent de plus en plus pingres. Ils conservaient dans l'armoire ou au grenier les hardes les plus effilochées, se disant qu'elles pourraient encore servir si la misère continuait à s'acharner sur le bas peuple.

Zacharie avait cependant visité tous ses secteurs de collectage, parcouru des lieues emmitouflé dans des épaisseurs d'écharpe qui ne le protégeaient qu'à peine des morsures sournoises du froid. Les lèvres et les doigts gercés, il cheminait à côté de Penn-Kalled sur le dos duquel il avait jeté une couverture et à qui il ne voulait pas imposer de le tracter. Les roues de la petite charrette brinquebalaient dans les ornières gelées ; bien que cloutés, les sabots de la pauvre bête ne trouvaient pas leurs appuis habituels sur la terre dure comme du ciment. Le cheval ne se plaignait pas pour autant, à croire qu'il comprenait que son sort était lié à celui de l'homme qui le menait dans la campagne givrée.

Pressé de rentrer après ce périple infernal, Zacharie Le Kamm arriva dans le chemin longeant l'immense propriété des Ligoury. Sa carriole était quasiment vide, il avait dormi sous un hangar ouvert à tous vents, où s'engouffraient des rafales de grésil ; épuisé, il avait le moral en berne. Si les petits paysans se trouvaient en première ligne, les riches fermiers ne souffraient pas autant des aléas climatiques. Peut-être les Ligoury auraient-ils pitié d'un misérable chiffonnier et se débarrasseraient-ils des guenilles dont ils n'avaient plus que faire ?

Zacharie était souvent passé devant chez les Ligoury, mais ne s'était jamais aventuré jusqu'à la grille. Il avait ses raisons. On disait du père, un nommé Jean-Marie, que c'était un homme sans cœur, capable d'écraser sans le moindre état d'âme la misérable bestiole par malheur à portée de son talon. Ce n'était qu'une image bien entendu, qui signifiait que la pitié était pour lui un sentiment inconnu. Avec ça, un colosse, capable d'user de sa force quand le bon sens n'opérait plus. Un sale type bourré de fric, et qui pourtant n'en avait jamais assez.

Pendant une cinquantaine de mètres, l'allée empierrée traversait les champs du riche fermier, clôturés de fil de fer tendu entre de solides poteaux. Un alignement impeccable, le signe d'un domaine bien tenu, où les maraudeurs n'avaient pas intérêt à s'aventurer. Zacharie s'arrêta à mi-chemin, sur le point de faire demi-tour, mais s'il avait été vu, on allait se demander ce que signifiait ce soudain revirement, il ne serait pas impossible qu'on lui lançât les chiens aux trousses. Au point où il en était... Que risquait-il ? De se faire congédier ? Il en avait l'habitude.

La grille dressait de solides barreaux serrés et surmontés de fleurs de lys acérées et dissuasives. De chaque côté se prolongeait la clôture à hauteur d'homme. La demeure proprement dite, dont il apercevait la grande façade, ne pouvait être mieux gardée. Au pilier de droite était accrochée une cloche dont pendait une chaîne. Zacharie hésita encore, jugeant son initiative pour le moins audacieuse. La bise se leva, glaciale, lui rappelant les épreuves qu'il venait d'affronter pendant trois jours d'errance, autant de souffrances pour pas grand-chose. Il sonna résolument avant de changer d'avis. Le vent qui lui soufflait maintenant de face éloigna les tintements. Il recommença, un peu plus fort. Aussitôt roula un tonnerre d'aboiements, tandis que déboulaient deux molosses au poil ras dans l'allée qui aboutissait à la grille. De vrais fauves aux jarrets musculeux qui se jetèrent comme des forcenés contre les barreaux, cherchant à s'y faufiler pour mettre le visiteur en charpie. Zacharie recula de deux pas. Sentant s'échapper leur proie, les chiens écumaient de rage. Effrayé, Penn-Kalled renâclait en raclant le sol de son sabot gauche, sa façon à lui de signifier à son compagnon qu'il était judicieux de lever le camp avant que les sales clébards ne leur sautent dessus.

— La paix, camarade, lui lança le pilhaouer sans se retourner.

Au son de sa voix, les chiens tempêtèrent de plus belle. Enfin se présenta quelqu'un. Jean-Marie Ligoury en personne. De toute évidence, celui-ci ne voyait pas d'un bon œil l'intrusion d'un vagabond sur ses terres.

— Qu'est-ce tu veux ? demanda-t-il d'un air aussi peu aimable que celui des deux molosses, calmés depuis l'arrivée de leur maître, mais qui grognaient sans quitter des yeux celui dans la chair duquel ils auraient bien volontiers planté leurs crocs.

— Je suis un pilhaouer.

— Ça se voit que t'es pas un prince. Et alors ? Qu'est-ce tu fous chez moi ?

Zacharie ravala sa salive, l'affaire s'engageait plutôt mal.

— Je finissais ma tournée. Comme je me trouvais devant chez vous, je venais voir si par hasard vous n'auriez pas de vieilles frusques dont vous souhaiteriez vous débarrasser.

Ligoury ricana de façon sinistre.

— Ecoutez-le, celui-ci… On vous connaît, vous, les traîne-savates, qui n'avez jamais rien fait de vos dix doigts, sinon aller de porte en porte pour demander l'aumône. Les habits que nous avons, nous les avons gagnés à la sueur de notre front, nous.

— Je suis pas un mendiant. Je veux bien vous payer, ou vous donner de la porcelaine en échange.

Cette fois, Jean-Marie s'esclaffa pour de bon.

— « De la porcelaine en échange… », le singea-t-il. Qu'est-ce tu veux que je fasse de ta vaisselle de pacotille ?

Zacharie sentait peu à peu le sang lui monter à la tête.

— Vous n'avez donc rien à me proposer ?

— Si ! Un coup de fusil avec du gros sel dans le derrière. Et par-dessus le marché, je te flanque mes chiens au cul si tu décampes pas au plus vite avec ton bourrin et ta carriole.

— Je vous ai rien fait pour que vous me parliez de la sorte.

— Comment ça, tu m'as rien fait ? Tu viens m'emmerder chez moi, tu m'obliges à sortir avec le froid qu'il fait, tout ça pour me demander si je n'ai pas quelque chose à te donner, tu crois pas que c'est suffisant ? Qui me dit que t'es pas en train de faire le tour du patelin pour repérer les maisons des honnêtes gens. Tu jettes un coup d'œil mine de rien, et tu reviens la nuit pour chaparder ce qui t'intéresse.

Le discours habituel, la méfiance atavique envers les pilhaouerien.

— Je vous permets pas, je suis pas un voleur.

— On dit ça. D'abord, t'as rien à me permettre ou à m'interdire. Tu serais pas le premier à faire le coup. Mais j'ai assez perdu de temps avec un vaurien de ton espèce. Maintenant, tu prends ta boutique et tu dégages. Méfie-toi, mes chiens n'ont pas mangé depuis longtemps.

Il introduisit une lourde clef dans la serrure de la grille – il était du genre à mettre sa menace à exécution. Aussitôt les molosses s'étaient dressés, croyant venue l'heure de la curée. Il était de l'intérêt de Zacharie de cesser de faire le fanfaron et de rebrousser chemin. Il monta sur son char à bancs, tira sur les rênes et fit demi-tour au ras de la grille. Il se souviendrait toujours de sa peur alors qu'il s'éloignait. Pour lui faire presser le pas, Jean-Marie Ligoury était allé chercher son fusil. Afin d'intimider le chiffonnier et de le dissuader de jamais remettre les pieds chez lui, il lui avait tiré une volée de plombs au-dessus de la tête. Zacharie s'obligea à ne pas se retourner. Epouvanté, Penn-Kalled se mit à trotter, entraînant l'attelage dans une course folle. Une autre cartouche siffla aux oreilles du pilhaouer ; le cheval accéléra encore, tandis que le fermier riait à gorge déployée dans leur dos. Les roues de la carriole mordaient sur la berme. Ce fut miracle qu'elle ne partît pas au fossé.

Zacharie avait gardé un souvenir affreux de cette brève altercation pour deux raisons : d'abord de ne pas avoir pu river son clou à un pareil malotru, ensuite de lui avoir laissé croire qu'il s'était enfui avec la trouille au ventre.

Presque voisins, Le Kamm et Jean-Marie Ligoury avaient eu l'occasion de se croiser à plusieurs reprises, sans s'adresser le moindre regard. Le pilhaouer avait entendu parler du fils, de sa réputation de coureur de jupons. Il était du même sang que son salopard de père, et voilà que sa fille était en train de fricoter avec lui !

Mortifié, il rentra à la maison. Trop bouleversé pour garder le secret, il rapporta l'affreuse nouvelle à Clémence, qui essaya de tempérer la situation.

— Fallait bien que ça arrive un jour.

— Mais pas avec un fumier de son espèce !

— C'est peut-être pas un si mauvais garçon qu'on le dit. Il faut se méfier de la rumeur. Tu sais aussi bien que moi que les langues vont vite dans le pays.

— Il est comme son père, je te dis !

— Il est jeune, il a le temps de changer. Et puis notre Violaine est assez dégourdie pour se rendre compte d'elle-même comment il est si elle continue à le fréquenter.

— Elle est sans expérience. Il va la rouler dans la farine avant d'abuser d'elle, quand elle se rendra compte de sa méprise, ce sera trop tard. Il est capable de lui faire un bâtard et elle finira comme sa mère.

— Tu sais bien que si cela se produisait, on la laisserait pas tomber. Je vais essayer de lui parler la prochaine fois qu'elle nous rendra visite, de la mettre en garde contre ce qui pourrait lui arriver.

— Si elle vient nous voir... L'autre joli cœur l'a déjà embobinée, puisqu'on l'a pas vue dimanche. Tu penses bien que s'il en a parlé à son père, celui-ci va tout faire pour la détourner de nous.

20

Violaine entretenait le souvenir de sa mère, sans honte ni fierté. Non sans mal : elle ne conservait de la pauvre mendigote que des images subliminales. Elle avait parfois l'impression de discerner ses traits sur le visage d'une inconnue croisée dans la rue, le son d'une voix glanée au hasard des gens réveillait un écho confus dans sa mémoire, elle se retenait de suivre une silhouette « familière » qui s'enfonçait dans un cul-de-sac – si elle s'y risquait, l'ombre avait déjà disparu. Adeline, le prénom sonnait bien, comme trois petites notes de musique ; Quiru, chien rouge en breton, rousseur de la mère, ayant sans doute hérité d'un lointain ancêtre la particularité capillaire qui valait son patronyme à la lignée. De l'avoir trop peu connue, Violaine ressentait de façon aiguë le devoir de défendre cette femme mise à l'index. Elle se dressait d'elle un portrait héroïque, une misérable à qui il ne restait que la dignité pour se défendre et relever la tête, une fille perdue qui sacrifiait son corps pour élever sa loupiote, pour que celle-ci n'eût pas le ventre vide et trouvât chaque matin au pied de son lit des habits propres à se mettre sur le dos. Qui était son père ? Un client de passage parmi tant d'autres ? Peu importe, elle n'avait pas envie de le connaître : qui fût-il, il aurait terni la pureté du souvenir.

Depuis que Violaine fréquentait Charles-Damien Ligoury, l'image de sa mère biologique en était exacerbée. Avec son tact naturel, Clémence n'avait cessé de lui faire comprendre le danger de s'égarer dans certains chemins tortueux. Des paroles ambiguës pour l'adolescente d'alors, des échos de vérité depuis qu'elle avait été serrée par les bras d'un homme. Elle avait senti s'éveiller son propre désir, elle s'angoissait de ne pas être un jour maîtresse de ses sens, d'être happée contre sa volonté par les tourbillons du plaisir. Cette faiblesse de femelle lui dessinait une image répugnante. Avait-elle hérité des travers qui feraient d'elle aussi une chienne rouge ? Elle se fit le serment de dominer ses pulsions et de ne pas céder à l'ivresse de l'étreinte.

De telles réticences étaient inhabituelles pour Charles-Damien Ligoury. Mais à ses yeux, c'était là le charme de la jeune femme : inaccessible, elle n'en était que plus désirable – au bout du compte, peut-être tenait-il plus à elle qu'il ne voulait se l'avouer… Plusieurs fois l'effleura l'idée d'en finir en brusquant les choses. Une issue suicidaire pour leur liaison. Une échappatoire plus morale était d'abandonner la petite domestique à son destin et d'aller chasser ailleurs – il n'avait jamais été en mal de lever perdrix au bout de son fusil, hormis que ce devenait un défi personnel de soumettre celle-ci à sa volonté. De la violenter ou de renoncer à elle, sa fierté de séducteur en aurait pris un sacré coup. Il devait donc user de patience et de sympathie.

Violaine profitait des hésitations de son galant pour asseoir sa volonté. Consciente du désir qu'elle lui inspirait, elle entrevoyait le parti à en tirer. Entre eux s'opérait un renversement insensible des rôles. Qu'un individu comme Ligoury acceptât une pareille situation peut paraître étonnant à qui ne comprendrait la subtilité du nouveau jeu pour un butor de son espèce. Lassé en fait des proies faciles, dont il ne conservait qu'un vague souvenir physique, lui-même ne se reconnaissait pas. Parfois, ses pulsions reprenaient cependant le dessus, Violaine acceptait le baiser, y participait même, mais si l'une des mains de Charles-Damien s'égarait en une zone interdite, avant de chavirer elle se dérobait en riant.

— Tu vas trop vite. Pas encore. Quand je serai ta femme, si un jour tu veux bien de moi.

Parce que peu à peu naissait dans l'esprit de la jeune soubrette le projet utopique de se marier avec ce fils de riches. Une hypothèse qui ne paraissait plus hors de raison au fier bourgeois.

Ne nous trompons pas, Charles-Damien Ligoury n'était pas amoureux éperdu. Certes épris, il éprouvait une affection sincère pour la jeune servante, mais le mariage ne revêtait pas pour lui la dimension sacrée habituelle. La conséquence de l'exemple de ses parents. L'anneau au doigt, Jean-Marie Ligoury ne s'était pas retrouvé le boulet au pied. Il avait continué à fricoter à l'occasion, avec plus de discrétion, voilà tout. Le père n'avait jamais été l'idole de son fils, bien au contraire… Charles-Damien avait retenu la leçon. Lui aussi s'était rallié à l'idée qu'une épouse n'était que le faire-valoir de son mari, le menu quotidien permettant de patienter d'un extra à l'autre. Sur ce plan-là, Violaine ferait une épouse tout à fait convenable, jolie, avec laquelle il aurait du plaisir à passer du temps et qu'il pourrait présenter sans honte à ses amis. Il avait entendu les Costevec louer ses qualités, elle ferait de surcroît une excellente femme de ménage. Pourquoi pas finalement ?... L'hypothèse de convoler avec elle ne lui semblait plus hors de raison.

Zacharie et Clémence Le Kamm étaient, eux, torturés au point de ne pouvoir trouver le repos. Fort de son expérience avec Jean-Marie Ligoury, le pilhaouer avait été le premier à tenter d'ouvrir les yeux de l'orpheline. Avant de s'y décider, il avait longuement pesé ce qu'il devait lui dire. Agir avec discrétion, c'était la première précaution à prendre. La jeune femme paraissait tenir au Charles-Damien, s'il lui dressait un portrait trop négatif de son amoureux, elle allait se braquer et croire à une manœuvre sournoise afin de la détourner de lui.

— Je suppose que tu as bien réfléchi avant de te jeter dans les bras de ce garçon ?

— Papa, j'ai vingt et un ans, je suis majeure.

— Et alors, ça n'empêche pas de discuter...

— Je sais ce que tu vas me dire...

— Sans doute, mais ce serait bien de l'entendre quand même, si un jour il te passait par la tête l'idée de te marier avec lui...

Elle soupira.

— Je t'écoute...

Alors, Zacharie raconta à Violaine ses démêlés avec le père de son fiancé, les chiens, les propos méprisants, les injures, les coups de fusil. Elle hochait la tête, visiblement impressionnée.

— Tu n'es pas arrivé chez lui au bon moment. Il avait peut-être des ennuis.

— C'est pas une raison pour se conduire de la sorte. Je lui voulais aucun mal.

— Il a dû croire que tu étais un malandrin, ils sont légion à courir les chemins en quête d'un mauvais coup.

— Dis tout de suite que j'ai l'air d'un bandit !

— Arrête papa, tu sais bien que c'est pas ce que je pense de toi. Il t'a pas blessé, il n'a pas lancé ses chiens à tes trousses ? Il voulait te faire peur, c'est tout.

— J'ai entendu parler de lui à plusieurs reprises, par des gens dignes de confiance. Tout le monde dit que c'est un drôle de citoyen.

— Admettons que ce soit vrai, pourquoi veux-tu que son fils lui ressemble ?

— Les chiens font pas des chats.

A ce moment de la conversation, Zacharie avait hésité à faire état de la réputation de Charles-Damien.

— Je sais que tu es une fille droite et honnête. Ta mère te dira de faire attention à ne pas te laisser entraîner dans certaines situations dont tu ne pourrais plus te dépêtrer. Tu vois ce que je veux dire ?

— Rassure-toi, je n'ai pas l'intention de me laisser tripoter.

— C'est un homme plein de sève, certainement plus expérimenté que toi. Il va essayer, tu crois être en mesure de lui résister ?

— Je ne suis plus une enfant.

— Tu es sûre de ses sentiments ?

Les yeux de la jeune femme cillèrent. C'était la question qui la turlupinait à chaque instant. Elle décida de se jeter à l'eau.

— Je lui ai dit que je ne lui appartiendrai que le jour où nous serons mariés.

— Parce que vous en êtes à parler de mariage…

— Tu préférerais que ce soit une aventure passagère ?

— Non, bien sûr. Qu'est-ce qu'il t'a répondu ?

— Il n'a pas dit non. De toute façon, je verrai bien.

Zacharie se permit alors de faire remarquer à Violaine qu'ils n'étaient pas du même milieu. Que ce n'était pas un parti pour elle… Aux yeux de ces gens-là, elle ne serait jamais qu'une servante, ils allaient se moquer d'elle, et patati et patata… Elle gardait les yeux dans le vague, évitant de croiser ceux du pilhaouer, afin de masquer son désarroi.

— Ce genre d'union entre Cendrillon et le prince charmant, c'est bon pour les contes de fées, ma pauvre petite, mais dans la vie, ça marche jamais.

Face au silence buté de Violaine, Zacharie était catastrophé.

Quelques mois s'écoulèrent. Violaine et Charles-Damien se rencontraient de plus en plus souvent, notamment quand le père Ligoury venait causer affaire avec les frères Costevec. Pour ceux-ci, il était acquis que Charles-Damien fréquentait leur domestique. Jérôme en riait jaune, mais il avait renoncé à importuner la jeune femme. Joseph envisageait d'un meilleur œil cette liaison ; si par hasard, elle se terminait devant le maire et le curé, les Costevec seraient libérés de la clause testamentaire déposée par leur sœur chez le notaire.

Violaine sentait qu'elle ne pourrait pas tenir long-temps son prétendant sous sa coupe sans lui accorder ses faveurs, ce à quoi, elle se refusait toujours farou-chement. Elle avait été invitée dans la propriété des Ligoury, stupéfiée par la vaste demeure et le luxe qui y régnait. Jean-Marie et sa femme ne lui avaient pas fait si mauvaise impression. Sans être devenue calculatrice, elle pensait tenir la chance de sa vie, elle ne finirait pas comme sa mère. Elle pressa Charles-Damien de se marier avant qu'il ne lui échappât. Il ne refusa pas.

On était en 1900, les épousailles furent fixées pour le mois de juin.

Quand la jeune orpheline apprit la nouvelle à ses parents adoptifs, le pilhaouer piqua une colère terrible.

— Tu es folle, je te l'ai dit ! Ces gens-là vont te traiter comme une moins-que-rien. Ton beau monsieur se lassera de toi, il ira courir les autres femmes, comme son père.

Violaine ne reconnaissait pas l'homme si pondéré qui l'avait élevée.

— Tu n'as pas le droit d'insulter Charles-Damien, je l'aime.

— Tu aimes ce qu'il représente à tes yeux, la for-tune, le prestige des belles tenues.

— Et alors, les pauvres gens n'ont pas le droit d'essayer de sortir de la misère ?

— Pas de cette façon-là. En travaillant, je veux bien, mais pas en s'égarant dans une union au-dessus de leur condition.

Clémence assistait à l'échange dont le ton devenait de plus en plus vif. Les paupières chargées de larmes. Sans être tout à fait d'accord avec son mari, elle avait l'intuition qu'il ne se trompait pas sur toute la ligne.

Zacharie n'eut d'autre choix que de céder – il n'était pas du genre entêté. En mettant sa fille en garde, il estimait avoir accompli ce qui était de son ressort. Puisqu'elle semblait si sûre de son choix, à elle de faire l'expérience. Tant mieux, après tout, s'il se trompait sur le compte de Charles-Damien… Il se résigna. Seule avec lui, Clémence entreprit d'atténuer son tourment.

— Réfléchis bien, mon pauvre Zacharie, si tu parvenais à l'empêcher de se marier avec ce garçon, elle t'en voudrait toute sa vie, et à moi aussi de ne pas avoir pris sa défense.

Chez les Ligoury, on ne se posa pas de tels cas de conscience. Tout au plus, Jean-Marie fit-il remarquer à son fils qu'avec la fortune familiale, il aurait pu dénicher une compagne de son rang.

— Une chieuse bourrée de fric qui aurait essayé de me commander, qui aurait mis son nez dans nos affaires ? Très peu pour moi. Violaine est une jeune femme simple, elle a besoin d'un mari qui la domine.

L'avis de la mère était secondaire. Amélie se permit quand même de dire qu'elle trouvait la petite bonne à son goût, qu'elle était sûre de bien s'entendre avec elle. Son mari lui sourit d'un air affligé.

Les bans furent publiés, la liaison entre la fille de la mendiante et le fils des riches fermiers devint officielle, ce qui ne manqua pas de faire jaser. Les commères du bourg ne se privèrent pas de plaindre l'oiselle innocente : elle ne savait pas à quel rapace elle allait unir sa destinée !

Les Costevec, eux, ne furent pas surpris. Ils avaient suivi l'évolution de l'idylle, Jean-Marie leur avait touché deux mots des intentions de son garçon. A quelques semaines de la date fatidique, ils discutèrent avec leur employée, lui demandèrent si elle comptait rester à leur service une fois mariée. Elle rit. Grands dieux, non, son mari n'accepterait jamais que son épouse fût une domestique !

— C'est bien ce que nous pensions, fit Joseph. Nous te restituons bien volontiers ta liberté. Attends quelques jours quand même avant de nous rendre ton tablier, le temps que nous trouvions quelqu'un pour te remplacer.

C'est ainsi que Violaine revint habiter pour quelque temps chez le pilhaouer et son épouse.

21

A moitié estropié, Médard Kerrec était décédé quelques années après son accident dans la féculerie de pommes de terre de Pont-l'Abbé ; Angèle ne lui avait pas survécu bien longtemps, n'éprouvant plus aucun plaisir à une existence solitaire. Zacharie avait onze ans, il se retrouvait le seul héritier des Kerrec, puisque l'oncle Barnabé avait lui aussi tiré sa révérence suite à une mauvaise fièvre contractée lors d'un voyage aux colonies. Après la disparition d'Angèle, le grand-père Edern fut sollicité afin de récupérer pour son commerce les frusques des défunts. Accompagné de son petit-fils, quelle ne fut pas sa surprise de découvrir dans le grenier les pièces de costume que portait sa bru, Bénédicte, lors de son mariage ! Ce jour-là, il avait déjà eu l'occasion de se rendre compte de la qualité exceptionnelle du travail du prestigieux tailleur-brodeur. Il annonça à Zacharie de façon solennelle que ces merveilles lui revenaient, puisqu'elles étaient l'œuvre de son arrière-grand-père. Ce ne fut que quelques années plus tard qu'il lui révéla la fâcheuse réputation qui leur était attachée.

La décision prise, Violaine s'inquiéta près de ses parents de la tenue qu'elle porterait en ce jour de bonheur. Depuis son arrivée chez le pilhaouer alors qu'elle n'avait que cinq ans, l'orpheline avait eu maintes fois l'occasion de jouer avec le costume bigouden découvert dans une malle du grenier. La fillette faisait attention aux broderies, consciente de leur extrême beauté. En grandissant, elle avait pris l'habitude d'enfiler la somptueuse parure, lorsqu'elle était seule toutefois, puisque Clémence le lui avait formellement interdit.

— Pourquoi ? s'était étonnée la gamine.

— Cherche pas à comprendre. C'est comme ça, un point c'est tout.

Violaine avait cru que c'était de crainte qu'elle ne l'abîmât. Ainsi vêtue, elle éprouvait à chaque fois l'impression étrange d'être observée par un être invisible. Une fois, elle s'était contemplée dans la glace de l'armoire ; dans le reflet, elle avait cru discerner une silhouette derrière elle, une ombre sans réelle consistance, mais qui lui avait fait peur. Elle s'était retournée. Personne. Cette drôle de sensation ne l'avait pas empêchée de recommencer : elle se trouvait si belle sous les volutes rouges, jaunes et orange.

Le jour où la jeune fille s'était inquiétée de sa tenue, Zacharie avait fait la tête, par principe.

— Ça te va bien maintenant de nous demander notre avis.

— Tu exagères, lui avait dit Clémence. Elle se marie, on va pas revenir là-dessus. Tu voudrais quand même pas qu'elle ressemble à une souillon le jour de ses noces, surtout avec le fils Ligoury.

— Le fils Ligoury, tu sais ce que je pense de lui.

— Ne recommence pas, papa. Tu as envie que je sois heureuse, oui ou non ?

— Oui, justement. Pour ta robe, je sais pas…

— On pourrait demander à Fanch Poulig de lui en faire une, proposa Clémence. Ce n'est pas un trop mauvais tailleur à ce qu'on dit…

— Cela nous coûterait une fortune. Tu sais bien qu'on n'a pas les moyens. On va quand même pas demander aux parents du marié de nous avancer les sous.

Violaine était horriblement gênée. C'est alors qu'elle avait parlé du costume du grenier.

— Celui qu'a porté ma mère ?

— Tu n'y penses pas ! s'exclama aussitôt Clémence afin de couper court à la proposition que sa fille allait formuler.

— Pourquoi donc ? s'étonna Violaine. Le gilet et le manchoù sont magnifiques, la jupe aussi.

Zacharie se taisait ; l'idée cheminait dans son esprit.

— C'est vrai que tu aurais fière allure…

Clémence s'insurgea encore.

— Tu as oublié ce qui est arrivé à ta mère ?

Violaine se souvenait de l'interdiction de porter cette parure. Voilà que ça recommençait.

— Qu'est-ce qui lui est donc arrivé ?

Le pilhaouer poussa un soupir excédé.

— Une drôle d'histoire, des bobards. Mon père est mort quelques jours après le mariage, ma mère un an plus tard. Certains ont prétendu que c'était à cause du costume qu'elle portait le jour de ses noces.

— Ton arrière-grand-père lui-même ne voulait pas que sa petite-fille s'habille ainsi, et pourtant c'est lui qui avait taillé et brodé le costume. Tu oublies de dire que sa femme est devenue folle et que lui-même s'est suicidé. C'est pas des bobards, ça !

— Oui, je sais, c'est moi qui t'ai raconté toute cette misère. Je tenais cette histoire de mes grands-parents qui m'avaient élevé, puisque j'étais orphelin, comme toi, Violaine. Avec le temps, tout ça avait dû être déformé, exagéré…

— Ça fait beaucoup de coïncidences, quand même… s'entêtait Clémence.

— Le destin est souvent facétieux. Pour être tout à fait honnête, je n'ai jamais cru à cette fable, le diable qui aurait guidé l'aiguille du tailleur…

Violaine se garda bien de faire part de ses étranges impressions.

— Le diable ! s'écria-t-elle afin de faire diversion. Mais c'est terriblement excitant…

— Faut pas plaisanter avec ces choses-là, persistait la femme du pilhaouer d'un ton douloureux en hochant la tête.

— Fais pas ta bigote, la taquina Zacharie. Le diable et le bon Dieu, tu sais bien qu'ils ont été inventés par les curés pour flanquer la trouille aux gens et les obliger à leur obéir. Enfin ceux qui sont assez crédules pour les écouter. Moi je trouve que c'est une bonne idée de ressortir ces beaux habits, ce sera l'occasion de mettre un terme à toutes ces superstitions.

A court d'arguments rationnels, Clémence haussa les épaules. Zacharie profita de ce moment d'hésitation.

— Et puis tu oublies que tu avais une tante qui habitait à Pont-l'Abbé. Tu lui rendais visite de temps à autre avant qu'on se marie, tu m'as toujours dit que tu la trouvais très belle quand elle mettait son costume du dimanche, elle t'avait même montré comment poser la coiffe.

C'était vrai, Clémence ne savait plus que dire. Elle n'était pourtant pas du genre à baisser pavillon à la première semonce. Elle revint à la charge :

— Tu crois que les Ligoury apprécieront que leur fils se marie avec une fille habillée en Bretonne ? Charles-Damien lui-même, qu'est-ce qu'il va penser ?

— Ce n'est ni à lui ni à ses parents de me dire ce que je dois faire, répliqua Violaine. Je croyais que la coutume voulait que le marié ne découvre la toilette de sa future épouse que le matin des noces.

— C'est en effet comme cela que les choses doivent se passer si on respecte la tradition, en profita Zacharie. Et je vois pas pourquoi on la respecterait pas. On est quand même en Bretagne, sacré bon Dieu ! On va pas commencer à avoir honte des tenues que portaient nos ancêtres… Violaine ne peut pas espérer en trouver une plus jolie. Quand ces crétins de Ligoury la verront, ils seront obligés d'en convenir.

— De toute façon, on va pas leur demander leur avis. C'est moi qui décide !

De la voir si résolue, Zacharie recouvrait son estime pour sa fille qu'il chérissait toujours autant. Clémence préféra capituler, pour l'instant…

Le logis connut quelques semaines de répit. On ne parlait du mariage que par nécessité. Zacharie semblait rasséréné. Au fond de lui-même, il était enchanté du choix vestimentaire de sa fille. Il aurait voulu connaître cet aïeul capable de broder avec autant de talent. Lazare

Kerrec, ça sonnait rude comme du granite, ce devait être pourtant un artiste doué d'une sensibilité hors du commun. Son arrière-petit-fils avait enfin l'occasion de lui rendre hommage, de prouver aux yeux de tous que son chef-d'œuvre ne méritait en rien la sinistre réputation qui lui était attachée.

Se posa la question de la tenue que porteraient les parents de la fiancée. Ils en parlèrent tous les deux.

— Je sais pas si je viendrai, fit Zacharie.

— Recommence pas à faire ta tête de cochon, le reprit Clémence. Tu sais bien que tu assisteras au mariage de notre fille. Sinon, je te laisse tomber et je pars avec un autre.

— Ne me tente pas. Je serais capable de te prendre au mot.

— Qu'est-ce que tu ferais sans moi, mon pauvre pilhaouer ?

— Je serais enfin heureux, plaisanta-t-il encore. Bien sûr que je serai là, tu le sais bien. On mettra tous les deux les habits qu'on portait quand on s'est mariés. Rien que pour emmerder les Ligoury. Ça fera deux Bretons de plus.

Au bout de quelques jours de vie commune, tous trois avaient retrouvé leurs habitudes réciproques. Cette douce sympathie où les mots étaient superflus pour exprimer la tendresse qu'ils se vouaient. La jeune femme était heureuse de faire plaisir à son père adoptif en arborant le costume de sa défunte mère ; celui-ci essayait de se persuader qu'elle ne serait peut-être pas trop malheureuse. Clémence s'efforçait de taire ses idées noires.

Quant au mariage proprement dit, les Ligoury s'occupaient de tout, de la cérémonie et des festivités qui s'ensuivraient.

22

Le 18 juin 1900 comme convenu, le char à bancs du pilhaouer cheminait sur la route menant à Loqueffret. Jamais la voiture n'avait été aussi pimpante. La veille, Zacharie avait passé toute la journée à l'astiquer afin de lui redonner un coup de neuf. Un acharnement qui lui occupait l'esprit, qui lui évitait de ressasser son amertume. Depuis trois jours, il se taisait, ou ne parlait que du bout des lèvres. Les deux femmes en étaient mortifiées. Violaine était la plus perturbée par ce silence pesant, elle avait essayé de lui expliquer qu'il se tracassait pour rien, qu'elle serait… Il lui avait tourné le dos. Pour être heureuse, fallait-il que fût dans la peine cet homme qu'elle chérissait comme son vrai père ? Pour l'instant, il n'y avait rien à faire, avec le temps cela s'arrangerait, se disait-elle.

Le matin même, Zacharie Le Kamm sortit enfin de son mutisme quand Clémence eut fini de parer la future mariée. Non pour lui dire combien il la trouvait jolie, mais pour tenter une dernière fois de lui faire entendre raison.

— Tu es vraiment sûre de toi, de lui ?

La détresse dans les yeux de son père était si tangible que des larmes coulèrent des siens. Il n'était plus en colère, mais ce calme froid n'en était que plus angoissant. Elle hésita à répondre, il était inutile d'essayer de le réconforter.

— Tu as toujours été le meilleur des pères. Je t'en remercie... Je comprends que tu aies peur pour moi, mais je t'assure que tu te fais des idées.

Il soupira, en baissant les yeux.

— Tout à l'heure, quand la messe sera dite, tu seras accaparée par ces gens-là, je n'aurai plus le droit de t'approcher.

— Arrête...

— Laisse-moi parler. Avant de partir, je voulais te souhaiter d'être heureuse. Tu as fait ton choix, j'espère pour toi que tu ne t'es pas trompée.

Puis il rentra enfiler son habit de cérémonie, le sobre costume des montagnes Noires, qui était loin d'être le plus beau de Bretagne, mais duquel émanait une telle noblesse qu'il inspirait le respect. Clémence, elle, était prête depuis longtemps.

— Presse-toi, dit-elle à son mari. On va être en retard.

La voix du pilhaouer jaillit de l'intérieur de la chaumière :

— Et alors ? Ils attendront. Ils pourront pas commencer tant que la mariée sera pas arrivée.

Clémence rongeait son frein, persuadée qu'il faisait exprès de traîner. Puis, tous trois montèrent sur la charrette, ni celle de l'Ankou, pas plus que celle des condamnés, ce qu'on aurait pu croire pourtant à la tête d'enterrement que tirait le cocher. Penn-Kalled avait eu droit lui aussi de se faire étriller en règle ; il avait le poil lustré. Son maître avait eu l'idée de le décorer d'un plumet à chaque oreille, ce qui le faisait ressembler à un cheval de corbillard. Pour compléter le lugubre tableau, il n'avait manqué que les cris de l'effraie la nuit précédente autour de la ferme, mais l'oiseau de malheur s'était tenu tranquille.

Violaine était splendide dans son costume bigouden ; les cheveux tirés et parfaitement lissés, son visage régulier était mis en valeur sous la coiffe délicate qui à l'époque n'avait pas encore eu l'hérésie de prendre de la hauteur. C'était Clémence qui s'était chargée de la poser. Par précaution, elle avait demandé à Violaine de se prêter au jeu à plusieurs reprises afin de retrouver les finesses du savant assemblage.

Le gilet serrait un peu la poitrine de la future mariée, mais il fallait savoir souffrir pour être belle. Elle s'appliquait à chasser la tristesse que lui communiquait le pilhaouer. Elle pensait à la surprise qu'allait créer sa tenue, d'autant plus que ce n'était pas la guise du pays. Le rendez-vous était fixé devant l'église de Loqueffret. Les Ligoury n'avaient pas jugé utile de venir chercher la fiancée à son domicile, ni de faire venir le pilhaouer et son épouse à la propriété où les avaient rejoints les autres invités. Ils avaient emprunté la route de l'autre côté. Ils avaient tenu aussi à ce que le mariage religieux fût célébré en premier ; pour la cérémonie civile, on verrait les jours suivants. Jean-Marie ne s'entendait pas avec le maire actuel, il n'y avait pas besoin de tout le tralala en costumes de cérémonie pour obtenir un agrément que de toute façon il ne pouvait leur refuser. Les parents, les mariés, les témoins, cela suffirait bien.

Le cheval avait ralenti, Zacharie ne faisait rien pour le contraindre à presser le pas. D'être mis à l'écart dès le début des festivités confirmait ce qu'il pensait des Ligoury et aggravait ses craintes. Au demeurant, hormis l'affront manifeste, c'était une situation qui lui convenait. Depuis l'épisode des chiens, il n'avait jamais remis les pieds chez ces pourris de nantis, il aurait été bien en peine d'y faire bonne figure.

— Papa, tu vas vraiment nous mettre en retard.

Le pilhaouer toussota, laissa la lanière de son fouet caresser l'échine de Penn-Kalled. Celui-ci renâcla, mais accéléra l'allure.

A mesure qu'on approchait du bourg, la silhouette de Zacharie se tassait sur le banc. Effondré, il n'avait même plus la force de ronchonner. Les premières maisons se dessinèrent en contrebas dans la brume. Si au moins, il avait pu pleuvoir afin d'éviter le rassemblement des Ligoury et de leurs comparses ! Mais l'autre crétin là-haut avait décidé qu'il ferait beau.

Onze heures, ils avaient un bon quart d'heure de retard, Violaine était morte d'inquiétude. Elle aperçut de loin la foule des invités sur le parvis de l'église, tous du côté de son futur mari – les Le Kamm n'avaient plus de famille dans le coin, les grands-parents de Pont-l'Abbé étaient décédés depuis bientôt vingt ans, ceux de Loqueffret quelque temps plus tard. Quant à Clémence, elle n'avait plus de ce monde que quelques cousins exilés et qui ne se seraient pas déplacés. Bref, c'était la fête des Ligoury. Zacharie pensait même que sa fille n'était qu'un accessoire parmi tant d'autres : il fallait une mariée, alors pourquoi pas elle ?... Soucieux de ne pas se donner en spectacle, il arrêta son attelage à une centaine de mètres, dans un coude où on ne pouvait encore les voir. Il noua le licol de Penn-Kalled à un anneau fiché dans le mur, descendit le premier, aida les deux femmes à en faire de même. Le front bas, la mine butée, pas un sourire, son calvaire commençait. Tous trois enfilèrent la rue qui descendait jusqu'au parvis.

Le père et le fils Ligoury n'appréciaient pas du tout de faire attendre leurs invités. Si Charles-Damien ne disait trop rien, Jean-Marie l'avait tanné sans cesse afin de savoir ce que fabriquait sa fiancée.

— Elle va arriver. Ils ont dû avoir un ennui au cours du trajet.

— Une domestique, dont tu as eu la faiblesse de t'amouracher, et c'est à nous de poireauter le jour de son mariage ! C'est le monde à l'envers. Ils n'avaient qu'à prévoir.

Quand Charles-Damien aperçut les trois silhouettes, il se tourna vers les invités de son père.

— La voilà.

Il s'avança à leur rencontre.

L'arrivée de Violaine en costume bigouden produisit son effet, pas tout à fait celui escompté par la jeune femme. Ces bourgeois à la mode française échangèrent des regards en coin, avec un sourire ironique. Se donnèrent du coude aussi en hochant la tête d'un air entendu. Ils compatissaient pour les Ligoury.

Charles-Damien s'était arrêté net au milieu de la rue. En approchant, Violaine essayait de lire sa réaction sur son visage. Le moins qu'on puisse dire, c'est qu'il avait la mine sévère.

— On se demandait où vous étiez passés.

Zacharie haussa les épaules.

— Le cheval était fatigué. Il a beaucoup travaillé ces derniers temps.

Charles-Damien prit sa fiancée par le poignet.

— Allez toujours, dit-il aux parents Le Kamm. Vous avez assez traîné comme ça, on vous rejoint.

Au ton courroucé de son futur mari, Violaine eut aussitôt conscience du malaise.

— C'est de ma faute, essaya-t-elle d'excuser son père. J'ai mis du temps pour m'habiller. Je voulais être belle pour te faire plaisir.

Sidéré par une telle ingénuité, Charles-Damien ne trouva pas tout de suite que répondre. De plus en plus gênée sous la sévérité de son regard, Violaine baissa les yeux.

— Eh bien, c'est raté ! laissa-t-il tomber enfin du bout des lèvres.

Un seau d'eau glacée lui aurait produit le même effet. Violaine blêmit.

— Ça te plaît pas ?…

— Pourquoi tu t'es déguisée en paysanne ? Tu veux me rendre ridicule ?

— C'est le costume brodé par l'arrière-grand-père de Zacharie. C'est un travail magnifique. C'était l'occasion de lui rendre hommage.

— Pauvre idiote, tu n'as pas compris que tu vas devenir une Ligoury, que tu vas changer de monde. Les chiffonniers et les tailleurs, c'est fini, il est temps de les oublier. Enfin… Maintenant il est trop tard pour retourner te changer.

A croire qu'il avait honte d'elle, il ne lui proposa pas son bras. Avec ses longues jambes, il marchait vite, elle trottina derrière lui.

Zacharie avait assisté à distance à la prise de bec entre les futurs époux ; dans sa tête, ça gambergeait ferme.

Les mariés étant enfin arrivés, le bedeau avait ordonné aux invités d'aller s'installer dans l'église. Le cortège d'honneur obéissait à un protocole particulier. En principe entrait en premier le marié au bras droit de sa mère. Venait ensuite le père du marié, accompagné de la mère de la future épouse, puis celle-ci donnant le bras gauche à son père. Le pilhaouer n'était pas certain qu'en l'occurrence cet ordonnancement soit respecté. Pourtant il entendait bien conduire sa fille à l'autel, même si c'était pour son malheur.

— Viens.

Il saisit le bras de Violaine et se plaça résolument face au porche de l'église. La mère du futur marié souhaitait elle aussi que la cérémonie se déroulât dans les règles, elle alla chercher son fils et se positionna avec lui devant le pilhaouer et sa fille. Charles-Damien jugeait ridicule cette mascarade, mais il n'avait pas le choix. Jean-Marie Ligoury était déjà à l'intérieur. Il n'allait quand même pas s'abaisser à offrir son bras à Clémence ! Celle-ci attendit que les deux couples aient pénétré dans le saint lieu pour s'y faufiler à son tour.

Charles-Damien s'avança dans l'allée centrale. Les invités se levèrent. La fierté de la mère était évidente. Il est vrai que son fils avait de l'allure dans sa queue-de-pie, avec son gilet damassé, sa chemise blanche à col cassé et la lavallière qu'elle avait tenu elle-même à nouer, un bel homme dont émanaient une impression de force et une prestance évidente. Il laissa sa mère à la place qui lui était dévolue, près de son père.

Zacharie suivait à une certaine distance, pas moins fier de sa fille. A la vue du costume de la jeune femme, des murmures admiratifs parcoururent les rangs tant les broderies dégageaient de splendeur. Ceux qui n'avaient pas encore bien vu Violaine furent étonnés, même indignés pour quelques anciens, ce n'était pas une tenue du pays, en tout cas pas celle que portaient les ancêtres de Loqueffret ! La fille de la mendiante était pourtant native du coin... N'ayant su où se mettre dans le cortège, Clémence s'était glissée sur le bas-côté et cheminait dans l'allée latérale à hauteur de sa fille et de son mari afin de voir si tout se passait bien.

Zacharie accompagna Violaine devant le prie-Dieu où elle allait prononcer son consentement, à gauche de son futur mari, entre les deux témoins désignés par les Ligoury. Il l'aurait abandonnée au pied de l'échafaud qu'il n'aurait pas tiré plus grise mine. Il s'assit sur le premier banc derrière sa fille adoptive, solidaire avec elle malgré tout dans un acte essentiel de sa vie. Il fit signe à Clémence de le rejoindre.

Toujours sous le coup de la colère, Charles-Damien ignorait sa fiancée. Violaine était désemparée. Dans son esprit se télescopaient les idées les plus contradictoires. Bien entendu, elle n'était pas loin de regretter d'avoir revêtu cette tenue pour faire plaisir à son père, mais la vie lui avait appris aussi à ne pas se laisser dominer plus que de raison. En qualité de mariée, il lui appartenait de choisir sa tenue nuptiale, le costume qu'elle portait était le plus beau qu'un tailleur eût jamais brodé, son fiancé avait le droit de ne pas l'apprécier à sa juste valeur, mais pas celui de lui en tenir rigueur en ce jour capital où elle était en passe de devenir sa femme.

La cérémonie commença. Le prêtre avait enfilé sa plus belle chasuble, chamarrée d'or et d'argent, si majestueux qu'on aurait cru un évêque. Charles-Damien semblait un peu moins maussade, Violaine tentait de se rassurer : peut-être n'étaient-ce que des contrariétés dues à l'émotion ?

Vint le moment d'échanger les consentements. Toujours selon le rituel en vigueur, il revenait à Charles-Damien de se prononcer le premier. Le curé lui demanda s'il voulait bien prendre Violaine pour épouse, en promettant de la protéger et de l'aimer, de lui être fidèle. L'assistance retenait son souffle, les flammes des deux cierges montaient droites dans la nef. Soudain celui derrière le futur marié grésilla, puis s'éteignit, un mauvais présage qui désignait lequel des deux époux mourrait avant l'autre. Charles-Damien hésita. Oh ! à peine quelques secondes. Puis retentit un oui prononcé d'une voix puissante qui fit tressaillir la jeune femme. C'était à présent à son tour de l'accepter pour mari, comme le lui demandait l'officiant.

Depuis qu'elle se trouvait devant l'autel, Violaine avait du mal à respirer, l'impression que le gilet croisé sur sa poitrine la comprimait de plus en plus. Le prêtre répéta sa question, la douleur s'intensifia. Sans la regarder, Charles-Damien s'adressa à elle à voix basse :

— Alors, tu te décides ?

Le ton était agressif, péremptoire. La jeune femme se recroquevilla un peu plus. Elle pensait à sa mère.

C'était pour elle aussi qu'elle voulait échapper à sa condition de miséreuse, mais se marier avec le fils Ligoury afin de jouir de sa fortune, n'était-ce pas une certaine forme de prostitution ?

L'incident n'avait pas échappé à l'assemblée sur laquelle s'était abattu un silence de plomb. Puis l'on se mit à échanger des regards étonnés, un sourire amusé naissait sur les lèvres de certains. Au bout de quelques secondes se firent entendre des toussotements. Le prêtre lui-même avait du mal à masquer sa perplexité, et son regard allait de l'un à l'autre des fiancés.

Violaine sentit tout se brouiller dans sa tête : qui était cet homme qui la rudoyait au moment de se marier ? Comme si elle avait besoin de son soutien, elle eut le réflexe de se tourner vers Zacharie – elle l'avait si souvent fait dans ses moments de détresse… Les yeux terribles du pilhaouer étaient fixés sur elle, elle y lut une telle supplication qu'elle fut la proie d'une panique irrépressible. Non, elle ne voulait pas, elle ne voulait plus. Faisant volte-face, elle enfila en courant l'allée latérale et disparut par la porte de côté.

23

Dans l'église, ce fut un moment de stupéfaction au moins aussi fort que ce 24 décembre de l'année 1848, lorsque la foudre avait réduit en cendres le bedeau en train de branler la cloche pendant la messe de minuit.

— Où elle va ? Où elle est partie ? bredouillait le curé en rajustant son étole qui lui glissait d'un bord et de l'autre.

Une voix s'éleva alors du fond de l'église, celle d'un petit plaisantin.

— Elle a peut-être une envie pressante.

Ce fut l'hilarité générale, un immense éclat de rire résonna sous la voûte entre les poutres et fit se tortiller la flamme du cierge encore allumé. Parmi les invités se trouvaient quelques-uns qui ne faisaient bonne figure aux Ligoury que par obligation. Jaloux de leur fortune ou leur en voulant à juste titre, ceux-là se tenaient les côtes. Même Jérôme Costevec, pourtant en cheville avec les riches fermiers, s'essuyait les yeux en se retenant de ne pas pouffer. La petite garce avait du caractère ! Il se sentait moins couillon de s'être fait éconduire.

Evidemment, tout le monde ne participait pas à cette bonne humeur collective. Certains gardaient la mine sévère. Le prêtre le premier, qui n'avait jamais vécu un scandale aussi manifeste dans la maison de Dieu : levant les bras et les yeux au ciel, il arpentait le chœur en se demandant ce qu'il convenait de faire lors d'une circonstance aussi blasphématoire. Zacharie et Clémence, cela va sans dire. Celle-ci s'était précipitée aussitôt par le même chemin à la poursuite de Violaine.

— Attends-moi…

Mais la jeune femme avait disparu.

Quant aux Ligoury, ridiculisés aux yeux de l'assemblée, ils seraient désormais la risée de toute la région. Charles-Damien avait d'ailleurs quitté lui aussi le saint édifice sur-le-champ.

Le pilhaouer rejoignit son épouse à l'extérieur. La coiffe de travers, Clémence paraissait devenue folle. Ne sachant dans quelle direction s'était enfuie son enfant, elle s'engageait sur la route montant vers Huelgoat, redescendait vers Lannédern, faisait demi-tour au bout de quelques mètres, repassait devant l'église pour partir à l'opposé, vers Châteauneuf-du-Faou, en clamant à tue-tête le nom de sa fille, en la suppliant de l'attendre. Le char à bancs était toujours attaché au même endroit, Penn-Kalled ruminait placidement.

— Elle a dû rentrer à la maison, fit Zacharie, pas mécontent au fond du coup d'éclat de sa protégée. On va en faire de même, elle doit nous attendre là-bas.

Il détacha son compagnon à quatre pattes, aida Clémence à se hisser à côté de lui – cette fois on ne musarda pas en chemin.

La chaumière était vide. Rien n'indiquait le passage de Violaine.

— Elle va arriver, elle n'a nulle part ailleurs où aller, répétait Zacharie, sans grande conviction, tout aussi inquiet que son épouse.

Clémence s'était laissée tomber sur une chaise. A l'exaltation des premiers instants succédait une prostration encore plus inquiétante. Elle tremblait, déglutissait sans cesse sa salive en émettant un curieux bruit de gorge, ses doigts se tortillaient sur son tablier de satin.

— C'est de ta faute, aussi, marmonna-t-elle soudain sans regarder son mari.

— De ma faute ! s'offusqua Zacharie. Violaine a pris conscience qu'elle était en train de se fourvoyer avec ces salauds de Ligoury. In extremis, tu me diras, mais elle a évité à temps un piège abominable.

Clémence semblait ne pas l'avoir entendu.

— Ce costume est maudit. Tu le savais, mais tu n'as pas voulu m'écouter.

Bien sûr que cette incroyable idée avait effleuré l'arrière-petit-fils de Lazare Kerrec, mais il l'avait écartée aussitôt. Là n'était pas la raison de ce qui s'était produit : dès son arrivée à Loqueffret, Zacharie avait bien vu que rien ne se déroulait comme prévu. Cette façon qu'avait eue l'autre enfoiré de rabrouer sa jolie fiancée ! C'était pas des manières de se comporter avec une jeune femme le jour de ses épousailles, juste avant de se présenter devant le prêtre ! Il est vrai que c'était en partie à cause du fameux costume que s'était produit l'incident… Mais pas seulement !

— Ta fille aurait été habillée n'importe comment, elle aurait compris qu'il n'était pas trop tard pour faire machine arrière. Si c'est le diable qui est dans le coup, admets que pour une fois il a bien fait d'intervenir.

— Tu te rends compte de ce que tu dis ?

Zacharie haussa les épaules avec cet air de l'évidence dont il savait si bien user et qui le dispensait de répondre.

— Tu avais envie que notre fille finisse comme ta mère ? s'acharnait Clémence.

— Qu'est-ce tu vas chercher ? Violaine a certainement besoin d'être seule afin de mettre un peu d'ordre dans ses idées. Elle va pas tarder à revenir, et ce sera à nous de l'aider à surmonter cette terrible épreuve. Je vais voir sur la route. Toi, file donc te changer avant d'abîmer tes beaux habits.

Zacharie reprit la direction du bourg, à pied cette fois. Le vent s'était levé, la cloche de l'église sonna les douze coups de midi. Si tout s'était déroulé comme prévu, à cette heure sa petite Violaine s'appellerait Mme Ligoury, elle l'avait échappé belle. Il s'arrêtait à chaque instant, scrutait la profondeur des chemins de traverse, espérant entendre le bruit des bottines de sa fille, un gémissement, elle devait être dans le trente-sixième dessous. Sûr qu'elle aurait besoin d'être soutenue le temps que les langues se calment. Mais Clémence lui trouverait de l'occupation ; au pire, il l'emmènerait avec lui pour collecter les pilhoù, histoire de lui changer les idées. La meilleure solution, ce serait qu'elle rencontrât un brave et bon garçon, mais de son rang cette fois. Jolie comme elle l'était, ce ne devait pas être impossible. Malgré l'angoisse qui le gagnait, il ne pouvait s'empêcher de sourire du camouflet infligé à son ennemi juré.

Toujours pas de Violaine. Ce n'était pas faute de l'appeler. Où avait-elle bien pu se fourrer ? Pourvu qu'elle n'eût pas commis quelque bêtise... L'idée le hantait de la retrouver pendue aux branches d'un arbre ou flottant dans l'eau de l'Ellez ou désarticulée entre les rochers du chaos de Mardoul. Auquel cas, ces salauds de Ligoury ne seraient pas quittes. Soudain, il entendit les cailloux de la route rouler derrière lui. C'était elle, elle l'avait entendu, elle venait le rassurer. Il rebroussa chemin pour aller à sa rencontre, pour la prendre entre ses bras et qu'elle pût enfin pleurer tout son soûl sur son épaule. La silhouette qui se dessina après le virage était celle de Clémence.

— Alors, tu l'as retrouvée ? demanda-t-elle aussitôt.

Elle était à bout de souffle, hirsute d'avoir ôté sa coiffe à la hâte.

— Pas encore. Tu aurais dû rester à la maison au cas où elle reviendrait.

— Si elle revient, elle nous attendra là-bas. Je ne tenais plus en place. Tout ça à cause de ce maudit costume. Il y a longtemps qu'on aurait dû le brûler.

— Ne recommence pas. C'est pas le moment.

Tous deux arrivèrent à l'entrée du bourg. Aucune trace de Violaine. Zacharie s'efforçait de réfléchir, de ne pas céder à la panique.

— A moins qu'elle soit partie de l'autre côté... marmonna-t-il.

— Elle n'a rien à faire par là-bas, personne chez qui aller ! le rabroua Clémence. Elle a dû tomber en cours de route, se tordre la cheville, elle courait si vite, la pauvre petite. On sera passés à côté d'elle sans la voir. Il faut refaire le chemin en sens inverse, on finira bien par la retrouver.

Ils prirent le temps d'aller moins vite, inspectant les taillis sur les bas-côtés, jetant un coup d'œil dans chaque fondrière où elle aurait pu basculer, sans plus de succès. Arrivés à la chaumière, ils se regardèrent d'un air catastrophé.

— Mais nom de Dieu, où elle est passée !

Clémence s'était remise à sangloter.

— Je sais, fit soudain le pilhaouer. Elle ne doit pas être très fière d'elle. Elle s'est cachée et elle attend la nuit pour rentrer. On est quand même de sacrés idiots de ne pas y avoir pensé plus tôt. Viens, on va préparer la soupe. Avec toutes ces émotions, elle aura faim quand elle va revenir.

Après tout, pourquoi pas ? se dit Clémence sans trop y croire. Elle se leva et rentra afin d'éplucher quelques légumes.

L'après-midi s'écoula sans que la fugitive réintégrât le gîte. La nuit porteuse d'angoisse commença à étendre ses premières obscurités. Zacharie et Clémence ne pouvaient se résoudre à rester à l'intérieur. L'un ou l'autre, quand ce n'étaient pas les deux, s'aventuraient dans la direction par laquelle Violaine aurait dû déboucher. Ils l'imaginaient égarée dans les ténèbres, ayant perdu la raison, peut-être blessée, puisqu'elle n'avait ni la présence d'esprit ni la force de rentrer. Ou pire encore.

Ils ne se couchèrent pas, ni ne se dévêtirent. Une nuit horrible, hantée d'images insoutenables. Ils n'étaient vraiment croyants ni l'un ni l'autre, mais pour un peu ils se seraient mis à prier.

A l'aube, Zacharie se changea enfin.

— Reste là au cas où elle reviendrait. Moi je monte en ville. Peut-être que là-bas quelqu'un sait où elle est passée. On l'aura retrouvée, une âme charitable l'aura recueillie.

Il prit son chapeau et le chemin du bourg.

24

A cette heure matinale, Loqueffret était désert. Zacharie Le Kamm parcourut les rues une à une, s'attendant à découvrir la pauvrette pelotonnée sous quelque porte cochère ou dans le renfoncement d'une ruelle, misérable à présent dans son costume d'apparat. Il passa devant l'église, temple du scandale. Le portail était fermé.

Désemparé, le pilhaouer se posa sur un banc un peu plus haut. Il s'appliqua à mettre de l'ordre dans ses idées. Où Violaine avait-elle trouvé refuge ? Chez les Costevec ?… C'était peu probable… Au point où il en était, cela ne coûtait rien d'aller vérifier. Il tira sa montre de son gousset, bientôt huit heures. Il alla se positionner devant la grande bâtisse, espérant qu'en sortît quelqu'un à qui s'adresser. Tout le monde semblait encore dormir. Il patienta un court instant, eut l'impression de perdre son temps alors que sa fille était peut-être en train de souffrir dans un endroit perdu de la campagne. Il traversa la chaussée, ouvrit la grille et remonta l'allée, gravit le perron, hésita à empoigner le lourd heurtoir, mais il n'avait pas le choix. Le bruit de la masse métallique contre le panneau de chêne résonna dans la demeure, mais aussi dans tout son corps, une vibration qui aiguisa sa douleur. A l'intérieur, personne ne bougeait. Ou on ne l'avait pas entendu, ou on l'avait repéré de l'autre côté de la route et on ne désirait pas le recevoir.

Trop perturbé pour avoir l'audace de recommencer, Zacharie s'apprêtait à redescendre les marches du perron quand la porte grinça dans son dos. C'était Eugénie, l'autre domestique. A la vue du visiteur, un sourire narquois illumina son visage.

— Tiens donc, le père de Violaine. Quel bon vent vous amène ?

Au courant du mélodrame de la veille, elle n'avait même pas le tact de dissimuler sa joie.

— Elle n'est pas rentrée. Je pensais qu'elle était peut-être venue ici.

Eugénie feignit la surprise.

— Elle vous a pas dit qu'elle travaillait plus chez nous, puisqu'elle devait se marier ?

Jamais Zacharie ne se souvenait d'avoir été si pitoyable.

— Si bien sûr, mais elle avait l'air de se trouver bien chez MM. et Mmes Costevec.

— Mieux que chez vous ?

— Pourquoi vous me demandez ça ?

— Si elle était venue ici plutôt que de regagner la maison où elle a été élevée, c'est ce que l'on serait en droit de penser.

Zacharie contint la colère qui bouillait en lui.

— Violaine a toujours été heureuse chez nous, elle nous aime beaucoup, Clémence et moi, et nous le lui rendons bien.

— Attendez, je vais demander à monsieur Jérôme s'il a vu votre fille. Lui aussi, il l'aimait bien, si vous voyez ce que je veux dire...

La garce, se dit le pilhaouer, obligé de faire montre d'humilité. Jérôme Costevec attendit sciemment quelques minutes avant de venir, encore en robe de chambre. A son tour, il simula la surprise.

— Quelque chose qui va pas, monsieur Le Kamm ?

— J'étais inquiet pour ma fille. Hier soir, elle n'est pas rentrée. Je me suis dit qu'elle était peut-être chez vous...

— Quelle histoire... fit Jérôme Costevec. Qu'est-ce qui lui a pris de fiche le camp comme ça, en plein milieu de la cérémonie ?

— Elle est encore jeune...

— Vingt et un ans quand même.

— Elle devait pas être sûre d'elle. Au dernier moment, elle a dû prendre peur.

— Pourquoi elle n'a pas réfléchi avant ? Vous n'avez pas essayé de lui ouvrir les yeux ?

Zacharie soupira, de plus en plus excédé.

— Nous avons beaucoup discuté, mais c'était son idée.

— Un peu girouette, avouez-le. Elle met le grappin sur un homme qui aurait assuré son avenir et son bonheur et au moment de lui dire oui, elle lui tourne le dos et s'en va sans fournir la moindre explication. Croyez-moi, il y a beaucoup de gens qui vont pas comprendre. Il est vrai qu'avec l'exemple de sa mère...

Cette fois, Zacharie vit rouge.

— Foutez-moi la paix avec sa mère ! C'est trop facile de juger les gens quand on a eu tout ce que l'on voulait à mettre dans son bec sans avoir besoin de se salir les mains.

En position de force, Costevec se permit de ricaner.

— Doucement, l'ami, je ne vois pas pourquoi vous vous en prenez à moi. C'est plutôt à votre fille que vous devriez donner la leçon quand elle reviendra au nid.

— Vous l'avez vue depuis hier, oui ou non ?

— Mon petit monsieur, au cas où vous ne le sauriez pas, apprenez que la demeure des Costevec est une maison honorable, ce n'est pas l'asile des filles perdues. Après le bazar qu'elle a fichu dans l'église, si votre demoiselle était venue frapper à notre porte, nous aurions réfléchi à deux fois avant de lui ouvrir, mon frère et moi. Non, nous ne l'avons pas vue, et nous ne souhaitons pas la revoir. Quand vous la retrouverez, dites-lui bien que ce n'est plus la peine de venir mendier ici.

Avant que Zacharie n'eût le temps de répliquer, Jérôme lui claqua la porte au nez.

Sa mère… L'autre salaud venait d'y faire allusion. Depuis le décès d'Adeline Quiru, personne n'habitait dans la chaumine en ruine. C'était peut-être là-bas que Violaine avait réfugié sa détresse, dans le souvenir de cette malheureuse écrasée elle aussi par le destin. Il irait jeter un œil, mais avant toute chose, il convenait de signaler la disparition de sa fille à la mairie. Là-bas on lui indiquerait la démarche à suivre, s'il y avait lieu notamment de prévenir les gendarmes.

La mairie jouxtait l'école sur la route d'Huelgoat. C'était la directrice qui faisait office de secrétaire à ses heures perdues, ou pendant ses jours de congé. C'était le cas ce matin-là. Zacharie dut encore patienter une bonne heure dans la cour. Il n'y fut pas non plus accueilli à bras ouverts. Le maire n'était pas des amis des Ligoury, l'esclandre de l'église l'avait cependant contrarié, la petite communauté loqueffrettaise n'avait pas besoin de telles histoires, les riches fermiers pesaient un poids certain dans les affaires de la ville, plus que les pilhaouerien en tout cas. Les Ligoury avaient des relations, le genre de personnages qu'il valait mieux éviter de se mettre à dos.

— Vous désirez ?

— C'est à propos de ma fille...

Hochement de tête significatif, elle aussi était au courant...

— Je vous écoute.

— Depuis... Enfin... Vous savez depuis quoi...

— Depuis le remue-ménage qu'elle a flanqué dans la maison du bon Dieu ?

— Oui, c'est de cela qu'il s'agit. Depuis, elle a disparu.

— Rien d'étonnant, vous ne trouvez pas ?... Encore heureux qu'elle ne soit pas passée devant monsieur le maire...

Zacharie laissa échapper un soupir douloureux.

— Il n'y a pas mort d'homme quand même. Elle avait bien le droit de changer d'avis si elle voulait plus se marier avec Charles-Damien Ligoury.

— Un peu facile. Vous avez pensé à tous les frais engagés par les parents du jeune homme ?

— Ils sont pas sur la paille que je sache. Pour eux, c'est pas une dépense très importante...

— Et leur réputation ? Excusez-moi de vous le dire, mais votre fille n'était qu'une domestique ! Un jeune monsieur lui fait l'honneur de s'intéresser à elle, il accepte même de l'épouser malgré sa condition, et pfft ! Au moment de donner son consentement, la petite écervelée change d'avis et plante là son futur mari et ses invités. J'y étais, il avait dit oui, lui. Vous estimez que c'est une façon honnête de se comporter ? Ah ! Elle a bien changé depuis que je l'avais en classe...

Bien sûr, l'institutrice avait raison, tout le monde devait penser la même chose à Loqueffret.

— Je sais, elle aurait dû réfléchir avant, c'est pas faute de lui avoir dit. Mais elle s'était laissé abuser par de belles paroles. Elle était plus jeune que lui, séduite par sa fortune, elle n'était que la fille d'une mendiante comme vous venez de me le faire remarquer si gentiment. Elle n'avait pas...

Elle le coupa :

— Vous n'allez quand même pas incriminer Charles-Damien Ligoury ! C'est un homme bien...

La moue dubitative de Zacharie n'échappa pas à son interlocutrice.

— Qu'est-ce que vous attendez de nous à la fin ? s'offusqua celle-ci, face à une mauvaise foi aussi évidente.

— Que vous m'aidiez à la retrouver...

Elle haussa les épaules.

— Vous croyez qu'on va remuer ciel et terre pour chercher une fille qui doit se cacher je ne sais où parce qu'elle a pris conscience de la faute qu'elle a commise ?

— Mais les gendarmes ?

— C'est plus une enfant... Les gendarmes d'Huelgoat ont autre chose à faire qu'à courir après votre fille. D'ici quelques jours, elle reviendra au gîte, ne serait-ce que pour vous demander pardon. Pour l'instant, il est préférable pour tout le monde qu'elle se fasse oublier. Surtout pour elle…

— Clémence et moi, nous n'avons rien à lui reprocher, ni rien à lui pardonner. Violaine a pris la décision qui lui semblait juste. Si vous voulez tout savoir, pour ma part, je suis très content qu'elle se soit rendu compte de l'erreur qu'elle était sur le point de commettre.

— Monsieur Le Kamm, vous me paraissez bien sûr de vous. Si j'ai un conseil à vous donner, évitez de tenir de tels propos en public. Je doute fort que nos concitoyens apprécient que vous preniez la défense de votre fille après le scandale qu'elle a provoqué. Excusez-moi maintenant, mais j'ai du travail.

25

Zacharie revoyait Adeline Quiru. Pas seulement dans ses souvenirs, mais pour de vrai. Le soleil en était la cause ; faisant courir une flamme rousse parmi les gravats, ses rayons s'immisçaient dans les fenêtres béantes et entre les poutres du toit de chaume défoncé, qui risquait de s'effondrer d'une minute à l'autre. Le pilhaouer avait une boule douloureuse au creux de la gorge. Elle était encore là, la mendiante, l'espace d'une seconde le pilhaouer crut même entendre le babil d'une enfant. La fille avait rejoint sa mère. Une impression diffuse, mais d'une évidence terrible. Angoissé par un atroce pressentiment, il souleva son chapeau et fourra la main dans ses cheveux. Il était épuisé, voilà plus de vingt-quatre heures qu'il n'avait pas dormi, rien d'étonnant qu'il fût victime d'hallucinations. Et puis, il s'était produit tellement d'événements en si peu de temps, de quoi bouleverser une existence tout entière. Il sortit afin de chasser les images sordides qui se bousculaient dans son cerveau.

La maison d'Adeline était en piteux état. Zacharie y avait amené la gamine une fois ou deux, notamment le lendemain du jour où elle avait appris qu'elle était orpheline. Il se rappelait encore son air grave, l'effort pour faire sourdre de sa mémoire les rares vestiges de sa prime enfance en ce lieu. Non, elle ne se souvenait de rien. Elle avait demandé comment était sa mère.

— Très belle, presque aussi jolie que toi.

C'étaient ces jours-là qu'elle avait décidé de ne plus être un boulet à leur charge. Clémence ne lui avait expliqué que beaucoup plus tard, en termes mesurés, les extrémités encore plus sévères auxquelles la miséreuse avait dû se résoudre. Une sage précaution avant qu'une autre petite vipère ne se chargeât de lui cracher à la figure la triste vérité. Bien que bouleversée, l'orpheline avait eu la force de caractère de masquer ses émotions.

Le décor cessa de tanguer dans ses yeux. Zacharie fit une dernière fois le tour de la maison en ruine, la fugitive n'était pas là. Il pensa à Clémence. Après la mairie, il était venu directement chez Adeline sans passer à la maison, sa femme devait se demander où il était resté. Peut-être Violaine était-elle rentrée depuis qu'il était monté au bourg. A nouveau le fol espoir lui fit presser le pas.

Clémence était dans le même état que son bonhomme. Elle tressaillait au moindre bruit, se précipitait, c'était sa fille qui revenait. La route montant du bourg était déserte, le vent agitait les branches des arbres voisins. Quand elle entendit les pas du pilhaouer, elle crut que cette fois son calvaire était terminé.

— Ah ! Ce n'est que toi...

Zacharie s'arrêta face à elle, la regarda un long moment sans rien dire. Puis il la serra contre lui et à bout de nerfs éclata en sanglots. Clémence poussa un hurlement terrible croyant que sa fille était morte.

— On l'a retrouvée ? Où elle était ? Dis-moi que c'est pas vrai.

Zacharie mesura l'ambiguïté de son attitude.

— Non, rassure-toi. C'est pas ça. Personne ne sait encore où est passée notre fille. Il faut attendre, elle va revenir.

— Tu es allé à la mairie ?

— Oui, et chez les Costevec aussi. On ne l'a pas revue depuis hier. Tous les gens que j'ai rencontrés m'ont dit la même chose : moi je pense qu'elle avait raison, mais notre pauvre petite a quand même provoqué un sacré foutoir en plaquant son fiancé. Elle a honte de revenir, elle doit se terrer quelque part.

— Tu sais où tu devrais aller ?

— Non, dis toujours.

— Chez les Ligoury.

— Quelle idée ! Tu penses bien que c'est pas là-bas qu'elle s'est réfugiée après ce qu'elle a fait à Charles-Damien.

— Bien sûr que non. Mais ces gens-là connaissent beaucoup de monde, ils avaient une ribambelle d'invités. Il n'y aurait rien d'étonnant qu'ils aient essayé de se renseigner depuis hier. Je t'assure, il faut aller leur rendre visite.

Elle avait raison, mais Zacharie se souvenait de sa seule incursion chez le riche fermier. Il secoua la tête en soupirant.

— Crois-moi. Je sais combien cela te coûte, mais il s'agit de notre fille. Tu veux que je t'accompagne ?

— Non, je préfère y aller seul.

Il s'assit sur le banc près de l'entrée.

— Vas-y tout de suite. Il faut en avoir le cœur net.

Zacharie se souleva avec peine, comme s'il portait un énorme sac sur ses épaules.

— Prends ton penn-bazh, on sait jamais...

Une fois encore, Clémence avait raison. Le pilhaouer décrocha dans l'entrée le lourd bâton de houx, presque aussi épais que son poignet, qui lui servait pour la marche mais qui en cas de nécessité pouvait se révéler aussi une arme redoutable.

A mesure qu'il s'approchait de la propriété des Ligoury, Zacharie pensait que c'était pure folie de se risquer chez ce salaud de Jean-Marie en pareille circonstance. Il parcourut les derniers mètres sur le qui-vive, redoutant de recevoir une décharge de chevrotines d'un instant à l'autre. Il resta un long moment face à la grille. La grande bâtisse de plusieurs étages n'avait rien à envier à celle des Costevec. Une vigne vierge courait sur la façade, qu'elle maculait de sang. Sa fille ne pouvait être là, ce n'était pas possible. Il se décida à sonner.

Le visiteur n'eut pas à manifester sa présence une seconde fois. Aussitôt retentirent des aboiements. Deux molosses déboulèrent comme de beaux diables – ce ne pouvait être les mêmes, mais ils n'avaient rien de plus rassurant. Eux aussi se jetèrent contre les barreaux, cherchant à y faufiler leur gueule écumante aux babines incarnates. Puis apparut le maître des lieux.

Quand Jean-Marie vit qui venait l'importuner, il marqua un temps d'arrêt. Cette fois, il avait pris la précaution de prendre d'emblée son fusil. Le fermier s'avança, Zacharie assura sa prise sur son penn-bazh.

— Qu'est-ce tu fous là, toi ?

Pris de court, le pilhaouer ne trouvait pas les mots pour répondre. Avoir des nouvelles de sa fille, bien entendu, mais comment le lui expliquer ?

— Tu viens peut-être nous présenter tes excuses ?

Il n'était pas du tout dans les intentions de Zacharie de faire profil bas devant cet énergumène.

— Pas vraiment.

— Ta fille a changé d'avis ? Elle veut bien maintenant se marier avec mon fils ?

— Je ne pense pas.

— De toute façon tu dois bien te douter qu'on n'a plus besoin d'elle.

— Ni elle besoin de vous. Nous ne l'avons pas revue depuis hier, si tu veux tout savoir. Sans Clémence, je ne serais pas là à t'embêter, mais elle voulait que je vienne te demander si quelqu'un parmi tes invités savait où était passée notre fille.

— C'est la meilleure. Tu crois quand même pas qu'on devrait par-dessus le marché se soucier de ta petite traînée.

— Violaine n'est pas une traînée.

— Comme sa mère ! Paraît que quand on a ça dans le sang, on peut plus s'en débarrasser. Tu veux savoir ce qu'on a fait hier avec nos invités ?

Zacharie soutenait son regard, mais il gardait le silence.

— On a fait la fête tous ensemble, comme c'était prévu si ta putain avait bien voulu épouser mon fils. Je vais te dire un truc, elle a bien fait de changer d'avis au dernier moment. Qu'est-ce que mon garçon aurait fait avec une bonniche sotte comme une oie ?

— Elle aurait fait une bonne épouse.

— Qui change d'avis comme de culotte ? Peut-être même plus souvent ? Non, personne n'a eu des nouvelles de ta fille, Le Kamm. Et c'est tant mieux. Tu vois, je suis pas le salaud que tu penses. Malgré l'affront qu'elle nous a fait, je te souhaite quand même de la retrouver, ne serait-ce que pour qu'elle puisse t'expliquer ce qui s'est passé dans sa petite tête.

Zacharie ne savait que répondre. Chaque mot le cinglait comme un coup de fouet.

— Et maintenant, fous le camp. Pour nous, c'est une affaire classée.

Le pilhaouer tourna les talons et s'en alla lentement. Ce jour-là, dans son dos ne retentit aucun coup de fusil.

26

Epuisé d'attendre, n'en pouvant plus de tourner en rond dans sa chaumière, Zacharie Le Kamm reprit son errance. Arpenter la campagne environnante était le seul moyen de retrouver Violaine. Désemparée au point d'avoir perdu la tête, frappée d'amnésie après d'aussi violentes émotions, peut-être blessée ou agonisante, elle aurait été recueillie dans quelque ferme retirée. Ou quelqu'un l'aurait vue… Comment ne pas la remarquer avec sa vêture de fée bretonne ?

Chaque jour, juché sur sa carriole tirée par Penn-Kalled, Zacharie élargissait le cercle de ses investigations. Si la nouvelle du coup de théâtre avait couru sur la lande, personne n'avait aperçu la jeune femme. Il croisa même l'énergumène annonciateur de si funestes prédictions. Ils se reconnurent tout de suite. Sous son masque grisâtre transparaissait le sourire du misérable.

— Je savais que tu reviendrais.

— Je suis pas revenu, je fais ma tournée habituelle.

Avait-il entendu lui aussi parler du ramdam à l'église ?

— Je t'avais prévenu pour le diable.

Zacharie n'avait pas envie de prêter l'oreille à de pareilles affabulations. Il n'avait pas oublié les paroles du vagabond, la réputation du costume confectionné par son arrière-grand-père ne cessait de lui trotter dans la tête. Il lui demanda pourtant :

— Qu'est-ce tu m'avais dit ?

— Qu'il te suivait, qu'il te lâcherait plus, toi ou quelqu'un de ta famille.

Zacharie s'obligea à ricaner.

— Et maintenant, il est où ton encorné de mes deux ?

— Il a cessé de t'accompagner, puisqu'il est parvenu à ses fins.

Le pilhaouer reçut ces mots comme autant de coups de poing dans l'estomac. Il avait dû changer de mine sous son chapeau.

— Arrête de déblatérer. S'il existe, le diable a autre chose à faire que de s'occuper d'un pilhaouer de mon espèce.

— Peut-être, mais il a pris ta fille, et il l'a emmenée avec lui.

Zacharie sauta de son char à bancs, il agrippa le malheureux au collet.

— Doucement, camarade... se rebiffa celui-ci. C'est pas à moi qu'il faut t'en prendre. Je fais que te dire ce que je sais, ce que je vois.

— Justement, si tu sais quelque chose au sujet de ma fille, c'est le moment de parler, avant que je te torde le cou.

Nullement impressionné, l'inconnu continuait à sourire, comme si la douleur n'avait pas de prise sur lui.

— Elle a disparu depuis plusieurs jours, ma fille, si tu veux le savoir, reprit le chiffonnier. Tu l'as vue ? Tu sais où elle est ? Réponds ou je te casse la tête.

— Non, je l'ai pas vue, mais j'ai pas besoin de la voir pour savoir où elle est. Arrête de me serrer la gorge si tu veux que je parle, fit-il en suffoquant.

Zacharie relâcha sa prise.

— Alors ? Je t'écoute.

— Le diable est venu la chercher, je t'ai dit. Il va l'emmener avec lui, loin, très loin d'ici.

Zacharie comprit que le misérable continuait à divaguer, le cerveau sans doute ravagé par l'alcool, car il empestait l'eau-de-vie. Il connut alors un moment de découragement.

— Fous-moi le camp… Arrête de m'emmerder avec tes conneries, proféra-t-il à voix basse.

— Tu as tort de pas me croire.

Le chiffonnier remonta sur sa charrette. Il saisit les rênes, clappa de la langue et Penn-Kalled reprit son train de sénateur.

— Le diable, je te dis, tempêtait dans le dos du pilhaouer l'illuminé en titubant au milieu du chemin. Ta fille est avec le diable, et si tu veux la retrouver, il faudra aller la chercher en enfer.

Fortement impressionné malgré lui, Zacharie ne voulait plus écouter. Il s'éloigna sans se retourner, soulagé cependant que l'autre idiot n'eût pas fait allusion au costume de l'arrière-grand-père.

Zacharie savait qu'il devrait bientôt se remettre au travail, il fallait continuer à vivre. Clémence avait perdu même cette envie. Elle ne s'alimentait que du bout des lèvres. Elle ne sommeillait que par bribes, réveillée sans cesse par de sordides cauchemars, dont Violaine était la malheureuse héroïne. Elle n'avait pas changé d'avis à propos du costume coupé et brodé par Lazare Kerrec. Au plus fort de l'emprise onirique, sa fille se débattait entre les griffes du démon. Elle appelait sa mère au secours, la bouche affreusement déformée, ses blanches mains tendaient leurs doigts graciles comme si elle implorait qu'on l'extirpât du gouffre. Coincée entre le rêve et la réalité, Clémence était paralysée, ses membres ne lui obéissaient plus et quand elle voulait dire à la malheureuse qu'elle venait la chercher, aucun son ne sortait de sa gorge. Elle se redressait en sursaut, trempée de sueur.

— Qu'est-ce qui t'arrive encore ?... bougonnait Zacharie.

— Violaine. Je viens de la voir. Elle a besoin de nous, elle nous supplie d'aller la chercher.

— Tu as fait un cauchemar, rendors-toi.

— Non, je t'assure, je la voyais pour de vrai. Le diable essayait de l'emmener de force.

Elle aussi, se dit Zacharie, en se tournant de l'autre côté.

— C'est la faute de ces habits, j'en suis sûr. Il y a longtemps qu'on aurait dû s'en débarrasser, les brûler et rien de tout ça serait arrivé.

— Ouais, ta fille serait mariée avec l'autre crapule de Ligoury. Si tu veux me croire, ce serait pas mieux.

D'habitude si méticuleuse, Clémence laissait le logis à l'abandon. Elle ne cuisinait plus. De toute façon, ni l'un ni l'autre n'avait d'appétit. Ils se rassasiaient d'un croûton de pain, d'une tranche du lard salé prélevé dans le charnier et cuite au bouillon. Zacharie s'arrangeait pour se rendre en ville à échéance régulière. N'ayant plus l'audace de s'adresser directement à ces gens qui souriaient en le voyant, il tendait l'oreille, mais on baissait la voix quand il s'approchait. Alors, il remontait dans sa carriole et reprenait le chemin du logis.

Deux semaines s'écoulèrent dans l'angoisse insupportable de l'attente. Des silences de plomb, à mesure que s'amenuisait l'espoir de retrouver Violaine. Clémence n'avait plus guère de larmes pour pleurer. Elle avait maigri, vieilli. Ses cheveux sous la coiffe de tous les jours dépassaient en filasse grise. Son teint s'était terni et ses orbites creusées. Elle restait immobile une éternité, pétrifiée comme une statue de vilain marbre. Quand le regard de Zacharie se posait sur son visage, il voyait la face camarde de l'Ankou.

— A quoi tu penses ?

Elle sursautait, poussait un petit cri.

— Quoi ? Qu'est-ce qu'il y a ? Violaine est revenue ?

Il regrettait de l'avoir dérangée, mais son expression morbide quand elle était perdue dans ses pensées lui faisait peur.

— Pas encore, répondait-il avec toute la tendresse dont il était capable. Mais je suis sûr qu'elle va plus tarder.

— Comment tu peux dire ça…

— Je le sens, c'est tout. Elle sait qu'elle nous fait de la peine, elle va revenir, tout sera comme avant.

Des allégations sans fondement, auxquelles lui-même ne croyait pas une seule seconde, et que Clémence n'entendait plus.

Un matin avant l'aube, Clémence se réveilla en sursaut.

— Il y a un endroit où t'es pas allé voir.

— Je crois bien que j'ai fait le tour de la région, même plutôt deux fois qu'une.

— Chez sa mère, chez la rouquine, c'est peut-être là-bas qu'elle se cache, et elle n'ose plus revenir de peur qu'on la gronde.

— Figure-toi que je suis passé là-bas aussi dès le lendemain de sa disparition. Elle n'y était pas.

— Il faut retourner voir. Elle est peut-être revenue depuis.

— Si ça peut te faire plaisir.

Zacharie se leva et commença à s'habiller.

27

La misérable chaumine était dans le même état que lors de sa précédente visite. Ce fut du moins la première impression de Zacharie Le Kamm. Les orties balancées par le vent frôlaient avec nonchalance les pierres de schiste de la façade en ruine, le lierre plantait avec autant d'arrogance ses crampons dans les interstices, les ronces conquérantes jetaient leurs encorbellements au-delà de l'espace où elles avaient pris racine. Toujours la même impression de désolation. Mais il avait promis à Clémence. Dieu seul savait où était Violaine. Ou le diable. Cette sombre pensée le fit frémir une nouvelle fois.

Zacharie s'avança vers le seuil. Le bois des fenêtres et celui de la porte avaient disparu, pourris par l'humidité, ou emportés par des gamins pour faire du feu et griller des châtaignes. Une façade de mort, aux orbites vidées.

Le pilhaouer se secoua. Pourquoi était-il ce matin la proie de fulgurances aussi funestes ? Le soleil donnait par les ouvertures béantes, ne parvenant cependant à percer l'obscurité du galetas. Zacharie constata alors que le logis avait souffert depuis la dernière fois. Cette forme en travers du sol jonché de ruines ne pouvait être en effet que celle d'une poutre récemment effondrée. Le vent s'était levé et s'invitait lui aussi dans la demeure. Il tressaillit. De l'autre côté de l'épaisse pièce de bois, son souffle agitait quelque chose. Zacharie ne voyait pas bien, mais on aurait dit un bout de tissu. Il enjamba les gravats en veillant à ne pas se tordre une cheville. Alors il aperçut ce qu'il redoutait depuis le début de ces jours affreux. L'étoffe qui ondulait doucement était celle d'une jupe qu'il aurait reconnue entre toutes, comme la paire de bottines qui en dépassait.

Violaine ! Zacharie se précipita. Peut-être dormait-elle, ou était-elle simplement blessée ? Elle était allongée à plat ventre, bras et jambes écartés. Sous la poutre disparaissait la tête de la malheureuse. Le père poussa un cri bestial. Il se laissa tomber à genoux près du corps, posa la main sur la taille : à travers le tissu la peau était glacée. Il se releva, s'arc-bouta afin de dégager la lourde pièce de bois noircie par les fumerolles de la cheminée, du temps où celle-ci servait encore. Serrant les dents, il ne parvint à la soulever que de quelques millimètres. Il aurait fallu être deux, mais il n'en était pas encore à aller chercher du secours : Violaine était là, il l'avait retrouvée, c'était à lui de s'occuper d'elle. Il assura ses appuis et sa prise, et en un effort titanesque parvint à faire basculer vers l'avant la masse qui écrasait le crâne de sa fille.

La vision était atroce. Prise entre la chute du madrier et une pierre écroulée auparavant, la tête avait été écrabouillée comme une vulgaire noisette. Il n'y avait plus rien à faire. Zacharie sortit en titubant, assommé de douleur, les épaules secouées de sanglots irrépressibles. Il resta un long moment debout dans la courette, chancelant, les yeux écarquillés vers le ciel, insensible aux orties qui continuaient à bouger dans le vent et lui brûlaient les mains. Puis il se dit qu'il n'avait peut-être pas bien vu, qu'il avait été victime d'une hallucination, ce ne serait pas la première fois.

Zacharie revint dans la chaumine. Le corps de Violaine était toujours là, la tête réduite en une bouillie sanguinolente qui n'avait plus de visage. Il prit alors conscience qu'elle était en chemise au-dessus de sa jupe, qu'elle ne portait plus ni le gilet ni le manchoù du mariage. Elle avait dû s'en débarrasser. Comme d'une vêture qui la faisait souffrir ? Comment ne pas penser en ce moment à la réputation sulfureuse attachée au travail de Lazare Kerrec ? Comment interdire aux paroles du vagabond de l'autre jour de résonner en écho dans sa mémoire ? Zacharie ne pouvait détacher ses yeux de la macabre vision. Les cheveux blonds étaient collés dans le sang coagulé qui avait coulé sur la pierre du supplice. La coiffe n'était plus là, elle non plus. Zacharie regarda autour de la pièce : aucune trace du gilet ni du corsage maudits, elle avait dû les ôter en s'enfuyant de l'église, pour ne pas étouffer, pour échapper au démon qui la contraignait dans la parure infernale.

Pourquoi, pauvre fou, n'avait-il pas écouté Clémence ? Fallait-il en avoir, de l'orgueil, pour s'entêter à redorer le blason ancestral aux dépens de sa propre fille !

Zacharie caressa la main de Violaine avec douceur. Les doigts déjà enflés avaient pris une vilaine teinte violacée. Elle était dans cette position depuis plusieurs jours. Sans doute était-elle venue en ce lieu où avait vécu sa mère aussitôt après avoir filé de l'église. Il se souvint alors de l'étrange impression lors de sa première incursion, celle de sentir autour de lui la présence de leur fille commune, elle la mendiante, de l'avoir mise au monde, lui le pilhaouer, de l'avoir élevée. Ce n'était pas une hallucination. Violaine se trouvait déjà dans les parages. Sans doute avait-elle vu son père fouiller partout. Elle n'avait pas osé se manifester, consciente de la situation où son inconséquence les avait plongés, lui et Clémence. Elle avait dû le voir s'en aller aussi, les épaules basses, et pourtant elle n'avait rien dit... Puis elle s'était cachée dans le logis en ruine où la guettait la mort.

Le diable ou le bon Dieu, se disait Zacharie. Si l'accident survenu à Violaine était l'œuvre du démon, la cruauté de son trépas n'avait rien de surprenant – c'était dans sa nature de dispenser le mal. Mais si là était le destin prévu par le Tout-Puissant pour une si délicieuse personne, qui avait déjà payé un si lourd tribut à la vie, alors il y avait de quoi se révolter.

Zacharie revint à pas lents vers la maison où l'attendait Clémence. L'esprit chamboulé, il était incapable de réfléchir, de prévoir comment lui annoncer l'affreuse nouvelle, comme il n'eut pas conscience du trajet qu'il effectua, comme il ne vit pas un paysan du coin qui le salua et auquel il ne répondit pas.

Clémence ne l'attendait pas vraiment. Elle l'avait envoyé là-bas sans réel espoir, un éclair morbide dans l'un de ses cauchemars, un de plus. Quand elle entendit le pas de Zacharie dans le chemin, elle sortit quand même à sa rencontre.

Le pilhaouer avançait lentement, toujours figé dans son obnubilation douloureuse, l'esprit empli par l'image épouvantable du cadavre de Violaine et de sa tête écrabouillée. Il ne sortit de sa prostration que lorsque retentit la voix de son épouse.

— Alors ?

Il se secoua, se frotta les yeux comme s'il venait de se réveiller.

— Elle est là-bas, murmura-t-il sans réfléchir.

Clémence laissa échapper un cri de joie.

— Pourquoi elle est pas revenue avec toi ?

Zacharie secoua la tête d'un air désespéré.

— Ma chérie, elle est…

Il ne put en dire davantage, la gorge nouée par les sanglots. Clémence avait reculé, la bouche entrouverte, le corps tétanisé, et ses mains tremblaient. Elle répéta en écho, incapable elle aussi de prononcer le mot fatal :

— Elle est…

— Oui, une poutre s'est détachée du toit et lui est tombée dessus.

— Tu es sûr de ce que tu dis, elle est peut-être que blessée…

Zacharie s'apprêtait à lui dire qu'il n'y avait malheureusement aucun doute, mais elle avait déjà filé. Il prit alors conscience de l'atrocité du tableau qu'elle allait découvrir. Il se lança à sa poursuite afin de la rattraper avant qu'elle n'arrivât là-bas.

Clémence courait comme une folle, persuadée que son bonhomme avait mal vu. Une poutre tombée du toit... Allons... On ne meurt pas pour une pareille bêtise... Violaine en serait quitte pour une épaule luxée, au pire une fracture. On allait la soigner, la choyer, pour lui faire oublier toute cette misère.

Zacharie discernait la silhouette de Clémence au loin. Il avait beau accélérer, il ne parvenait à réduire la distance qui les séparait. Le trajet jusqu'au logis de la mendiante n'était pas bien long. Elle devait déjà apercevoir le toit éventré. A bout de souffle, Zacharie fut obligé de ralentir ; de toute façon, il était trop tard, il ne la rattraperait plus. La silhouette s'engouffra dans la chaumine. Le pilhaouer chancela et tomba à genoux en gémissant au milieu du chemin.

Pendant quelques secondes, il ne se passa rien. Puis un cri inhumain déchira le silence. Zacharie tremblait comme une feuille, il ne pouvait la laisser seule avec la dépouille de sa fille, mutilée de si atroce façon. Il se releva et traîna sa lourde carcasse jusqu'à la maison en ruine.

Clémence était accroupie près de Violaine, une vision cauchemardesque. Elle avait essayé de la soulever, tenait sa tête en bouillie entre ses mains, lui parlait pourtant comme si elle pouvait encore l'entendre. Zacharie l'agrippa par les épaules, réussit à lui faire lâcher le corps martyrisé.

— Viens, Clémence. On va aller chercher quelqu'un, on peut pas la laisser là.

Elle accepta de se relever. Elle fixa son époux d'un regard terrible.

— C'est de ta faute si elle est morte. C'est de ta faute !

Ses yeux flambaient de mille feux, obligeant Zacharie à reculer. Elle le bouscula et s'enfuit en hurlant comme une folle.

28

Clémence n'était pas revenue, Zacharie se retrouva seul à veiller le corps de Violaine qu'il avait ramené au gîte dans la charrette de Penn-Kalled. Le cheval aimait bien la jeune fille, elle ne manquait jamais de lui glisser sous les naseaux quelque sucrerie au creux de sa paume, ou un tronçon de carotte, ou encore une feuille de chou aux épaisses nervures qui croquaient sous la dent. Avait-il conscience que sa gentille maîtresse était morte ? Il se mit à hennir lugubrement en tournant la tête de tous côtés quand son maître déposa la dépouille dans la carriole. Le pilhaouer essuya une larme.

— Tu as raison, c'est un grand malheur.

C'est Zacharie aussi qui dut effectuer les démarches nécessaires : à la mairie afin que le fossoyeur préparât la tombe, chez le menuisier pour qu'il fabriquât au plus vite le cercueil, vu l'état de la défunte, au cas où les voisins lui rendraient visite. Il lui revint encore de passer à l'église : lui et Clémence n'étaient pas sûrs de leur foi, Zacharie ne pouvait cependant se résoudre à laisser partir Violaine comme une mécréante, surtout si le diable rôdait autour de son âme. Le curé reçut le pilhaouer assez fraîchement ; si de par ses fonctions il n'avait jamais remis en cause les décisions de son dieu – même si parfois lui-même avait du mal à se les expliquer –, il estimait, qu'en l'occurrence, la légitimité de la justice divine était indiscutable. Quand il apprit les circonstances de son décès, il hocha d'ailleurs la tête d'un air entendu : la misérable n'avait eu que ce qu'elle méritait. Les funérailles furent fixées pour le surlendemain.

Prévenus par la mairie, les gendarmes d'Huelgoat débarquèrent chez le pilhaouer le matin des obsèques. Le corps était déjà dans sa boîte. Ils levèrent le couvercle pour y jeter un coup d'œil, ne purent réprimer une moue de dégoût. De toute évidence, ils n'avaient pas envie de s'enquiquiner avec une affaire aussi limpide. Ils demandèrent cependant comment elle était morte, Zacharie leur expliqua la chute de la poutre.

— Vous êtes sûre qu'il s'agit bien de votre fille adoptive ?

— Malheureusement, cela ne fait aucun doute. Elle avait disparu de l'église après…

— Je sais, nous sommes au courant. La misérable, qu'est-ce qui lui est passé par la tête ? Le ciel n'a pas été long à la punir.

Personne ne vint bénir le corps de Violaine à son domicile. En revanche, ils furent nombreux à pénétrer dans l'église afin d'assister à la messe d'enterrement, plus par curiosité que par réelle compassion. Tout le monde s'accordait à reconnaître que la défunte avait eu son lot de malheur, mais au bout du compte chacun était bien content que le destin se choisît des boucs émissaires au lieu de répartir de façon équitable son stock de misère.

Ni les Costevec, ni bien entendu les Ligoury ne se déplacèrent.

Zacharie Le Kamm était seul au premier rang. Malgré sa détresse, il avait enfilé son beau costume, le même que le jour du sinistre mariage. Il n'avait pas pleine conscience de la réalité, ballotté par des événements qui s'enchaînaient à un rythme effréné, sans lui laisser le temps de souffler et de reprendre ses esprits. Il oublia d'ôter son chapeau, le bedeau dut venir lui en faire la remarque.

Jusqu'au dernier moment, le pilhaouer avait espéré que Clémence le rejoignît afin d'accompagner leur fille, mais il avait dû cheminer seul derrière le corbillard. Quand la messe fut finie, que le cercueil posé sur le catafalque cahota vers la porte latérale donnant sur l'enclos paroissial, il découvrit sa silhouette au fond de l'église, appuyée contre le mur. Voûtée, recroquevillée, elle paraissait avoir encore vieilli. Elle, était vêtue comme le jour où Zacharie avait découvert l'issue du drame, les habits froissés, sa coiffe posée de travers sur des cheveux à la n'importe comment. Plus d'un estima qu'elle ressemblait à la mère de celle que l'on enterrait, la mendiante.

Zacharie s'avança vers elle. Elle recula comme s'il était le diable en personne. Il leva la main pour tenter de la rassurer. Elle se faufila parmi les curieux qui s'écartèrent sur son passage, et s'enfuit à nouveau.

Clémence Le Kamm fut retrouvée par un paysan quelques jours plus tard, à proximité de la chaumière où avait péri sa fille. Hébétée, elle était assise sur une souche criblée par les larves de cerfs-volants. Elle marmonnait des propos incohérents, sauf qu'y revenait le prénom de Violaine. Elle n'opposa aucune résistance quand le paysan lui saisit le poignet, la fit se lever et la conduisit chez le pilhaouer, puisqu'il avait reconnu son épouse. A la vue de son mari, Clémence eut un mouvement d'effroi, mais ce fut tout. Elle était devenue folle pour de bon, comme la femme de Lazare Kerrec dans des circonstances sensiblement analogues. Mandé par Zacharie, le médecin n'eut d'autre issue que de la faire interner. On la découvrit un matin dans son lit, à l'asile psychiatrique de Morlaix, exsangue, les poignets charcutés par un mauvais couteau qu'elle avait dérobé au réfectoire.

La quête

29

Violaine avait été inhumée dans la tombe d'Adeline, par-dessus son cercueil dont il ne restait plus grand-chose. Vision affreuse, à travers les lambeaux de planches les curieux crurent discerner les ossements de la mendiante. Finalement, après avoir été privées trop tôt du droit de se chérir pendant leur vie, les deux martyres se retrouvaient au-delà de la mort. L'enclos paroissial n'était pas bien grand, Clémence reposait presque à côté. Zacharie leur rendait visite chaque semaine. A toutes les deux, et il s'occupait de leurs sépultures avec une égale tendresse. Il leur parlait à tour de rôle, dans sa tête, parfois à voix haute ; il leur rapportait les potins du bourg, leur disait le temps qu'il faisait au-dessus de leurs sépultures. Soucieux de leur servir d'intermédiaire, il transmettait à la fille ce que sa mère pouvait avoir à lui confier, ou l'inverse. Certains jours, elles lui répondaient – ce devait être le vent dans les ifs un peu plus loin. En compagnie de ses deux mères, sa fille n'était peut-être pas trop malheureuse, se consolait-il.

Treize ans s'étaient donc écoulés depuis le drame. Le ramassage des pilhoù n'était plus aussi lucratif depuis qu'un chimiste allemand, un certain Alexander Mitscherlich, avait mis au point un procédé permettant d'extraire la cellulose du bois afin de fabriquer le papier. Pour gagner correctement sa vie, Zacharie devait donc collecter davantage de chiffons ; comme beaucoup de ses confrères, il devenait colporteur, ramassant un peu tout ce qu'il trouvait. Il transportait aussi dans son char à bancs le froment que les terres arides des monts d'Arrée ne pouvaient produire. Il continuait cependant le métier, par habitude, pour subsister, par tradition familiale aussi, sachant pourtant que plus personne ne reprendrait le flambeau.

Zacharie parvenait à être moins malheureux, ou plutôt le chagrin était devenu le compagnon quotidien auquel il ne faisait plus cas, l'âme grise dont il était incapable de se séparer. Disparues à quelques jours d'intervalle, laquelle des deux femmes lui manquait le plus ? Il ne le savait pas, tant elles étaient indissociables dans son souvenir. Une complémentarité évidente lors de leur vivant. Sa fille incarnait la joie, la gaieté de vivre ; son épouse avait toujours été la sécurité rassurante, l'intendance sereine quand il partait collecter les pilhoù. Désormais, au gîte plus personne ne l'attendait. Il traînait volontiers dans les chemins creux et les landes brumeuses, la tristesse l'ayant encore endurci à la douleur physique. S'il ne faisait pas trop mauvais, il lui arrivait de dormir à la belle étoile, à côté de Penn-Kalled qui lui aussi avait pris un coup de vieux. De souffrir devenait même une forme de flagellation, le refus du bonheur, puisque ces deux femmes étaient décédées à cause de son étroitesse rationnelle. Une interprétation ésotérique, cette association avec le diable et qui ne reposait sur rien de tangible… Indélébile, le remords ne le lâcherait pourtant jamais.

Où étaient passés le gilet et le manchoù réalisés par son arrière-grand-père ? Après les funérailles de Clémence, Zacharie avait arpenté cent fois le chemin menant du bourg chez Adeline Quiru. Il avait fouillé les taillis, éparpillé les feuilles mortes, sondé d'une perche les trous d'eau, exploré les fondrières, sans résultat. Curieusement la disparition de ces admirables chiffons lui interdisait de clore le douloureux chapitre et de faire son deuil pour de bon. Les nuits où il avait forcé sur l'eau-de-vie, des idées folles lui trottaient par la tête. Le diable n'avait-il pas récupéré son costume afin d'en affubler l'une de ses futures victimes ?

1913, Zacharie avait cinquante-trois ans. Buriné par les bourrasques chargées de pluie, il avait toujours fait plus vieux que son âge. Dans sa solitude, les jours avaient néanmoins dû galoper plus vite. Il était devenu un vieillard taciturne, toujours à soliloquer et à hocher la tête comme s'il opinait à ses propres idées. D'aller habillé toujours de la même façon, ses oripeaux ressemblaient aux hardes qu'il récoltait. Son chapeau avait souffert le plus, auréolé par les pluies acides, affaissé sur les bords. Ses cheveux étaient naguère sa fierté – Clémence le trouvait beau ainsi et le pressait de les entretenir. D'une couleur grisâtre, ils lui pendaient désormais de chaque côté du visage et sur la nuque en une vilaine étoupe emmêlée.

A Loqueffret, on avait plus ou moins oublié cette histoire, cocasse à l'église, moins drôle par la suite. Les rares à s'en souvenir encore estimaient que le misérable pilhaouer avait largement réglé sa dette, si tant est qu'il devait quelque chose à quelqu'un. De toute façon, Zacharie ne se rendait au bourg que pour assurer sa stricte subsistance. Il n'avait jamais revu les Ligoury – non de les éviter, ces bandits n'avaient rien à lui reprocher –, mais le hasard n'avait pas eu l'indécente ironie de les remettre face à face. A ce que l'on disait, Charles-Damien résidait le plus souvent à Paris, où le père avait investi dans certaines affaires, sans doute plus ou moins louches. En revanche, Zacharie avait revu Jérôme Costevec. Ces deux-là n'échangèrent que quelques mots. Des banalités d'usage. Zacharie avait désappris à parler, Costevec paraissait gêné – sans doute redoutait-il que Violaine n'eût fait état du harcèlement qu'elle avait dû subir, et que le pilhaouer ne lui réclamât des comptes.

Dépouillé de raison de vivre, Zacharie consumait les jours par habitude. Sans avoir sacrifié au fatalisme ni souhaiter la mort, celle-ci lui paraissait une échéance à court terme. La camarde pouvait venir, elle ne lui faisait plus peur, chaque nuit il guettait les grincements de sa charrette autour de sa chaumière.

Un jour, le destin se décida enfin à lever un coin du voile.

Il arrivait aux pilhaouerien d'être sollicités pour débarrasser des maisons après décès, le plus souvent celles de pauvres gens chez qui on ne risquait pas de dénicher un trésor. Perrine Le Dour était de ceux-là. Depuis le décès de son mari, elle habitait seule une chaumière sur la frange nord des monts d'Arrée, pas très loin du secteur de ramassage des Le Kamm. Elle avait exercé le métier de lavandière tant qu'elle en avait eu la force, autrement dit jusqu'à la semaine précédant son départ pour l'au-delà. Les voisins avaient l'habitude de voir sa silhouette voûtée pousser la brouette le matin quatre à cinq fois la semaine pour se rendre au lavoir, et en revenir en fin d'après-midi, encore un peu plus courbée. On l'aimait bien, on lui adressait un mot charmant, auquel elle répondait avec une bonne humeur à toute épreuve. Paraît pourtant que des épreuves, elle en avait affronté quelques-unes dans sa vie, sans que cela lui aigrît le caractère.

Zacharie Le Kamm avait eu l'occasion de croiser cette femme à plusieurs reprises, en revenant de son territoire. Il lui était même arrivé une fois de lui venir en aide. Elle revenait justement du lavoir, sa brouette chargée d'un lourd balluchon de linge encore gorgé d'eau. C'était son lot quotidien, dont elle s'accommodait sans se plaindre. Ce jour-là, voilà qu'il se met à pleuvoir comme vache qui pisse. Aucun abri à proximité immédiate. Aveuglée, mais stoïque, elle se tenait droite au milieu de la route.

Penn-Kalled cheminait tête basse, avec son obstination caractéristique, surtout quand il faisait mauvais et qu'il était pressé de rentrer. Ses sabots ferrés crissaient sur les cailloux de la route, entre lesquels se ramifiait le ruissellement de l'orage. L'ayant entendu venir, la vieille femme se rangea au mieux sur le bas-côté afin de le laisser passer, lui et son attelage. Zacharie fit stopper le cheval à sa hauteur.

— Vous allez être toute trempée, ma pauvre…

— Ce sera pas la première fois, j'en mourrai pas.

L'averse redoubla d'intensité, imbibant le chemin où elle se serait enlisée avec sa brouette et ses sabots. Avec ça des éclairs et une déflagration de tonnerre presque simultanée.

— La foudre n'est pas loin, fit remarquer le pilhaouer. Il ferait pas bon d'aller s'abriter sous les arbres. Si vous voulez, je charge votre barda dans ma carriole et je vous ramène jusque chez vous.

— C'est pas la peine de te donner tant de peine, je suis presque arrivée.

— Justement cela me fera pas un grand détour.

— Alors à condition que tu acceptes un coup de café, le temps que le vent chasse les nuages.

Son chapeau dégoulinait, l'eau s'infiltrait dans son col, Zacharie ne refusa pas. Il hissa le ballot de linge dans sa charrette, en fit de même avec la brouette, et les voilà tous les deux partis jusque chez la lavandière. Après le café, elle avait tenu à le remercier en posant sur la table une bouteille de lambig, le bouchon avait crissé, elle souriait. Comme il était d'usage, le pilhaouer avait fait mine de refuser.

— C'est de la bonne, ça peut pas te faire de mal, ça te donnera des forces pour la route.

— Alors, si vous le dites…

Elle-même s'était servi une bonne rincette qu'elle faisait rouler comme de l'ambroisie dans son bol encore tiède. Des moments de franche simplicité où l'on se sentait bien sans raison, une complicité immédiate de gens du même milieu qui, ayant appris à leurs dépens les vacheries de la vie, profitaient des petits plaisirs que celle-ci leur allouait avec parcimonie.

Mine de rien, Zacharie regardait autour de lui en sirotant son eau-de-vie. L'intérieur était on ne peut mieux entretenu. Le sol de terre battue était impeccable ; les meubles luisaient d'encaustique dont le parfum flottait dans l'unique pièce du rez-de-chaussée ; les rideaux aux fenêtres et la cretonne qui masquait le chant des étagères et le linteau de la cheminée n'étaient pas trop jaunis par l'inévitable fumée que le vent sournois rabattait dans le conduit ; le foyer était vidé de ses cendres. Un soin aussi méticuleux lui rappelait Clémence : elle non plus ne supportait pas le moindre grain de poussière. Cela faisait rire Violaine :

« Je comprends pas pourquoi tu te donnes tant de mal...

— On sait jamais, s'il arrivait quelqu'un à l'improviste, qu'est-ce qu'il penserait de nous ?

— Que c'est une maison où l'on vit, qu'on peut pas être toujours à nettoyer...

— Sans doute, oui, il irait raconter partout que la mère Le Kamm est une souillon qui n'est même pas fichue de tenir propre chez elle... »

Perrine observait son invité, consciente que l'esprit de celui-ci était parti vagabonder.

— Tu as l'air triste...

— Oh non... Pas plus que d'habitude... C'est ce temps pourri qui me met d'humeur chagrine.

Il avait fini, se leva pour jeter un coup d'œil par la fenêtre.

— D'ailleurs, ça a l'air de se calmer un peu. Je vais pouvoir reprendre la route.

— Il n'y a rien de pressé, à moins que tu aies quelqu'un à t'attendre à la maison ?

— Malheureusement non… Je suis seul depuis le départ de ma pauvre épouse, elle s'appelait Clémence et c'était quelqu'un de bien.

— Je comprends… De quoi elle est morte ?

— Ce serait trop long à raconter, c'est jamais bon de remuer les mauvais souvenirs. Et puis Penn-Kalled va faire la tête si je reste trop longtemps à bavarder. Lui aussi commence à se faire vieux, il aime bien retrouver son écurie avant la nuit.

— Tu as raison, fit Perrine. De toute façon, tu dois plus être bien loin ?

— Près de deux heures de route quand même et avec ce temps de chien, il y a des endroits qu'il vaut mieux éviter. Je vais être obligé de faire un détour si je veux pas m'embourber.

Elle n'insista plus, le remercia encore ; elle le regarda s'éloigner dans le chemin, juché sur sa carriole, se déhanchant au gré des ornières creusées par la violence des ondées. Un brave homme de toute évidence, que le destin n'avait pas dû ménager pour qu'il n'eût pas la force de parler de son épouse.

Ce fut la seule fois où le chemineau rencontra vraiment la lavandière. Il ignorait tout de son passé.

L'hiver de 1913 ne tarda pas à emprisonner le paysage de ses serres glacées, fidèle au rendez-vous des derniers jours de décembre. Un jour que Zacharie revenait de sa tournée avec son fidèle compagnon, il se fit interpeller :

— Hep, pilhaouer !

Il se retourna sur le siège de son char à bancs. Un inconnu dans la force de l'âge était campé au milieu de la route. L'endroit était désert, le citoyen costaud, Zacharie se tint sur ses gardes.

— Julien Le Dour, se présenta l'autre.

Cela ne lui disait toujours rien.

— Ma mère lavait le linge pour les gens, elle habitait pas très loin d'ici. Elle m'a parlé d'un pilhaouer qui un jour lui avait donné la main sous la pluie. D'après le portrait qu'elle m'a dressé, je pense qu'il s'agissait de toi.

Cette fois, Zacharie se souvenait.

— Oui, oui... Comment elle va ?

— Mon Dieu, pas bien du tout...

— Elle est malade ? Cela n'aurait rien de surprenant avec le travail qu'elle fait.

— Elle est décédée la semaine dernière.

— Mes excuses, je pouvais pas savoir.

— Y a pas de mal. Elle était usée comme on dit, elle avait plus de goût à vivre depuis le drame que nous avons vécu.

Le drame... La vieille femme n'en avait pas parlé.

— Qu'est-ce que je peux faire pour toi ?

— Ma mère était comme tous les gens de son âge qui ont beaucoup souffert et connu la misère. Elle gardait tout et ne jetait rien. Il y a dans son grenier des tonnes de vieilles frusques dont je ne sais que faire, sinon les entasser dans la cour et mettre le feu dedans. Alors je me suis dit que cela pourrait peut-être t'intéresser, puisque tu es pilhaouer.

— Pour sûr, l'ami. Je ferai le tri et je prendrai ce dont je pourrai tirer quelque chose. Quand j'aurai fini, on fera le point ensemble et tu me diras combien je te dois.

— Rien du tout. Tu embarques tout et tu en fais ce que tu veux.

30

Zacharie retrouva avec émotion la maison où il avait partagé quelques instants avec la vieille femme ; il la voyait encore, posant avec un sourire moqueur sa bouteille de lambig au milieu de la table. De la bonne, ça pourra pas te faire de mal... D'après ce qu'avait dit son fils, elle aussi avait connu le malheur, le lot inéluctable finalement de toutes les petites gens de la campagne. Qui pour autant n'étaient pas toujours à se lamenter sur leur sort. L'intérieur était aussi impeccable, à croire que la propriétaire avait fait le ménage le matin même. Ses sabots étaient même rangés à côté de la porte, comme s'ils devaient encore servir.

En revanche, le grenier se révéla être un vrai nid de poussière – rien de bien original, les soupentes en sont toujours envahies, et celle-ci était un bric-à-brac inextricable dans lequel, faute de pouvoir se frayer un chemin, aucun plumeau ne s'était invité depuis une éternité.

« Bon, se dit Zacharie. Je suis pas sorti de l'auberge. J'en ai au moins pour deux jours de boulot. »

Les objets les plus hétéroclites étaient accumulés là en fonction de leur date de disgrâce. De vieux outils, si usés qu'ils méritaient sans doute le respect, des boîtes en tous genres, vides pour la plupart et dont le couvercle grippé, orné de quelque miniature qui leur avait valu d'être conservées, était impossible à ouvrir, un mannequin d'osier pour la couture, quelques jouets, démantibulés, plus bons à rien eux non plus. Et bien sûr des vêtements empestant la naphtaline quand Zacharie se mit en tête d'y fourrager. Comment pourrait-il tout emporter ? Au fur et à mesure de son exploration, il était obligé de descendre les pièces déjà triées afin de ménager de la place.

Dans la soirée, à peine la moitié avait été dégagée. De temps à autre, le pilhaouer éternuait, contraint de se moucher sans cesse à cause de la poussière qu'il inhalait. Ces désagréments exclus, il n'accomplissait pas ce travail de gaieté de cœur, nécrophage à se repaître des souvenirs d'une vieille femme maintenant disparue. Il l'imaginait, fourmi industrieuse grimpant péniblement les barreaux de l'échelle les dernières années afin de sauvegarder les témoins de sa vie pour quand elle serait en panne de mémoire. Elle s'appelait donc Perrine, Perrine Le Dour. Elle poussait sa brouette sous la pluie. Dans la bouche du pilhaouer flottait encore le goût acerbe de l'eau-de-vie. Pauvre vieille, elle ne l'avait pas oublié. Quel drame avait-elle donc vécu ? Par moments, il la croyait cachée dans un recoin d'obscurité, en train de l'observer et se demandant de quel droit le chiffonnier venait fouiner dans ses affaires. Entre les mains de Zacharie tremblaient des linges intimes, des fanfreluches de dentelle sous lesquelles la jeune fille avait dû se trouver belle. La lugubre impression devint encore plus forte dans la pénombre du crépuscule. Afin de dissiper ses angoisses, Zacharie n'allait quand même pas allumer une bougie parmi cette charpie qui brûlerait comme de l'amadou ! Valait mieux en rester là pour aujourd'hui. Il descendit, récupéra Penn-Kalled dans la prairie voisine, effectua un premier chargement, referma la porte avec la clef laissée par le fils, et s'en retourna dans la nuit.

Zacharie Le Kamm reprit la route le lendemain matin de bonne heure. Il avait moins le moral en berne, ce déblaiement post mortem constituait une véritable aubaine. Il allait récupérer en quelques jours la récolte de plusieurs semaines, obligé alors de faire du porte-à-porte en lançant le cri des pilhaouerien, de la même façon que les lépreux avaient pour consigne de tourner leur crécelle pour prévenir les gens bien portants de leur arrivée. Souvent il se heurtait à porte close, alors qu'il savait très bien que les occupants se terraient au gîte. Mais on ne voulait pas se trouver face au charognard de la misère.

Après avoir mis le cheval à paître et lui avoir recommandé de ne pas filer, Zacharie s'attela à la tâche. La maison de Perrine était dans le même état que la veille. D'avoir remué toutes ces hardes, l'intérieur était imprégné d'une odeur fétide, des remugles de vieux chiffons mêlés à des parfums surannés. Un géologue aurait cru avancer dans des strates de plus en plus anciennes, lui, remontait dans la jeunesse de la défunte. Filtrant par la lucarne voilée de toiles d'araignées, le soleil faisait scintiller une poudre d'argent en suspension. Une poussière d'une âcreté redoutable en fait,

279

il toussait, la gorge engluée et les narines obstruées, il expectorait dans son grand mouchoir à carreaux, n'osant quand même cracher sur le plancher. Et toujours ce va-et-vient pour descendre des brassées de vêtements, au risque de se rompre les os en dégringolant de l'échelle.

« Courage… A ce train-là, j'aurai bientôt fini. »

En début d'après-midi, il ne resta plus qu'une malle de l'ancienneté de laquelle témoignaient la serrure et les charnières marbrées de rouille. Celle-ci était entreposée à part, confinée sous la pente du toit ; pour un peu, Zacharie n'y aurait pas prêté attention dans la pénombre. Il essaya de l'ouvrir, en vain. Après tout, tant pis, elle n'avait qu'à conserver ses secrets, puisqu'elle avait décidé de jouer les avaricieuses.

Le pilhaouer s'apprêtait à lever le camp, mais quelque chose le retenait, une force mystérieuse outrepassant la simple curiosité. Il percevait à nouveau la présence invisible de la vieille femme à ses côtés, avec même l'impression bizarre qu'elle l'incitait à forcer cette fichue malle. De son couteau, il entreprit de bricoler la serrure récalcitrante. Après plusieurs tentatives, il parvint à la dégripper.

Zacharie ne comprenait pas ce qui lui arrivait, le cœur lui battait la chamade, une sueur froide lui perlait le long de l'échine, il se sentait essoufflé. Un état second où il redoutait de soulever le couvercle maintenant libéré.

« Ce doit être toute cette poussière, pensa-t-il. Elle m'est remontée au cerveau par le nez, elle m'empêche d'avoir les idées claires. »

Le pilhaouer se décida enfin. Une présence mystérieuse était tapie dans la grande caisse, une entité hostile allait lui jaillir au visage ! Il eut le réflexe de se redresser et de reculer.

Rien ne se produisait. Le mystère d'un grenier, le secret d'une malle, les ingrédients incontournables des histoires destinées à flanquer la trouille aux gamins, des frayeurs infantiles ressuscitées par l'atmosphère du lieu et que Zacharie jugea ridicules. De quoi avait-il peur ? De l'âme de Perrine ? De son vivant, la vieille femme ne lui voulait que du bien, pourquoi aurait-elle changé maintenant qu'elle était morte ?

Zacharie s'approcha. Un paquet enveloppé dans du papier marron, rien d'autre. Sans doute des vêtures plus précieuses enfermées là afin de les protéger des affres du temps. Une épaisse ficelle le liait de plusieurs tours – impossible de défaire les nœuds trop serrés, il valait mieux descendre en pleine lumière afin de ne pas commettre de bêtises. Peu volumineux et paraissant au toucher ne contenir que de l'étoffe, le paquet était cependant étrangement lourd. Il le posa sur la table. La lame affûtée du chemineau peina à couper le lien de chanvre. Il écarta les trois ou quatre épaisseurs de papier.

Pris de vertiges, Zacharie dut s'appuyer au mur. Sous ses yeux incrédules s'étalaient le gilet et le manchoù confectionnés par Lazare Kerrec, ceux-là mêmes que portait Violaine le jour de son mariage avorté et avec lesquels elle s'était enfuie au sortir de l'église.

Les broderies étaient intactes, toujours aussi belles et lumineuses dans le soleil donnant par la fenêtre. De ses doigts tremblants, Zacharie déplia les deux pièces.

Oubliant que cette terrible histoire s'était déroulée depuis plus de dix ans, il cherchait des détails susceptibles de témoigner de ce jour funeste. Pas un accroc, ni une tache de sang ni de boue, alors que la pauvre jeune femme avait dû s'en débarrasser à la hâte et les abandonner au plus fort de sa course. Aucun des motifs de la broderie n'était effiloché.

Comment le travail du brodeur de Pont-l'Abbé était-il parvenu entre les mains de la lavandière ? Perrine n'était plus là pour le dire. Peut-être son fils savait-il quelque chose...

31

— Mon Dieu… balbutia Julien Le Dour, les yeux exorbités sur le manchoù et le gilet étalés devant lui. Elle les avait donc conservés !

Livide, il était bouleversé. Ses doigts effleuraient les admirables broderies sans oser les toucher, comme s'il avait peur de s'y brûler.

— Vous aviez déjà vu ces pièces de costume ?

L'homme semblait ne pas entendre, Zacharie fut obligé de répéter sa question.

— Pour notre plus grand malheur, oui…

Il secouait la tête d'un air désespéré.

— Pour celui de mon frère, devrais-je plutôt dire, et le nôtre par contrecoup. J'ai cru que ma mère en mourrait elle aussi. Après ce qui s'était passé, elle n'a plus jamais été la même. Je ne comprends pas pourquoi elle a gardé ces… ces…

— Ce travail de broderie admirable ?

— Oh non !… Ce n'est pas du tout ce que je veux dire. Je ne sais pas qui a brodé ces habits. Sans doute un tailleur parmi les plus doués, je vous le concède, mais j'ai ouï dire que celui-là devait être associé avec le diable pour avoir réussi un tel chef-d'œuvre. La beauté au service du mal, c'est ahurissant...

Zacharie se garda bien de dévoiler l'identité dudit tailleur-brodeur et encore moins que celui-ci était son arrière-grand-père.

— D'où tenez-vous une pareille élucubration ?

— Une histoire que m'a racontée ma grand-mère à plusieurs reprises quand j'étais gamin. Ce devait être une légende, mais elle, elle m'affirmait que c'était la vraie vérité.

— Elle habitait où, votre grand-mère ?

— Elle était originaire d'ici, mais elle avait vécu la majeure partie de son enfance à Pont-l'Abbé, en plein pays bigouden.

— Je sais, je connais...

Le pilhaouer se sentait de plus en plus mal à l'aise. A lui aussi on avait raconté que de telles rumeurs couraient sur le compte de Lazare Kerrec, sur la mort de son gendre et de sa petite-fille et la triste fin de son épouse ; à force d'être véhiculée par le bouche-à-oreille, cette histoire-là avait pris des allures de légende, mais elle ne pouvait avoir été totalement inventée ! Déjà que Zacharie n'était pas loin de penser que l'histoire de sa mère s'était répétée avec Violaine et Clémence, voilà que le fils de la lavandière faisait état d'un grand malheur advenu à quelqu'un de sa famille, à cause du même chef-d'œuvre de broderie.

— Les légendes racontent de telles idioties... proféra-t-il cependant, mais avec moins de conviction.

— Pas celle-ci en tout cas...

— Comment pouvez-vous être aussi affirmatif ?

— Je n'affirme rien qui ne se soit passé. Venez, asseyons-nous si vous voulez en savoir davantage sur le drame qui nous a marqués pour le reste de notre existence. Vous me direz ensuite si j'affabule au sujet de ces habits de l'enfer.

Julien Le Dour parlait bien, en tout cas il ne donnait nullement l'impression d'être du genre à prêter crédit à n'importe quel racontar. Il relata en effet une terrible histoire, d'une voix douloureuse entrecoupée de silences pesants où il soupirait, les yeux noyés dans le vague.

Le frère en question se prénommait Adrien. Il était l'aîné de deux ans, un jeune homme plutôt mélancolique à en croire Julien Le Dour, doux et rêveur, courageux au demeurant et très apprécié de ses patrons. Il travaillait dans la manufacture de tabac de Morlaix. Dans les ateliers, il avait rencontré une gentille ouvrière du nom d'Anita Grammond. Jolie comme un cœur, elle présentait le même tempérament que son amoureux. Si le créateur avait prévu d'apparier certains êtres, ces deux-ci en étaient l'exemple parfait. Ils s'aimaient sans histoire, avec décence et retenue, sous un ciel radieux comme leurs yeux, et sans nuage. Aussi est-ce tout naturellement qu'au bout de quelques mois ils décidèrent de se marier.

Bien qu'aux abois, Zacharie s'efforçait de se rassurer. Cela n'avait rien à voir avec la tragédie qu'il avait vécue : du même milieu, ces deux-ci étaient faits l'un pour l'autre. Pas comme le Charles-Damien Ligoury et Violaine.

— Ça s'est passé il y a combien de temps ? se hasarda-t-il.

— Oh... C'est pas si vieux. Il y a trois ans. Mais écoutez la suite.

Julien reprit son récit, avec toujours autant de peine.

— Ce fut une noce toute simple, du moins jusqu'à la nuit. Jamais il ne fut donné de contempler plus belle mariée...

— Elle portait ce gilet et ce manchoù ? ne put encore s'empêcher de le couper Zacharie.

— Attendez... Ne m'obligez pas à aller trop vite. C'est déjà assez dur comme ça.

Une noce où étaient réunis tous les atouts du bonheur, en effet...

Tous ceux que les deux familles comptaient encore de représentants étaient présents aux épousailles d'Adrien Le Dour et d'Anita Grammond. Il régnait un soleil radieux, le ciel avait décidé de fêter lui aussi de si charmants fiancés. On avait embauché des musiciens pour l'occasion, un joueur de clarinette et un tireur de soufflet, autrement dit un accordéoniste. Les compères menèrent à pied le cortège de chars à bancs de la demeure de la jeune fille jusqu'au bourg – les chevaux marchaient au pas afin de ne pas les distancer. On arriva cependant un peu en avance sur l'heure du rendez-vous fixé avec le bon Dieu, une ronde se forma sur la place du village ; afin de patienter, l'on dansa de bonne humeur quelques-unes de ces danses modernes qui supplantaient les branles et faisaient râler les anciens qui ne trouvaient plus leur compte. A défaut de gigoter des gambettes, ceux-ci levaient le coude avant les autres dans les estaminets répartis autour de la place.

La cérémonie à l'église fut à l'avenant, avec un curé si vieux que l'assemblée craignait de le voir se désagréger et sa poussière se disperser aux quatre coins du saint édifice en propageant une odeur d'encens. Il avait dû chanter juste, naguère sinon jadis, mais à présent sa voix s'enrouait et peinait à placer la note. Par chance, l'organe avait perdu de sa puissance, et les téméraires devaient tendre l'oreille pour en profiter. Il se produisit un petit incident au moment de l'échange des consentements. Oh… à peine une anicroche, qui sur le coup n'inquiéta personne, qui prêta même à sourire : les cordes vocales soudainement bloquées, la mariée eut du mal à prononcer le oui fatidique, une hésitation que les invités mirent sur le compte de l'émotion.

A l'issue de la messe, la noce dansa encore sur le parvis, et l'on se jeta quelques douceurs derrière la cravate, histoire de s'ouvrir l'appétit. Le repas fut servi à l'auberge sur le bord de la rivière ; quel bonheur d'être bercé par le glouglou de l'eau vive entre les rochers, de pouvoir assister au ballet léger des libellules, vertes, rouges ou bleues, ou hochant leurs longs abdomens annelés sur les ombelles des grandes ciguës déjà en fleur !

Tout se passait bien. Veuve depuis quelques années, Perrine Le Dour sortait bien de temps à autre son mouchoir pour tamponner une petite larme au coin de sa paupière : comme son défunt mari aurait été fier de voir son aîné en compagnie d'une épouse aussi avenante !… Quelques secondes de tristesse qui ne ternissaient pas sa joie. Pendant que l'on desservait les tables du midi afin de préparer celles du soir, les convives allèrent se promener le long de la rivière. Il faisait toujours aussi beau, presque chaud même pour ce début d'été ; assises sur les rochers, les femmes un peu grises se déchaussaient afin de tremper leurs pieds gonflés dans l'onde. Les hommes, encore plus chavirés, fumaient de petits cigares offerts par le patron des époux. L'eau était froide, dans des halos de fumée malodorante ils riaient d'entendre ces dames endimanchées pousser des cris de gamine et patauger pour remonter sur la berge en s'emmêlant dans leurs jupes relevées.

— Attention qu'il n'y ait pas une anguille à vous remonter dans la culotte ! plaisantait le garçon d'honneur, chargé de jouer les boute-en-train. Ou des sangsues, ce serait encore pire.

L'accordéoniste et le joueur de treujenn-gaol – entendez par là le nom breton donné à la clarinette, autrement dit le pied de chou vu la forme de l'instrument s'activaient sur la berge, et quelques ténors de kermesse s'évertuaient à chanter sur leur musique, inventant des paroles égrillardes et savoureuses quand la mémoire leur faisait défaut.

Vint l'heure de se remettre à table. On ne se croyait plus d'appétit, surtout ces dames sujettes à des bouffées de chaleur, mais il n'y eut pas de fainéants quand il s'agit d'attaquer les longs torpilleurs chargés de charcuteries diverses, de viandes froides, entre lesquelles de capricieux cornichons roulaient afin d'échapper aux dents de la fourchette. Les vins n'étaient plus les mêmes, moins fins, mais plus capiteux. Qu'importe, les gosiers déjà largement abreuvés depuis le matin avaient perdu de leur sagacité gustative.

Un troisième ménétrier avait été prévu afin d'animer le bal, un violoneux, avec une casquette deux fois trop grande pour son crâne en forme d'obus. Mais le bougre avait l'archet agile ; avec ses deux compères, ils interprétèrent des polkas, des scottishs et des bals de fort belle facture. Quelques danses anciennes aussi, pour faire plaisir aux vieux, du moins à ceux qui ne s'étaient pas encore endormis sur un coin de table, le verre à la main ou chaviré sur la nappe.

Malgré l'heure tardive et les sollicitations dont ils avaient été l'objet toute la journée, les mariés affichaient toujours la même bonne humeur, à croire que la fatigue n'avait pas de prise sur eux. Ils ouvrirent le bal bien entendu, sur une de ces nouvelles valses que tout le monde, ou presque, s'accordait à trouver plus entraînantes que les pratiques ancestrales. Ils allaient ensuite de table en table trinquer avec leurs invités, du bout des lèvres toutefois pour ne pas être enivrés et profiter en pleine conscience de la nuit qui les attendait.

Si les musiciens ne faiblissaient pas, les danseurs commençaient à avoir les chaussures lourdes, et leurs cavalières des ampoules dans leurs escarpins neufs et trop serrés. Bref la piste se dégarnissait peu à peu alors que sonnait minuit à l'horloge de l'auberge. Les derniers rescapés firent un brin de conduite aux nouveaux mariés jusque dans la cour, un peu de charivari aussi, en les bousculant avec tendresse, puis on les laissa monter dans leur cabriolet et prendre la route de l'hôtel où Adrien avait réservé une chambre. Tous deux étaient encore vierges, le fiancé n'avait pas regardé à la dépense.

32

Epuisé par un récit qu'il ne distilla pas dans cette joyeuse tonalité, Julien Le Dour se taisait. Zacharie pressentait que c'était à ce moment de la nuit que les choses s'étaient gâtées.

— Vous n'avez toujours pas répondu à ma question.

— Quelle question ?

— Comment était habillée la mariée ?

— Ai-je besoin de vous le dire ? Pour son plus grand malheur, elle arborait ce gilet et ce corsage.

Il marqua une pause, en secouant la tête comme s'il refusait la triste réalité qui lui remontait en mémoire.

— C'est la jeune mariée qui nous a raconté ce qui s'était passé. La pauvre…

Adrien Le Dour tenait les rênes, son épouse était blottie contre son flanc. Ils étaient aussi émus l'un que l'autre à l'idée de pouvoir enfin s'aventurer dans ce monde à l'orée duquel ils avaient si souvent frémi de désir. Le cheval allait bon train dans la nuit à peine éclairée par les lanternes de la voiture. Soudain, ils avaient vu se dresser une silhouette au milieu du chemin. Ni Anita ni son mari n'avaient eu le temps de bien voir, mais de toute évidence c'était un drôle de personnage qui leur barrait la route. Une vision fugace, aussitôt disparue… Après coup, elle avait été persuadée que c'était le diable. Pour preuve, le cheval l'avait lui aussi reconnu. Il s'était cabré, l'attelage avait versé dans le fossé. Projetée en avant hors de la voiture, la jeune femme avait roulé dans les fougères un peu plus loin, mais elle était indemne. Terrorisée, son premier réflexe fut de prendre la fuite avec son époux.

— Viens, il ne faut pas rester là.

Pas de réponse. Le nouveau marié paraissait s'être volatilisé. Le silence des ténèbres finit d'achever l'angoisse de la jeune femme. Elle se releva, tituba jusqu'à la voiture toujours couchée sur le flanc, alors que le cheval, dételé dans la chute, avait filé sans demander son reste.

— Adrien, balbutia-t-elle, j'ai peur. Dis-moi où tu es…

Elle avisa alors le corps de son mari. Lui aussi avait été éjecté du cabriolet, mais moins loin ; la voiture avait continué sa route pendant quelques mètres, le temps que l'une des roues cerclées de fer lui roulât sur la gorge. Quand sa dépouille fut relevée le lendemain matin, à l'aube, le médecin constata qu'il avait eu la nuque brisée et la carotide tranchée. Pas la moindre chance d'en réchapper.

Anita avait pourtant essayé de le ramener à lui, prenant sa tête sur ses genoux, lui tapotant les joues, l'embrassant sur les lèvres, entre lesquelles jamais plus ne filtrerait le moindre souffle. Comprenant qu'il n'y avait plus rien à faire, elle avait entrepris de revenir à l'auberge où ils avaient vécu une si belle journée.

Epouvantée dans l'obscurité blafarde de la lune, elle s'égara plusieurs fois en chemin. Les parents des mariés avaient décidé de dormir sur place, afin d'être à poste le lendemain pour le retour de noces. Tout le monde était couché, les lumières étaient éteintes, sauf celles des cuisines donnant sur l'arrière où le patron jetait un dernier coup d'œil.

Anita était vidée, anéantie, elle tituba jusqu'à la fenêtre éclairée. Elle parvint à trouver la force de se hisser sur la pointe des pieds et de cogner aux carreaux avant de s'affaisser évanouie.

L'aubergiste avait libéré son personnel. Il s'apprêtait lui aussi à monter se coucher. Il sursauta, pas sûr d'avoir bien entendu... Le vent, où un oiseau de nuit abusé par la lumière ? Ce ne serait pas la première fois. Machinalement, il ouvrit la croisée afin de vérifier. Quand il aperçut la forme allongée dans l'herbe, il ne reconnut pas tout de suite la nouvelle mariée. De nature plutôt optimiste, il pensa que l'une des invitées avait abusé des liqueurs et n'avait pas eu la force d'aller plus loin. Il sortit pour en avoir le cœur net et lui porter de l'aide si besoin était.

La malheureuse gisait à plat ventre. Quand Donatien la retourna, à la vue des broderies qu'il avait admirées lui aussi en compagnie des autres invités, il comprit de qui il s'agissait, il avait dû se produire quelque drame. Il la souleva entre ses bras puissants et s'empressa de la porter dans le salon. Il l'allongea sur le canapé, tenta de la ranimer, mais elle restait inconsciente. Il n'avait plus qu'à réveiller ses parents et son frère.

Julien marqua une nouvelle pause.

— J'ai été le premier à descendre. Quand j'ai vu ma belle-sœur évanouie, je me suis demandé tout d'abord ce qu'elle faisait là sans mon frère. J'ai essayé de la ramener à la vie. Le patron m'a proposé des sels, ou un peu d'ammoniaque, ou quelque chose comme ça, j'étais tellement bouleversé que je ne sais plus très bien. Toujours est-il que le flacon sous le nez, elle s'est mise à gémir ; peu à peu, elle a entrouvert les paupières. Ma mère et ses parents étaient arrivés entre-temps. Quand ils ont vu le regard halluciné de la jeune mariée, eux aussi ont compris qu'il s'était produit quelque chose de grave. Je l'ai aidée à se redresser.

« — Adrien... a-t-elle balbutié.

« — Quoi, Adrien ? Qu'est-ce qui lui est arrivé ? Où il est ?

« — Il est...

« — Parti ? Il a eu un accident ?

« Elle a hoché la tête en signe d'approbation.

« C'est alors qu'elle a trouvé la force de nous dire que son époux était mort et de nous raconter dans les grandes lignes ce qui s'était passé, la silhouette en travers de la route, sa conviction que c'était le diable en personne, le cheval qui s'emballe et envoie l'attelage au fossé. Loin d'être un spécialiste en guises bretonnes, j'avais deviné dès le matin que les broderies d'Anita étaient bien du pays bigouden. A ce moment, je me suis souvenu de la légende de ma grand-mère, de ce costume brodé par un tailleur de Pont-l'Abbé dont les doigts étaient guidés par le démon, d'un pacte que le misérable aurait conclu avec lui, de la malédiction qui poursuivrait celles qui auraient l'audace de l'enfiler.

Zacharie était atterré. Le diable, toujours le diable, auquel se serait associé Lazare Kerrec. Sa mère, Bénédicte, puis Violaine, et maintenant cette jeune femme dont le mari était mort avant d'avoir pu profiter de ses charmes, comme si le démon entendait se les réserver. D'avoir voulu être coquettes à la guise bigoudène, étaient-elles donc toutes vouées à la mort ?

— Qu'est-ce qu'elle est devenue ?

— Qui donc ? demanda Julien Le Dour, égaré lui aussi dans de sombres rêveries.

— Votre jeune veuve.

— Anita, oui… Le lendemain matin, elle a sombré dans une forme de folie tout à fait singulière.

Zacharie tressaillit : Marie-Josèphe, la femme de Lazare, était elle aussi devenue folle. Clémence également.

— Figurez-vous qu'elle était persuadée d'être habitée par le démon. Elle était sujette à des accès de violence où elle invectivait tout le monde, usant alors d'un vocabulaire ordurier que personne ne lui avait jamais entendu, puis elle s'abîmait dans une prostration qui la laissait sans force, et pendant laquelle il était inutile de lui parler, puisqu'elle paraissait devenue sourde. A bout de ressources, les parents se sont adressés au curé de la paroisse, celui-ci leur a conseillé de se rendre à l'évêché.

Zacharie commençait à comprendre.

— Un exorcisme ? Cela se pratique encore ?

— Tout à fait, et même plus souvent qu'on ne le pense. Un des prélats a reçu le couple Grammond. Il les a écoutés avec la plus grande attention et un sérieux qui montrait l'intérêt qu'il portait à leur histoire. Ils nous ont dit par la suite qu'il leur avait posé trente-six questions afin de savoir dans le détail comment les choses s'étaient déroulées. Puis il a envoyé chercher l'un de ses confrères, l'exorciste attaché au diocèse. Celui-ci a convenu aussitôt d'un rendez-vous avec la jeune femme dans les jours suivants. J'ai demandé à y assister. Vous comprenez, j'avais besoin de savoir ce qui était vraiment arrivé à mon frère.

Le pilhaouer respectait les silences du narrateur. Tout autre que lui aurait cru que celui-ci divaguait, mais Zacharie ne mettait en doute aucune des péripéties du récit hallucinant, d'abord parce qu'elles étaient traduites avec les accents de la vérité et qu'ensuite il était conditionné par ce que lui aussi savait du travail de son arrière-grand-père et de ses accointances supposées avec l'encorné aux pieds fourchus.

— Comment ça s'est passé ?

— J'en ai gardé un souvenir affreux. Une scène d'un temps que je croyais révolu, des prières, des aspersions d'eau bénite sous lesquelles se tortillait la malheureuse. Le prêtre avec son étole sur les épaules sommait par moments le démon de quitter le corps de la jeune femme. Alors le visage de celle-ci se déformait en une affreuse grimace et dans ses yeux passaient les lueurs inquiétantes d'un regard qui n'était pas le sien. A la fin de la séance, l'exorciste nous a confié qu'il était lui-même extrêmement troublé. Le plus souvent, les cas qu'on lui soumettait n'avaient rien à voir avec le diable et ses acolytes. En revanche, Anita paraissait vraiment possédée. Il est revenu plusieurs fois. Je n'ai pas eu loisir d'assister à toutes leurs rencontres.

— Il a réussi à la guérir ?

— Je ne sais pas si c'est une maladie dont on peut guérir.

— Mais si le prêtre revenait, c'est qu'il avait quelque espoir.

— En effet. Il pensait même être parvenu à la libérer quand il est sorti de la chambre à l'issue de la dernière séance. Mon Dieu, quel horrible dénouement...

— Pourquoi donc ?

— Nous avons entendu un cri atroce. La chambre d'Anita se trouvait au premier étage, la fenêtre donnait sur la cour. Elle s'était précipitée par l'ouverture, elle avait atterri sur le sol empierré la tête la première. Morte sur le coup, la figure dans un sale état.

— Un geste désespéré parce qu'elle était toujours sous l'emprise du démon ?

— Le prêtre pensait que non. Qu'au contraire, avec son aide, elle avait réussi à échapper aux forces démoniaques. Pour lui, ayant recouvré sa lucidité, Anita a senti qu'elle n'était pas quitte avec le diable, elle a eu peur que celui-ci ne l'investisse à nouveau. Alors elle a préféré mettre fin à ses jours afin d'éviter les affres de l'enfer. Je suis assez enclin à penser qu'il avait raison...

Zacharie croyait le récit terminé. Il n'en était rien. Julien Le Dour se passa la main dans les cheveux.

— Après les obsèques, les parents d'Anita m'ont confié un paquet en souvenir de celle qui avait été pendant quelques heures l'épouse de mon défunt frère. Il contenait ce gilet et ce manchoù. Eux ne savaient rien de la terrible légende qui leur était attachée. Quand je suis revenu chez ma mère, mon premier souci a été de détruire ces maudites broderies. La meilleure façon était de les brûler, ne trouvez-vous pas ? J'ai allumé un grand feu dans la cheminée, au moment d'y jeter les habits, il m'a semblé voir une silhouette s'y tortiller. Je sais, pilhaouer, vous allez penser que moi aussi j'étais devenu fou, ce qui n'est pas impossible après toutes les épreuves que je venais de traverser. Et pourtant encore aujourd'hui, je reste persuadé d'avoir vu des yeux briller dans les flammes. Ce pouvait être les premières braises, me direz-vous. J'ai même cru sentir comme une odeur de chair brûlée, mais le bois encore vert dégage ce genre d'effluves quand on le met dans la cheminée, n'est-ce pas ? C'était pourtant une sensation tellement prégnante que je vous avoue en avoir été effrayé. J'ai laissé le costume en plan sur la table et je suis parti. Je ne suis revenu que quelques jours plus tard. Je ne sais si ma mère avait eu connaissance de la légende du brodeur de Pont-l'Abbé. Je n'ai pas voulu le vérifier, ni lui faire part des doutes affreux que j'entretenais au sujet de ce gilet et de ce manchoù, elle avait assez souffert comme ça. J'ai même préféré ne pas lui demander ce qu'elle en avait fait. Sincèrement, je ne pensais pas qu'elle avait eu l'idée morbide de les conserver.

Atterré, Zacharie essayait de masquer le trouble qui lui nouait les tripes. Il lui restait maintenant à parcourir l'itinéraire suivi par le costume brodé par Lazare Kerrec.

— Vous savez d'où votre défunte belle-sœur tenait ce gilet et ce manchoù ?

— Non. Cela m'aurait avancé à quoi ? Je n'avais qu'une hâte, oublier cette sinistre histoire. Peut-être un héritage familial. Pourquoi ? Cela vous intéresse ?

— Avant de vous les acheter, j'aimerais bien connaître l'origine de ces pièces admirables. Elles doivent valoir une fortune.

— Je vous ai dit qu'il n'était pas question d'argent entre nous. Surtout pas pour ces oripeaux qui m'ont valu de perdre mon frère. Emportez-les donc que je les revoie plus. Si vous voulez en savoir davantage, je peux vous donner l'adresse des parents d'Anita. Eux accepteront certainement de vous renseigner.

33

Zacharie doutait d'avoir seulement entendu le récit de Julien Le Dour. A plusieurs reprises, il déballa le gilet et le manchoù incriminés, les étala devant lui. Acharné à ressusciter l'image de sa fille bien-aimée, il en caressait les broderies, palpait le drap, enfouissait son visage dans l'étoffe, y humant en vain le parfum de la disparue, mais une force indicible le faisait reculer, comme s'il commettait le sacrilège de violer l'intimité des malheureuses qui les avaient endossés. Pourtant aucun signe dans les admirables entrelacs ne trahissait la présence du diable. Pourquoi alors ne pas balayer ces turpitudes une bonne fois pour toutes ? Le puzzle était encore trop incomplet pour accéder à la vérité.

Les parents d'Anita Grammond tenaient une épicerie à Morlaix, à proximité de la manufacture où travaillaient naguère leur fille et leur futur gendre. Avant le décès du jeune couple, le modeste commerce leur permettait de vivre décemment et d'élever leur gamine sans lui imposer de privations.

Gervais était un bonhomme rondouillard qui inspirait la confiance ; il avait la réputation non usurpée d'être honnête. Jamais en effet il ne trichait sur la qualité de la marchandise, ni sur la pesée, encore moins sur le prix qu'il en demandait. Sa femme était un peu plus jeune. Xavière, un prénom plutôt singulier et difficile à prononcer, tout le monde se demandait qui des parents, du parrain, voire de l'état civil, avait eu l'inconséquence d'affubler de la sorte une innocente gamine. Zaza, Xaf, elle s'était pourtant appliquée à le porter, faisant fi des sobriquets dont on l'avait accablée.

La fierté des Grammond, inutile de préciser que c'était leur fille. De physique plutôt ingrat aussi bien l'un que l'autre, il fallait outrepasser les lois de la génétique pour admettre qu'ils aient pu procréer une pareille beauté. Certains esprits mesquins avaient même douté de la vertu de la mère, cherchant une quelconque ressemblance entre la belle Anita et un éventuel amant. En pure perte.

Quand la jeune fille leur avait annoncé qu'elle fréquentait, les Grammond n'avaient pas bondi de joie au plafond. Bien sûr, leur souhait le plus cher était son bonheur, mais le jour où elle déserterait le domicile familial – autrement dit le modeste logis au-dessus de la boutique –, elle emporterait leur cœur dans ses bagages et les priverait de leur unique raison de vivre.

Par chance, Adrien Le Dour plut aux épiciers dès la première rencontre. Ils apprécièrent sa douceur, son calme et sa discrétion, la tendresse sincère qu'il leur manifesta d'emblée. Anita les rassurait, ils habiteraient à côté, ils ne les oublieraient pas, ils leur rendraient visite, autant de promesses que les jeunes époux en phase d'émancipation ont rarement l'intention de tenir.

Et puis, Xavière pourrait passer les voir aussi souvent qu'elle le souhaiterait, surtout s'il y avait un petiot ou une petiote à garder. Cette dernière éventualité avait calmé les appréhensions de l'épicière. N'ayant eu qu'une seule fille, elle avait encore en réserve une profusion de tendresse maternelle. Elle se voyait bien en train de pouponner quand le commerce lui en laisserait le loisir.

La disparition de leur fille dans des circonstances aussi invraisemblables fut donc un drame épouvantable. Quand Zacharie Le Kamm poussa la porte de la boutique, il se trouva face au portrait achevé de la tristesse. Tout chez eux trahissait le laisser-aller, le manque d'appétence, aussi bien leur regard terne ou leurs traits impavides, infirmes de sourire à force de pleurer, que leur allure, la façon de traîner les pieds sur le plancher poussiéreux de la boutique. Le malheur régnait en ce lieu de façon si tangible que le pilhaouer hésita à leur exposer la raison de sa visite. Sous son bras, il tenait enveloppés le gilet et le manchoù.

— Vous désirez ? demanda Xavière Grammond d'une voix éteinte.

— J'aurais besoin de vous parler.

— Nous vous écoutons, fit Gervais.

— Il n'y aurait pas un endroit plus commode pour discuter ?

— Nous serons très bien ici. Vous savez, il ne vient plus grand monde dans notre magasin, nous n'avons plus grand-chose à vendre.

— C'est au sujet de votre fille.

Les épiciers eurent un haut-le-corps, puis ils se recroquevillèrent encore davantage. Ils échangèrent en silence un regard désespéré : de parler d'Anita était une torture à laquelle ils ne se risquaient plus. Zacharie endurait le même calvaire depuis la disparition de Violaine, il mesurait la cruauté de sa démarche, mais c'était le seul moyen de ne pas être tenu à l'écart de la vérité. Les paroles ne suffiraient pas, il déballa son paquet, en extirpa le gilet et le manchoù, les posa sur le comptoir. L'apparition des broderies provoqua l'effroi des vieillards, comme si sous leurs yeux effarés grouillaient une poignée de serpents parmi les plus venimeux.

— Mon Dieu, bafouilla la mère en éclatant aussitôt en sanglots.

— Pourquoi ? demanda simplement Gervais, tout aussi horrifié.

— C'était bien le costume que portait votre fille le jour de son mariage ?

— Oui, finit par marmonner le père.

— C'est nous qui lui avions acheté ces broderies, se décida alors la mère en ravalant ses larmes. Où les avez-vous retrouvées ?

— La mère d'Adrien les avait conservées dans une malle dans son grenier. Elle est décédée voilà quelques jours. Je suis pilhaouer. Julien, son autre fils, m'a demandé de débarrasser la maison.

Connaissaient-ils la réputation sulfureuse de ces pièces de costume ? Sans doute que non, mais n'était-il pas risqué de leur en faire état si Zacharie voulait obtenir leurs confidences ?

— Elle était si belle, notre petite Anita... murmura la mère, comme si elle revoyait sa fille ainsi parée.

— C'est vrai qu'il s'agit d'un travail admirable, en profita Zacharie. Dans mon métier, il m'est donné de trouver des costumes brodés, mais je crois bien n'en avoir jamais vu d'aussi jolis. J'aimerais savoir quel tailleur a pu réaliser de pareilles merveilles. Vous ne pouvez pas me renseigner ?

Les Grammond échangèrent un regard.

— Non... On sait pas, répondit le vieux.

— C'était dans votre famille, peut-être ? se hasarda Zacharie.

— Non plus, nous n'avons personne du pays bigouden. Ces broderies, nous les avons achetées chez un antiquaire. Fort cher d'ailleurs...

Le pilhaouer soupira, sa quête se compliquait.

— Il ne vous a pas dit d'où il les tenait ?

— C'était un drôle de bonhomme. Il avait des choses bizarres dans son magasin.

— Quoi donc ?

— Des livres anciens avec des titres qui faisaient peur, des croix, des objets funéraires.

— Oui, renchérit la femme. On aurait cru qu'il avait pillé un cimetière.

— C'est vrai, continua Gervais. Et encore, tu oublies de mentionner le crâne de mort qu'il avait sur l'une de ses étagères.

— Je préfère ne plus y penser. Tout le temps que nous avons été dans sa boutique, j'ai eu l'impression qu'il me fixait avec ses orbites sans yeux.

— Et vous lui avez quand même acheté ce gilet et ce manchoù ?

— C'est pas faute d'avoir hésité, mais on les trouvait si jolis. D'ailleurs, si je me souviens bien, c'est toi Xavière qui as insisté pour qu'on en fasse l'acquisition.

— Quand j'étais jeune fille, j'ai toujours rêvé de porter un costume bigouden.

— Oui, pourtant on aurait dû se méfier.

— De quoi ?

— Quand ce vieux grigou t'a demandé ce que nous comptions faire de ce gilet et de ce manchoù. Tu te souviens ?

La femme opina du chef, Gervais continua, comme s'il avait besoin à présent de vider l'abcès.

— On lui a dit que c'était pour un mariage. Alors, il nous a demandé si on était sûr de notre choix. Il souriait d'une drôle de façon, avec une lueur inquiète au fond des yeux. Sur le coup, on n'a pas fait attention, mais c'est après ce qui s'est passé que ça nous est revenu.

— Il vous a rien dit d'autre ?

— Non, on a payé et on est partis.

— Anita devait être enchantée ?

— Oui… fit la mère.

Elle hésitait.

— Il y avait quelque chose qui la dérangeait ? demanda Zacharie.

— Je sais pas. C'est difficile à expliquer. Le corsage et le gilet étaient largement assez amples pour elle, surtout qu'elle n'avait pas beaucoup de poitrine, et pourtant, lors des essayages, elle disait tout le temps qu'elle avait du mal à respirer.

Encore des propos que le pilhaouer avait déjà entendus…

304

— Le jour du mariage, vous ne savez pas si elle a ressenti la même gêne ?

— Si… Le matin déjà, quand je l'ai aidée à s'habiller, elle a eu comme un vertige, elle était devenue toute pâle et elle a dû s'asseoir quelques instants.

— Le jour où l'on se marie, c'est pas un jour comme les autres, fit l'épicier en haussant les épaules d'un air exaspéré. Il n'y a rien d'étonnant que la future mariée ait des moments de faiblesse.

— C'est ce que je me suis dit aussi, convint Xavière. De toute façon, c'était déjà terminé.

— Et pendant la messe, elle n'a pas éprouvé la même sensation ?

— Maintenant que vous en parlez, je crois bien que si. Surtout au moment de prononcer son consentement, même que ça a jeté un froid dans l'église et que le curé avait l'air inquiet lui aussi.

— Elle avait mal ?

— On sait pas, mais les mots ne sortaient plus, comme si elle était à bout de souffle ou qu'elle voulait plus.

Le beau-frère d'Anita avait fait état lui aussi de cette hésitation. Zacharie se souvenait d'avoir entendu dire que sa propre mère avait vécu de semblables contrariétés le jour de son mariage, notamment durant la cérémonie. Et Violaine… Avait-elle refusé de prononcer le consentement d'une union dont elle ne voulait plus ? Ou avait-elle été dans l'incapacité physique de le faire, ce qui l'avait déterminée à prendre la fuite ? Zacharie ne le saurait jamais. Ni si le diable l'avait retrouvée après sa course éperdue, ni s'il avait fait tomber du toit la poutre afin de lui broyer la tête de si horrible façon.

— Cet antiquaire, il était où, son magasin ?

— A Châteaulin. Vous connaissez ?

— Bien entendu. A quel endroit ?

— Dans une rue voisine du pont qui passe au-dessus de l'Aulne, en plein centre-ville. C'est pas bien difficile à trouver. Mais on vous aura prévenu, c'est un drôle de citoyen.

Zacharie remballa ses affaires et laissa les deux épiciers à leur douleur, ravivée par l'évocation des souvenirs.

34

Zacharie Le Kamm effectuait un drôle de pèlerinage. Morlaix, tout au nord, puis Châteaulin de l'autre côté, à l'ouest. Les adeptes de telles errances étaient d'habitude en quête de Dieu ou de ses saints. Lui, misérable pilhaouer, effectuait le parcours inverse, descendant à la rencontre de Satan ou de l'un de ses suppôts. Rendu au fond de l'abîme de feu, y rencontrerait-il les malheureuses qui avaient eu l'audace d'endosser la parure du diable ? Bénédicte, cette mère dont il n'avait conservé aucun souvenir ? Lazare Kerrec, le tailleur-brodeur, cause supposée de tous ces malheurs, n'avait-il pas lui-même rejoint son maître infernal ? Et Violaine donc, sa si chère fille... Vouée elle aussi au supplice des flammes ? Et pourquoi pas Adeline tant qu'à faire, si le ciel avait eu la cruauté de la punir de ses égarements terrestres ? Il restait cette jeune femme, devenue Anita Le Dour pour quelques jours : avait-elle subi le même sort ?

Au plus fort de ses angoisses, Zacharie craignait que la liste ne fût pas close. Treize ans s'étaient écoulés, le costume maudit avait eu le temps de transiter par beaucoup d'épaules avant de finir sur celles de la fille des épiciers. Nul autre que Zacharie n'était habilité à reconstituer l'histoire du gilet et du manchoù, puisque le destin en avait replacé les broderies entre ses mains.

Penn-Kalled n'avait jamais parcouru d'aussi longues distances d'une seule traite. En temps ordinaire, le cocher arrêtait l'attelage dix fois dans la journée, si ce n'était vingt. Il lui laissait le temps de brouter, d'étancher sa soif au ruisseau voisin ou dans le seau fourni par les pratiques du pilhaouer. Là, il fallait marcher, encore et encore. Il percevait l'inquiétude du patron, son silence obstiné alors que d'habitude il ne s'écoulait pas un quart d'heure sans une parole gentille, quand il ne blaguait pas comme si l'animal pouvait le comprendre. Zacharie sifflotait si la récolte avait été bonne. Ces derniers jours, il se contentait de tousser, se raclait la gorge et crachait dru sur le bas-côté du chemin. Ou il grommelait sans cesse d'une voix rocailleuse, ne manquant bien entendu de tancer son compagnon à la moindre fantaisie. On quittait le logis avant le lever du soleil pour n'y revenir qu'à la nuit tombée, tout cela pour ne rencontrer qu'un seul client. Pas étonnant que la charrette fût vide, c'était à n'y rien comprendre...

L'hiver 1914 ne désarmait pas, froidures et pluies s'enchaînaient, comme si le bon Dieu préparait le terrain pour la boucherie qui allait débuter quelques mois plus tard. On parlait déjà de l'agitation des sphères politiques de part et d'autre du Rhin, des menaces qui planaient sur le pays. Zacharie n'en avait cure, il avait un sujet de préoccupation bien plus important. Ce lundi du début janvier, il emprunta la route qui serpentait vers la vallée. Il longea le cours du fleuve un bon moment avant d'arriver au bourg de Châteaulin. Le pont qui l'enjambait, avaient dit les Grammond, oui, mais sur quelle rive ? Les boutiques ne manquaient pas le long de l'Aulne, dont les fondations de certaines baignaient dans l'eau lors des fortes crues. Il attacha Penn-Kalled à un anneau fiché dans le mur qui longeait la berge, puis continua à pied. Il arpenta les rues de chaque côté sans repérer la boutique de l'antiquaire. Il s'apprêtait à se renseigner quand il la découvrit enfin, encaissée entre deux larges vitrines, les boiseries tout écaillées et les lettres indiquant la vocation du magasin à moitié effacées. C'était fermé. A travers la vitre encrassée, le pilhaouer ne distingua pas grand-chose, sinon pendant du plafond et accrochées le long des murs des toiles d'araignées ventrues de poussière. Une chaise renversée, les quatre pieds en l'air, un bureau qui devait servir de comptoir du temps où on y tenait encore commerce, la boutique était désaffectée depuis belle lurette.

Dans toute ville, le lieu idéal pour se renseigner reste le bistrot. Si le patron ne sait pas, il se trouve toujours quelque chaland en train de siroter une chopine et prêt à vous venir en aide en échange d'un autre gorgeon.

Cet estaminet-ci ne payait pas de mine, une porte, une fenêtre allongée qui faisait office de devanture, masquée par un rideau afin que les passants ne puissent voir de l'extérieur ceux qui y levaient le coude. Seule une plaque sur la façade indiquait le commerce qui s'y tenait.

La clochette au-dessus de la porte tintinnabula.

— Polyte ? L'antiquaire ? Hopela, il y a longtemps qu'il a fermé…

Ces deux-là jouaient aux cartes, un vieux jeu tout écorné dont les éventails mal rangés tremblaient entre leurs doigts. Ils avaient l'air pourtant concentrés, puisque celui qui avait répondu n'avait pas daigné lever les yeux.

— Il est pas mort quand même ? demanda Zacharie.

— Ça, y a rien de moins sûr, fit l'autre compère. L'était pas bien vaillant, le Polyte, quand il a décidé d'arrêter de vendre ses cochonneries. D'ailleurs plus personne ne venait rien lui acheter.

La patronne essuyait ses verres derrière son comptoir.

— Non… Il doit toujours être vivant, sinon on aurait su.

L'estimant un peu plus fiable, Zacharie vint se placer face à elle et lui commanda un bock. Elle tournait son torchon en un geste devenu mécanique. Elle ne paraissait pourtant pas bien vieille, mais de près, on se rendait compte que son sourire n'était qu'un rictus figé avec le temps, un artifice de commerce, au même titre que l'enseigne suspendue dans la rue. En revanche, son regard n'était pas le résultat d'une déformation professionnelle, à force de zyeuter à droite et à gauche pour surveiller ses pratiques. Elle avait comme qui dirait une coquetterie dans l'œil. Non seulement ce léger strabisme n'enlevait rien à son charme, mais c'était sans conteste ce qui le déterminait, car hormis cette singularité, elle aurait sans doute été d'une banalité affligeante.

— Vous vouliez rencontrer l'antiquaire ? Vous avez peut-être quelque chose à lui vendre ?

Deux questions en rafale, le temps de saisir un autre verre et de lui faire subir le même traitement. Zacharie ne put s'empêcher de sourire, en essuyant la mousse de la bière collée à ses lèvres.

— Quelque chose à lui vendre ? Non, mais le rencontrer était en effet dans mes intentions. Vous savez où je peux le trouver ?

— Du temps où il était encore en activité, Hippolyte Lelièvre habitait une petite maison sur la route qui monte vers Carhaix. Je ne pense pas qu'il ait eu les moyens de déménager vu l'état de ses finances, ou alors il aura gagné à la loterie… Avec un peu de chance, c'est là que vous le dénicherez. Mais je préfère vous prévenir, c'est un vieil ours mal léché et il est capable de vous signifier votre congé sans même vous avoir ouvert sa porte.

Les joueurs de cartes suivaient la conversation tout en continuant à battre le carton.

— Qu'est-ce tu lui veux, à l'antiquaire ? demanda le plus vieux d'un ton déplaisant.

Zacharie faillit lui répliquer de se mêler de ses affaires, mais ce serait dommage de se mettre à dos ces deux pèlerins au cas où il leur reviendrait quelque souvenir au sujet du dénommé Polyte.

— Rien de particulier. J'ai rencontré quelqu'un qui m'a dit qu'il avait parfois des choses intéressantes à vendre.

— C'est vrai qu'il avait le chic pour dénicher de sacrés trucs. Le Zeph et moi, on a toujours pensé qu'il devait être de mèche avec le diable. Hein, Zeph que c'est ce qu'on a toujours pensé ?

L'autre acquiesça, éclusa son verre et le reposa bruyamment sur la table au cas où le pilhaouer n'aurait pas remarqué qu'il était vide. Il s'essuya ostensiblement

311

les lèvres d'un revers de manche, rota, clappa de la langue afin de signifier qu'il avait encore soif et prit enfin la parole :

— Tu nous croiras si tu veux, mais le Polyte, il avait dans sa boutique le crâne d'un macchabée. A l'entendre, il avait appartenu à un bandit de grand chemin dont il n'avait pas le droit de dire le nom, mais ça c'était quand il avait bu un coup de trop.

Il marqua une pause.

— C'est pas à nous que ça arriverait, hein, Zeph ? Sauf s'il y avait quelqu'un d'assez aimable pour nous offrir un verre.

— Sûr mon Jacquot qu'à celui-là on ferait pas l'offense de refuser.

Si Zacharie n'avait pas compris, c'était faire preuve d'une mauvaise volonté évidente. Mais il n'avait ni le temps ni le cœur à bavasser avec de pareils pochetrons, encore moins à les rincer à l'œil. Il paya son dû et sortit sous le regard courroucé des poivrots. Outrés d'une telle ingratitude, ceux-ci plaquèrent leur jeu sur la table et commandèrent une autre chopine. A rajouter sur l'ardoise, cela va sans dire.

35

Existait-il au monde une demeure, quelle que fût son architecture, qui dégageât une telle impression de désolation ? Etait-ce la disposition des lieux, son aspect perdu au milieu de l'espace sans arbres, la pluie fine et glacée dont l'air était imprégné ou la réputation sulfureuse du personnage qu'il s'attendait à y découvrir ? Zacharie n'avait jamais éprouvé une tristesse aussi sourde. Basse sous son toit de chaume, la façade ne présentait pourtant rien qui inclinât à la mélancolie. Le pilhaouer mit son état d'âme sur le compte des épreuves affrontées les jours précédents.

Penn-Kalled s'était arrêté de lui-même, comme si lui aussi partageait la morosité de son maître. Zacharie descendit du siège, attacha son compagnon au baliveau le plus proche.

— Tu m'attends là, mon garçon, j'en ai pas pour bien longtemps.

Son paquet sous le bras, il s'approcha à pas de loup, comme s'il avait peur de cet inconnu. Etait-il seulement au gîte ? Tout était silencieux. Il frappa au vantail supérieur à plusieurs reprises, sans réponse, l'antiquaire avait dû s'absenter. Curieusement Zacharie en ressentit un certain soulagement. Il entendit remuer de l'autre côté, regretta son audace. Personne ne venait ouvrir pour autant. Zacharie se demandait ce qu'il fabriquait là, à quoi rimait cette quête désespérée. Aussi admirablement brodés ces bouts de chiffon soient-ils, Violaine était morte, de savoir ce qui s'était passé après ne la ressusciterait pas.

Un pas se fit entendre, une voix caverneuse demanda qui était là. Pris de court, Zacharie ne répondit pas tout de suite. Qui était-il en effet pour ce vieil ermite d'une hostilité chronique ? Un pilhaouer ? Beau pedigree. Zacharie Le Kamm ? L'autre lui répondrait qu'il ne connaissait personne de ce nom-là et lui intimerait de passer son chemin. Autant aller droit au but…

— C'est au sujet d'un costume bigouden que vous avez vendu à des gens de Morlaix.

S'ensuivit un long silence.

— Des gens de Morlaix ? Quels gens ?

— Des épiciers qui voulaient marier leur fille.

L'antiquaire devait réfléchir. Cette sombre histoire datait de plus de trois ans, peut-être ne se rappelait-il plus ? Ou alors une raison plus mystérieuse le faisait hésiter.

— Qu'est-ce que vous voulez savoir ?

— C'étaient un gilet et un manchoù aux broderies admirables. On m'a raconté une drôle d'histoire à leur sujet. Je voulais avoir votre avis.

— Pour que faire ?

On ne lui avait pas menti, le bonhomme ne paraissait pas commode.

— Je suis pilhaouer, j'ai retrouvé les habits dont je vous parle. Je les ai d'ailleurs apportés avec moi.

Cette fois, le vantail supérieur s'entrouvrit.

Dans l'entrebâillement se dessina sur fond de pénombre un visage pour le moins surprenant. Serait-il sorti du tombeau qu'il n'aurait pas présenté traits plus sinistres. Sous les cheveux grisâtres, le teint était terreux, les yeux enfoncés dans des orbites si creuses que les os du crâne leur servaient de cernes. Striée de minuscules rides, la peau racornie de la face émaciée présentait l'aspect de ces parchemins sur lesquels des plumes d'oie griffonnaient jadis de sinistres recettes. Si ce n'était de son cercueil, il devait émerger de son lit, vu sa crinière ébouriffée. Une main de squelette retenait la porte. Les articulations étaient noueuses, les ongles fissurés paraissaient avoir fouillé la terre. Mais le plus impressionnant était l'immobilité du personnage et la fixité de son regard, une gargouille cadavérique, pensa Zacharie. Le face à face dura quelques secondes. Puis le pilhaouer, pressé d'en finir, prit à deux mains le paquet sous son bras.

— Ce sont les pièces dont je vous ai parlé.

Les yeux de l'antiquaire se posèrent sur la toile de jute.

— Je veux bien les voir, ne serait-ce que pour vérifier si ce sont les mêmes.

Il brumassait toujours autant, une suspension de minuscules gouttelettes qui flottaient dans l'air.

— Ce serait plus commode à l'intérieur si on ne veut pas abîmer les broderies, se permit Zacharie.

Visiblement contrarié, l'antiquaire soupira.

— C'est que je n'ai pas fait le ménage depuis long-temps.

— Moi aussi je vis seul, je sais ce que c'est.

La main lâcha le montant de la porte, la porte s'ouvrit enfin, Zacharie avait le droit d'entrer. Il se retrouva dans l'antre d'un sorcier. Des objets partout, tous aussi bizarres les uns que les autres, des masques grimaçants, des sagaies, des arcs et des flèches encore dans leurs carquois, des pièces de gréements, des boussoles et même un sextant, de la vaisselle et une profusion de verres dont la plupart devaient être en cristal, et tant d'autres curiosités dont il serait vain de vouloir dresser l'inventaire. Tout cela pêle-mêle, sans le moindre souci de répartition. Le vieil homme avait déplacé son magasin chez lui, il n'avait pas eu le cœur de se séparer des trésors accumulés depuis des lustres. Malgré lui, Zacharie cherchait le crâne dont on lui avait parlé à deux reprises. Il le repéra juché sur une étagère dans une encoignure. Sa face camarde surveillait la pièce – le regard vide et ténébreux avait en effet quelque chose de terrifiant. Avec délicatesse, Polyte poussa sur le côté les objets qui occupaient le centre de la table.

— Montrez-moi donc.

Zacharie déballa son paquet. Le gilet et le manchoù apparurent, toujours aussi splendides. L'antiquaire changea d'attitude, soudain excité comme le gamin à qui l'on rapporte le jouet égaré.

— Ce sont bien les mêmes. Dans une malle, me dites-vous ? Ils n'ont pas été abîmés…

Son index suivait les volutes des broderies du plastron sans les toucher.

— Admirable, c'est vraiment un travail remarquable. C'eût été dommage que de si belles choses se perdent.

Jouait-il la comédie ou n'était-il pas au courant des noces funèbres ? Zacharie lui expliqua en quelques mots ce qui s'était passé. Il écoutait, en proie à une perplexité intense. De temps à autre lui échappait un soupir, il secouait la tête d'un air catastrophé.

— Mon Dieu... murmura-t-il quand le pilhaouer en arriva à la folie de la jeune femme qui se croyait possédée et à son geste désespéré afin d'échapper au démon. Je les avais pourtant mis en garde, mais ils n'en ont pas tenu compte... Il aurait fallu que je voie la fiancée, je suis sûr qu'elle, elle m'aurait écouté.

Zacharie avait du mal à comprendre...

— Vous les avez mis en garde contre quoi ?

— Il y a des choses que je sens à force d'avoir tenu entre mes mains des objets sacrés, des fétiches, des amulettes et autres grigris. Les objets ont une âme, chacun la sienne, vous ne le saviez pas ? Souvent on ferait mieux de les écouter, de sentir les vibrations qu'ils nous transmettent, bonnes ou maléfiques.

— Et ce gilet ? Et ce manchoù ?

— Eux aussi, peut-être encore plus que les autres, puisqu'ils ont hébergé la vie de femmes qui ont souffert.

Il paraissait effondré, comme s'il se sentait responsable du drame advenu à la famille à laquelle il avait rétrocédé ces habits.

— Vous-même, puisque vous êtes pilhaouer, vous ne vous êtes pas demandé comment un tailleur-brodeur pouvait atteindre une telle perfection ?

Zacharie se retint de répondre, il haussa les épaules. Polyte continuait.

— Non, croyez-moi, des broderies aussi admirables, les mains d'aucun homme ne sont capables de les broder toutes seules.

— Le diable ?… hasarda Zacharie afin de vérifier s'il était au courant de la prétendue légende.

— C'est pas ce que j'ai dit. Honnêtement, je ne sais pas… Le diable, on le voit partout dès que quelque chose ne marche pas en ce bas monde, mais il est certain que malgré leur beauté, ces broderies n'ont pas été conçues pour rendre heureuses celles qui commettraient l'imprudence de s'enorgueillir en les endossant. Ce sont des sensations que je serais incapable d'expliquer, mais je sais qu'elles sont vraies. En tout cas, mes intuitions ne m'ont jamais trahi.

— J'aimerais savoir qui vous a donné ces vêtements.

— A quoi cela vous servira-t-il ?

— C'est peut-être quelqu'un que j'ai connu. J'ai besoin de vérifier.

— La personne qui me les a vendus était très angoissée. Au début, elle ne voulait pas m'indiquer son nom, mais j'en avais besoin pour tenir mes livres de comptes.

— C'était une femme ?

— En effet. Elle entendait garder le secret, elle avait peur d'une malédiction, si certaines choses étaient dévoilées, m'a-t-elle confié. Elle a refusé de m'en dire davantage.

L'antiquaire fut alors pris d'une violente quinte de toux qui le plia en deux. Il sortit son mouchoir dans lequel il cracha. Zacharie crut voir que c'était du sang.

— Saloperie… bougonna le vieil homme, les paupières chargées de larmes.

— Vous êtes malade ?

Il se tapota sur la poitrine.

— Vous parliez du diable tout à l'heure. S'il existe, il a dû s'installer dans ma pauvre carcasse, lui ou l'un de ses démons. Enfin, je serai bientôt fixé. A en croire le médecin, je devrais aller à l'hôpital, mais crever là-bas ou ici, ça changera pas grand-chose.

— Vous voulez vraiment pas me dire de qui il s'agissait ?

— Têtu, le pilhaouer… Je vais réfléchir. C'est une décision que je ne peux pas prendre à la légère. Revenez demain matin, il paraît que la nuit porte conseil…

36

« Revenir le lendemain matin, la nuit portait conseil… », les paroles de l'antiquaire résonnaient encore dans le cerveau du pilhaouer. Si le vieillard ne lui avait pas signifié tout de suite un refus catégorique, c'est qu'il avait l'intention de fournir le renseignement réclamé. Une femme… Voilà tout ce que Zacharie avait réussi à tirer de lui, peut-être la mère d'une autre victime. Allongé sous son char à bancs au cas où il se remettrait à pleuvoir, il se tourna sur l'autre flanc afin d'adopter une position plus confortable.

D'avoir différé la confidence, Hippolyte Lelièvre obligeait le chiffonnier à passer la nuit dans le secteur malgré le froid. Il avait hésité à se rendre à l'hôtel, comme lorsqu'il allait au dépôt de Morlaix, mais il n'en avait plus les moyens. Pas envie non plus. Après tout, ce ne serait pas sa première nuit à la belle étoile. Penn-Kalled tirait la jambe, on aurait dit qu'il boitait du postérieur droit. Sans doute était-il fourbu, mais s'il s'était enfoncé quelque chose dans la sole, cela risquait de s'infecter, ce serait plus ennuyeux. Zacharie lui avait fait quand même tracter la carriole jusque dans un chemin à l'écart où tous deux prendraient un peu de repos.

En chemineau expérimenté, Zacharie gardait toujours deux couvertures sous le siège de sa voiture, une pour lui, une pour son ami. Quand il partait pour plusieurs jours, il prévoyait aussi de quoi se sustenter dans sa besace, un quignon de pain, une tranche de lard, le tout enveloppé dans un torchon, une pomme ou deux quand c'était la saison. Ce soir-là, il avait dîné à l'auberge des courants d'air, une frugalité et une solitude qui ne le dérangeaient nullement, il appréciait ces moments de calme, où il avait tout loisir de remettre de l'ordre dans ses idées. Il en avait bien besoin.

Zacharie avait l'intuition de côtoyer enfin la vérité, de ne pas s'être échiné pour rien. Aussi belles soient-elles, les broderies de Lazare Kerrec ne pouvaient quand même être passées entre mille mains !

La pluie avait cessé peu de temps après qu'il avait quitté ce curieux personnage. Le fameux Polyte… Zacharie ne l'avait pas trouvé si revêche. En tout cas, c'était une âme passionnée, un connaisseur qui devait encore détenir des trésors dans son bric-à-brac. Le costume brodé par l'arrière-grand-père témoignait de son intérêt pour les belles pièces. Par sa magnificence bien entendu, mais aussi en raison de sensations plus obscures. Ce vieil homme affirmait lui aussi que les objets possédaient des pouvoirs intrinsèques. Fariboles ? Zacharie s'était lui-même souvent insurgé contre les outils qui refusaient de remplir leur office… Un jour, il avait fendu d'un coup de bêche un seau récalcitrant, il s'en était senti soulagé, comme si ce n'était que justice.

Penn-Kalled était attaché à un tronc voisin, une précaution nécessaire au cas où quelque bête en maraude l'effraierait dans la nuit. Le licol assez lâche pour s'allonger, l'animal s'était couché sagement, brave et docile jusque dans les situations les plus alambiquées. Par intermittence, il renâclait dans son sommeil, avec ce tremblement si caractéristique des naseaux qui avait quelque chose d'humain, comme si lui aussi avait la faculté de rêver. La brise s'était levée, Zacharie se pelotonna dans sa couverture, recala sa musette sous sa tempe, et se laissa couler dans le sommeil.

Glissé entre les branches basses d'un sapin, le soleil agitait dans le vent des papillons d'ombre qui lui agacèrent les paupières. Dépêtré de sa couverture, ce fut aussi le froid qui le réveilla. Zacharie avait dormi plus longtemps que prévu. Il se leva, Penn-Kalled fut debout aussitôt, prêt à repartir. Le pilhaouer but de l'eau à sa gourde et grignota un croûton gardé du dîner de la veille, avec une couenne de lard, tandis que son cheval broutait quelques touffes d'herbe. Il tira sa montre de son gousset, bientôt huit heures. C'était peut-être encore trop tôt pour retourner chez l'antiquaire, d'autant plus que celui-ci paraissait plutôt mal en point. Tant pis, il le réveillerait. Le temps de se soulager dans les bosquets voisins, Zacharie attela le cheval au char à bancs et reprit le chemin de la chaumière.

Les nuages ayant libéré le ciel, il faisait presque beau pour un matin d'hiver. La maison de Polyte lui parut pourtant accablée de la même tristesse dans la brume matinale. Une corneille passa en croassant au-dessus de l'attelage rendant le décor encore plus lugubre.

Zacharie frissonna, se passa la main sur le visage en faisant crisser sa barbe. Il attendit un peu, espérant voir l'antiquaire pointer le nez sur le seuil. Rien. Cette fois, Zacharie conduisit sa carriole jusque devant la demeure. Il descendit, frappa. Pas de réponse. Il insista, sans plus de résultat. Plus matinal que son visiteur, Polyte devait être sorti. Le pilhaouer fit le tour du propriétaire, un petit appentis adossé au pignon, quelques outils et des récipients divers, un bout de jardin sur l'arrière, une terre ingrate protégée par un périmètre de grillage, mais laissée à l'abandon. Pas âme qui vive.

Dans son état, il était peu probable que le malheureux fût parti au bourg de Châteaulin, distant de deux bons kilomètres, surtout qu'il attendait de la visite. Ou alors, il avait décidé de garder son secret et s'était éclipsé afin d'éviter la rencontre.

Zacharie revint devant la chaumière. Il frappa encore, un peu plus fort, poussa de la main le vantail. Sous la pression, la porte s'entrouvrit.

— Mille excuses, je ne voulais pas...

Le silence. Malgré lui, Zacharie jeta un œil à l'intérieur. C'était toujours le même bazar. Il remarqua alors une forme sur le lit, recouverte d'une couverture. Immobile. Mû par un mauvais pressentiment, il s'approcha. Polyte était allongé sur le dos. Dans la pénombre de la pièce, la lividité de son masque facial était encore plus impressionnante. La bouche entrouverte et les yeux mi-clos, il devait dormir, mais aucun souffle ne troublait le silence. Zacharie lui prit le poignet pour l'amener à se réveiller, le secoua doucement, sa tête bascula sur le côté. Le pilhaouer lâcha le membre qui lui semblait d'une froideur anormale.

Il comprit alors que le vieil homme était passé pendant la nuit, emportant avec lui son terrible secret. La chaîne était rompue.

Zacharie resta un long moment abasourdi. Il n'avait plus aucune raison de s'attarder dans ce misérable musée de l'absurde. Lui vint l'idée saugrenue que le diable l'avait devancé pendant la nuit afin de lui interdire le secret. Il hésitait sur l'attitude à adopter… Abandonner ce pauvre homme dans son galetas ? Reclus de son propre chef, le malheureux ne devait pas recevoir beaucoup de visites. Dans quel état le découvrirait dans quelques jours le promeneur égaré, dans quelques semaines ? Ce n'était pas très charitable de laisser sa dépouille se corrompre comme une charogne malfaisante. Mais si Zacharie prévenait en ville que le sieur Hippolyte Lelièvre avait bouclé son calvaire terrestre, ne l'accuserait-on, pas, lui, le vagabond de l'avoir aidé à avaler son bulletin de naissance ? A Châteaulin, qui connaissait le pilhaouer de Loqueffret ? Personne. Certes, la tenancière du bistrot et les deux ivrognes l'avaient vu, mais il ne leur avait pas dit qui il était. Le Polyte ne portait aucune trace de violence, le médecin savait qu'il était malade, lui avait même prédit qu'il n'en avait plus pour bien longtemps… Dieu sait quand on le retrouverait, mais on conclurait alors à une mort naturelle, ce qui était d'ailleurs le cas. Oui, il valait mieux s'éclipser discrètement sans éveiller l'attention.

Le pilhaouer s'apprêtait à sortir quand il avisa un objet sombre au milieu de la table. Il s'agissait d'un grand cahier recouvert d'une toile noire. Zacharie aurait pu jurer qu'il n'était pas là la veille ; il se souvint alors

324

du livre de comptes dont lui avait parlé l'antiquaire et dans lequel il avait couché le nom de ses fournisseurs, notamment celui de la femme qui lui avait vendu le costume bigouden. Malgré ses scrupules, il l'ouvrit. C'était bien le registre espéré. Le cahier était épais, les pages recouvertes d'une écriture fine et serrée. S'il devait en faire la lecture, cela lui prendrait des heures ; il risquait d'être surpris à fouiner chez un malheureux qui ne pouvait plus se défendre, de passer pour un cambrioleur, voire un assassin. Le mieux, c'était d'emporter le livre.

Un détail intriguait Zacharie Le Kamm : pourquoi Polyte avait-il éprouvé le besoin de compulser ce document dont il n'avait plus que faire ? Pour retrouver le nom que le pilhaouer lui réclamait ? Peut-être... Mais une autre hypothèse se dessinait : le vieil homme ne se faisait plus d'illusions, il avait dû se sentir partir pendant la nuit, comprendre que c'était fini. Comme le pressentait Zacharie, il avait décidé de lui transmettre le renseignement souhaité, sans doute pour se débarrasser d'un secret trop lourd avant de boucler le balluchon de sa conscience. Alors il avait trouvé la force de se relever, de ressortir son livre de comptes et de le placer en évidence sur la table. Oui, c'est ainsi que les choses avaient dû se dérouler...

Zacharie allait en avoir la confirmation un peu plus tard. Il remonta sur son char à bancs et ne traîna pas en terrain découvert. Il fit cheminer Penn-Kalled ainsi pendant une demi-heure. Il estima être rendu assez loin, il décida de marquer une pause. Il descendit, s'assit sur une pierre en retrait du chemin, le registre sur les genoux. Il s'aperçut alors qu'un signet dépassait du bas. Il ouvrit à la page que l'antiquaire avait voulu lui indiquer. Un nom était souligné en rouge : Marthe Le Gouic. Sur la ligne en face figurait le libellé de la transaction effectuée : pièces de costume bigouden féminin, un gilet et un manchoù brodés. L'annotation suivante était surprenante : broderies exceptionnelles, mais maléfiques. Polyte devait être un commerçant méticuleux, sous le nom de la vendeuse était indiquée son adresse : Coat ar Roc'h, Lannédern, c'était juste à côté de Loqueffret. La boucle se refermait.

Zacharie tourna machinalement les feuilles suivantes. Il trouva mention de la vente aux époux Grammond. Ensuite, il n'y avait plus grand-chose d'inscrit, comme si les affaires de l'antiquaire avaient périclité du jour où il avait remis les broderies maudites entre les mains du diable.

37

Marthe Le Gouic vivait à l'écart du hameau de Coat ar Roc'h, comme si tous les protagonistes de ce récit diabolique éprouvaient le besoin de se dissimuler. En arrivant, Zacharie Le Kamm remarqua une ferme sur la droite, une modeste exploitation de toute évidence vu le peu de toiture visible de la route. Un peu plus bas, la maison de la vieille femme était charmante. Un petit jardin sur le devant, bien entretenu, avec un bout d'allée qui partageait les plates-bandes. Un daphné embaumait encore l'espace, mais il faudrait attendre le printemps pour que les touffes de primevères éclairent le sol fraîchement sarclé. Un camélia ouvrait déjà ses fleurs incarnates hérissées de longues étamines jaune d'or. Sur la façade courait une glycine aux tiges noueuses et torsadées comme d'épais ceps de vigne, gonflées de bourgeons prometteurs. Les vitres ornées de rideaux au crochet, le chaume du toit remplacé depuis peu par de la belle ardoise, tout indiquait que la propriétaire n'était pas dans le besoin. Ce fut d'ailleurs l'impression immédiate de Zacharie quand elle lui ouvrit sa porte.

Marthe Le Gouic, un petit bout de femme sans âge, tirée à quatre épingles dans sa vêture noire, hormis le tablier à fleurs. Ses cheveux argentés luisaient de reflets bleutés du plus bel effet. Sur l'arrière du crâne était fixé un petit béguin, vaguement semblable aux coiffes encore en grâce dans la contrée, mais arrangé à sa manière comme si elle entendait s'en démarquer. Elle n'avait aucune raison d'avoir peur, le pilhaouer la sentit pourtant sur la défensive. Pour preuve, sa voix trembla pour lui demander ce qu'il voulait.

— Vous montrer quelque chose.

Le char à bancs sur la route, elle crut à un colporteur comme il en traînait à faire du porte-à-porte en proposant des brimborions de toute sorte.

— Vous perdez votre temps, je n'ai besoin de rien.

— Je n'ai rien à vous vendre.

Elle hésita, fouillant les yeux du pilhaouer autant que le lui permettait la décence. Il eut le sentiment qu'elle le connaissait et s'efforçait de se souvenir.

— Qu'est-ce que vous venez faire ici alors ?

— Je viens de vous le dire. J'ai sous cette toile des habits que j'aimerais vous montrer.

Au lieu de la rassurer, ces quelques mots ne firent que renforcer sa méfiance.

— Des habits ? Quels habits ? Je ne suis pas couturière. Je préférerais que vous passiez votre chemin avant d'être obligée d'appeler les voisins ! Le fermier a des chiens, un fusil. Par ici, on n'aime pas beaucoup les vagabonds, surtout quand ils viennent frapper chez une vieille femme comme moi, qui vit seule et sans défense.

Zacharie s'obligea à sourire.

— Rassurez-vous, je ne vous veux aucun mal.

Devinant que jamais elle ne l'inviterait à pénétrer dans sa demeure, le pilhaouer entreprit de lui forcer la main. Il défit son balluchon, sortit le gilet et le manchoù, les déplia sous son nez pour en faire apparaître les broderies. A la vue des arabesques en fil de soie, la vieille manqua de défaillir. Elle s'appuya au mur de pierre qui encadrait la porte, le souffle court, les paupières cillant à petits coups.

— Qu'est-ce qui vous arrive ? Vous ne vous sentez pas bien ?

Elle secoua la tête en signe de dénégation, mais elle peinait à recouvrer la maîtrise de ses gestes, son regard revenait sans cesse sur les pièces de costume, pour s'en détourner aussitôt comme si les magnifiques arabesques lui faisaient horreur.

— Vous avez déjà vu ces broderies ?

Elle commençait à recouvrer sa lucidité.

— Non... Je sais pas...

— Si, je suis sûr que vous les avez déjà vues, puisque vous les avez vendues à un antiquaire de Châteaulin. Un antiquaire de Châteaulin, cela ne vous rappelle rien ?

Elle chancela à nouveau.

— Qui êtes-vous pour me poser toutes ces questions ?

— Un misérable pilhaouer. Je ne crois pas que mon nom vous dirait quelque chose...

Elle le dévisageait s'efforçant toujours de se souvenir, attendant qu'il déclinât son identité.

— Zacharie Le Kamm. Cela ne vous dit rien, n'est-ce pas ?

Il fallait croire que si, puisque, l'air encore plus angoissée, elle le convia aussitôt à entrer, de peur sans doute d'être aperçue en sa compagnie. Elle referma la porte, s'y adossa comme pour en condamner l'accès. Le regard halluciné, elle tremblait de la tête aux pieds, et Zacharie craignit qu'elle ne s'évanouît pour de bon, mais jamais ne se représenterait une occasion aussi propice.

— C'est vous qui avez vendu ces vêtements à l'antiquaire de Châteaulin. Je le sais, puisque j'ai retrouvé votre nom dans ses livres de comptes. Je voudrais juste savoir où et comment vous avez récupéré ce gilet et ce manchoù. Rien d'autre, je vous promets.

— Non… Je sais rien, je veux pas parler…

— Pourquoi ?

— Si je vous parle, ils vont me tuer.

— Mais qui enfin ? Dites-moi de qui vous avez peur.

Marthe Le Gouic était de plus en plus perturbée. Au bord du malaise, elle faisait peine à voir. Comprenant qu'il était inutile d'insister, Zacharie soupira, secoua la tête. Puis il remballa lentement le gilet et le manchoù.

— Pour aujourd'hui, je veux bien vous laisser. Mais j'ai besoin de connaître la vérité. Prenez le temps de réfléchir, personne ne saura que vous m'avez parlé. Je repasserai vous voir dans quelques jours…

L'entendait-elle encore ? La vieille femme était appuyée contre la tablette devant sa fenêtre, le dos tourné à cet homme qui lui causait un tel désarroi. De temps à autre, une convulsion la parcourait de la tête aux pieds, et son souffle n'était plus qu'un râle rauque.

Zacharie sortit de la maison, referma doucement la porte derrière lui. Il remonta sur son char à bancs et reprit la route de Loqueffret.

Sous le chapeau du pilhaouer, cela bouillonnait ferme. Il savait maintenant qu'il avait eu raison de ne pas abandonner sa quête. Lannédern ne se situait qu'à quatre kilomètres de Loqueffret, Marthe Le Gouic était presque une voisine, de toute évidence, elle savait beaucoup de choses. Des faits gravissimes pour être la proie d'une telle panique. Elle avait une frousse bleue de quelqu'un, même de plusieurs personnes de toute évidence. Il fallait à tout prix la décider à se confier, mais ce ne serait pas une mince affaire. La menacer ne ferait que la murer dans son silence, il convenait d'agir avec tact. Marthe Le Gouic avait-elle eu vent du mariage grand-guignolesque de Charles-Damien Ligoury ? De la dérobade de la fiancée devant le curé, de la confusion qui s'était ensuivie et du grabuge que cela avait provoqué, de la façon horrible dont la jeune femme était morte ? C'était par là qu'il faudrait commencer lors de la prochaine visite, chercher à éveiller sa compassion, lui faire réaliser la détresse d'un père de ne pas connaître la vérité au sujet du décès de sa fille. La persuader aussi de ne plus avoir peur, l'assurer de sa protection ou de celle des gendarmes contre ceux qui auraient quelque intérêt à la faire disparaître...

38

Zacharie patienta trois jours avant de revenir chez Marthe Le Gouic. Il trouva porte close. Fut aussitôt inquiet : la vieille femme n'aurait-elle pas fini comme l'antiquaire, éliminée par le démon avant de livrer son secret ? L'idée idiote le taraudait... Il tenta de l'écarter : d'apparence si farouche, devinant que le pilhaouer ne renoncerait pas, elle s'était plutôt enfuie. La raison était évidente : il la voyait encore fouiller dans ses souvenirs jusqu'à ce qu'il lui dît son nom. Une illumination terrorisée, elle le connaissait, lui, Zacharie Le Kamm, chiffonnier de Loqueffret. Vu sa réaction, il était même probable qu'elle était au courant du mariage. Peut-être aussi du décès de Violaine. Quel rôle avait-elle tenu dans cet imbroglio ?...

Zacharie descendit de son char à bancs, jeta un coup d'œil alentour. Apparemment il n'y avait personne.

— Tu cherches quelque chose ?

Celui-là, Zacharie ne l'avait pas entendu venir dans son dos, l'agressivité de la voix le fit sursauter. Un paysan, sans doute chargé de surveiller la maison en l'absence de sa propriétaire. Le bougre n'avait pas l'air commode, surtout qu'il pointait un fusil en direction du pilhaouer.

— Je suis venu rendre visite à Mme Le Gouic, répondit Zacharie en s'efforçant de paraître naturel.

— Et pourquoi tu veux la voir ?

— Je lui ai apporté des affaires qui pourraient l'intéresser, fit-il en désignant le paquet calé sous le siège de sa voiture.

Le paysan gardait son arme dressée.

— Y a qu'à me les donner, je lui remettrai.

— C'est quelque chose de très précieux. Sauf votre respect, je préfère les lui remettre en mains propres…

— Dis tout de suite que les miennes sont sales.

Zacharie s'efforça de rire, mais le ton déplaisant de l'individu, ce tutoiement intempestif, sa façon de le menacer comme s'il était un bandit, tout cela commençait à l'exaspérer.

— Non, bien sûr, mais on se connaît pas, et j'ai pas pour habitude de faire confiance à quelqu'un qui tient un fusil sous mon nez.

L'autre baissa enfin son arme.

— En ce cas, si tu veux la voir, il faudra patienter…

— Ah bon… Elle est partie, Mme Le Gouic ?

— Ouais… Elle est à l'hosto, figure-toi.

— Mon Dieu, qu'est-ce qui lui est arrivé ?

— Elle a fait un malaise l'autre jour. Même qu'on a été obligé d'appeler le médecin et que celui-ci a dit qu'il fallait la transporter à l'hôpital de Morlaix. Tout ça à cause d'un pauvre type qui est venu l'emmerder dans la matinée. D'ailleurs, c'est curieux, mais ce salaud-là avait un char à bancs un peu comme le tien, et le cocher qui était assis sur le siège, il était habillé pareil que toi et je peux même dire qu'il te ressemblait.

Zacharie comprenait à présent la raison d'un accueil aussi hostile.

— Ce serait pas toi, par hasard ?

Le pilhaouer jura ses grands dieux qu'il rendait visite à la vieille femme pour la première fois. Le paysan n'en tint pas compte.

— Ecoute-moi bien… Parce que si des fois c'était à cause de toi que Marthe a failli rider son parapluie, faudrait peut-être lui foutre la paix maintenant. C'est une petite vieille qu'a jamais fait de mal à personne et qu'a été honnête toute sa vie. Je suis pas sûr que tu peux en dire autant. Tu vois ce que je veux dire ?…

Le doigt sur la détente, il ponctuait chacun de ses propos d'un mouvement du canon en direction du visiteur. S'attendant à ce que le coup partît d'une seconde à l'autre, Zacharie n'en menait pas large. Pour sûr que le fermier l'avait vu arriver l'autre jour. Il était venu aux nouvelles. Heureusement pour la vieille au demeurant – s'il ne lui avait pas porté secours pendant son malaise, à cette heure elle serait sans doute décédée.

— Du calme, l'ami, quand je te dis que c'est pas moi, tu me crois si tu veux. Même chose quand je te dis que je veux pas de mal à Mme Le Gouic. Je repasserai la voir quand tu seras pas là à jouer les chiens de garde.

— Méfie-toi quand même. Je serai pas forcément un gentil toutou comme aujourd'hui. Je suis jamais bien loin, et mon flingot est toujours chargé.

Zacharie ne répondit pas, il remonta sur sa voiture et s'en alla sans obliger Penn-Kalled à se presser. Au moment où les roues s'engageaient sur la route, il entendit le paysan crier dans son dos :

— Et t'avise plus de venir rôder dans le secteur !

Le lendemain, Zacharie reprenait la route de Morlaix avec son fidèle compagnon. Il mit un certain temps à trouver l'hôpital, fut obligé à plusieurs reprises de se renseigner auprès des passants qui s'écartaient pour faire place à l'attelage. A l'accueil, il demanda s'il pouvait voir Mme Le Gouic.

— Vous êtes de sa famille ?

Une vieille taupe au bec pincé, imbue de l'autorité de cerbère du temple médical.

— Non, un voisin. Je passais à Morlaix, c'était l'occasion.

— En principe les visites sont réservées aux membres de la famille.

— Ah bon ! Je crains bien qu'elle n'ait plus beaucoup de famille...

— Enfin... C'est pas à moi de décider. Prenez le couloir à gauche, puis l'escalier qui monte à droite. C'est au deuxième. Demandez aux infirmières si elles peuvent faire quelque chose, mais ça m'étonnerait qu'elles vous donnent l'autorisation.

Elle eut un moment d'hésitation.

— De toute façon, ils l'ont mise dans une chambre seule.

— Je comprends pas... C'est mieux pour elle, elle doit être plus tranquille.

— Oui, sans doute. Mais nous n'avons pas beaucoup de chambres seules. C'est pour ceux qui vont... Vous voyez ce que je veux dire ?

— Pas vraiment...

— C'est pas grave. Allez demander là-haut si vous pouvez la voir.

Infirmières et aides-soignantes papotaient dans le bureau en buvotant un café et en grignotant de petits biscuits. Visiblement, l'arrivée de Zacharie fut loin de les ravir. Il se présenta de nouveau comme un ami de la patiente. Il eut droit aux mêmes questions qu'en bas, à la même suspicion. Il n'avait pas eu souvent l'occasion de se rendre à l'hôpital, mais il lui semblait bien que les visites n'étaient pas réservées aux seuls membres de la famille... Sans doute sa tenue de chemineau et ses cheveux longs... Par chance, le médecin arriva et se montra plus coopératif :

— Bien sûr... Pourquoi pas...

Il avait l'air plutôt pessimiste.

— Vous savez, Mme Le Gouic est très fatiguée. C'est une personne âgée, son cœur est usé, mais elle a dû avoir un choc émotionnel d'une extrême violence, une mauvaise nouvelle par exemple, ce qui aurait précipité les choses. Vous la connaissez bien ?

— Un peu... mentit Zacharie. Elle ne doit pas avoir beaucoup de visites.

— Voilà trois jours qu'elle est là, vous êtes le premier à venir la voir. Suivez-moi, on va lui demander si elle est disposée à vous recevoir.

C'est raté, se dit le pilhaouer. Quand elle saura que c'est moi, elle va certainement pousser les hauts cris. Mais il était trop tard pour faire machine arrière.

— Qui dois-je annoncer ? demanda le toubib, la main sur la poignée de la porte.

A quoi bon mentir davantage et provoquer un scandale ? Zacharie avoua sa véritable identité. Il n'eut pas longtemps à patienter. A son grand étonnement, Marthe Le Gouic ne refusa pas.

— Ne restez pas trop longtemps, recommanda le médecin à voix basse en le laissant entrer. Ce n'est pas la peine de l'affaiblir davantage.

Marthe Le Gouic était en effet épuisée. Sur l'oreiller blanc où frisottait sa chevelure diaphane, son visage ressortait encore plus pâle que l'autre jour. Elle respirait calmement, mais sa blancheur cadavérique corroborait les craintes du médecin. Par où commencer… Il la remercia d'avoir accepté de lui parler, s'excusa de lui avoir causé un tel désagrément lors de sa visite à son domicile.

La vieille le regardait, dans ses yeux ne se lisait plus aucune animosité, elle ne paraissait plus terrorisée.

— De toute façon, il fallait bien que cela arrive un jour, proféra-t-elle dans un murmure inaudible.

— Quoi donc ?

— Que quelqu'un vienne me demander où j'avais trouvé les broderies que vous m'avez montrées.

— Vous n'avez plus peur ?

Elle soupira, esquissant un sourire d'une tristesse infinie. Ses yeux clairs se posèrent sur le pilhaouer.

— Je sais que c'est bientôt la fin. Je ne retournerai plus chez moi, et ils viendront quand même pas me chercher jusqu'ici.

— Qui ? demanda Zacharie.

— Ne soyez pas trop pressé. Asseyez-vous. J'avais décidé de me taire jusqu'à mon dernier souffle, mais maintenant que vous êtes là, je n'en ai plus le droit.

A ce moment-là, la porte s'entrouvrit, la tête d'une infirmière se dessina dans l'entrebâillement.

— Ça va, madame Le Gouic ?

— Oui, oui... Ne vous inquiétez pas, cela me fait du bien de parler un peu.

39

Un silence religieux. Marthe Le Gouic s'était figée. On aurait dit qu'elle dormait les yeux entrouverts. Zacharie craignit qu'elle ne s'en fût allée pour de bon. Jointes sur sa poitrine comme celles d'un gisant, ses mains étaient agitées de frémissements et ses jointures décharnées blanchissaient quand ses doigts se crispaient. Enfin parvenu à l'orée de la vérité, lui-même n'osait bouger, de la même façon qu'il craignait étant gamin que ne s'interrompît le filet du ruisseau où il faisait tourner un petit moulin.

— Par où commencer ?... murmura-t-elle.

La voix de la vieille femme avait la ténuité incertaine de la source.

— Ces costumes, ces broderies... proposa Zacharie.

— Oui bien sûr, mais il vaut mieux quand même commencer par le début. Savez-vous qui je suis ?

Il haussa les épaules.

— Vous vous appelez Marthe Le Gouic, je sais rien d'autre...

— Donc vous ne savez rien. Si je vous dis que je travaillais chez les Ligoury ?...

Le pilhaouer sursauta.

— Chez Jean-Marie Ligoury ?

— Oui, j'ai commencé comme servante chez eux à l'adolescence, je les ai quittés voilà tout juste deux ans. J'étais devenue trop vieille et trop faible, mais ils m'ont donné de quoi vivre jusqu'à la fin de mes jours, sans doute pour que je continue à me taire...

Le secret que Zacharie traquait depuis le début, sans se douter de sa teneur... Il n'était pas au bout de ses surprises.

— A l'époque où j'ai vu pour la première fois ces broderies, les Ligoury employaient plusieurs domestiques : quelques ouvriers agricoles, et une fille de ferme qui m'aidait dans la mesure de ses moyens. Aurélie était une brave fille, mais un peu simplette. A son actif, il faut lui reconnaître sa beauté. Elle était blonde comme les blés, et joliment balancée. C'était la femme du patron qui l'avait embauchée quelques mois auparavant. Etouffée par son mari, Amélie Ligoury avait comme cela des accès de charité, sans doute pour se donner bonne conscience. Un soir, la servante a eu un accident. Un moment d'inattention, c'était une vraie tête de linotte. Elle est tombée par la fenêtre du fenil sur les pierres de la cour en contrebas.

Marthe s'arrêta, le souffle court, le pilhaouer craignit qu'elle n'eût pas la force de continuer.

— Donnez-moi un peu d'eau, j'ai la gorge sèche.

Zacharie s'empressa de satisfaire sa demande.

— Elle s'était blessée ?

— Elle avait fait une très mauvaise chute, la faute à pas de chance, c'est la tête qui avait porté, les vertèbres cervicales brisées et sans doute des dégâts à l'intérieur du crâne. C'est moi qui l'ai relevée, elle n'avait pas eu le temps de souffrir, elle était morte sur le coup. Les ouvriers étaient aux champs, sauf un dénommé Basile. Lui non plus n'avait pas inventé l'eau chaude. Il m'a aidée à porter la malheureuse dans sa chambre. Nous l'avons allongée sur son lit, et nous sommes allés chercher le patron. M. Ligoury a eu l'air contrarié, il a réfléchi longtemps, nous lui avons demandé s'il voulait qu'on aille prévenir la mairie du décès. Il nous a répondu que ce n'était pas la peine. Maintenant qu'elle était morte, cela pouvait attendre le lendemain. Il nous a demandé aussi de ne pas alerter les autres employés, de dire qu'Aurélie avait donné son congé et qu'elle était partie. C'est là que j'ai compris que le Jean-Marie préparait quelque combine comme il en avait l'habitude.

« Je ne me trompais pas, après le dîner, il est venu me chercher dans la pièce où le personnel prenait ses repas, il m'a demandé de l'accompagner discrètement. Il m'a conduite jusque dans la chambre de la morte. Sur la table était étalée la tenue complète d'une femme : une chemise de corps, un jupon, une jupe et une paire de bottines, et surtout un gilet et un manchoù magnifiquement brodés. Vous avez deviné lesquels… Il ne manquait que la coiffe. M. Ligoury m'a demandé de faire la toilette mortuaire de la défunte. Mon père était tailleur-brodeur, sans talent, besogneux, gagnant à peine de quoi faire vivre sa famille. J'étais donc capable d'apprécier la qualité exceptionnelle des broderies, surprise du coup que l'on habille une fille comme Aurélie avec une tenue aussi belle uniquement pour la mettre en terre, mais depuis longtemps, j'avais appris à obéir sans poser de questions. Au moment de lui enfiler le gilet et le manchou, il s'est passé une chose bizarre, tout s'est mis à tourner autour de moi, j'avais du mal à respirer. Cela n'a duré que quelques secondes, mais quand le malaise s'est dissipé, j'ai eu l'impression atroce que le visage de la morte n'était plus le même, comme si une vilaine grimace de souffrance l'avait déformé. Sans doute était-ce l'émotion provoquée par le décor sinistre dans la nuit, le cadavre que je devais manipuler pour l'habiller.

« Basile m'avait vue partir avec le patron, il se demandait où j'étais. Il a débarqué à l'improviste dans la chambre d'Aurélie, il s'est étonné de ce que je fabriquais. Je lui ai répondu que j'obéissais aux ordres de nos maîtres, mais que je ne savais rien de plus. Au moment où il sortait de la pièce, Jean-Marie a surgi avec son fils.

— Charles-Damien ?

— Oui. Ils venaient voir si j'avais terminé. Ils m'ont dit que c'était très bien, que j'avais fait du bon travail, que je pouvais aller me coucher. Une fois de plus, Jean-Marie m'a recommandé le silence. Je comprenais de moins en moins, mais j'ai regagné ma chambre en sachant que j'aurais du mal à trouver le repos. Je n'arrivais pas à dormir, je me suis relevée, et je suis allée prendre l'air à ma fenêtre, qui donnait sur la cour. C'est alors que j'ai assisté à une scène étrange. J'ai vu le père et le fils Ligoury sortir de la chambre mortuaire. Charles-Damien portait un long paquet sur son épaule, enveloppé dans une couverture. Il n'était pas difficile de deviner que c'était le corps d'Aurélie. Je n'ai jamais été du genre curieuse, mais j'ai eu envie de savoir ce qu'ils faisaient, où ils allaient. J'ai enfilé ma grande cape noire, et je suis descendue sans faire de bruit, je les ai suivis dans la nuit. De temps à autre, ils s'arrêtaient et je me cachais dans le fossé. Ils regardaient autour d'eux, visiblement très inquiets, comme s'ils avaient peur d'être suivis. Ils n'ont pas marché très longtemps, jusqu'à une chaumière à moitié en ruine, celle d'une mendiante qui avait mal tourné. J'étais de plus en plus intriguée, surtout que quelques minutes plus tard, j'ai entendu un bruit épouvantable provenant du toit, quelque chose qui s'effondrait, puis des pierres qui roulaient à l'intérieur, des objets que l'on déplaçait. Des raclements bizarres.

« Les Ligoury n'ont pas tardé à ressortir et ils ont filé au plus vite. Je suis allée voir ce qu'ils avaient fait de la dépouille de la malheureuse Aurélie.

Violaine, était-ce possible ?... Epouvanté, Zacharie tremblait à son tour comme une feuille.

— Donnez-moi encore un peu d'eau...

Marthe avala deux gorgées qu'elle eut du mal à déglutir. Elle se tapota les lèvres avec le bord du drap, puis elle reprit sa confession.

— La jeune femme était allongée à plat ventre parmi les gravats, sa tête disparaissait sous la poutre avec laquelle ils lui avaient écrasé le crâne. De toute évidence, ils n'y étaient pas allés de main morte. Une vision horrible, mon premier réflexe a été de m'enfuir. Je suis sortie, mais quelque chose me retenait, une force mystérieuse qu'aujourd'hui encore je serais incapable de définir. Je suis revenue dans la chaumière. La lune donnait sur le corps. Je voyais le dos du manchoù que j'avais enfilé à la malheureuse quelques heures auparavant, j'imaginais les broderies magnifiques qui en ornaient le devant et le plastron du gilet. Il me paraissait impossible de les laisser là.

— C'est alors que vous les avez récupérés ?

— Oui, à tâtons dans l'obscurité, je lui ai enlevé le manchoù, j'ai dégrafé le gilet et l'ai retiré de la même façon, par contre je lui ai laissé sa jupe. Vous me croirez si vous voulez, mais il m'a semblé que le corps martyrisé se détendait, et j'ai même eu l'impression d'entendre un soupir de soulagement alors que la tête broyée sous l'énorme poutre aurait été bien incapable de respirer. Je me suis enfuie comme une voleuse.

Zacharie avait du mal à appréhender la pleine signification de l'histoire ahurissante qu'il venait d'entendre. Si tout cela était vrai, Violaine ne serait pas la femme qu'il avait découverte dans la chaumine d'Adeline Quiru ! Ce ne serait pas elle qui était inhumée dans la tombe de sa mère... Ce qui signifiait aussi... La tête lui tournait... Qu'elle était peut-être encore vivante ! Mais voilà treize ans que tout cela s'était passé, et la malheureuse n'avait donné aucun signe de vie durant tout ce temps... Marthe Le Gouic, il ne la connaissait pas, elle avait peut-être une imagination débordante. Une vieille femme fragile à l'orée de la mort, l'esprit certainement chamboulé, devait-il lui faire confiance ?

— Il y a quelque chose que j'ai du mal à comprendre.

— Je vous écoute.

— Comment les Ligoury, après toutes les précautions qu'ils avaient prises, ont-ils pu laisser vivants des témoins aussi gênants que vous et le commis de ferme qui vous avait aidée à porter le corps dans sa chambre, lui qui avait vu la façon dont vous aviez habillé la défunte ?

Marthe Le Gouic marqua une pause avant de répondre. Elle paraissait de plus en plus faible.

— Puisque j'ai commencé, autant aller jusqu'au bout. Basile est mort le lendemain matin. Il était porté sur la boisson, c'était son unique plaisir. On l'a retrouvé dans la grange, une bouteille d'eau-de-vie vide à côté de lui... Il n'avait pas toute sa tête, mais c'était un garçon robuste, une bouteille ne lui faisait pas peur, même du lambig le plus fort... M'est avis qu'on avait mis quelque chose dedans.

Zacharie était de plus en plus horrifié.

— Quoi donc ?

— Je ne sais pas. Mais ils avaient tellement de produits bizarres contre les rats et les taupes...

— Et vous, pourquoi ils ont pas essayé de vous supprimer ?

— Je me suis souvent posé la question, je pense même qu'à plusieurs reprises ils ont été à deux doigts de m'envoyer rejoindre Basile. Pourtant ils ne l'ont pas fait ; je crois avoir deviné pourquoi... J'ai été la nourrice de Charles-Damien. Si par la suite, il est devenu un homme robuste, il était né avant l'heure, il est resté longtemps anémique quand il était petit, entre la vie et la mort... Le médecin avait dit que s'il s'en était sorti, c'était grâce à la richesse de mon lait. C'est sans doute ce qui m'a sauvé la vie. Mais le père et le fils m'ont toujours fait comprendre que je n'étais qu'en sursis. Ils me payaient bien, davantage même depuis que j'étais en possession du terrible secret, pour acheter mon silence. Quel intérêt aurais-je eu d'aller raconter ce qui s'était passé ?

— Pourquoi le faites-vous maintenant ?

— Voilà plusieurs semaines que j'entends la charrette de l'Ankou couiner autour de ma chaumière, je sais que mon heure est bientôt venue. Le bon Dieu a dû vous aider à retrouver ma trace afin que je transmette à quelqu'un mon terrible secret. Il sait bien que je n'aime pas trop les curés et que ce n'est pas à eux que j'irai me confesser. Peut-être que là-haut on m'en voudra moins d'avoir été complice de cette abomination.

— Savez-vous comment était arrivé chez les Ligoury le costume que vous avez passé à Aurélie, le gilet et le manchoù, les bottines ?

La respiration de la vieille femme était de plus en plus oppressée. Zacharie redoutait qu'une infirmière ou le médecin ne viennent lui demander de la laisser se reposer.

— Je n'ai pas eu besoin d'attendre longtemps pour le comprendre. Quelques jours plus tard, de la fenêtre de ma chambre, j'ai assisté à une autre scène tout aussi singulière. C'était encore la nuit, j'ai aperçu le fils Ligoury traverser la cour en compagnie d'une femme enveloppée dans une grande pèlerine qui la couvrait de la tête aux pieds, je ne voyais pas non plus son visage, caché lui aussi sous une large capuche. Elle titubait comme si elle avait bu. Il l'a fait monter dans le fiacre qui attendait dans l'allée à l'extérieur, et ils sont partis.

Une immense bouffée d'espoir venait d'envahir Zacharie : Violaine, puisque ce n'était pas elle sous la poutre, ce devait être avec elle que Charles-Damien Ligoury s'était enfui dans la nuit.

346

— Vous étiez au courant bien sûr du mariage du fils Ligoury ?

Marthe le regarda fixement, un petit sourire au coin des lèvres.

— Evidemment, tout le monde était au courant, ça a fait assez de bruit dans le secteur. C'est quand j'ai appris le soi-disant décès de la fiancée que j'ai compris ce qui s'était passé. Que j'ai su avec qui Charles-Damien était parti cette fameuse nuit…

Elle marqua une pause, afin de ménager ses effets.

— … avec votre fille, Zacharie Le Kamm, votre fille que les Ligoury retenaient prisonnière depuis le fameux mariage. Je me doutais bien qu'ils séquestraient quelqu'un dans les pièces aménagées au sous-sol, où personne n'avait plus le droit de descendre depuis ce jour.

Tout se tenait, peu à peu, le puzzle se complétait. Il ne manquait qu'une pièce, pas la moins importante.

— Vous savez où Charles-Damien l'a emmenée ?

— Non, mais j'ai ma petite idée… Il montait souvent à Paris où son père était propriétaire d'un restaurant. C'est la mère qui m'en avait parlé, un jour où elle avait eu le droit d'accompagner son mari. Je pense que c'est là-haut que le fils est parti avec votre fille. En tout cas, on ne l'a jamais revue.

Zacharie secouait la tête d'un air désespéré.

— Et vous aviez gardé ce manchoù et ce gilet pendant tout ce temps sans rien dire à personne ?

— Je n'avais pas le cœur de m'en séparer. Je les regardais souvent. Malgré le traitement que les Ligoury leur avaient fait subir dans la chaumière en ruine, ils n'étaient pas du tout abîmés, comme si rien ne pouvait les altérer. Ils me subjuguaient et m'effrayaient en même temps. Par moments, je croyais entendre la voix de votre fille qui me suppliait de la délivrer du mal. Une nuit, dans un cauchemar, j'ai eu l'impression d'une présence auprès de mon lit, une grande silhouette que je n'avais jamais vue, mais dans mon inconscience, j'ai deviné tout de suite que c'était celle du diable. Je me suis réveillée en sursaut. Quelques secondes j'ai cru voir s'évanouir une forme noire, et s'éteindre deux points luminescents qu'on aurait dit des yeux de braise. Je sais, vous allez penser que je suis folle et pourtant je vous jure que c'est la stricte vérité. Je n'en dormais plus, oppressée dès que je me mettais au lit. Au bout de quelques semaines, j'ai vendu le manchoù et le gilet à l'antiquaire de Châteaulin. J'ai déposé l'argent dans un tronc à l'église, je me suis sentie tout de suite soulagée. Vous voyez, j'étais même parvenue à oublier cette sordide histoire, jusqu'à ce que vous veniez me rendre visite l'autre jour.

Zacharie ne savait quels sentiments vouer à cette femme : la reconnaissance de lui avoir appris la vérité bien entendu, mais comment ne pas lui en vouloir aussi d'avoir gardé le silence pendant tout ce temps ? Marthe Le Gouic devait cependant être rongée de remords d'avoir protégé ces salauds-là. La porte s'ouvrit, cette fois c'était le médecin. Il s'adressa au pilhaouer :

— Je croyais vous avoir…

— C'est moi qui lui ai demandé de rester, le coupa Marthe Le Gouic. Nous avions des choses à nous dire.

Zacharie s'apprêtait à sortir. Elle le rappela.

— Au fait, j'oubliais de vous dire, le restaurant des Ligoury à Paris s'appelle « Aux monts d'Arrée ».

40

Zacharie Le Kamm s'était laissé pousser la barbe. En contrepartie, il s'était coupé les cheveux. Depuis un an, le train passait à Loqueffret, reliant Plouescat sur la côte nord à Rosporden au sud, le « train patates » comme l'appelaient les gens du coin en raison des marchandises qu'il transportait, et qui se tortillait si lentement qu'on pouvait y grimper en marche en courant un peu. Le pilhaouer n'avait pas encore eu l'occasion de le prendre, pas plus que le grand, le vrai, celui qui montait à Paris, avec une voie ferrée plus large.

« Ar marc'h du » en breton, le cheval noir, dont les panaches fuligineux et les halètements faisaient râler les paysans quand il faisait du boucan à proximité de leurs fermes, effrayant à les entendre les chevaux et les poules, les vaches aussi, faisant tourner leur lait avant de le mettre dans la baratte… En revanche la machine infernale émerveillait les enfants.

Depuis la nuit des temps, le cycle quotidien des paysans était régi par le soleil, il leur était bien rare de se tromper sur l'heure à quelques minutes près. Ne pouvant plus accorder leur intuition solaire aux exigences du monstre d'acier, ils avaient dû acheter des montres à gousset de crainte de rester sur le quai quand ils se résignaient à emprunter ce moyen de locomotion révolutionnaire. Une aventure hors de raison la première fois, une fierté par la suite dont ils éclaboussaient les voisins qui ne s'y étaient pas encore risqués.

— Tu devrais essayer. Tu verras, c'est génial. On a un peu peur au début, mais on s'habitue. Et tu peux pas savoir comme cette bestiole-là va vite !

Soucieux d'appréhender ce monde moderne et de jouer les fiérots, Zacharie aurait voulu ne pas être impressionné, mais le paysage défilait comme un rideau trop vite tiré et lui donnait le tournis depuis que le convoi avait quitté la gare de Rosporden.

Le pilhaouer avait recouvré une raison de vivre. Il recevait enfin la récompense d'avoir résisté à la détresse. Sa première idée avait été de pousser jusque chez les Ligoury afin de leur réclamer des comptes. Mais ceux-là auraient tout nié en bloc. Si Violaine était encore de ce monde treize ans après, s'ils la retenaient toujours prisonnière, ils se seraient méfiés – c'était le meilleur moyen de ne pas la retrouver.

Zacharie s'était renseigné à la Poste : « Aux monts d'Arrée », le restaurant n'était pas très éloigné de la gare Montparnasse, terminus de son périple. Après ses réticences à livrer son terrible secret, Marthe Le Gouic avait tenu à lui confier la dernière clef. L'incitant ainsi à partir à la recherche de sa fille, c'était sa façon à elle de se venger – elle avait dû souffrir au service de ces meurtriers qui avaient éliminé un certain Basile afin de l'empêcher de bavarder. Au-devant de quelles noirceurs la longue chenille le transportait-elle ? Le pilhaouer ne se berçait pas d'illusions, quelle que fût la destinée de sa fille après sa séquestration, elle avait dû vivre les plus glauques cauchemars.

Zacharie quittait la Bretagne pour la première fois. Paris, beaucoup de Bretons y avaient déjà émigré, la plupart afin d'y chercher du travail. De retour au pays pour respirer une bolée d'air pur, ils affichaient des manières de mondains. Ils paradaient, imbus d'une condescendance affligeante à l'égard des péquenots trop timorés pour s'émanciper de la « bouse » ancestrale qui leur collait aux sabots. Ces nouveaux conquistadors racontaient les grands boulevards, les monuments aux noms prestigieux, l'Arc de Triomphe, la tour Eiffel. A les entendre, il n'y avait rien de plus beau que la girafe dégingandée érigée en plein cœur de la capitale. Les malheureux... Ils ne savaient pas qu'ils étaient les vecteurs d'une mutation sociale inextinguible et qu'entérinerait le conflit mondial que tout le monde disait maintenant inévitable. Le pilhaouer, lui, souriait de ces arrogances surfaites. Il n'était pas le seul. Pour les anciens à lézarder autour de l'église, ces donneurs de leçons n'étaient que des traîtres qui reniaient leurs racines en se mettant au service de la nation jadis ennemie.

Bousculées de partout, les mentalités ne seraient plus jamais les mêmes ; le train était l'un des principaux facteurs de cette évolution. En abolissant les distances, il aiguisait les curiosités ; en ouvrant des horizons jusque-là inaccessibles, le rail brisait le carcan des microcosmes paysans. Le pilhaouer trouvait cependant que le voyage s'éternisait, que malgré sa grande vitesse, la machine moderne mettait un temps fou à l'amener à Paris. Les soubresauts réguliers des roues sur les jonctions des rails lui vibraient dans tout le corps et lui brisaient les reins ; par moments, le vent rabattait le panache de la locomotive et en infiltrait les pestilences de suie jusque dans le compartiment. Il avait confié Penn-Kalled à un fermier de ses amis. Son brave compagnon filait moins vite que son homonyme d'acier, mais au moins le cocher pouvait prendre le temps de musarder, l'arrêter à sa guise, descendre de l'attelage pour se soulager à la faveur d'un hallier en écoutant les oiseaux chanter, et en regardant voleter les papillons et les abeilles bourdonner de fleur en fleur. Ici, plus personne n'était maître de son allure. Si c'était ça, le progrès…

Zacharie s'attendait à contempler des paysages radicalement différents. Quoi exactement ? Il ne le savait pas, des arbres avec des feuilles découpées comme il n'en aurait jamais vu, des nuages aux contours fantasques, des maisons qu'il aurait été incapable d'imaginer. Le ciel restait le même, les vaches dans les champs n'avaient que deux cornes et quatre pattes comme celles qu'il côtoyait depuis son enfance. Il connaissait un peu la géographie de ce pays dont l'école lui avait vanté les incommensurables vertus. En leur serinant une Marseillaise pathétique, les instituteurs s'étaient escrimés à le convaincre, lui et ses camarades, que la Bretagne faisait partie de cet hexagone à la pointe de l'Europe. Mais d'autres, moins habilités, mais plus sincères, lui avaient appris que la péninsule armoricaine n'avait pas tout à fait le même passé historique que les provinces françaises. Ses ancêtres les Gaulois… Zacharie avait lu quelque part que c'était loin d'être vrai. Toujours est-il que lorsque les panneaux lui firent prendre conscience d'être sorti de Bretagne, il n'éprouvait pas encore le sentiment d'être « dépaysé ».

A chaque gare, des voyageurs descendaient, d'autres montaient, sans échanger un mot. Habitué à la convivialité, même avec les inconnus croisés dans les chemins, le pilhaouer salua les premiers. Rares furent ceux à lui répondre du bout des lèvres ; en revanche, tous lui adressèrent des regards surpris, amusés parfois, devinant l'indigène tout frais sorti de sa cambrousse. Une femme, un bébé entre les bras, prit même un air offusqué, craignant sans doute qu'il ne lui volât son chérubin. A son grand étonnement, Zacharie comprenait que la politesse n'était pas de mise dans cette population en transhumance. Il se rencogna contre sa vitre, et se tint coi comme les autres.

Plusieurs heures s'écoulèrent. A mesure que l'on approchait du but, les voyageurs se faisaient plus nombreux. Si les paysages ne l'avaient pas impressionné, Zacharie se rendait compte que les manières de vivre de ces gens-là n'étaient pas les siennes : les Français n'étaient pas habillés comme lui, leurs attitudes, leur démarche, jusqu'à leur façon de regarder, n'étaient pas celles des Bretons. La curiosité était réciproque : bien que Zacharie eût troqué sa vêture traditionnelle contre un veston et un pantalon modernes, les regards s'attardaient sur sa silhouette, les sourcils se fronçaient avant que ne se détournent les yeux… Sa gêne en devenait si manifeste qu'on se demandait ce qu'il fichait là, ce qu'un pareil attardé allait fabriquer à la capitale. Quelques-uns parcouraient le journal, plié au moins en huit de façon à pouvoir le tenir d'une seule main, une femme était plongée dans un roman. Deux ou trois butors fumaient, rendant l'atmosphère irrespirable sans le moindre scrupule. Un prêtre lisait son bréviaire, levant de temps à autre les yeux au ciel ; les paupières mi-closes, ses lèvres s'agitaient alors sans prononcer un son, comme un élève appliqué à mémoriser sa leçon. Deux militaires montèrent au Mans, gouaillant à tue-tête, eux, des grivoiseries qui firent rougir les demoiselles et rire les voisins. Pas le curé qui leur adressa un regard sévère avec une ostentation dont ils n'eurent que faire.

De crainte d'aggraver son image de plouc, Zacharie se retint de demander au contrôleur dans combien de temps l'on arrivait. On était encore loin de la gare Montparnasse que cela commença à s'agiter. Chacun récupérait son bagage, on s'entassait vers la sortie. Le pilhaouer pensa qu'il fallait sans doute descendre à toute vitesse une fois le train arrêté. Il empoigna son havresac en travers de ses genoux, se mit debout comme les autres, dut s'accrocher au banc pour ne pas s'affaler, bousculant ses voisins, levant les protestations de ceux dont il écrasa les orteils, et sourire tout le monde.

Dans un vacarme de freins et des chuintements de vapeur, le train ralentit, faisant tituber une nouvelle fois ceux qui n'avaient pas le pied ferroviaire. La délivrance était proche. La bête humaine s'engouffrait entre les maisons, rendant sa vitesse encore plus tangible. Zacharie s'attendait à ce que la locomotive percutât les murs si proches qu'il aurait pu les toucher, croyait-il, en tendant la main par la vitre baissée. On roulait au pas maintenant, les voyageurs assuraient leur prise sur leur bagage ; dans un dernier soubresaut, le train s'arrêta, poussa un immense soupir comme s'il venait de rendre l'âme.

Le pilhaouer avait du mal à réaliser qu'il se trouvait à Paris. Il tardait à descendre, on le priait de dégager le passage, le compartiment se vidait aussi vite qu'une citerne dont on aurait ouvert la bonde. Il se décida enfin. Sur le quai, il atterrit au milieu d'un flot encore plus tumultueux. Il n'avait jamais vu des gens marcher à une telle allure, il ne pensait d'ailleurs pas que l'on pût se déplacer aussi vite sans courir. Et ce bruit sous les voûtes où voltigeaient des pigeons, une rumeur plus forte que celle du vent les nuits de grande tempête. Cette fois, oui, Zacharie Le Kamm prit conscience d'avoir changé de monde. Bientôt il se retrouva seul sur le quai, avec le sentiment fautif de ne pas avoir détalé avec les autres. Portant son sac, il se risqua dans cet univers effrayant.

Quand Zacharie Le Kamm sortit du hall de la gare, il fut pris de vertige tant fut sollicité son regard. Jamais ne lui avait été donné de voir un paysage aussi encombré, un entassement de grenier, mais à ciel ouvert et hypertrophié. Barrant la vue, les immeubles se dressaient de partout, comme une enfilade de grandes églises sans clocher, les rues se croisaient, chacune essayant de frayer son chemin au détriment de ses copines. Et toujours cette fourmilière humaine en émoi, des hommes et des femmes proches à se toucher et qui pourtant s'ignoraient. Un arbre par-ci par-là, oublié par les démolisseurs, et paraissant aussi perdu que lui, le pilhaouer déraciné. Des automobiles, Zacharie en avait vu quelques-unes en Bretagne, des curiosités devant lesquelles tout le monde s'extasiait, surtout les gamins. Ici, sur les immenses boulevards, elles se livraient à un étrange ballet, c'était miracle qu'elles ne se bigornent pas. Quelques attelages résistaient à cette extravagance moderne, beaucoup plus imposants que ceux des petits-bourgeois de Bretagne, le char à bancs du pilhaouer, n'en parlons pas... Des fiacres à quatre roues, des calèches, tractés par des chevaux fringants qui n'avaient cure de leurs concurrentes à moteur. Dans cette métropole du progrès s'affrontaient aussi deux mondes, mais chacun savait d'avance lequel était voué à l'extinction. En ce moment, Zacharie regretta de ne pas avoir son chapeau sur la tête afin d'affirmer le camp qui était le sien.

Le chiffonnier de Loqueffret avait longtemps réfléchi aux étapes de son voyage. Il savait qu'il risquait d'en avoir pour plusieurs jours, et encore faudrait-il que la chance fût de son côté. Il devait donc prendre une chambre dans un hôtel – ce n'est pas ce qui manquait autour de la gare. N'ayant aucune idée de combien cela pourrait lui coûter, il avait emporté toutes ses économies. Il les avait enfermées dans un petit sac de toile qu'il avait épinglé à l'intérieur de son vêtement, à l'abri des mains malhonnêtes – on lui avait dit de se méfier des chapardeurs qui n'avaient pas leur pareil pour repérer les étrangers. Il fit le tour de la place, ne sachant à quelle porte s'adresser. Pas celle des plus luxueux, ça lui reviendrait trop cher, pas les minables bouisbouis non plus, où il risquerait de se faire couper la gorge et détrousser. Finalement, il opta pour un établissement ordinaire, qui lui parut acceptable et digne de confiance.

Le patron de l'hôtel de la Gare n'était pas tout jeune, il avait le teint pâle des gens privés du grand air, les cheveux ternes malgré la brillantine. L'air sourcilleux aussi quand il entendit l'accent de ce quidam qui désirait une chambre.

— Je suis breton, fit Zacharie d'un air penaud, comme s'il éprouvait le besoin de s'excuser.

— C'est pas grave, répondit l'autre. C'est pas contagieux.

Le pilhaouer ne fut pas sûr qu'il plaisantait. Le patron lui donna une clef, lui indiqua qu'elle ouvrait une porte au second étage, de faire attention, la serrure était un peu dure. Il lui demanda combien de temps il comptait rester.

— Je ne sais pas encore. Une nuit ou deux.

Le patron lui réclama son identité afin de remplir le registre.

— Les argousins sont toujours sur notre dos, il faut faire les choses dans les règles. En parlant de règlement, ce serait bien que vous me payiez maintenant.

Zacharie fronça les sourcils : en Bretagne on ne payait que le service rendu, jamais avant.

— Je viens de vous dire que je ne sais pas combien de temps j'aurai besoin de la chambre.

— J'avais bien entendu. Mais j'aimerais quand même que vous me payiez au moins la première nuit.

Zacharie se tourna afin de sortir sa « bourse » de son vêtement.

— C'est pas que j'ai pas confiance, mais on voit de telles choses depuis quelque temps, se justifiait le patron.

Le pilhaouer compta soigneusement la somme réclamée, puis il rangea bien vite ses économies à l'intérieur de son vêtement.

— Vous avez raison de vous méfier. C'est la première fois que vous venez à Paris ?

Zacharie convint que c'était le cas.

— Alors vous allez devoir redoubler de vigilance. Ne vous laissez pas embobiner par les beaux parleurs et faites attention aux pickpockets.

— Les quoi ?

Le patron sourit.

— Ceux qui ont la mauvaise manie de fouiller dans les poches des autres, si vous préférez. Vous savez, ils sont aussi habiles que des magiciens, des prestidigitateurs comme on les appelle dans les cabarets. Si vous avez quelque chose à payer, n'exhibez pas à chaque fois votre liasse de billets devant tout le monde. Une bousculade, et le tour est joué. Isolez-vous pour sortir la monnaie dont vous avez besoin. Enfin... moi, je vous dis ça...

Zacharie le remercia du conseil.

— Les commodités sont sur le palier, lui lança encore le patron alors qu'il gravissait les escaliers.

Un lit, une table, une chaise. Les fleurs du papier peint étaient délavées, usées à hauteur d'épaule par les passages incessants. Un lavabo écaillé derrière un paravent bancal, avec une glace au-dessus, marbrée aux endroits où le tain était rongé, une petite armoire-penderie dont les gonds gémirent comme des damnés quand il en ouvrit les portes : c'était loin d'être le grand luxe, mais pour le chemineau habitué aux conditions spartiates de sa chaumière, à se laver avec l'eau tirée du puits, à se mouvoir sur un sol de terre battue, cette modeste chambre prenait des allures de suite royale. Il s'assit sur le lit. Les ressorts couinèrent, mais c'était moelleux. Epuisé par cette journée entière passée dans le train, Zacharie se serait volontiers laissé glisser dans le sommeil.

Paris, il se positionna devant l'étroite fenêtre, n'osant quand même l'ouvrir de crainte que les forces de la ville n'en profitent pour faire irruption dans la pièce. Les lumières des lampadaires s'allumaient. Les rues prenaient un aspect encore plus irréel. Un peu rassuré d'être arrivé à bon port, Zacharie se rendit compte qu'il n'avait rien mangé depuis le matin, il avait faim. Et puis, il n'était pas là pour faire du tourisme.

Le patron se tenait toujours derrière son comptoir, chien de garde imperturbable.

— La chambre vous plaît ?

— Oui, c'est très bien.

— Tant mieux. Il y en a qui sont toujours à se plaindre. Au prix que je demande, on ne peut pas fournir le confort d'un palace. Vous verrez le quartier est tranquille, vous dormirez bien.

Zacharie lui fit part de son intention de dîner. Il lui demanda s'il connaissait le restaurant « Aux monts d'Arrée ».

— Ce sont des Bretons qui le tiennent, on me l'a recommandé.

— Vous savez, à Montparnasse, les trois-quarts des commerces sont tenus par des Bretons, à croire que vous n'avez plus de place chez vous. Aux monts d'Arrée, vous m'avez dit ?

— C'est ça même.

— Ça me dit quelque chose. Si mes souvenirs sont bons, c'est dans une rue un peu plus haut, dix minutes à pied. Mais si vous voulez mon avis, il y a de bien meilleures tables dans le quartier.

— C'est histoire de leur dire bonjour, nous avons des amis communs.

— Méfiez-vous du patron quand même. A ce que j'ai entendu, il n'a pas très bonne réputation...

42

Au moment de s'aventurer dans la jungle urbaine, le cœur lui battait la chamade. Il faisait nuit à présent, toujours autant de monde, les silhouettes devenaient encore plus inquiétantes dans la pâle lueur des becs de gaz. Ces promeneurs-ci paraissaient moins pressés toutefois. Quelques couples, bras dessus bras dessous, déambulaient en riant à se chaparder des baisers à la faveur de l'obscurité, regagnant sans doute le nid douillet de leurs amours. Dix minutes à pied, avait dit le patron de l'hôtel, une rue avoisinante dont le pilhaouer n'avait pas retenu le nom, cent fois l'occasion de se perdre ! Dans ce dédale gigantesque, l'espace prenait des proportions démesurées, les carrefours se multipliaient. Zacharie dut se renseigner sur son chemin à plusieurs reprises, une femme le toisa d'un air scandalisé comme s'il lui avait demandé de coucher avec elle, un titi parisien sous une casquette large comme une poêle à frire lui rit au nez, un vieillard qui traînait les pieds entreprit de lui expliquer la configuration du quartier, l'origine du nom des rues, sans doute un guide frappé par la retraite.

Zacharie dénicha enfin le restaurant, par ses propres moyens, une victoire dérisoire sur cet univers tentaculaire, dont il fut pourtant assez fier. Il s'attendait à une petite façade comme nombre de celles alentour : une large devanture s'étalait face à lui, le fronton affichait en lettres élégantes l'identité de l'établissement, et pour ceux qui ignoraient l'origine du nom, un drapeau breton flottait au-dessus de la porte à deux battants.

Le pilhaouer avait du mal à croire qu'un paysan de Loqueffret pût être à la tête d'un commerce de cette importance, aussi fortuné fût-il. Une angoisse subite le clouait sur le trottoir, l'incrédulité que sa petite Violaine pût travailler dans ce restaurant où la clientèle devait être triée sur le volet. Il attendit quelques minutes pour recouvrer son sang-froid, essayant de discerner l'intérieur à travers l'immense vitre. Des serveurs s'activaient entre les tables, gilet noir, chemise blanche aux manches retroussées, grand tablier blanc qui leur descendait presque aux chevilles. Ne pouvant deviner que c'était la tenue en vogue chez les garçons de café, Zacharie leur trouvait des allures de pingouins. Il cherchait en vain une silhouette de femme. A chaque fois que s'ouvrait la porte lui parvenaient une rumeur sourde, ponctuée d'éclats de voix, et des odeurs de cuisine. Il y avait déjà beaucoup de monde, il avait intérêt à se décider s'il voulait avoir une place. A peine eut-il franchi le seuil qu'un des serveurs s'avança droit sur lui. Il lui demanda s'il était seul. Une question saugrenue qui fit le pilhaouer regarder autour de lui.

— Ce me semble, oui...

— C'est pour dîner ?

Zacharie ne voyait pas pour quelle autre raison il aurait pu se trouver là, mais il préféra ne pas se faire remarquer. Le garçon le conduisit à une table dans un coin, où il passerait inaperçu, ce qui l'arrangeait bien.

Le pilhaouer n'avait que très peu fréquenté les restaurants. Lors de ses périples de plusieurs jours, il apportait dans sa musette de quoi se sustenter. Une fois, un vieux célibataire plein de sous l'avait invité à lui tenir compagnie. Fatigué d'être seul, celui-là avait du vague à l'âme, besoin d'épancher sa mélancolie. Une expérience singulière pour le pilhaouer de devoir choisir ce qu'il allait manger, puis l'impression désagréable de se complaire dans un rôle au-dessus de son rang quand une jeune fille était venue le servir. Mais c'était dans une auberge avec quatre cinq tables maximum, dont seulement deux étaient occupées, la leur et celle d'un couple de personnes âgées.

Le garçon lui apporta la carte, lui demanda s'il désirait un apéritif. Pris de court, Zacharie bafouilla que non en agitant la main.

Des noms compliqués, dont il ne savait trop quelle nourriture ils sous-entendaient. Le Breton hésitait. Du bœuf bourguignon, cela ne sonnait pas trop mal.

— Et comme boisson ?
— Je sais pas…
— Vous voulez du vin ?
— Ben… Pourquoi pas ?
— Une bouteille ou un pichet ?
— Un pichet, ce sera très bien.
— Vous ne prenez pas d'entrée ?

Il avait à peine parcouru la carte, une entrée, il ne savait pas ce que cela signifiait.

— Non, ce sera très bien comme cela.

Le vin arriva dans la minute suivante, accompagné d'une corbeille de pain, le garçon lui emplit son verre. Pour le plat, il dut patienter une bonne dizaine de minutes, ignorant que c'était une ruse pour le faire écluser son pichet et en commander un autre au moment de manger.

La salle se remplissait peu à peu. Une grande pendule au-dessus du comptoir indiquait qu'il était bientôt vingt et une heures. Mine de rien de peur d'être pris pour un ahuri, Zacharie observait la salle autour de lui. Il était monté à Paris, il avait réussi à trouver le restaurant des Ligoury, il y était même attablé, et alors ? Que comptait-il faire maintenant ? Il n'allait quand même pas demander si le patron était là ! Ou Violaine…

Le garçon lui apporta son plat, une jatte de viande fumante dans un jus noirâtre, une autre de pommes de terre saupoudrées de persil. Malgré son appréhension, Zacharie avait sacrément faim ; il s'obligea cependant à prendre son temps, de crainte de passer pour un sauvage. C'était bon, savoureux même, il se mit à manger de bon appétit.

Au bout d'un moment, Zacharie eut l'impression d'être observé. Il arrêta de mastiquer, jeta un regard discret alentour. Les autres clients devisaient entre eux ; les rares solitaires gardaient les yeux rivés sur leur plat, ou les laissaient se perdre dans le vague de la salle enfumée ; personne ne prêtait attention à sa modeste personne. Soudain, il avisa un homme derrière le comptoir, le visage tourné dans sa direction. Il le reconnut tout de suite, ne serait-ce qu'à son imposante carrure : Charles-Damien Ligoury. Celui-ci détourna aussitôt la tête. Zacharie sentit une sueur froide lui perler dans le dos : malgré ses efforts pour changer de portrait, il avait été repéré !

Zacharie avait eu le temps de voir que le salaud avait forci ; les traits empâtés, son teint rougeaud luisait dans la lueur des lampes, mais c'était bien le même. Il reprit le cours de son repas en s'efforçant de paraître naturel, redoutant que l'autre ne vînt lui demander ce qu'il fabriquait à Paris. Ligoury se tenait toujours à la même place, il ne prêtait plus attention au pilhaouer. Allons, celui-ci s'était fait des idées : en qualité de patron, Charles-Damien surveillait ses clients, quoi de plus normal ?

A la table voisine devisaient deux hommes. A leur accent chantant, il était évident que ceux-là n'étaient pas de Bretagne. La cinquantaine, eux avaient bien bu. En témoignaient une bouteille de blanc et une autre de rouge auxquelles ils avaient réglé leur sort sans avoir besoin de se forcer. Ils parlaient haut, pas seulement à cause de l'alcool, mais parce que celui qui paraissait le plus âgé était aussi un peu dur de la feuille. C'est ainsi que Zacharie apprit qu'ils étaient de Marseille, mariés tous les deux, en voyage d'affaires, et qu'ils comptaient bien profiter de leur célibat momentané. Habillés de chic, de toute évidence ce n'étaient pas des pèlerins dans le besoin. Quand le garçon vint les desservir, ils lui commandèrent une petite douceur afin de finir en beauté ce repas dont ils n'avaient à faire que des compliments.

— Un digestif, si je comprends bien ? fit le serveur après les avoir remerciés des louanges qu'on venait de lui adresser.

— Qu'est-ce que vous avez à nous proposer ?

— Je vais vous chercher la carte.

— Non, non... Vous avez l'air de connaître votre métier. Nous vous faisons confiance.

— En ce cas, je vous conseillerais bien un petit armagnac que le patron fait venir directement de là-bas.

— Fichtre ! Nous serions bien difficiles de ne pas nous laisser faire. Va, pour l'armagnac.

Le garçon apporta deux ballons ventrus copieusement emplis d'une liqueur ambrée du plus bel effet. Il s'en allait quand les Marseillais le rappelèrent.

— Nous aurions autre chose à vous demander.

— Je vous écoute...

— C'est que c'est un peu particulier...

Le garçon sourit, subodorant la requête des deux fêtards.

— Nous sommes seuls ce soir, un peu perdus dans Paris. Je crains que nous ne manquions de tendresse, si vous voyez ce qu'on veut dire.

— Je ne vois pas, non...

— Vous n'auriez pas une bonne adresse à nous conseiller pour... finir la soirée ?

Le serveur continua à jouer les innocents, leur proposa plusieurs lieux où l'on pouvait boire un verre, des cabarets où l'on donnait des spectacles, des revues avec des femmes en tenue légère... Les deux clients souriaient gauchement.

— Tout cela nous paraît très bien, mais ce n'est pas exactement ce que nous cherchons... Pour tout vous dire, nous avons un collègue qui est venu ici il n'y a pas si longtemps et il nous a dit que vous aviez aussi

une maison avec des dames… disons, accueillantes…
Cette fois, vous comprenez ?

— Tout à fait. Je vais demander au patron de venir
vous renseigner…

A cause du léger handicap de l'un des Provençaux,
Zacharie n'avait d'autre choix que de suivre la conversation. Il avait entendu parler de ce genre d'endroit
mal famé, où des femmes monnayaient leurs charmes,
des maisons closes si ses souvenirs étaient bons. Il se
souvenait d'Adeline Quiru qui faisait commerce de son
corps à la sauvette, il ne pensait pas qu'une aussi vile
pratique pût avoir pignon sur rue.

Les Ligoury tenaient donc aussi un établissement
de ce genre ? Une intuition terrible lui nouait la gorge.
Dans ce restaurant chic, rien ne trahissait la présence
de Violaine, seuls des hommes effectuaient le service
en salle. Si la jeune femme était venue à Paris comme
l'avait laissé entendre Marthe Le Gouic, c'était peut-
être là-bas qu'elle se trouvait. Une hypothèse atroce,
mais il avait besoin de savoir.

Charles-Damien Ligoury arriva. Zacharie baissa
le nez sur son assiette où nageaient encore quelques
morceaux de viande, mais l'autre semblait l'avoir
oublié. Les deux hommes lui réitérèrent leur
demande. Le patron regarda autour de lui avant de
leur répondre.

— On vous a bien renseignés. Nous possédons en
effet une charmante enseigne où il est possible de dégus-
ter une coupe de champagne en galante compagnie.
Je suppose que des messieurs de votre classe ont de
quoi payer.

— De ce côté-là, nous aurons même de quoi en écluser deux ou trois, fit le plus vieux en tapotant la poche de son veston d'un air entendu.

Ligoury parlait à voix basse, mais Zacharie tendait l'oreille mine de rien et ne perdait pas un mot de leur conversation.

— Vous pouvez nous indiquer l'adresse ?

Charles-Damien fut obligé de répéter en haussant le ton :

— Rue de Lorgny, ça s'appelle le Paradis-Club, on y joue aussi de la musique. Vous verrez, c'est tout au début de l'avenue. Si je peux me permettre, ce n'est pas la porte à côté, il est préférable de prendre un taxi. Nous nous verrons peut-être là-bas, j'y fais un saut chaque soir quand nous fermons ici, afin de voir si tout se passe bien.

— Alors, ce sera avec grand plaisir que nous vous offrirons un verre.

— Volontiers. Pour les taxis, vous en trouverez sur le boulevard un peu plus haut.

43

Un taxi… Encore une nouveauté. Prendre un taxi… Qu'est-ce que cela pouvait bien signifier ? Prendre un verre, il savait, prendre le train, il venait d'en faire l'expérience, prendre son temps, ce ne semblait pas dans les mœurs de la capitale, mais prendre un taxi…

Malgré l'insistance du garçon, Zacharie ne commanda pas de dessert. Il paya ce qu'il devait en puisant dans la liasse préparée avant d'entrer dans le restaurant. Puis il sortit au plus vite, soucieux de calquer sa conduite sur celle des deux quidams qui allaient voir les filles.

L'air vif de la nuit avait fini de griser les Marseillais. Ils n'étaient pas rendus bien loin. Ils gesticulaient sur le trottoir un peu plus haut, parlant toujours aussi fort, apparemment en désaccord sur le choix de celles qui voudraient bien passer un moment avec eux. Le plus jeune préférait les blondes, l'autre les brunes, quoiqu'une rousse n'eût pas été pour lui déplaire. Ils se décidèrent enfin. Après le carrefour s'élargissait l'avenue dont leur avait parlé Ligoury. Des automobiles y pétaradaient à échéance régulière.

Vont donc jamais se coucher ! se disait le pilhaouer.

D'autres véhicules étaient garés sur le bord de la chaussée. Zacharie comprit qu'il s'agissait des fameux taxis. Après avoir parlementé avec le conducteur, les deux amis montèrent dans le premier. Zacharie attendit que leur véhicule se fût éloigné pour s'avancer à la hauteur du suivant. Campé sur le siège avec un étrange volant, ce chauffeur-ci était un bonhomme d'une jovialité qui inspirait confiance. Zacharie lui demanda s'il pouvait le conduire quelque part.

— Je suis même là pour ça, à condition que ce soit pas à Rome ou à Berlin. Où tu veux aller, mon gars ?

— Rue de Lorgny.

— Tiens donc, ricana l'autre.

Zacharie sentit le rouge lui monter aux joues.

— C'est pas ce que vous croyez...

— Mais moi, je ne crois rien. Tu peux pas savoir le nombre de clients qui vont rue de Lorgny juste histoire de se promener la nuit.

Zacharie trouvait cette familiarité déplacée, mais il n'était pas en situation de s'offusquer, d'autant plus que dans les propos du conducteur ne transparaissait aucune once de méchanceté. C'était un joyeux drille, voilà tout.

— Monte donc.

Zacharie s'installa.

— Tu serais pas des fois un peu breton ?

— Si, convint le pilhaouer. Ça se voit donc tant que ça ?

— Non, mais c'est ta façon de causer. Moi aussi je suis de là-bas, de Landerneau, tu connais ?

Bien sûr que Zacharie en avait entendu parler.

— Si je peux me permettre, qu'est-ce tu fais à Paris ?

— Je cherche quelqu'un, une jeune femme que j'ai perdue depuis longtemps et à laquelle je tenais énormément.

— Ah ! Tu penses qu'elle est peut-être rue de Lorgny ? Tu sais, dans cette rue-là, il y a des maisons un peu louches.

— J'espère que ce n'est pas là-bas qu'elle se trouve, mais j'ai besoin de vérifier.

Le moteur démarra au premier coup de manivelle.

— Ecoute-moi ça, fit le conducteur en remontant sur son siège. Une véritable petite merveille. Tu peux dire que tu as de la chance, une Renault AG1. Dernier modèle, ça vient de sortir, je l'ai que depuis quinze jours.

Malgré la gravité de sa mission, Zacharie était impressionné. Il montait pour la première fois dans l'une de ces machines, comme dans le train ce matin-là. Décidément le monde était en train de changer... En bien ? Le pilhaouer n'en était pas convaincu, même s'il ne pouvait s'empêcher d'être séduit.

Paris, les façades défilaient dans la nuit à toute vitesse, Zacharie ne savait de quel côté regarder. En quelques minutes, il fut rendu rue de Lorgny. Il paya sans rechigner, en se demandant comment le chauffeur avait calculé le montant.

— Si tu vas quand même voir les filles, lui dit le Breton exilé, fais attention à pas attraper une cochonnerie.

— Merci du conseil, mais de ce côté-là, j'ai rien à craindre.

Zacharie mit un certain temps à repérer l'autre commerce des Ligoury. Moins glorieux il est vrai, et où la discrétion était de mise : la vitrine était occultée d'un épais rideau à travers lequel il était illusoire d'espérer apercevoir quoi que ce soit. Le nom de la maison close était inscrit en lettres dorées de petite taille, une lanterne rouge accrochée au-dessus de la porte indiquait aux initiés l'activité pratiquée dans la boutique. Un homme en livrée et casquette en surveillait l'entrée.

Depuis plusieurs minutes maintenant, Zacharie se tenait sur le trottoir d'en face, observant les lieux avec insistance. Le gardien pensa qu'il s'agissait d'un indécis, d'un novice qui ne trouvait pas l'audace de franchir le seuil d'une maison de prostitution. Il n'avait pas le profil d'un client, sans doute un provincial de passage dans la capitale et désireux de prendre un peu de bon temps. Il ne serait d'ailleurs pas le premier à rebrousser chemin au dernier moment.

La scène s'éternisait. L'attitude de l'inconnu commençait à paraître louche ; s'il restait là à faire le pied de grue, les vrais clients feraient demi-tour. A moins qu'il ne fût de la police, un inspecteur en civil qui surveillait les adeptes du lieu, c'était assez fréquent. Le cerbère s'avança.

— Vous attendez quelqu'un, peut-être ?

Zacharie sursauta.

— Non… Non, non… J'étais fatigué de marcher, je soufflais un peu. Pourquoi ? C'est interdit ?

— Pas du tout… Je voulais savoir tout simplement ce que vous faisiez là à regarder notre club depuis si longtemps.

— Je vous l'ai dit, rien de particulier, je rêvais. Excusez-moi si je vous ai dérangé…

— Je me disais aussi que vous aviez peut-être envie de… enfin… d'entrer…

— Pas plus. Je vous souhaite le bonsoir.

Soucieux de ne pas se faire remarquer davantage, Zacharie leva le camp. En face du bordel se trouvait un square. A travers les masses sombres des buissons filtrait la lumière de la rue parallèle ; avec un peu de chance, il pourrait s'installer là jusqu'à la fermeture du Paradis-Club. Il fit le tour, il ne s'était pas trompé. Un portillon donnait aussi sur l'autre rue. Il était fermé à clef, mais pas assez haut pour empêcher Zacharie de l'enjamber.

Toujours en faction, le vigile arpentait le trottoir. Il commençait à faire frisquet, il se frottait les mains et battait la semelle. Zacharie se glissa au plus près de la grille du square, évitant de faire de grands gestes de crainte de se faire repérer et d'éveiller les soupçons. Un homme arriva, rasant les murs, un chapeau enfoncé jusqu'aux oreilles, le col de son manteau relevé. Il parlementa quelques secondes avec le garde qui avec déférence lui ouvrit la porte.

— Bonne soirée, monsieur…

Zacharie avait à peine eu le temps d'apercevoir une lumière tamisée et de recueillir une ritournelle de piano.

Il arriva trois ou quatre autres chalands, déposés à distance par les taxis, l'un après l'autre, toujours aussi appliqués à passer inaperçus. Le pilhaouer ne discerna rien de plus à l'intérieur de la boutique – un vestibule devait protéger l'intimité du lieu des regards indiscrets. Lui aussi avait froid, il se faisait tard. Le patron de l'hôtel lui avait confié une clef de la porte donnant sur le côté.

— Ne la perdez surtout pas, sinon vous dormirez à la belle étoile.

Zacharie avait failli lui répliquer que cela n'aurait rien de dramatique.

Une automobile vint se garer devant le Paradis-Club ; Charles-Damien Ligoury en descendit, sans se cacher lui et y pénétra d'un pas décidé. Une heure s'écoula encore, un client sortit, puis un autre, puis les deux Marseillais. Ils avaient dû en effet écluser plusieurs coupes de champagne, ils avaient toujours l'air aussi excités, parlaient haut, apparemment ravis de leur soirée. Tout indiquait que la maison était sur le point de fermer. Le garde ne tarda pas en effet à rentrer dans l'établissement, il avait terminé son service.

Le seul moyen de savoir si Violaine avait séjourné dans ce lieu d'infamie était de se renseigner près des filles qui y travaillaient. A condition qu'il n'y eût pas une issue donnant sur l'arrière pour les pensionnaires. Pourvu aussi qu'elles ne logent pas sur place, sinon le pilhaouer en serait pour ses frais. La chance était de son côté. Des rires mutins, de petits cris, deux femmes dessinèrent leurs silhouettes perchées sur de hauts talons dans la lumière de l'entrée. A leurs manières affirmées, il était évident qu'elles n'avaient pas froid aux yeux. Zacharie les laissa prendre un peu de distance, puis il se mit à les suivre. Malgré leurs chaussures, elles marchaient vite, il dut presser le pas pour ne pas les perdre de vue. Il crut cependant que c'était le cas au premier carrefour ; la rue où elles avaient tourné était déserte, il était impossible qu'elles soient déjà rendues si loin. Ou elles s'étaient mises à courir, ou elles s'étaient engouffrées dans une ruelle adjacente ou une quelconque échappatoire. Zacharie se précipita. Soudain les deux femmes émergèrent d'une porte cochère. Se dressèrent face à lui.

— Qu'est-ce t'as à nous suivre, toi ? Tu crois qu'on t'a pas vu ?

De près, elles paraissaient moins jeunes, outrageusement fardées, la bouche rouge comme un coquelicot écrasé. Elles avaient les traits lourds, pas seulement à cause de l'heure tardive et de la fatigue. Les cheveux blonds aussi, une crinière épaisse dont ce n'était pas la couleur naturelle.

— Si tu voulais nous faire un brin de causette, fallait venir nous voir tout à l'heure. Maintenant c'est trop tard, la boutique est fermée, et on fait pas ça dans la rue, fit l'autre demoiselle.

Zacharie se sentait plutôt penaud.

— Oui, c'est vrai que je vous suivais, mais ce n'est pas pour ce que vous croyez…

— Dis qu'on te plaît pas pendant que t'y es… gouailla la première. Qu'est-ce tu nous veux alors ?

— Pour tout vous dire, je suis breton. Je suis à la recherche d'une jeune femme de chez moi qui a disparu depuis plus de dix ans.

— Eh bien, il est temps de t'en inquiéter…

— Je n'avais plus de ses nouvelles, mais quelqu'un m'a dit récemment qu'elle est sans doute venue à Paris. Cette personne-là m'a donné l'adresse de votre maison. Vous ne connaissez pas une fille qui s'appelle Violaine ?

Elles se regardèrent. Haussèrent les épaules.

— Non, ça nous dit rien…

— Vous êtes sûres ? Elle était blonde avec les yeux verts, et jolie comme un cœur.

— Tu sais, le cœur chez nous, c'est un outil qu'on utilise pas tellement quand on est au boulot.

— Cherchez bien, je vous en prie. Vous êtes ma seule chance de la retrouver.

— Pourquoi tu vas pas voir les flics ? Eux, ils savent peut-être quelque chose.

— Je n'ai pas envie de la mettre dans l'embarras. Je préférerais la retrouver sans alerter tout le monde.

— Attends, fit l'une des prostituées. Tu nous as bien dit que tu étais breton ?

— Oui, je suis venu spécialement de là-bas.

Elle se tourna vers sa collègue.

— Vivi, elle était bien de Bretagne, elle aussi ?

— Oui, t'as raison. C'était une vraie blonde, elle, et je crois bien qu'elle avait les yeux verts.

Zacharie poussa un soupir de soulagement.

— C'est pas pour lui faire du mal au moins, que tu veux la retrouver ?

— Pour ça non, bien au contraire. Alors, vous la connaissez ?

— Si c'est la même, elle travaillait chez nous, c'est vrai. Une courageuse d'ailleurs, malgré qu'elle était triste le plus souvent, mais pour la bagatelle, y a pas besoin d'être toujours souriante, il y a même des hommes qui préfèrent pas.

— Et maintenant, vous savez où elle est ?

— Le patron l'a flanquée à la porte, il y a un mois.

— Votre patron, c'est bien M. Ligoury ?

— Ça, on sait pas son vrai nom. Nous on le connaît que sous le nom de M. Damien, et il est pas toujours commode. Mais si on se conduit bien, il sait aussi être gentil.

— Pourquoi il a renvoyé Vivi ?

— Trop vieille pour faire le boulot.

Trop vieille, se dit Zacharie, mais Violaine n'avait que trente-cinq ans !

La fille de joie continuait, intarissable maintenant qu'on avait ouvert la vanne.

— M. Damien aime bien que ses clients aient de la chair fraîche entre les bras. Faut dire qu'ils paient assez cher pour ça. Nous, on se fait pas d'illusions, ce sera bientôt notre tour, mais on ira bosser ailleurs, il y a des maisons où les patrons et les clients sont moins regardants sur la marchandise.

— Vous savez ce qu'elle est devenue ?

Les deux femmes se regardèrent, visiblement embarrassées. La plus effrontée se décida.

— Quand on peut plus vendre ses charmes à ceux qui ont des sous, on leur tend la main. A votre bon cœur, m'sieur dame. Vous voyez ce que je veux dire ?

— Ouais, fit l'autre. C'est pas pour dire, Vivi, elle était courageuse, mais je crois qu'elle aimait pas le métier, c'est pour ça qu'elle était triste. Alors, plutôt que de chercher ailleurs, elle a préféré devenir mendiante, mais il y en a à qui ça rapporte bien.

— Je suppose, fit l'autre, que vous allez nous demander où vous pouvez la retrouver ?

Zacharie acquiesça d'un signe de tête.

— Elle est le plus souvent devant le cimetière du Montparnasse. Les gens qui viennent dire bonjour à leurs disparus ont souvent pitié des miséreux.

44

Un spectre dans la nuit, une silhouette titubant dans la lueur des lampadaires, d'un halo à l'autre. Pour Zacharie Le Kamm, sa fille venait de mourir pour de bon cette fois, cruellement alors qu'il était sur le point de la retrouver. Une prostituée, voilà ce qu'elle était devenue, comme sa mère, sauf qu'Adeline avait tendu la main avant d'ouvrir les jambes. N'ayant plus les charmes de cette seconde ressource, Violaine était contrainte à la mendicité, en fait le chemin inverse de celui de la rouquine. Pour quelle abominable raison s'était-elle égarée dans cette double déchéance ? Le pilhaouer était trop démoli pour avoir la force d'esprit de reconstituer son parcours. Tout au plus était-il évident que le Charles-Damien n'était pas étranger au malheur de la fiancée qui lui avait filé entre les doigts au dernier moment.

Comment retrouva-t-il le chemin de l'hôtel ? Lui-même aurait été bien en peine de le dire. Habitué à vagabonder par monts et par vaux, sans doute avait-il développé un instinct de l'orientation identique à celui des chats capables de revenir au gîte après avoir été abandonnés à des kilomètres de distance. Ce n'était pas bien loin en fait, cinq six minutes en taxi, à vingt kilomètres à l'heure. Surpris de reconnaître la façade de l'hôtel de la Gare, il émergea de son obnubilation douloureuse. Il tapota sur la poche de son veston, la clef était toujours là. Ah oui ! la porte dans la rue sur le côté, il agissait comme un automate, le second étage, l'autre clef était celle de sa chambre, la pénombre du couloir était éclairée par une lampe à huile. Il introduisit la clef dans la serrure, ouvrit, referma derrière lui, essoufflé comme d'avoir couru pendant des heures. Anéanti, il se jeta en travers de son lit.

Zacharie espérait le sommeil, seul refuge pour oublier quelques instants l'atroce réalité ; l'inconscience se refusa à lui, il n'eut d'autre choix que de se débattre avec ses sordides pensées. C'est fou comme les souvenirs ont le chic de profiter de la faiblesse pour remonter à la surface en un bouillonnement confus, dont les bulles éclosent en libérant leur miel. Ou leur fiel. Il revoyait la mère de Violaine encore jeune fille, une flamme de bonheur quand elle batifolait dans la campagne environnante... Il l'observait entre les branches basses ou les hautes herbes, de loin, de peur de se brûler les ailes. Le pilhaouer n'avait que deux ans de moins qu'elle, combien de nuits n'avait-il pas fantasmé à son sujet, sans jamais oser l'aborder, parce qu'il la trouvait trop belle, trop indépendante aussi... S'il n'avait rencontré Clémence, sans doute se serait-il décidé. Quoique... Il n'avait que dix-huit ans quand elle s'était fait engrosser. Avant, il était encore trop jeune pour lui déclarer son amour.

Le ventre d'Adeline s'arrondissait, elle était toujours aussi belle avec son visage qui en mûrissant s'adoucissait en traits de madone. Il avait continué à l'aimer, en secret. Certaines nuits, il se forgeait l'âme du preux chevalier destiné à la sauver de sa détresse. Le lendemain, se disait-il, il se rendrait chez elle, il lui annoncerait être décidé à l'épouser quand bien même fût-elle fille-mère… Dans son état, elle ne pourrait le refuser. Il lui aurait évité le gouffre, Violaine aurait été davantage sa fille, pas une orpheline… Elle aurait fait des études sans être obligée de travailler comme servante chez ces gens de la haute, dont la charité n'était le plus souvent qu'une façon de mépris déguisé. Et surtout… Elle n'aurait pas rencontré l'autre ordure de Ligoury. Si l'on en était là, c'est parce que le jeune homme de l'époque avait été trop lâche pour écouter les palpitations de son cœur. Il avait aimé Clémence sincèrement, jamais il n'avait oublié Adeline.

Les tempes lui battaient, Zacharie se leva, se dirigea vers la fenêtre. La ville continuait de vivre alors qu'il était plus de trois heures du matin. Il n'avait pas conscience des larmes qui coulaient lentement sur ses joues. Une tristesse au moins aussi lancinante que le jour affreux où il avait découvert, la tête en bouillie sous une poutre, le corps méconnaissable qu'il avait cru être celui de sa fille. Puisqu'il n'avait pas eu le courage de sauver sa mère, puisque celle-ci lui avait confié l'enfant, c'était à lui d'aller récupérer Violaine, aussi profond fût le gouffre où elle s'était abîmée. Il était le seul à pouvoir le faire. D'ailleurs n'en avait-il pas fait le serment à Adeline avant qu'elle ne rendît son dernier souffle ?

Zacharie revint s'asseoir sur son lit. Ayant réussi à mettre un peu d'ordre dans ses idées, il recouvra en partie son calme. Il n'eut pas cependant l'audace de chercher à s'endormir, sachant les cauchemars à le guetter sur le seuil et le réveil encore plus pénible. Il alla se soulager dans les toilettes sur le palier, revint dans la chambre. Fit un brin de toilette, histoire d'occuper son temps. A six heures, il ne tenait plus en place, besoin impérieux de descendre, de ne pas rester impuissant, mais personne ne devait encore être levé. Montre en main, il attendit sept heures avant de se risquer au rez-de-chaussée. Le gérant de l'hôtel se tenait derrière son comptoir, dans la même tenue que la veille. Pas rasé comme s'il avait passé la nuit à son poste.

— Déjà debout ?

Zacharie grogna un vague acquiescement. Quand il vit sa tête, le patron ne put s'empêcher de sourire.

— Eh bien, mon colon ! J'ai l'impression que vous avez su profiter des plaisirs de Paris…

Le pilhaouer haussa les épaules, peu désireux d'expliquer la cause de son insomnie et la rougeur de ses yeux.

— Je pourrais avoir un peu de café ?

— Même un petit déjeuner complet. C'est peut-être pas le grand luxe, mais c'est compris dans le prix de la chambre. C'est la salle à côté. Allez vous installer, je vous apporte de quoi vous retaper.

Zacharie se rendit compte qu'il n'était pas le premier, sur deux tables traînaient encore les reliefs des clients qui les avaient occupées. Le patron arriva portant un plateau avec un bol de café fumant et une corbeille contenant deux croissants et quelques tranches de pain, du beurre et de la confiture.

— Du sucre ? Du lait ?

— Non, merci.

— Au fait, vous ne m'avez pas dit si vous gardiez la chambre.

— Au moins encore une nuit. Vous voulez que je vous paie tout de suite ?

— Non, non… Maintenant qu'on se connaît un peu mieux, j'ai confiance.

Zacharie en profita pour demander où se trouvait le cimetière.

— Quel cimetière ? C'est qu'il y en a plusieurs à Paris.

— Celui du Montparnasse.

— Vous avez de la chance, c'est le plus proche, il est juste à côté, derrière la gare où vous êtes arrivé hier. Vous avez quelqu'un là-bas ?

— Ça se pourrait.

— Une personne qui vous est chère, je suppose, pour que vous soyez venu de si loin ?

— Très chère en effet.

Le Parisien en attendait davantage, mais Zacharie avait reporté son attention sur son plateau.

— Dame, faudra patienter, le cimetière n'ouvre qu'à dix heures. Il faut laisser les défunts faire la grasse matinée, ils ont bien mérité un peu de repos, vous croyez pas ? Si vous voulez un conseil, en attendant, allez donc vous promener, cela vous changera les idées. Ce serait dommage d'être de passage à Paris et de ne rien visiter. La tour Eiffel, je vous assure que ça vaut le coup. Vous avez déjà pris le métro ?

Le pilhaouer le dévisagea d'un air intrigué.

— C'est comme un train, mais il circule dans un souterrain, il vous dépose où vous voulez en un rien de temps.

— Je verrai tout à l'heure. Il fait beau, je suis pas comme les taupes, j'aime bien me promener au grand air.

Quand Zacharie sortit, Paris reprenait déjà son rythme effréné. Les moteurs des voitures fumaient, les naseaux des chevaux fumaient, la brume avait ici une odeur de fumée. Derrière la gare, lui avait dit le patron. Il entreprit d'en faire le tour. Moins impressionné, il trouva assez vite le cimetière du Montparnasse. Comme annoncé, les grilles étaient fermées, hautes et couronnées de pointes acérées, infranchissables. Des tombes à perte de vue, les gens devaient mourir beaucoup à Paris, se dit le pilhaouer, puisque le jardin des morts était si vaste, et qu'il y en avait plusieurs.

Se promener, prendre le métro, il en avait de bonnes, l'autre parigot ! En venant, Zacharie avait repéré une enseigne du Métropolitain, un escalier qui s'enfonçait dans les entrailles du trottoir, une descente vers un autre enfer. Pouah ! Il avait déjà assez de problèmes comme ça… Face à l'entrée du cimetière s'alignaient quelques bancs publics avec des piétements en fonte, installés à cet endroit sans doute pour faire patienter ceux qui étaient pressés de retrouver leurs chers disparus. C'est là qu'il décida d'attendre, le cœur serré dans un étau.

A dix heures précises, un homme en blouse grise vint ouvrir la grille, une silhouette amusante en d'autres lieux et une occasion moins dramatique, avec son béret vissé sur la tête et le zizi ridicule dressé sur le dessus. Zacharie guettait tour à tour les deux côtés du boulevard, s'attendant à voir surgir la silhouette qu'il espérait, qu'il redoutait. Une vieille femme arriva, elle déroula un bout de couverture et s'assit contre le pilier de l'entrée, les jambes repliées sous elle à la mode des tailleurs de Bretagne. Elle était vêtue comme une bohémienne, la tête enveloppée dans des haillons, dont dépassaient pourtant les cheveux.

Les pratiques commencèrent à affluer ; certains apportaient un bouquet de fleurs ; une mère tirait un gamin par la main, sans doute une visite au père défunt depuis peu, puisqu'elle était encore en noir. Des petits vieux entraient en traînant les pieds, venant sans doute s'habituer à leur futur lieu de résidence, ou parce qu'ils n'avaient nulle part ailleurs où aller. Des promeneurs plus jeunes aussi, vu l'air nonchalant avec lequel ils flânaient entre les tombes – le cimetière était un lieu de recueillement où l'on pouvait espérer le calme, à l'écart du grouillement de la fourmilière. Un couple d'amoureux dont la joie était singulière en un lieu si peu propice aux effusions se présenta à son tour ; se tenant par la main à bout de bras, ils tournaient et couraient comme des gamins sur une aire de jeux, peut-être des adeptes de l'amour morbide. Très vite, il leur fut intimé un peu de décence...

Aucune trace de Violaine... Pour se débarrasser de lui, les deux filles de joie lui avaient peut-être raconté des bobards. A bien y réfléchir, ce devait être ça, elles avaient l'air de craindre leur patron, M. Damien, il aurait été périlleux de se risquer à lui attirer des ennuis.

Zacharie se leva, la quête était vouée d'avance à l'échec. La jeune femme avait dû se perdre dans une ville aussi monstrueuse. Vivi, ce n'était peut-être pas elle... Comme lui avait dit le patron, les Bretons étaient légion dans la capitale, les Bretonnes aussi de toute évidence. Faute de mieux, certaines devaient s'adonner au commerce de la chair. Tant pis, il n'avait plus qu'à s'en retourner en Bretagne... S'il en avait le courage, il irait réclamer des comptes aux Ligoury. Avant de lever le camp, il décida quand même de vérifier si la vieille mendiante connaissait une femme du nom de Violaine, ou de Vivi.

Elle regarda venir Zacharie avec un sourire douloureux, pensant qu'ayant pitié d'elle il venait lui faire l'aumône ; déjà elle tendait la main. A mesure qu'il s'approchait, Zacharie prenait conscience qu'elle n'était pas aussi âgée que le laissaient supposer sa silhouette voûtée et sa démarche hésitante. Leurs yeux se croisèrent, le pilhaouer éprouva l'impression immédiate que ce regard ne lui était pas étranger. Soudain une angoisse terrible le glaça de la tête aux pieds : les traits bouffis et les paupières lourdes, les cheveux grisâtres et mal coiffés qui dépassaient de l'écharpe dépiautée... Non, ce n'était pas possible... Ce n'était pas elle, devenu fou il était victime d'une hallucination ! Violaine.

Bouleversé, Zacharie se mit à sangloter.

— Faut pas pleurer, monsieur. Y a plus malheureux que moi.

Cette voix, plus aucun doute n'était permis.

— C'est moi, Violaine.

La femme tressaillit, puis se mit à trembler ; elle s'était raidie contre le mur, comme si elle voulait s'y enfoncer de peur de se faire agresser. Elle fixait le visage du pilhaouer, cherchant dans ses souvenirs la voix qu'elle venait d'entendre. Tout à coup elle poussa un cri terrible, qui fit se retourner les passants et s'approcher un gendarme en faction un peu plus loin.

— Des ennuis, madame ?

— Non, c'est rien… Vous inquiétez pas. C'est mon père, je l'avais pas vu depuis longtemps.

Le gendarme s'éloigna.

— Viens, fit Zacharie. Il faut pas rester là, je suis venu te chercher.

45

Zacharie amena sa fille à l'hôtel. Elle cheminait docilement à côté de lui, sans avoir réclamé la moindre explication, ni comment il l'avait retrouvée, ni pourquoi il avait attendu tout ce temps avant de s'inquiéter d'elle. Le patron eut un haut-le-corps à la vue de la misérable quand elle pénétra dans le hall. Le pilhaouer s'apprêtait à monter l'escalier en sa compagnie.

— Hep, hep, hep ! Où est-ce que vous allez tous les deux ?

Zacharie s'arrêta. Violaine s'était pétrifiée.

— C'est qui, cette bonne femme ?

Le pilhaouer redescendit les marches.

— Ce n'est pas ce que vous croyez. Madame a besoin de se reposer.

— Pas chez moi, en tout cas ! C'est pas une maison de passe, ici, ni un asile pour les clochards. Si vous n'êtes pas d'accord, vous me payez ce que vous me devez et vous débarrassez le plancher.

L'homme paraissait furieux. De toute évidence, il craignait d'avoir des ennuis avec la maréchaussée. Autant lui dire la vérité, une partie du moins.

— C'est ma fille. C'est pour elle que je suis venu de Bretagne.

— Tiens donc, ta fille ! Ça, c'est la meilleure ! A qui tu veux faire gober une pareille connerie ? Tu veux que je te dise ? Pour être une fille, oui, c'en est une, mais tu l'as ramassée dans la rue et tu veux passer un peu de bon temps avec elle. Soit dit entre nous, t'es pas trop difficile pour un Breton, t'aurais pu trouver mieux.

— Je vous assure qu'il s'agit bien de ma fille. Elle avait été enlevée, je n'avais plus de ses nouvelles depuis treize ans. C'est une vieille femme qui m'a renseigné les jours derniers et elle m'a dit où elle était. Si cela peut vous rassurer, je vais prendre une autre chambre où elle pourra se reposer.

Les affaires ne devaient pas être florissantes, le patron baissa d'un ton.

— Bon... Pour cette fois, je veux bien être arrangeant. Mais il faut quand même que je remplisse le registre.

Zacharie s'apprêtait à décliner l'identité de sa fille. Le patron leva la main avant qu'il n'ouvrît la bouche.

— Elle est pas muette. Laisse-la donc dire toute seule qui elle est.

Le pilhaouer avait compris la ruse.

— Violaine Le Kamm, fit-elle, d'une voix posée, qui n'avait rien de vulgaire. Lui, c'est Zacharie, c'est mon père comme il vous l'a dit.

— C'est bien le même nom qu'hier, fit le patron en hochant la tête et en écrivant. Mes excuses pour tout à l'heure, mais je vous l'ai déjà dit, on voit de drôles de choses à Paris depuis quelque temps. On est obligé de prendre des précautions.

Il lui donna une clef.

— C'est la chambre à côté de celle de votre père. Si vous vous êtes pas vus depuis si longtemps, vous devez avoir des choses à vous raconter. Les chambres, c'est bien jusqu'à demain au moins ?

Violaine s'était allongée sur le lit. Dans la pénombre, les stigmates de la misère étaient moins flagrants, Zacharie retrouvait ses traits de jeune fille. Sa respiration était rauque, son odeur lourde. Celle de quelqu'un qui ne s'est pas lavé depuis longtemps.

— Tu as beaucoup souffert ?

Elle ne répondit pas tout de suite, comme si les mots se bousculaient dans son esprit pour exprimer ce qu'elle avait enduré.

— Oui...

Un murmure presque inaudible.

— Je sais ce que tu faisais avant de demander l'aumône.

Nouveau silence. Oppressé. Elle déglutit avec peine.

— Ah... Et alors ?

— Je n'ai aucune raison de t'en vouloir. J'aimerais simplement savoir comment tu as pu en arriver là.

— C'est une longue histoire...

— Ce n'est plus la peine de se presser à présent.

— Comment tu m'as retrouvée ?

— Grâce au costume que tu portais le jour de ton mariage. Ça m'a pris beaucoup de temps pour remonter jusqu'aux Ligoury et apprendre que c'est Charles-Damien qui t'avait amenée de force à Paris, mais tu vois, le misérable pilhaouer que je suis y est parvenu. Tu peux pas savoir comme je suis heureux de t'avoir retrouvée...

46

— Acceptez-vous de prendre pour époux le sieur Charles-Damien Ligoury ici présent ?

Tout se mit à tourner dans la tête de Violaine. Sa conviction s'effritait comme filait le sable entre ses doigts quand, gamine, la miséreuse jouait dans la rivière à chercher des paillettes d'or, que jamais elle n'avait trouvées. Le curé attendait ce consentement qui ne parvenait à franchir le seuil de ses lèvres. Elle leva la tête vers celui qui venait d'accepter d'être son mari, elle, la bâtarde d'une mendiante qui n'avait pas trouvé mieux que de vendre ses charmes, elle, l'orpheline qui ne serait jamais qu'une servante.

Charles-Damien affichait une mine sévère, il lui en voulait déjà de son initiative vestimentaire, d'être en fait ce qu'elle était, une Bretonne adoptée par l'arrière-petit-fils d'un tailleur, un vulgaire pilhaouer !

Violaine baissa les yeux sur ses mains. Il lui faisait la tête pour une peccadille, parce qu'elle avait voulu être la plus belle pour lui faire honneur... Qu'en serait-il quand ils seraient mariés ? Ne devrait-elle pas toujours se plier à sa volonté ? Le gilet et le manchoù la serraient, mais il n'était pas question de regretter son choix. Elle se tourna vers Zacharie installé au premier rang. Le pilhaouer paraissait anéanti, écrasé par le dénouement contre lequel il s'était battu et qui se précisait : un mot, une syllabe, et c'était fait. Lui non plus n'était pas à sa place dans ce milieu bourgeois. Et Clémence qui tremblait au côté de son époux, la si chère Clémence, qui lui avait prodigué sans réserve son amour de mère. Quand Violaine serait une Ligoury, elle ne pourrait plus les voir, ils mourraient.

Tant d'idées en quelques secondes. Une angoisse soudaine, sourde mais qui se transforma en une frayeur où elle comprit enfin son erreur. Alors, l'instinct de préservation lui dicta de s'enfuir. Le claquement sec de ses bottines sur les dalles de l'église, la porte latérale qui s'ouvrit du premier coup, comme si le destin lui venait en aide, Violaine se mit à courir comme une folle, s'éloignant au plus vite de cette mascarade où elle avait failli perdre son âme.

Au début, la fugitive ne savait où elle allait. Au risque de se tordre les chevilles entre les tombes, elle traversa l'enclos paroissial, prit sur la gauche afin de faire le tour de l'église, remonta sur la route d'Huelgoat. Rendue là, elle hésita, girouette perdue dans la tornade de ses tourments. L'instinct lui fit redescendre et remonter sur la droite en direction de la maison du pilhaouer, la sienne, la seule où elle avait été vraiment heureuse. Elle gravit ainsi plusieurs centaines de mètres dans le raidillon s'enfonçant dans les monts d'Arrée. Elle quitta les maisons de Loqueffret, se retrouva essoufflée en pleine campagne sans en avoir eu conscience. Soudain tambourina le galop d'un cheval dans son dos. C'était Zacharie qui pressait Penn-Kalled afin de la rattraper. A bout de souffle, elle ralentit l'allure, se retourna. Charles-Damien fut sur elle avant qu'elle n'eût le temps de réagir. Elle tenta de s'enfuir dans les fourrés bordant le chemin, mais il avait déjà sauté de sa monture, ses bras puissants la ceinturèrent et la soulevèrent de terre comme une poupée de chiffon. Elle hurlait, se débattait, gesticulant des mains et des pieds ; d'un revers de main sur la tempe, il l'assomma, et la jeta en travers de son cheval.

— Quand je suis revenue à moi, je me trouvais dans les ténèbres. Tout s'était passé si vite que je comprenais pas encore ce qui m'était arrivé. Je ne savais pas où j'étais, je suis restée immobile un long moment, puis à tâtons, j'ai rencontré ce qui ressemblait à un lit. Je me suis laissée tomber dessus. J'étais à bout de force, la tête me tournait encore, j'ai dû m'évanouir quelques minutes, ou plusieurs heures, je sais pas. C'est le bruit au-dessus de ma tête qui m'a fait revenir à moi.

Après en avoir ri, les invités des Ligoury mirent quelques minutes à se remettre de leurs émotions. Ils n'avaient jamais vu ça, la fiancée qui fichait le camp au moment de prononcer son consentement ! Une miséreuse qui refusait l'honneur d'intégrer une famille aussi honorable, qui dédaignait la fortune qui lui était offerte ! Ils sortirent un à un de l'église. L'époux déchu avait disparu, mais le père était toujours là, mortifié vis-à-vis de ces gens qui avaient eu la délicatesse de répondre à son invitation.

— Ne partez pas, annonça-t-il sur le parvis. On avait prévu de quoi faire la fête. Ce n'est pas une petite bécasse qui va nous en empêcher. Venez tous à la propriété.

Drôle de noce, où l'on allait faire bombance sans les mariés. Jean-Marie Ligoury se déplaçait d'une table à l'autre, expliquant que finalement, c'était mieux ainsi. Son fils avait eu la faiblesse de s'enticher d'une domestique, plus par pitié que par amour, cela lui servirait de leçon. Charles-Damien revint alors que l'on n'en était encore qu'à l'apéritif ; son arrivée jeta un froid, comment avait-il encaissé cette rebuffade publique ? Il n'avait pas l'air si affligé. Il se sentit obligé de dire un mot, s'en tira fort bien au demeurant :

— La colombe s'est envolée à tire-d'aile, elle croyait sans doute que je voulais la mettre en cage. Grand bien lui fasse. Qu'elle retourne donc patauger dans la soue de misère d'où j'avais eu la bonté d'espérer la sortir. Buvons mes amis à la liberté que j'ai failli perdre à cause d'une petite idiote.

Un tantinet pompeux, mais pas mal. Assez bien tourné en tout cas pour lever un concert d'applaudissements.

— Entre-temps, j'avais deviné où je me trouvais. Là-haut, ça chantait. Je n'en revenais pas, ils faisaient la fête comme si de rien n'était. Cela a duré des heures. Charles-Damien semblait m'avoir oubliée.

Peu à peu, le vacarme s'atténua, puis ce fut le silence. Violaine n'osait toujours bouger. Tout à coup, elle entendit grincer des marches. Il revenait. Le bruit d'une clef dans la serrure, la porte qui s'ouvre, la lueur vacillante d'une chandelle, Charles-Damien entra dans la pièce, posa le bougeoir sur la table.

— Tu croyais peut-être m'échapper ?

Violaine tremblait. Elle se trouvait dans la situation désagréable d'une enfant prise en faute et sommée de rendre des comptes.

— C'est mieux ainsi, balbutia-t-elle. Je ne suis qu'une servante, je ne te méritais pas…

— Il était temps de t'en rendre compte. Moi, j'ai dit oui, je t'ai prise pour épouse. Cela me donne quelques droits sur toi, tu crois pas ?

— Je m'en veux de t'avoir fait du mal.

— Tu m'as ridiculisé aux yeux de mes invités, moi et mon père, et tu voudrais que je te pardonne comme ça ?

Il s'approcha d'elle, saisit son visage entre ses doigts.

— Tu me dois une nuit de noce, ma belle. J'ai assez longtemps attendu quand tu jouais les mijaurées. Mais avant toute chose, tu vas ôter cette tenue qui te fait ressembler à un épouvantail.

— J'avais compris ce qu'il désirait. Je ne voulais pas. J'ai protesté, nous n'étions pas mari et femme, il n'avait pas le droit. Il m'a agrippée, m'a tordu le bras à me faire mal.

Violaine gémissait sur la couche où la brute la contraignait.

— Enlève ça, je te dis ! Ou tu préfères que je le fasse moi-même ?

Vaincue, privée de volonté, elle ôta sa vêture bretonne, se retrouva en chemise et en jupon.

Zacharie était horrifié. Il ne s'était pas trompé sur les Ligoury, des salauds. Blessé dans son orgueil, Charles-Damien avait entrepris de se venger de la pire façon.

— Il t'a prise de force.

Violaine réprima un sanglot.

— Oui, avec une bestialité dont je ne l'aurais pas cru capable. Tu peux pas savoir comme il m'a fait mal. Puis je me suis retrouvée toute seule. Je me sentais salie, souillée, j'avais honte. Il m'avait cependant laissé la chandelle. La pièce où j'étais retenue prisonnière était une espèce de chambre, le lit, une commode, une table et une chaise, un cabinet de toilette. Près de la table, un seau hygiénique. Dans le tiroir de la commode, j'ai trouvé une chemise de nuit, je n'étais pas la première femme à dormir là. Peut-être d'autres avaient-elles été aussi séquestrées par les Ligoury...

« J'étais éreintée, je sentais la transpiration. J'ai fini de me déshabiller et je me suis lavée. Un peu plus tard dans la nuit, il est revenu. J'étais sans réaction. Avait-il eu pitié de moi ? Il m'apportait à manger et à boire, sans doute des restes de la fête qui s'était déroulée là-haut. Je n'avais rien avalé depuis le matin. Malgré le dégoût que tout cela m'inspirait, j'avais besoin de reprendre des forces. Il m'a regardée m'alimenter, je retrouvais chez lui un peu de la courtoisie qu'il m'avait manifestée avant le mariage, sans doute pour mieux me séduire. Quand il est parti, il a empoigné les vêtements que j'avais posés sur la chaise, mes bottines aussi, j'ai pensé que c'était pour m'empêcher de m'enfuir si l'occasion se présentait. Tout cela sans m'adresser un mot.

— Tu aurais dû appeler, crier...

— Je l'ai fait, mais la maison était si grande, personne ne m'a entendue. Puis je n'en ai plus eu la force, j'avais honte et je me suis résignée.

— Il t'a gardée prisonnière pendant longtemps ?

— Une ou deux semaines... Je ne savais pas trop bien, j'avais perdu la notion du temps. Plusieurs jours, ça c'est sûr.

— Il te violentait encore ?

— A plusieurs reprises, il a abusé de moi. Au début, j'essayais de résister, puis peu à peu, je me suis laissé faire. Une nuit, son père est venu...

— Lui aussi ?

— J'ai hurlé, je me suis débattue, mais il était aussi fort que son fils.

« — Apprends ton métier qu'il m'a dit en me contraignant, tu vas en avoir besoin. Tu crois quand même pas qu'on va te nourrir à rien faire ?

« Un soir, après avoir dîné, je me suis sentie toute chose. J'ai compris que j'avais été droguée. Dans la nuit, Charles-Damien est venu me chercher. Il m'apportait des vêtements, dont une grande cape noire. Il m'a dit de m'habiller, que je partais pour un long voyage. J'avais perdu jusqu'au réflexe de protester, j'étais devenue un objet entre ses mains. Avec le fiacre, on a mis trois jours pour gagner Paris. La nuit, on dormait dans des auberges où il me faisait passer pour sa femme. C'est là que j'aurais dû me révolter, ameuter les gens que l'on croisait pour leur dire que je ne l'accompagnais pas de mon plein gré, mais qui m'aurait cru ?

Charles-Damien était un beau parleur, il n'avait pas son pareil pour mettre tout le monde dans sa poche. Quand nous sommes arrivés à Paris, il m'a conduite dans son club, le Paradis-Club comme il disait, c'était plutôt l'enfer. Pas besoin de te raconter…

S'ensuivit un long silence, ponctué des jurons de Zacharie à l'encontre des Ligoury. Il repensait à la légende au sujet de Lazare Kerrec, aux propos du chemineau. Dans son hallucination, celui-ci n'avait pas tort : d'une certaine façon, c'est bien par le diable que Violaine avait été enlevée, et c'était bien à lui, son père adoptif, qu'il avait incombé d'aller la chercher en enfer.

— Et toi, s'étonna Violaine, tu t'es pas demandé ce que j'étais devenue ?

— Je pensais que tu étais morte…

Il lui raconta le plan machiavélique des Ligoury.

— C'est pour ça que ton bourreau avait emporté les habits de ton mariage, pour faire croire que c'était toi.

— Mais tu t'es pas rendu compte de la substitution ?

— Je n'ai découvert le corps de la fille de ferme que deux semaines plus tard, il avait déjà beaucoup souffert. Excuse-moi de te raconter des détails aussi horribles, mais les Ligoury avaient tout prévu, sa tête était écrabouillée sous la poutre, méconnaissable. Ces deux salauds-là avaient dû s'acharner sur elle afin de la défigurer. Elle avait ta constitution, des cheveux blonds, elle était habillée comme toi, ta chemise, ton jupon, sans le gilet et le manchoù, mais avec tes bottines. De plus, ils avaient été assez malins pour la transporter dans la maison de ta mère… Clémence et moi, nous étions tellement bouleversés que nous n'avons pas cherché plus loin.

— Et le gilet et le manchoù, où ils étaient passés ?

— Les Ligoury employaient une autre servante, une dénommée Marthe Le Gouic, c'est elle qui avait fait la toilette funéraire de la servante qui avait eu un accident, avec ton costume de noce. Elle avait compris qu'il se préparait quelque chose de louche, elle les a suivis dans la nuit jusque chez ta mère. Quand ils sont partis, elle a vu ce qu'ils avaient fait. Elle trouvait le travail de mon arrière-grand-père si admirable qu'elle n'a pas eu le cœur de laisser le gilet et le manchoù, elle les a repris. Quelques années plus tard, elle les a revendus à un antiquaire. Je les ai retrouvés dans un grenier, c'est comme ça que j'ai pu remonter jusqu'à elle. Elle t'avait vue partir la nuit où Charles-Damien a pris la route de Paris, elle m'a raconté tout ce qu'elle savait. Tu vois, la chance ne nous avait pas complètement abandonnés… Repose-toi, maintenant, il faut que tu dormes. Demain, on rentre en Bretagne.

Zacharie prit la main de sa fille. Elle ferma les paupières, il sentit ses doigts se détendre. Son souffle devint régulier, elle s'était endormie.

47

Minuit avait sonné depuis longtemps quand Zacharie Le Kamm revint à l'hôtel de la Gare. Il était harassé. Sous son bras, il tenait un paquet. Le patron n'était pas encore couché. Il lui demanda si sa fille était toujours là.

— Faudrait peut-être en plus que je la surveille ! s'exclama celui-ci. Je ne l'ai pas vue sortir, elle doit être encore là-haut.

Zacharie se rendit d'abord dans sa chambre afin de se laver les mains, puis il gagna celle de Violaine. Elle dormait, il resta près d'elle une bonne partie de la nuit, contemplant son visage rasséréné. Quelques heures avant l'aube, il la réveilla avec tendresse, lui dit de faire un brin de toilette, puisqu'on allait partir à la gare, puis de s'habiller avec les vêtements qu'il lui avait achetés.

— Où tu étais hier soir ? demanda Violaine.

— J'avais une affaire à régler.

Elle fixa son père dans les yeux, il ne détourna pas le regard, elle y lut ce que lui murmurait son intuition.

— Merci, murmura-t-elle du bout des lèvres.

Il lui adressa un sourire douloureux.

— Ne t'inquiète plus, nous rentrons à la maison.

Au petit matin, le père et la fille prirent le premier train pour la Bretagne.

Epilogue

Zacharie ne fit pas état du retour de Violaine avant d'être allé au bout de sa mission. Marthe Le Gouic avait rendu son dernier souffle, en paix avec sa conscience. Personne ne savait donc que le pilhaouer était monté à Paris. Le corps de Charles-Damien fut rapatrié quelques jours plus tard afin d'être inhumé dans l'enclos paroissial de Loqueffret, il avait la gorge tranchée. La police parisienne n'avait pas poussé l'enquête outre mesure, elle avait conclu à un règlement de comptes entre négriers de chair fraîche, peut-être un micheton qui s'était fait rouler sur la marchandise. C'était courant dans ces milieux interlopes.

Jean-Marie Ligoury disparut le lendemain des obsèques de son fils. Jamais on ne retrouva trace du patriarche.

Quand les gendarmes d'Huelgoat apprirent quelques jours plus tard le retour de Violaine, ils crurent que l'on se payait leur tête : comment pouvait-elle être revenue alors qu'elle était morte et que sa dépouille était inhumée au cimetière ? Allons, ce ne pouvait être elle… Bien entendu, ils vinrent interroger le pilhaouer.

Zacharie avait préparé avec sa fille la version qu'ils allaient devoir soutenir, ce n'avait pas été une mince affaire d'élaborer un scénario un tant soit peu crédible afin de dissiper les éventuels soupçons de la maréchaussée. Le jour du mariage, expliqua Zacharie, Charles-Damien et son père avaient retrouvé la fiancée pendant qu'elle s'enfuyait. De force, ils l'avaient ramenée chez eux, et le fils lui avait imposé la nuit de noces à laquelle il prétendait avoir droit.

Jusque-là, le pilhaouer ne mentait pas. Le brigadier demanda à Violaine si c'était bien de cette façon-là que les choses s'étaient déroulées. Ravalant ses sanglots, elle acquiesça d'un signe de tête.

— Par chance j'ai réussi à m'échapper pendant la nuit, en abandonnant ma tenue de mariée.

— Et vous êtes revenue chez vos parents ?

— Non, j'avais trop honte, je me suis enfuie pour de bon. J'ai préféré quitter la région.

— Vous êtes restée tout ce temps sans donner de vos nouvelles ?

— C'était de ma faute si tout cela s'était produit, j'aurais dû réfléchir avant d'accepter de me marier avec Charles-Damien. Je ne voulais pas que mes parents adoptifs aient des ennuis à cause de moi.

Les deux gendarmes s'interrogèrent du regard. Là encore, ça se tenait.

— Mais qui a-t-on retrouvé alors sous la poutre dans la maison de votre défunte mère ?

Violaine haussa les épaules.

— Comment voulez-vous que je le sache ?…

— Et vous, Zacharie Le Kamm, vous ne vous êtes douté de rien ?

— Non… Clémence et moi, nous pensions que c'était bien notre fille à cause des vêtements qu'elle portait.

— Mais pourquoi Charles-Damien Ligoury et son père se seraient-ils livrés à une substitution aussi macabre ?

— C'est la question que je me pose depuis que Violaine est revenue. C'est aux Ligoury qu'il faudrait le demander.

— C'est un peu tard…

— Si vous voulez quand même mon avis, je pense que Jean-Marie était furieux qu'une servante ait eu l'audace de refuser son fils, reprit Zacharie. J'avais eu l'occasion de le rencontrer une fois ou deux avant ce fameux mariage, c'est un homme orgueilleux qui n'accepte pas la défaite. Il a voulu sauver l'honneur de sa famille en faisant croire que celle qui leur avait fait un tel affront était morte.

— Ouais… Admettons… Mais si votre fille était revenue avant ?

— Alors tout le monde aurait su la vérité, mais Charles-Damien et son père auraient certainement trouvé un moyen de se justifier.

— Vous savez que Charles-Damien Ligoury a été assassiné à Paris ?

— Comme tout le monde…

— C'est quand même une drôle de coïncidence que vous reveniez juste aussitôt après…

Violaine baissa les yeux.

— En effet, c'est une coïncidence. Je ne pouvais pas savoir… Vous ne pensez quand même pas que c'est moi…

— Non, d'après ce que l'on sait, le criminel ne peut être qu'un homme du genre plutôt costaud. De toute façon, nos collègues de la capitale ont classé l'affaire. Ils sont mieux placés que nous pour savoir dans quelles circonstances Charles-Damien Ligoury a trouvé la mort. Il ne reste plus qu'à espérer que son père refasse surface et nous dise qui est la malheureuse enterrée à votre place.

— Il faudra alors qu'il rende compte des violences qu'il a fait subir à ma fille et sans doute à la jeune femme dont lui et son fils ont écrabouillé la tête sous une poutre.

— Oui, rajouta le brigadier. A mon avis, on n'est pas près de le revoir.

Peu soucieux de s'embarquer dans une affaire qui les dépassait, les gendarmes ne cherchèrent pas plus loin. Sans doute estimaient-ils que le fils Ligoury n'avait obtenu que ce qu'il méritait.

Zacharie Le Kamm et sa fille ne furent plus importunés, ils conservèrent toute leur vie le terrible secret.

Ouest-France du 22 juin 1955

Un musée des Arts et Traditions populaires à Pont-l'Abbé.

Samedi 25 juin, le musée de Pont-l'Abbé sera officiellement inauguré en présence du préfet et de la reine des Brodeuses. Il était temps que la capitale du Pays bigouden se dote d'une structure permettant la conservation des trésors de ses traditions vestimentaires et de son passé historique. L'antique château des barons, avec ses quatre niveaux, paraissait tout indiqué pour assurer cette fonction de sauvegarde et d'exposition. Que la municipalité et tous les acteurs de ce projet soient chaudement félicités.

Le Télégramme du 28 juin 1955

Une mystérieuse disparition.

Le musée départemental de Quimper avait pris l'aimable initiative de prêter plusieurs pièces de sa collection bigoudène pour l'inauguration de son homologue pont-l'abbiste, le 25 de ce mois. Il y avait notamment un gilet et un manchoù brodés par un certain Lazare

Kerrec au milieu du XIXe siècle, des réalisations qui suscitent l'admiration. Malheureusement, à l'ouverture des caisses, ces deux merveilles avaient disparu, alors que lesdites caisses n'avaient pas été fracturées. Un tour de passe-passe diabolique sans doute, mais qui a dû faire le bonheur de quelque collectionneur.

Ouest-France du 10 juillet 1955
Bien mal acquis ne profite jamais...
Dans notre édition du 28 juin, nous vous faisions état de la disparition de deux pièces de costume prêtées par le musée de Quimper à celui de Pont-l'Abbé, un gilet et un manchoù brodés de main de maître par un certain Lazare Kerrec. Ils ont été retrouvés dans des circonstances pour le moins dramatiques. Une femme d'une trentaine d'années en était vêtue, mais elle était décédée. Le plus surprenant, la malheureuse ne présentait aucune trace de violence. De l'avis de ses proches, elle était en parfaite santé et n'avait jamais connu d'ennuis cardiaques. L'autopsie semble indiquer pourtant qu'elle ait été étouffée alors que son cou ne portait aucune marque de strangulation. L'enquête fournira vraisemblablement de plus amples informations. Affaire à suivre...

POCKET N° 16086

Daniel Cario
Les Coiffes rouges
Roman

Une jeune femme dans la tourmente
des *Penn Sardin* et de l'Histoire

POCKET

« Ce beau portrait de femme est aussi un témoignage émouvant de la condition ouvrière, il y a cent ans. »

**Corinne Abjean,
Le Télégramme**

**Daniel CARIO
LES COIFFES ROUGES**

1924. Épouses, filles, mères de marins, elles sont toutes *Penn Sardin* à la conserverie Guéret sur le port de Douarnenez. Chaque jour, sous les ordres des contremaîtresses, elles s'échinent à une cadence infernale pour un salaire de misère. Mais les sardinières restent solidaires : aucune n'a oublié la vieille Clopine, mise à la porte et qui attend son heure, patiente. Un matin, avec tout l'éclat et l'insolence de sa jeunesse, surgit Dolorès. Bientôt, le destin la conduira à embrasser la révolte et battre le pavé rouge avec ses camarades.

Retrouvez toute l'actualité de Pocket sur :
www.pocket.fr

POCKET N° 16844

Daniel Cario
Les Chemins creux de Saint-Fiacre

Une enfance bretonne
entre croyances ancestrales
et rêves d'évasion

Cet ouvrage a reçu le Prix du roman de la ville de Carhaix.

Daniel CARIO
LES CHEMINS CREUX DE SAINT-FIACRE

Vif et plein de ressources, Auguste a fait des bois de Saint-Fiacre, au cœur du Morbihan, son terrain de jeux. Depuis sa naissance, mère et grand-mère sont liguées contre lui. En guise d'éducation, taloches et brimades constituent son lot quotidien. Né de père inconnu, Auguste porte malgré lui le secret coupable de ses origines... C'est au détour d'un chemin creux qu'il fait la rencontre qui va marquer à jamais sa jeune existence. Ainsi débute l'histoire d'une amitié indéfectible entre deux solitaires, un petit mal-aimé et un vieux rebouteux mis au ban de la communauté.

Composition et mise en pages
Nord Compo à Villeneuve-d'Ascq

Imprimé en France par

MAURY IMPRIMEUR
à Malesherbes (Loiret)
en mars 2019

Visitez le plus grand musée de l'imprimerie d'Europe

POCKET – 12, avenue d'Italie – 75627 Paris Cedex 13

N° d'impression : 234694
S25089/01